H. G. Wells
Menschen, Göttern gleich

H.G. WELLS

MENSCHEN, GÖTTERN GLEICH

ROMAN

ZSOLNAY

Titel der Originalausgabe
Men like gods

Aus dem Englischen von Paul von Sonnenthal und Otto Mandl

Umschlagentwurf und -gestaltung: Network, München
Umschlagillustration: Agentur UTOPROP
Druck und Bindung: Ebner Ulm
Printed in Germany 1993

CIP-Titelaufnahme der Deutschen Bibliothek
Wells, Herbert G.:
Menschen, Göttern gleich: Roman/H. G. Wells
Aus dem Englischen von Paul von Sonnenthal und Otto Mandl
Zsolnay, 1993
Einheitssacht.: Men like gods ‹dt.›
ISBN 3-552-04509-0

ERSTES BUCH

Der Einbruch der Erdlinge

I

Mr. Barnstaple geht auf Urlaub

I

Mr. Barnstaple fand, daß er dringend einen Urlaub brauchte; nur wußte er weder, mit wem, noch wohin er hätte gehen können. Er war überarbeitet und hielt es zu Hause nicht mehr aus.

Barnstaple hatte von Natur aus ein starkes Temperament. Seine Familie liebte er innig, so daß er sie durch und durch kannte und sie ihn entsetzlich langweilte, wenn er in so niedergedrückter Stimmung war. Seine drei heranwachsenden Söhne schienen von einem Tag zum andern langbeiniger und größer zu werden. Wollte er sich in einen Sessel setzen, so saß sicher schon einer von ihnen darin; sie verjagten ihn von seinem Pianola; sie erfüllten das Haus mit gellendem und nicht enden wollendem Gelächter über Witze, die sich nicht zum Erzählen eigneten. Sie störten ihn bei den späten, harmlosen Flirts, die bis dahin sein bester Trost in diesem Jammertal gewesen waren; sie schlugen ihn im Tennis; sie rauften miteinander voll Übermut auf den Treppenabsätzen und sausten zu zweit und dritt unter gewaltigem Getöse die Stiegen hinunter. Ihre Hüte lagen überall umher. Sie kamen zu spät zum Frühstück. Jeden Abend beim Zubettgehen erhoben sie ein Gebrüll: „Uahu! uahu! uahu! ... bums!“ Und ihrer Mutter schien dies zu gefallen. Sie alle kosteten Geld und setzten sich sorglos über die Tatsache hinweg, daß alles, mit Ausnahme von Barnstaples Verdienst, gestiegen war. Und wenn er bei den Mahlzeiten einige schlichte Wahrheiten über Mr. Lloyd George äußerte, oder wenn er den leisesten Versuch machte, den Ton des Tischgespräches über das Niveau des dümmsten Tratsches zu erheben, ließ ihre Aufmerksamkeit ostentativ nach ...

Auf jeden Fall schien es ostentativ.

Er hatte das starke Bedürfnis, von seiner Familie fort, irgendwohin zu gehen, wo er in Ruhe mit Stolz und Liebe an seine Angehörigen denken konnte, ohne von ihnen gestört zu werden ...

Und ebenso wünschte er dringend, für einige Zeit von Mr. Peeve loszukommen. Nie wieder wollte er eine Zeitung oder eine Zeitungsankündigung sehen; selbst der Anblick der Straßen wurde ihm zur Qual. Er war von der Furcht vor einem finanziellen und wirtschaftlichen Zusammenbruch besessen, gegen den der Weltkrieg bloß als ein geringfügiger Zwischenfall erschienen wäre. Und das nur aus dem Grunde, weil er zweiter Redakteur und Faktotum beim *Liberal* war, jenem bekannten Organ der traurigeren Aspekte der fortschrittlichen Meinung, und weil der unentwegte Pessimismus des Mr. Peeve, seines Chefs, ihn immer mehr ansteckte. Früher war es noch möglich gewesen, Mr. Peeve eine Art Widerstand entgegenzusetzen, indem man sich mit den anderen Angehörigen der Redaktion über seinen Trübsinn verstohlen lustig machte, aber jetzt gab es keine anderen Redaktionsmitglieder mehr; in einem Anfall finanzieller Verzagtheit hatte Mr. Peeve sie alle abgebaut. Tatsächlich schrieb jetzt außer Barnstaple und Mr. Peeve niemand mehr regelmäßig für den *Liberal.* So stand nun Mr. Barnstaple ganz unter Peeves Einfluß. Der konnte manchmal zwei Stunden lang zusammengekrümmt, die Hände tief in den Hosentaschen, und alle Dinge von der düstersten Seite betrachtend, auf seinem Redaktionsstuhl hocken. Barnstaple neigte von Natur aus zu bescheidenen Hoffnungen und zu Fortschrittsglauben, aber Mr. Peeve hielt hartnäckig daran fest, daß es um mindestens sechs Jahre zu spät sei, an einen Fortschritt zu glauben und daß der Liberalismus bestenfalls auf ein baldiges Jüngstes Gericht hoffen könne. Und wenn Mr. Peeve den Leitartikel, den der Redaktionsstab, als es noch einen gab, dessen wöchentliche Magenverstimmung nannte, fertiggebracht hatte, ging er fort und überließ es Mr. Barnstaple, den restlichen Teil des Blattes für die nächste Woche zusammenzustellen.

Schon in normalen Zeiten wäre es schwer genug gewesen, mit Mr. Peeve zusammenzuarbeiten; aber die Zeiten waren nicht normal. Sie waren erfüllt von unangenehmen Begebenheiten, die seine trübseligen Ahnungen nur zu berechtigt erscheinen ließen. Die große Aussperrung der Grubenarbeiter dauerte bereits einen Monat und ließ den kommerziellen Zusammenbruch Englands vorausahnen; jeder Morgen brachte aus Irland Nachricht von neuen Ausschreitungen, von unverzeihlichen und unvergeßbaren Greueltaten; eine anhaltende Dürre bedrohte die Welternte; der Völkerbund, auf den Mr. Barnstaple in den glorreichen Tagen des Präsidenten Wilson riesige Hoffnungen gesetzt hatte, war zu trauriger und selbstzufriedener Bedeutungslosigkeit herabgesunken; überall Konflikte, überall Unvernunft; sieben Achtel der Welt schienen in chronische Unordnung und soziale Auflösung zu verfallen. Sogar ohne Mr. Peeve wäre es schwer genug gewesen, den Ereignissen die Stirn zu bieten.

Mr. Barnstaple gab nun auch wirklich die Hoffnung auf, aber für Menschen seiner Art ist Hoffnung eine wesentliche Würze, ohne die das Leben unverdaulich wird. Er hatte seine Hoffnung stets auf den Liberalismus und auf eine großzügige, freiheitliche Bewegung gesetzt, jetzt aber begann er zu glauben, daß der Liberalismus niemals mehr erreichen würde, als gekrümmt dazusitzen, mit den Händen in den Taschen, über die Rührigkeit tiefer stehender, aber energischer Männer zu grollen und darüber zu raunzen, daß ihre krabbelnde Emsigkeit die Welt zugrunde richten werde.

Tag und Nacht machte sich Mr. Barnstaple nun Sorgen um die ganze Welt; nachts noch mehr als tagsüber, da er keinen Schlaf finden konnte. Er war von einer krankhaften Begierde behext, eine Nummer des *Liberal* herauszubringen, die sein ureigenstes Werk sein sollte, alles abzuändern, nachdem Mr. Peeve gegangen war, das ganze gallige

Zeug, den elenden leeren Hohn über dieses oder jenes Unrecht auszumerzen, die Schadenfreude über Grausamkeit und Unglück, die Aufregung über die belanglosen, natürlich menschlichen Fehlgriffe von Mr. Lloyd George unter Berufung auf Lord Grey, Lord Robert Cecil, Lord Lansdowne, den Papst, die Königin Anna oder auf Kaiser Barbarossa (sie wechselten von Woche zu Woche); sich zu erheben, den jungen Bestrebungen einer wiedergeborenen Welt Stimme und Gestalt zu geben und die Nummer zu füllen mit – Utopia! Den verblüfften Lesern des *Liberal* zu sagen: Seht her, das hat zu geschehen. Seht her, das wollen wir tun. Welch ein Schlag wäre das für Mr. Peeve bei seinem Sonntagsfrühstück! Vor Staunen würde er am Ende gar diese Mahlzeit ausnahmsweise richtig verdauen.

Aber das waren höchst närrische Träume. Zu Hause saßen die drei jungen Barnstaples, und ihnen mußte ein anständiger Start gesichert werden. Und so schön der Traum auch war, so hatte Mr. Barnstaple doch die sehr bedrükkende Überzeugung, daß er in Wirklichkeit nicht geschickt genug sei, um so eine Sache richtig anzupacken. Irgendwie würde er sie doch verpfuschen ...

Und dann könnte er vom Regen in die Traufe kommen. Der *Liberal* war wohl ein ödes, entmutigendes und kleinliches Blatt, aber es war immerhin kein gemeines und verrufenes Blatt.

Indes, wenn es auch zu keinem so verheerenden Ausbruch kommen sollte, so war es doch für Mr. Barnstaple unbedingt erforderlich, einige Zeit von Mr. Peeve auszuruhen. Ein- oder zweimal hatte er ihm schon widersprochen. Ein Streit konnte jeden Augenblick ausbrechen. Es war klar, daß der erste Schritt, den er tun mußte, um von Mr. Peeve auszuruhen, ein Besuch beim Arzt war. Also ging Mr. Barnstaple zu einem Arzt.

„Ich verliere die Gewalt über meine Nerven", sagte Mr. Barnstaple, „ich bin fürchterlich nervös."

„Sie leiden an Neurasthenie", sagte der Arzt.

„Ich hasse meine tägliche Arbeit."

„Sie brauchen einen Urlaub."

„Glauben Sie, daß ich eine Abwechslung nötig habe?"
„Eine so gründliche, wie nur irgend möglich."
„Können Sie mir einen Ort empfehlen, wohin ich gehen könnte?"
„Wohin *wollen* Sie gehen?"
„Ich habe kein bestimmtes Ziel. Ich dachte, Sie könnten mir etwas empfehlen –"
„Finden Sie einen anziehenden Ort – und gehen Sie dorthin. Tun Sie sich keinen Zwang an."
Mr. Barnstaple zahlte dem Doktor eine Guinee und, gewappnet mit dessen Ratschlägen, bereitete er sich darauf vor, Mr. Peeve von seiner Erkrankung und der Notwendigkeit eines Urlaubs zu benachrichtigen, sobald sich Gelegenheit ergeben würde.

2

Eine Zeitlang bedeutete der in Aussicht stehende Urlaub für Mr. Barnstaple eine Vermehrung der schon äußerst schwer auf ihm lastenden Sorgen. Der Entschluß fortzugehen stellte ihn plötzlich vor drei anscheinend unlösbare Probleme: Wie fortkommen? Wohin? Und da Mr. Barnstaple zu jenen Leuten gehörte, die sehr schnell ihrer eigenen Gesellschaft überdrüssig werden: Mit wem? Verstohlene Pläne brachen wie ein leuchtender Strahl durch die Miene voll aufrichtigen Jammers, die Barnstaple in letzter Zeit zur Schau trug. Aber niemand achtete sonderlich auf Barnstaples Gesichtsausdruck.
Eines war ihm ganz klar. Kein Sterbenswörtchen von diesem Urlaub zu Hause! Er wußte ganz genau, was geschehen würde, wenn Mrs. Barnstaple Wind davon bekäme. Sie würde mit einer Miene hingebungsvollen Eifers die Angelegenheit selbst in die Hand nehmen. „Du mußt einen *richtigen* Urlaub haben!" würde sie sagen. Sie würde ein ziemlich entferntes und teures Bad in Cornwall, Schottland oder in der Bretagne wählen, sie würde einen Haufen Reiseausstattung zusammenkaufen, im letzten Augenblick

würde ihr noch etwas einfallen, um das Gepäck mit unbequemen Dingen vollzupfropfen, und – sie würde die Jungen mitnehmen. Wahrscheinlich würde sie es so einzurichten verstehen, daß eine oder zwei Freundesgruppen an denselben Ort kämen, um ‚etwas Leben in die Bude zu bringen'. Und dann würden die sicherlich ihre schlechtesten Charakterzüge hervorkehren und sich als ganz unausstehliche Menschen entpuppen. Es würde kein ordentliches Gespräch, keine echte Fröhlichkeit geben, sondern nur endlose Spiele ... Nein!

Wie kann es aber ein Mann anstellen, auf Urlaub zu gehen, ohne daß seine Frau Wind davon bekommt? Irgendwie muß doch ein Koffer gepackt und aus dem Hause geschmuggelt werden ...

Mr. Barnstaple betrachtete es als den hoffnungsvollsten Umstand in seiner Lage, daß er ein kleines Auto sein eigen nannte. Es war nur natürlich, daß dieser Wagen eine große Rolle in seinen geheimen Plänen spielte. Er schien ihm die günstigsten Möglichkeiten zum Entkommen zu bieten. Er verwandelte die mögliche Antwort auf die Frage: Wohin? von einem bestimmten, feststehenden Ort in einen, der, wie ich glaube, in der Mathematik geometrischer Ort genannt wird. Und dann hatte das kleine Biest etwas so Gemütliches an sich, daß es leise, aber ganz vernehmlich die Frage beantwortete: Mit wem? Es war ein Zweisitzer! In der Familie hieß es ‚Das Fußbad', der ‚Senftopf' oder ‚Die Gelbe Gefahr'. Wie man aus diesen Bezeichnungen schließen kann, war es ein niederer, offener Wagen von grellgelber Farbe. Barnstaple benützte ihn zur Fahrt von Sydenham nach seinem Büro. Der Wagen legte mit einem Liter Brennstoff leicht zwölf Kilometer zurück, war also viel billiger als eine Monatskarte. Tagsüber stand er im Hof unter dem Bürofenster. In Sydenham war er in einem Schuppen untergebracht, zu dem nur Mr. Barnstaple den Schlüssel besaß. Bisher war es ihm gelungen, zu verhindern, daß die Jungen das Auto fuhren oder in Stücke zerlegten. Manchmal fuhr er mit Mrs. Barnstaple in Sydenham umher, ihre Einkäufe zu besorgen. Aber sie konnte den kleinen Wagen nicht recht leiden, weil er sie zu sehr den Elementen aussetzte und sie darin verstaubt und zerzaust wurde. Durch all das, was der kleine Wagen ermöglichte, und durch all das, was er verhinderte, war er offenbar zum Mittel des benötigten Urlaubs bestimmt. Und Mr. Barnstaple fuhr ihn wirklich gern. Er steuerte sehr schlecht, aber sehr vorsichtig. Und obwohl die Karre manchmal stehenblieb und sich weigerte, weiterzufahren, so tat sie doch nicht das, was die meisten anderen Dinge in Mr. Barnstaples Leben taten, oder sie hatte es wenigstens bisher nicht getan; nämlich, sich nach Osten zu wenden, wenn Barnstaple das Steuerrad nach Westen drehte. Dies verlieh ihm ein angenehmes Gefühl der Überlegenheit.

Schließlich traf Mr. Barnstaple seine Entscheidung mit großer Eile. Plötzlich eröffnete sich ihm eine günstige Gelegenheit. Donnerstag hatte er in der Druckerei zu tun, und er fühlte sich furchtbar abgehetzt, als er abends heimkam. Das Wetter war andauernd heiß und trocken. Es wurde nicht weniger bedrückend durch den Gedanken, daß diese Dürre Hunger und Elend für die Hälfte der Welt vorausahnen ließ. Und in London herrschte Hochsaison – mondän und grinsend. Dieses Jahr war womöglich noch blödsinniger als das große Tangojahr 1913, welches Mr. Barnstaple im Hinblick auf die darauf folgenden Ereignisse bis jetzt für das blödsinnigste Jahr der Weltgeschichte gehalten hatte. Der *Star* brachte den üblichen Schub an schlechten Nachrichten neben der Spalte, in welcher die sportlichen und gesellschaftlichen Neuigkeiten herrschten. Zwischen den Russen und Polen waren Kämpfe ausgebrochen, ebenso in Irland, in Kleinasien, an der indischen Grenze und in Ostsibirien. Drei neue schreckliche Mordtaten waren geschehen. Die Bergarbeiter waren noch immer ausgesperrt, und es drohte ein großer Eisenbahnerstreik. In der Bahn hatte Barnstaple nur einen Stehplatz bekommen, und der Zug war mit zwanzig Minuten Verspätung abgefahren.

Zu Hause fand er einen Zettel vor, auf dem ihm seine Frau mitteilte, daß ihre Vettern aus Wimbledon telegrafiert hätten, man habe dort die seltene Gelegenheit, Mademoiselle Lenglen und andere Größen Tennis spielen zu sehen; sie sei mit den Jungen hinübergefahren und werde erst spät zurückkehren. Es würde den Jungen guttun, meinte sie, wirklich erstklassige Tennisspieler zu sehen. Die Dienstboten hätten an diesem Abend ihren Ausgang. Er werde hoffentlich nicht böse sein, diesmal allein daheim bleiben zu müssen. Die Mädchen würden etwas kalten Aufschnitt für ihn bereitstellen, ehe sie fortgingen.

Mr. Barnstaple las diese Botschaft mit Resignation. Beim Abendbrot las er eine Broschüre, die ihm ein Freund aus China gesandt hatte, um ihm zu zeigen, wie die Japaner die Reste chinesischer Zivilisation und Bildung zerstörten.

Erst als er nach dem Abendbrot in seinem kleinen Garten saß und seine Pfeife rauchte, kam es ihm voll zu Bewußtsein, was es für ihn bedeutete, allein zu Hause zu sein. Dann wurde er auf einmal sehr geschäftig. Er rief Mr. Peeve an, teilte ihm das Urteil des Arztes mit, erklärte ihm, daß die Dinge beim *Liberal* gerade jetzt besonders günstig lägen, und erhielt Urlaub.

Danach ging er in sein Schlafzimmer und packte eilig einen vorsintflutlichen Koffer, den man wahrscheinlich nicht so bald vermissen würde, und verstaute ihn unter dem Sitz seines Wagens. Danach beschäftigte er sich einige Zeit damit, seiner Frau einen Brief zu schreiben, und steckte ihn sehr sorgfältig in seine Brusttasche.

Dann sperrte er den Wagenschuppen ab und setzte sich mit seiner Pfeife und einem guten, gedankenschweren Buch über den Bankrott Europas in einen Liegestuhl im Garten, um so unschuldig wie nur möglich auszusehen und sich auch so zu fühlen, ehe seine Familie nach Hause käme.

Als seine Frau zurückkam, erzählte er ihr so beiläufig, daß er sich sehr nervös fühle und daß er sich vorgenommen habe, am nächsten Montag nach London zu fahren, um einen Arzt zu konsultieren.

Mrs. Barnstaple schlug einen Arzt vor, er aber sagte, er habe in dieser Angelegenheit auf Peeve Rücksicht zu nehmen und Peeve sei gerade auf den Dr. Soundso versessen – das war nämlich der Mann, den er in Wirklichkeit schon konsultiert hatte. Und als Mrs. Barnstaple sagte, ihrer Meinung nach hätten sie alle einmal richtige Ferien nötig, brummte er etwas Unverständliches.

Auf diese Weise konnte Mr. Barnstaple mit dem ganzen Gepäck, das für mehrere Ferienwochen nötig war, das Haus verlassen, ohne irgendeinem unüberwindlichen Widerstand zu begegnen. Am nächsten Morgen brach er nach London auf. Der Verkehr auf der Straße war bunt und lebhaft, aber keineswegs schwierig, und die ‚Gelbe Gefahr' fuhr so sanft dahin, daß sie den Namen ‚Goldene Hoffnung' verdient hätte. In Camberwell bog er in die Camberwell-New Road ein und nahm den Weg nach dem am Anfang der Vaux-Bridge Road gelegenen Postamt. Hier hielt er an. Sein Vorhaben erschreckte ihn, erfüllte ihn aber auch mit Stolz. Er begab sich ins Postamt und sandte seiner Frau ein Telegramm: ‚Dr. Pagan sagt, Einsamkeit und Ruhe dringend nötig, fahre daher in den Seen-Distrikt, habe, dies vorausahnend, Gepäck mitgenommen. Brief folgt.'

Dann kam er heraus, kramte in seiner Tasche, zog den Brief hervor, den er am vorigen Abend geschrieben hatte, und steckte ihn in den Postkasten. Den Brief hatte er absichtlich so gekritzelt, daß er Neurasthenie in akutem Stadium ahnen ließ. Dr. Pagan habe einen sofortigen Urlaub verordnet, stand dort geschrieben, und ihm empfohlen, ‚nordwärts zu wandern'. Es sei besser, ihm während einiger Tage oder etwa einer Woche keinerlei Post nachzusenden. Er werde nicht schreiben, außer es ginge etwas schief. Keine Nachricht sei gute Nachricht. Sie möge ruhig sein, alles würde gut werden. Sobald er eine feste Adresse für Briefe habe, werde er drahten, aber nur ganz dringende Sachen sollten ihm dann nachgeschickt werden.

Danach stieg er wieder in den Wagen und das mit einem Gefühl der Freiheit, wie er es seit seinen ersten Schulferien nicht mehr empfunden hatte. So schlug er die Richtung nach der Great North Road ein, aber im Stau am Hyde Park Corner hieß ihn ein Polizist nach der Knights Bridge abbiegen, und später wurde er an der Ecke, wo die Bath

Road von der Oxford Road abzweigt, durch einen Möbelwagen, der den Weg versperrte, in die erstere abgedrängt. Aber das machte nicht viel aus. Jeder Weg führt nach Irgendwohin, und er konnte ja auch später nordwärts fahren.

3

Es war einer jener Tage voll heiteren Sonnenscheins, die für die große Dürre von 1921 so charakteristisch waren. Es war nicht im geringsten schwül. Im Gegenteil, die Frische und Mr. Barnstaples gute Laune vereinigten sich, um ihn recht angenehme Erlebnisse erwarten zu lassen. Die Hoffnung war wieder zurückgekehrt. Er wußte wohl, daß er auf dem Wege war, dem Alltag zu entfliehen, aber er hatte bis jetzt noch nicht die leiseste Ahnung, wie vollkommen ihn dieser Weg dem Alltag entführen sollte. Es wäre schon ein nettes kleines Erlebnis, jetzt bei einem Wirtshaus zu halten und zu frühstücken. Und wenn er sich unterwegs einsam fühlen sollte, würde er irgend jemanden mitnehmen und mit ihm plaudern. Er konnte ganz ruhig jemanden mitnehmen, denn es war ihm ganz gleichgültig, nach welcher Richtung er fuhr, wenn er nur Sydenham und die Redaktion des *Liberal* im Rücken hatte.

Unweit von Slough wurde er von einem riesigen grauen Tourenwagen überholt, der ihn aufschreckte und zum Ausweichen zwang. Der Wagen tauchte lautlos neben ihm auf und hatte ihn im Augenblick überholt, obwohl er selbst nach seinem Geschwindigkeitsmesser, der nur manchmal nicht ganz genau war, gut fünfundfünfzig Kilometer in der Stunde fuhr. Die Insassen waren, wie er feststellte, drei Herren und eine Dame; sie saßen alle hochaufgerichtet und sahen sich um, als ob sie sich für etwas interessierten, das hinterherkam. Da sie sehr schnell an ihm vorüberfuhren, konnte er bloß bemerken, daß die Dame von einer auffallenden, strahlenden Schönheit war und daß der ihm zunächst sitzende Herr ein sonderbar elfenhaftes, wenn auch ältliches Gesicht hatte.

Noch bevor er den Schreck über diese vorbeisausende Erscheinung überwunden hatte, machte ihn ein andrer Wagen mit dem Ton eines prähistorischen Sauriers darauf aufmerksam, daß schon wieder jemand an ihm vorbeiwollte. Auf solche Weise – nämlich nach freundlicher Verständigung – ließ sich Mr. Barnstaple gern überholen. Er verringerte die Geschwindigkeit, ließ jeden Anspruch darauf, König der Straße zu sein, fallen und machte mit der Hand aufmunternde Zeichen. Eine große, glatte, schnelle Limousine machte von seiner Erlaubnis, die breite Straße zu passieren, Gebrauch. Der Wagen führte eine tüchtige Menge Gepäck mit sich; aber, mit Ausnahme eines jungen Mannes mit einem Monokel, der neben dem Fahrer saß, sah Barnstaple keine Insassen. Gleich vor ihm bog die Limousine um die Ecke, hinter dem Tourenwagen her.

Nun, selbst eine fahrende ‚Fußbadewanne' hat es nicht gern, an einem hellen Morgen auf offener Straße so großspurig überholt zu werden. Barnstaple drückte das Gaspedal hinunter und nahm die Kurve mit gut zehn Stundenkilometer schneller, als ihm seine Vorsicht sonst zu fahren gestattete. Er fand die Straße vor sich ganz leer.

Ja, er fand die Straße vor sich viel zu leer. Sie erstreckte sich etwa fünfhundert Meter lang schnurgerade vor seinen Augen. Auf der linken Seite waren eine niedrige, gestutzte Hecke, vereinzelte Bäume, flache Felder, dahinter lagen einige kleine Häuschen, weiter entfernt Pappeln, und ganz hinten sah man Windsor Castle. Auf der rechten Seite waren gleichfalls Felder und ein kleines Wirtshaus vor einem Hintergrund niedriger bewaldeter Hügel. Eine auffallende Erscheinung in dieser ruhigen Landschaft war die Reklame eines Strandhotels in Maidenhead. Barnstaple sah vor sich das Flimmern der heißen Luft und zwei oder drei Staubwirbel, die auf der Straße entlang tanzten. Aber keine Spur von dem großen Tourenwagen – und keine Spur von der Limousine. Mr. Barnstaple brauchte gut zwei Sekunden, ehe er sich dieser erstaunlichen Tatsache voll bewußt wurde. Weder zur Rechten noch zur Linken gab es irgendeine Seitenstraße, in welche die Wagen hätten verschwinden können. Und wenn sie schon um die nächste Biegung sein sollten, dann hätten sie mit dreihundert Kilometern in der Stunde fahren müssen.

Mr. Barnstaple hatte die gute Gewohnheit, die Geschwindigkeit sofort zu verringern, wenn er sich über etwas nicht klar war. Auch jetzt stoppte er ab. So kam er auf eine Geschwindigkeit von ungefähr zwanzig Stundenkilometer und starrte mit offenem Munde in die leere Landschaft, um irgendeinen Anhaltspunkt für das rätselhafte Verschwinden der Wagen zu finden. Erstaunlicherweise hatte er durchaus nicht das Gefühl, daß er selbst irgendwie gefährdet sein könnte.

Dann schien sein Wagen an irgend etwas anzustoßen und begann zu schleudern. Er schleuderte so heftig herum, daß Barnstaple für einen Augenblick den Kopf verlor. Er konnte sich nicht erinnern, was man zu tun hat, wenn ein Wagen schleudert. Er erinnerte sich dunkel, daß man in die Richtung zu steuern hätte, nach der sich der Wagen dreht, aber in seiner momentanen Aufregung konnte er nicht feststellen, in welche Richtung der Wagen schleuderte.

Später erinnerte er sich, daß er in diesem Augenblick einen Ton gehört hatte. Es war genau derselbe Ton, der entsteht, wenn eine Spannung ihren Höhepunkt erreicht hat, scharf wie das Springen einer Lautensaite, ein Ton, den man zu Anfang – oder zu Ende – der Bewußtlosigkeit in der Narkose hört.

Es war ihm, als ob er gegen die Hecke an der rechten Seite geschleudert worden wäre, aber nun fand er die Straße wieder vor sich. Er berührte den Gashebel, stoppte aber dann wieder ab und blieb stehen. Voll tiefster Verwunderung blieb er stehen.

Diese Straße war vollkommen verschieden von derjenigen, auf der er sich noch vor einer halben Minute befunden hatte. Die Hecken waren verwandelt, die Bäume waren verändert. Windsor Castle war verschwunden, und – eine kleine Entschädigung – die große Limousine war wieder in Sicht. Sie stand am Rand der Straße, ungefähr zweihundert Meter entfernt.

2

Die wunderbare Straße

I

Eine Zeitlang war Mr. Barnstaples Aufmerksamkeit sehr ungleich geteilt zwischen der Limousine, deren Insassen eben ausstiegen, und der Landschaft, die ihn umgab. Letztere war wirklich so fremdartig und schön, daß die kleine Gruppe vor ihm nur insofern einige Bedeutung in seinem Bewußtsein erlangte, als es sich um Leute handelte, die seine Bewunderung und sein Erstaunen teilen mußten, und die ihm deshalb wahrscheinlich helfen konnten, seine wachsende und ihn ganz überwältigende Verwirrung zu klären und zu beruhigen.

Die Straße war nicht wie eine gewöhnliche englische Landstraße, ein Mischmasch aus Schotter und Erde, bedeckt mit teerbeschmiertem Kies, Staub und tierischen Exkrementen, sondern war offenbar aus Glas, stellenweise durchsichtig wie stilles Wasser, und stellenweise milchweiß oder opalisierend, durchzogen von sanft gefärbten Streifen, oder glänzend von Wolken glitzernder goldener Flocken. Sie war vielleicht zwölf oder fünfzehn Meter breit. Auf jeder Seite erstreckte sich ein grüner Rasenstreifen mit Gras, wie es Barnstaple feiner noch niemals gesehen hatte – und in der Pflege von Rasenflächen hatte er reiche Erfahrung –, dahinter ein breiter Saum von Blumen. An der Stelle, wo Mr. Barnstaple gaffend in seinem Wagen saß, und von da etwa dreißig Meter nach beiden Richtungen hin, bestand dieser Saum aus einer dichten Masse vergißmeinnichtblauer Blüten unbekannter Art. Weiterhin wurde die Farbe durch eine zunehmende Zahl großer, reinweißer Ähren unterbrochen, die schließlich das Blau vollständig aus dem Beet verdrängten. Auf der gegenüberliegenden Seite des Weges waren die gleichen Ähren vermischt mit Gruppen von ebenso fremdartigen Pflanzen, die Samenkapseln trugen und deren Farben abschnittweise zwischen Blau, Anilinrot, Purpurrot bis zu einem intensiven Karmesinrot wechselten. Jenseits dieses farbenprächtigen, duftigen Blumensaumes breiteten sich flache Wiesen aus, auf denen cremefarbenes Vieh weidete. Durch Barnstaples plötzliches Erscheinen wahrscheinlich aufgeschreckt, betrachteten ihn drei ganz in der Nähe wiederkäuende Tiere mit gutmütig nachdenklichen Augen. Sie hatten lange Hörner und Wammen, ähnlich dem Vieh in Südeuropa und Indien. Von diesen gutartigen Wesen wandten sich Barnstaples Augen einer langen Reihe flammenförmiger Bäume zu, einer Säulenhalle aus Weiß und Gold und einem Hintergrund von schneebedeckten Bergen. Einige große weiße Wolken segelten über einen Himmel von reinstem Blau. Die Luft empfand Mr. Barnstaple erstaunlich klar und lind.

Mit Ausnahme der Kühe und der kleinen Gruppe von Menschen, die bei der Limousine standen, konnte Mr. Barnstaple kein Lebewesen entdecken. Die Automobilisten standen still da und blickten erstaunt um sich. Der Schall verdrossener Stimmen drang zu ihm.

Ein scharfes Knistern hinter seinem Rücken veranlaßte Barnstaple, sich umzudrehen. An der Straße, in der Richtung, aus der er offenbar gekommen war, lagen die Trümmer eines scheinbar erst ganz kürzlich zerstörten Steinhauses. Daneben waren zwei große Apfelbäume wie durch eine Explosion frisch geknickt und gespalten; aus der Mitte der Trümmer stieg eine Rauchsäule empor und ertönte ein Knistern wie von feuerfangenden Gegenständen. Die geknickten Stämme der zerschmetterten Apfelbäume brachten Mr. Barnstaple auf die Idee, daß einige Blumen nahe am Straßenrand ebenfalls nach einer Seite umgeknickt waren, so als ob vor kurzem ein heftiger Windstoß über sie hinweggefegt hätte. Jedoch hatte er weder eine Explosion gehört noch den geringsten Wind verspürt.

Eine Zeitlang starrte er dort hin, dann wandte er sich

wieder zur Limousine, als ob er von dort eine Erklärung erwartete. Drei Leute kamen nun die Straße entlang auf ihn zu, geführt von einem hohen, schlanken, grauhaarigen Herrn mit einem Filzhut und einem langen Staubmantel. Er hatte ein schmales Gesicht mit einer kleinen Stülpnase, die den Bügeln seines goldenen Kneifers kaum genügend Platz bot. Mr. Barnstaple ließ den Motor an und fuhr ihnen langsam entgegen.

Sobald er sich in Hörweite zu befinden glaubte, blieb er stehen und beugte den Kopf fragend aus der ‚Gelben Gefahr' heraus. In demselben Augenblick stellte der lange grauhaarige Herr die gleiche Frage: „Mein Herr, können Sie mir sagen, wo wir eigentlich sind?"

2

„Vor fünf Minuten", sagte Mr. Barnstaple, „hätte ich gesagt, wir sind auf der Maidenhead Road, in der Nähe von Slough."

„Stimmt!" sagte der lange Herr in einem ernsthaften und nachdrücklichen Ton. „Stimmt! Und ich behaupte, daß nicht die geringste Ursache besteht, anzunehmen, daß wir nicht noch immer auf der Maidenhead Road sind!"

Der herausfordernde Ton des Dialektikers klang aus seiner Stimme.

„Es sieht aber nicht aus wie die Maidenhead Road", sagte Mr. Barnstaple.

„Zugegeben! Aber haben wir nach dem Anschein zu urteilen, oder haben wir auf Grund der direkten Fortsetzung unserer Erfahrung zu urteilen? Die Maidenhead Road führte hierher, sie stand in lückenlosem Zusammenhang mit dem hier, und darum bleibe ich dabei: das ist die Maidenhead Road!"

„Diese Berge?" gab Mr. Barnstaple zu bedenken.

„Windsor Castle sollte dort sein!" sagte der große Herr strahlend, als ob er einen guten Schachzug getan hätte.

„Es war dort vor fünf Minuten", sagte Mr. Barnstaple.

„Dann ist es klar, daß diese Berge eine Art Camouflage sind", sagte der große Herr triumphierend, „und die ganze Geschichte nichts weiter ist als ‚Mache', wie man es heutzutage nennt."

„Es scheint merkwürdig gut ‚gemacht' zu sein!" erwiderte Mr. Barnstaple.

Es entstand eine Pause, während welcher Mr. Barnstaple die Begleiter des langen Herrn musterte. Ihn selbst kannte er ganz genau. Er hatte ihn ein dutzendmal in öffentlichen Versammlungen und bei Festessen gesehen. Es war Mr. Cecil Burleigh, der große Führer der Konservativen. Er war nicht nur ein hochgeachteter Politiker, sondern auch im Privatleben ragte er als Gentleman, als Philosoph und als ein Mann von umfassender Bildung hervor. Hinter ihm stand ein kurzer, untersetzter, nicht mehr ganz junger Mann, den Mr. Barnstaple nicht kannte. Das Unsympathische seiner Erscheinung wurde noch durch ein Monokel verstärkt. Der dritte in der Gruppe war ebenfalls eine bekannte Figur, aber Mr. Barnstaple konnte ihn einige Zeit nirgends einreihen. Er hatte ein glattrasiertes, rundes, derbes Gesicht und war wohlbeleibt; seiner Kleidung nach konnte man ihn entweder für einen Geistlichen der Hochkirche oder für einen wohlbestallten römisch-katholischen Priester halten.

Der junge Mann mit dem Monokel sprach nun mit der Stimme eines Eunuchen: „Es ist kaum einen Monat her, daß ich die Straße nach Taplow Court hinausfuhr, und damals war bestimmt nichts derartiges am Weg zu sehen!"

„Ich gebe zu, es bestehen Schwierigkeiten!" sagte Mr. Burleigh. „Ich gestehe, es sind sogar bedenkliche Schwierigkeiten vorhanden, immerhin wage ich noch zu glauben, daß meine Behauptungen im wesentlichen zu Recht bestehen."

„Sie glauben nicht, daß dies die Maidenhead Road ist?" fragte der Herr mit dem Monokel mit herausfordernder Miene Mr. Barnstaple.

„Für ein Machwerk sieht es zu vollkommen aus", erwiderte Mr. Barnstaple mit sanfter Hartnäckigkeit.

„Aber, mein Herr", protestierte Mr. Burleigh, „diese Straße ist doch allgemein durch die Kunstgärtner bekannt, die manchmal aus Reklamegründen die erstaunlichsten Schaustellungen veranstalten."

„Warum fahren wir dann jetzt nicht geradeaus weiter nach Taplow Court?" fragte der Herr mit dem Monokel.

„Weil", sagte Mr. Burleigh mit einem Ton von Schroffheit, die ganz natürlich ist, wenn man immer wieder auf eine Tatsache zurückkommen muß, die schon genau bekannt ist und eigensinnig übersehen wird, „weil Rupert dabei bleibt, daß wir in einer anderen Welt seien und er nicht weiter will. Das ist der Grund! Er hat immer zuviel Einbildungskraft gehabt. Er glaubt, daß Dinge, die nicht existieren, doch existieren können. Und jetzt glaubt er sich in irgendeinen wissenschaftlichen Roman versetzt, außerhalb unserer Welt, in einer anderen Dimension. Manchmal glaube ich, es wäre für uns alle besser gewesen, wenn Rupert sich damit beschäftigt hätte, Romane zu schreiben, anstatt sie zu erleben. Wenn Sie, als sein Sekretär, glauben, daß Sie ihn dazu bringen können, zur rechten Zeit in Taplow zu sein, um mit den Leuten aus Windsor zu frühstücken ..." Mr. Burleigh deutete durch eine Gebärde an, daß er für solche Ideen keine passenden Worte finden könne.

Indessen hatte Mr. Barnstaple eine hohe Gestalt mit gelblicher Gesichtsfarbe unter einem grauen Zylinder mit schwarzem Band, eine aus Karikaturen vertraute Erscheinung, bemerkt, die mit langsamen Bewegungen das Blumengewühl neben der Limousine untersuchte. Dies konnte niemand anderer sein als der berühmte Rupert Catskill, der Staatssekretär im Kriegsministerium. Ausnahmsweise befand sich Mr. Barnstaple in voller Übereinstimmung mit diesem allzu abenteuerlustigen Politiker. Dies *war* eine andere Welt. Barnstaple stieg aus dem Wagen und wandte sich an Mr. Burleigh: „Ich denke, mein Herr, wir werden es eher aufklären können, wo wir sind, wenn wir das hier nebenan brennende Gebäude untersuchen. Mir war soeben, als ob ich eine auf dem Hang hinter dem Hause liegende

Gestalt gesehen hätte. Wenn wir nur einen von diesen Flunkerern fangen könnten ..." Er ließ diesen Satz unbeendet, weil er nicht einen Augenblick daran glaubte, daß sie gefoppt seien. Mr. Burleigh war in den letzten fünf Minuten sehr in seiner Achtung gesunken. Alle vier wandten ihre Gesichter der rauchenden Ruine zu.

„Es ist doch sehr eigentümlich, daß weit und breit keine Seele zu sehen ist", bemerkte der Monokelmann, den Horizont absuchend.

„Gut, es kann nicht schaden, nachzusehen, was da brennt", sagte Mr. Burleigh und lenkte seine Schritte nach dem zusammengestürzten Haus zwischen den umgebrochenen Bäumen, wobei er seine schlaue, besserwissende Miene beibehielt. Aber ehe er noch ein Dutzend Schritte gemacht hatte, wurde die Aufmerksamkeit der kleinen Gruppe durch einen lauten Schreckensschrei der Dame, die in der Limousine sitzen geblieben war, wieder dahin gelenkt.

3

„Das ist aber wirklich zuviel!" rief Mr. Burleigh in aufrichtiger Entrüstung. „Es muß doch polizeiliche Verordnungen geben, um solchen Unfug zu verhindern!"

„Er ist einem Wanderzirkus entsprungen", sagte der Herr mit dem Monokel. „Was sollen wir tun?"

„Er sieht zahm aus", sagte Mr. Barnstaple, aber ohne die geringste Neigung, seine Theorie zu erproben.

„Wie leicht kann man durch so etwas sehr ernstlich erschreckt werden", sagte Mr. Burleigh. Und in einem beruhigenden Ton rief er:

„Rege dich nicht auf, Stella! Er ist wahrscheinlich ganz zahm und harmlos, reize ihn nicht mit dem Sonnenschirm, er könnte dich anfallen, Stella!"

Er war ein großer und schöner Leopard, der ganz leise aus den Blumen aufgetaucht war und sich wie eine gewaltige Katze mitten auf die gläserne Straße neben den großen

Wagen gesetzt hatte. Er blinzelte und bewegte den Kopf rhythmisch von einer Seite auf die andere mit einem erstaunten und interessierten Ausdruck, weil die Dame, wie es für solche Anlässe der Tradition entspricht, ihren Schirm, so schnell sie nur konnte, gegen ihn auf- und zuklappte. Der Chauffeur hatte hinter dem Wagen Deckung genommen. Mr. Rupert Catskill, der offenbar erst durch den Schrei, welcher die Aufmerksamkeit Mr. Burleighs und seiner Gefährten erregt hatte, die Existenz jenes Wesens bemerkte, stand, knietief in den Blumen, verblüfft da.

Mr. Catskill war der erste, der handelte, und seine Handlungsweise bewies seinen Mut; sie war zugleich vorsichtig und kühn.

„Hören Sie doch auf, den Schirm zu schwingen, Lady Stella!" rief er. „Lassen Sie mich ... ich will ... seinen Blick auf mich ziehen."

Er machte einen Bogen um den Wagen herum, um dem Tier von Angesicht zu Angesicht gegenüberzutreten. Dann stand er einen Augenblick so da, als ob er sich bewundern lassen wollte, eine beherzte kleine Gestalt im grauen Gehrock und schwarzbebänderten Zylinder. Er streckte vorsichtig die Hand aus, nicht zu plötzlich, aus Angst, er könnte das Tier erschrecken: Mieze! lockte er.

Der Leopard, beruhigt durch das Verschwinden von Lady Stellas Sonnenschirm, betrachtete ihn mit Interesse und Neugier. Catskill rückte weiter vor. Der Leopard streckte sein Maul vor und schnupperte.

„Wenn er sich nur streicheln ließe!" sagte Mr. Catskill und kam auf Armeslänge heran.

Das Tier beschnupperte mit ungläubiger Miene die ausgestreckte Hand. Dann, mit einer Plötzlichkeit, die Mr. Catskill mehrere Schritte zurückweichen ließ – nieste es. Es nieste noch einmal viel heftiger, schaute Mr. Catskill einen Augenblick vorwurfsvoll an und sprang dann leichtfüßig nach der weiß-goldenen Säulenhalle davon. Mr. Barnstaple beobachtete, wie das auf der Weide grasende Vieh den Leoparden vorbeispringen sah, ohne die geringste Furcht zu zeigen.

Mr. Catskill blieb mit einer gewissen Erleichterung mitten auf der Straße stehen.

„Kein Tier“, bemerkte er, „kann dem festen, durchbohrenden Blick des Menschen widerstehen! Keines! Für euch Materialisten ist das natürlich ein Rätsel! Wollen wir Mr. Cecil folgen, Lady Stella? Es scheint, daß er dort unten etwas Sehenswertes gefunden hat. Der Mann in dem kleinen gelben Wagen wird vielleicht wissen, wo er ist. Ja?“

Er half der Dame aus dem Wagen, und die beiden kamen auf Mr. Barnstaples Gruppe zu, die sich nun wieder dem brennenden Haus näherte.

Der Chauffeur, der offenbar nicht wünschte, in dieser Welt unglaublicher Möglichkeiten mit der Limousine allein gelassen zu werden, folgte so dicht, als es ihm der Respekt erlaubte.

3

Das wunderschöne Volk

I

Das Feuer in dem Häuschen schien keine weiteren Fortschritte zu machen. Die daraus aufsteigende Rauchfahne war jetzt viel schwächer geworden, als sie vorhin gewesen war. Nahe herangekommen, fanden sie eine Menge verbogener Stücke glänzenden Metalls und Splitter zerbrochenen Glases zwischen den Mauertrümmern. Die Vermutung drängte sich zwingend auf, daß wissenschaftliche Apparate explodiert seien. Dann wurde die ganze Gesellschaft fast gleichzeitig eines Körpers gewahr, der auf dem Grasabhang hinter der Ruine lag. Es war der Leib eines Mannes in der Blüte der Jahre, nackt bis auf ein paar Armbänder, einen Halsschmuck und Lendenschurz; aus Mund und Nasenlöchern sickerte Blut. Mit einer gewissen Scheu kniete Mr. Barnstaple neben dieser hingestreckten Gestalt nieder und befühlte das Herz. Niemals zuvor hatte er ein so schönes Gesicht und einen so edlen Körper gesehen.

„Tot“, flüsterte er.

„Seht“, ertönte die schrille Stimme des Herrn mit dem Monokel, „noch einer!“

Er deutete auf etwas, das Mr. Barnstaple durch ein Stück Mauer verborgen war. Mr. Barnstaple mußte aufstehen und über einen Haufen Geröll klettern, um diesen zweiten Fund sehen zu können. Es war ein schlankes Mädchen, ebenso spärlich bekleidet wie der Mann. Sie war anscheinend mit riesiger Wucht gegen die Mauer geschleudert und augenblicklich getötet worden. Das Gesicht war ganz unverletzt, obwohl der Schädel hinten zerschmettert war. Ihr vollendet schöner Mund und die grüngrauen Augen waren ein wenig geöffnet, und sie hatte den Ausdruck eines Menschen, der noch über irgendein schwieriges, aber interessantes Problem nachdenkt. Das Antlitz machte gar nicht den Eindruck einer Toten, sondern sah nur wie geistesabwesend aus. Eine Hand umkrampfte noch ein kupfernes Gefäß mit einem gläsernen Griff, die andere hing schlaff herunter.

Einige Sekunden lang sprach niemand. Es war, als ob jeder fürchtete, den Gedankengang des Mädchens zu unterbrechen.

Dann hörte Mr. Barnstaple hinter sich den geistlichen Herrn mit leiser Stimme sagen:

„Welch vollendete Gestalt!"

„Ich gebe zu, ich hatte Unrecht", sagte Mr. Burleigh mit Bedacht. „Ich war im Unrecht ... Das ist kein irdisches Volk, wahrhaftig! Und folglich sind wir auch nicht auf der Erde. Ich kann mir nicht vorstellen, was geschehen ist, noch, wo wir uns befinden. Angesichts genügender Beweise habe ich nie gezögert, eine Meinung zurückzuziehen. Diese Welt, in der wir jetzt sind, ist nicht unsere Welt. Es ist etwas ..." er machte eine Pause ... „es ist etwas wirklich sehr Wunderbares!"

„Und unsere Freunde in Windsor", sagte Mr. Catskill ohne sichtliches Bedauern, „frühstücken ohne uns."

„Aber", sagte der geistliche Herr, „in was für einer Welt sind wir dann, und wie sind wir hierhergekommen?"

„Ah! Was das anbelangt", sagte Mr. Burleigh höflich, „fragen Sie mich mehr, als ich mit meinen schwachen Kräften aufklären kann. Wir sind hier in einer Welt, die in gewisser Beziehung der unseren ähnlich ist und in gewisser Beziehung nicht. Auf irgendeine Weise muß sie mit unserer Welt im Zusammenhang stehen, sonst wären wir nicht hier. Aber was für eine Verknüpfung das sein kann, ist für mich, ich gestehe es, ein unenthüllbares Geheimnis. Es mag sein, daß wir uns in irgendeiner anderen räumlichen Dimension befinden als in jener, die wir kennen. Aber in meinem armen Kopf wirbelt es, wenn ich an diese Dimensionen denke. Ich bin ... ich bin verwirrt ... total verwirrt! ..."

„Einstein!“ warf der Herr mit dem Monokel mit Nachdruck und mit deutlicher Selbstzufriedenheit ein.

„Stimmt“, sagte Mr. Burleigh, „Einstein könnte es uns erklären. Oder der liebe alte Haldane könnte eine Erklärung versuchen und mit seinem schmalzigen Hegelianismus den Schleier vor uns lüften. Aber ich bin weder Haldane noch Einstein. Hier sind wir in einer Welt, die für alle praktischen Zwecke, einschließlich unserer Sonntagsverabredung, nirgendwo ist. Oder, wenn Sie den griechischen Ausdruck vorziehen, wir sind in ‚Utopia‘. Und da ich nicht sehe, wie wir von hier wieder wegkommen können, bin ich der Ansicht, daß wir uns als vernünftige Wesen so gut wie möglich in die Lage finden und auf alles uns Nützliche bedacht sein müssen. Es ist sicherlich eine sehr schöne Welt. Die Schönheit ist sogar noch größer als das Wunder. Und es gibt menschliche Wesen hier – vernunftbegabte. Aus dem ganzen hier herumliegenden Material schließe ich, daß es eine Welt ist, in der chemische Experimente durchgeführt werden – durchgeführt bis zu einem bitteren Ende – unter beinahe idyllischen Bedingungen. Chemie – und Nacktheit. Ich fühle mich verpflichtet, zu gestehen, daß es mir als eine Frage des persönlichen Geschmacks erscheint, ob wir diese zwei Menschen, die sich hier offenbar soeben selbst in die Luft gesprengt haben, als griechische Götter oder als nackte Wilde zu betrachten haben. Ich bekenne mich zu der Ansicht, es seien ein griechischer Gott – und eine Göttin!“

„Nur, daß es ein bißchen schwer ist, sich zwei tote Unsterbliche vorzustellen“, quäkte der Mann mit dem Monokel in einem Ton, als ob er einen Trumpf im Kartenspiel ansagte.

Mr. Burleigh war nahe daran, zu antworten, und nach seinen Stirnfalten zu schließen, hätte seine Antwort einen zurechtweisenden Ton angenommen. Statt dessen stieß er einen kurzen Schrei aus und drehte sich um, zwei Neuankömmlinge zu betrachten. Die ganze Gesellschaft wurde ihrer im gleichen Augenblick gewahr. Zwei vollkommene Apollogestalten standen auf der Ruine und betrachteten unsere Erdlinge mit einem Erstaunen, das mindestens so groß war wie dasjenige, das sie selbst hervorriefen.

Einer sprach, und Mr. Barnstaple war über alle Maßen erstaunt, verständliche Worte zu vernehmen, die in seinem Bewußtsein Widerhall fanden.

„O Götter!" rief der Utope. „Was seid ihr für Dinger? Und wie seid ihr in die Welt gekommen?"

(Englisch! Es wäre viel weniger erstaunlich gewesen, wenn sie griechisch gesprochen hätten. Aber daß sie sich überhaupt in einer bekannten Sprache ausdrückten, war unglaublich, verblüffend.)

2

Von der ganzen Gesellschaft geriet Mr. Cecil Burleigh am wenigsten aus der Fassung. Er sagte: „Jetzt können wir hoffen, etwas Bestimmtes zu erfahren – angesichts vernünftiger und verständlich redender Wesen." Er räusperte sich, faßte die Aufschläge seines langen Staubmantels mit schmalen, nervösen Händen und übernahm wie selbstverständlich die Rolle des Wortführers.

„Meine Herren, es ist ganz unmöglich, Rechenschaft über unsere Anwesenheit hier abzulegen!" sagte er. „Wir stehen genauso vor einem Rätsel wie Sie. Wir haben uns auf einmal in Ihrer Welt statt in unserer eigenen gefunden!"

„Ihr kommt aus einer anderen Welt?"

„Jawohl, aus einer ganz anderen Welt, in welcher jeder von uns seinen besonderen, ihm von der Natur bestimmten Platz einnimmt. Wir waren in jener Welt gerade in unseren – äh – äh – in gewissen Vehikeln unterwegs, als wir uns auf einmal hierher versetzt fanden. Eindringlinge, ich gebe es zu, aber ich kann Ihnen versichern, unschuldige und unfreiwillige Eindringlinge."

„Wißt ihr nicht, wie es kam, daß Ardenn und Chrysolagone ihr Experiment mißlang, und warum sie tot sind?"

„Wenn Ardenn und Chrysolagone die Namen dieser

beiden schönen jungen Leute hier sind, so wissen wir überhaupt nichts von ihnen, außer, daß wir sie so vorfanden, wie Ihr sie jetzt liegen seht, als wir von der Straße hierherkamen, um herauszubekommen, oder eigentlich, um jemanden zu fragen ..."

Er räusperte sich und verschluckte das Ende seiner Rede.

Der Utope, wenn wir den, der zuerst gesprochen hatte, der Bequemlichkeit halber so nennen wollen, blickte nun seinen Begleiter an und schien ihm eine stumme Frage zu stellen. Dann wandte er sich wieder an die Erdlinge. Er sprach, und wieder erklangen klare Laute – Mr. Barnstaple hatte den Eindruck, als schlügen sie nicht an seine Ohren, sondern ertönten in seinem Kopf.

„Es wird gut sein, wenn ihr und eure Freunde nicht weiter auf diesem Trümmerhaufen herumtrampelt. Es wird gut sein, wenn ihr alle zur Straße zurückkehrt. Kommt mit mir! Mein Bruder hier wird den Brand löschen und tun, was für unseren Bruder und unsere Schwester nötig ist. Und dann wird diese Stelle von jenen untersucht werden, die von dem Werk, das hier unternommen wurde, etwas verstehen."

„Wir müssen uns ganz auf Ihre Gastfreundschaft verlassen", sagte Mr. Burleigh, „und stehen vollständig zu Ihrer Verfügung. Wir haben diese Begegnung, lassen Sie es mich wiederholen, nicht gesucht."

„Obwohl wir sie sicherlich gesucht hätten, wenn uns eine solche Möglichkeit bekannt gewesen wäre", sagte Mr. Catskill und blickte Mr. Barnstaple an, als würde er von ihm eine Bestätigung erwarten. „Wir finden diese Ihre Welt ... äußerst anziehend!"

„Auf den ersten Blick", bestätigte der Herr mit dem Monokel, „eine äußerst anziehende Welt!"

Als sie hinter dem Utopen und Mr. Burleigh durch die dichtwachsenden Blumen zur Straße zurückkehrten, hörte Mr. Barnstaple ein leises Rascheln – Lady Stella stand neben ihm. Die heitere und unbekümmerte Gewöhnlichkeit ihrer Worte, inmitten dieser reinen Wunder, erstaunte ihn.

„Haben wir uns nicht schon irgendwo getroffen – bei einem Essen oder dergleichen, Herr – Herr –?"

War dies alles doch nichts weiter als leerer Schein? Er starrte sie einen Augenblick verblüfft an, bevor er ergänzte:

„Barnstaple."

„Mr. Barnstaple?"

Er ging auf ihren Ton ein.

„Ich hatte niemals das Vergnügen, Lady Stella. Obwohl ich Sie natürlich kenne – ich kenne Sie sehr gut von Ihren Fotos in den Illustrierten."

„Haben Sie gehört, was Mr. Cecil soeben gesagt hat? Daß dies Utopia ist?"

„Er sagte, wir sollten es ‚Utopia' *nennen*!"

„Ganz Mr. Cecil! Aber ist es Utopia? – *wirklich* Utopia?"

„Ich habe mich immer so nach Utopia gesehnt!" fuhr die Lady fort, ohne Mr. Barnstaples Antwort abzuwarten. „Was für prächtige junge Leute scheinen doch diese beiden Utopen zu sein! Ich bin sicher, sie gehören zur Aristokratie – trotz ihrer – ungezwungenen – Kleidung. Oder gerade deswegen ..."

Mr. Barnstaple hatte einen glücklichen Gedanken.

„Ich habe auch Mr. Burleigh und Mr. Rupert Catskill erkannt, Lady Stella, aber ich wäre froh, wenn Sie mir sagen wollten, wer der junge Mann mit dem Monokel und der geistliche Herr sind. Sie stehen dicht hinter uns."

Lady Stella gab mit leiser Stimme in einer entzückend vertraulichen Weise Auskunft.

„Das Monokel", flüsterte sie, „ist – ich buchstabiere – F. R. E. D. D. Y. M. U. S. H., Geschmack, guter Geschmack. Er ist schrecklich tüchtig im Entdecken junger Dichter und all solch literarischem Zeug. Er ist Ruperts Sekretär. Wenn es irgendwo eine Veranstaltung gibt, ist er bestimmt dabei, sagt man. Er ist fürchterlich kritisch und sarkastisch. Wir waren eben im Begriff, zu einem hochintellektuellen Weekend nach Taplow zu fahren, ganz wie in alten Zeiten, das heißt sobald die Leute aus Windsor weggefahren wären. Mr. Gosse und Max Beerbohm wollten kommen und allerhand solche Leute. Aber heutzutage kommt immer etwas dazwischen. Immer ... Das Unerwartete – fast zu viel davon ... Der geistliche Rock" – sie guckte zurück, um festzustellen, ob sie sich außer Hörweite des Herrn befand, von dem sie eben sprach, „ist Pater Amerton, der entsetzlich freimütig über die Sünden der Gesellschaft und all solchen Kram predigt. Es ist komisch, aber außerhalb der Kanzel neigt er zur Schüchternheit und Schweigsamkeit und geht ein bißchen ungeschickt mit Gabel und Löffel um. Paradox, nicht wahr?"

„Natürlich!" rief Mr. Barnstaple. „Ich erinnere mich jetzt, ich kannte sein Gesicht, aber ich konnte es nirgends unterbringen, ich danke Ihnen vielmals, Lady Stella."

3

Die Gesellschaft dieser berühmten und ausgezeichneten Leute verlieh Mr. Barnstaple neuen Mut, und ganz besonders die Gesellschaft Stellas. Sie war aber auch wirklich beruhigend, sie brachte so viel von der lieben alten Welt mit und war offensichtlich bereit, die neue Welt bei der ersten besten Gelegenheit den Regeln der alten unterzuordnen. An ihr prallte ein großer Teil des Wunders und der Schönheit, die Mr. Barnstaple gänzlich zu überwältigen drohten, vollkommen ab. Das Zusammentreffen mit ihr und ihren Freunden war an und für sich für einen Mann in seiner Stellung ein zwar nicht sehr wichtiges, aber doch bemerkenswertes Erlebnis, das dazu beitrug, den erstaunlichen Abgrund zwischen dem Einerlei seines normalen Lebens und dieser atemberaubenden Atmosphäre Utopias zu überbrücken. Daß auch Lady Stella und Mr. Burleigh die leuchtende Pracht um ihn herum sehen und über sie sprechen konnten und daß Mr. Freddy Mush sie durch sein kritisches Monokel betrachten durfte, machte sie faßlich und degradierte sie – wenn man diesen Ausdruck in diesem Zusammenhang gebrauchen darf – zu vollkommener Glaubwürdigkeit. Sie wurde dadurch in eine Reihe mit Dingen gebracht, die in die Zeitungen kommen. Allein in Utopia, wäre Mr. Barnstaple so völlig verwirrt worden, daß er geistig zusammengebrochen wäre. Diese sich so unbeschwert benehmende gebräunte Gottheit, die eben jetzt mit Mr. Burleigh Fragen austauschte, wurde durch die Vermittlung dieses großen Mannes dem Geiste zugänglich.

Doch als Mr. Barnstaples Aufmerksamkeit von den Leuten, die in der Limousine gesessen waren, sich der so prächtig aussehenden Welt, in die er und jene gefallen waren, zuwandte, verschlug es ihm wieder fast den Atem. Was für eine Art von Lebewesen waren eigentlich diese Männer und Frauen einer Welt, in der, wie es schien, schädliches Unkraut aufgehört hatte zwischen Blumen zu wuchern, und wo Leoparden ohne jegliche katzenartige Bosheit mit freundlichen Augen die Vorübergehenden anguckten?

Es war seltsam, daß die zwei ersten Einwohner, die sie in dieser Welt der bezwungenen Natur gefunden hatten, anscheinend als Opfer eines gewagten Experiments tot dalagen. Noch seltsamer war es, daß die anderen beiden, die sich selbst Brüder des toten Mannes und Mädchens nannten, so wenig Kummer und Trauer angesichts der Tragödie verrieten. Es fiel Mr. Barnstaple auf, daß es keine rührende Szene, keinerlei Bestürzung oder Tränen gab. Sie waren offensichtlich viel mehr verwundert und interessiert, als erschreckt oder betrübt.

Der Utope, der in der Ruine zurückgeblieben war, hatte den Leichnam des Mädchens herausgeschafft, um ihn neben ihren Gefährten zu legen, und war dann, wie Mr. Barnstaple sah, zurückgekehrt, um die Trümmer des Experiments einer gründlichen Prüfung zu unterziehen.

Nun aber erschienen mehrere dieser Leute auf dem Schauplatz. Es gab Flugzeuge in dieser Welt; denn zwei kleine Maschinen, geräuschlos und schnell wie Schwalben im Flug, waren in den nahen Feldern gelandet. Die Straße entlang war ein Mann mit einer Maschine gekommen, die aussah wie ein zweirädriger Zweisitzer, die Räder hintereinander, nach Art eines Fahrrades. Sie war leichter und zierlicher als irgendein irdisches Automobil und war rätselhafterweise fähig, auf den beiden Rädern aufrecht stehenzubleiben. Ein schallendes Gelächter von der Straße her lenkte Mr. Barnstaples Aufmerksamkeit auf eine Gruppe dieser Utopen, die anscheinend etwas außerordentlich Komisches am Motor der Limousine entdeckt hatten. Die Mehrzahl dieser Leute war ebenso kärglich bekleidet und wunderschön gebaut wie die beiden toten Forscher, doch hatten einige große Strohhüte auf, und eine Frau, die dreißig oder mehr Jahre alt zu sein schien, trug ein weißes Kleid, das von einer grellroten Borte eingefaßt war. Sie sprach eben mit Mr. Burleigh.

Obwohl sie an die zwanzig Meter entfernt war, war ihre Stimme für Mr. Barnstaple deutlich vernehmbar.

„Wir wissen bis jetzt noch nicht einmal, was für ein Zusammenhang zwischen eurer Ankunft in unserer Welt und der Explosion bestehen könnte oder ob überhaupt irgendein Zusammenhang besteht. Wir müssen diese beiden Ereignisse erst untersuchen. Es wird das Vernünftigste sein, glauben wir, euch und eure ganze Habe nach einem passenden, nicht sehr weit von hier gelegenen Ort zu einer Besprechung zu bringen. Wir sorgen für Maschinen, die euch dorthin befördern sollen. Dann werdet ihr vielleicht etwas essen. Ich weiß nicht, ob ihr gewöhnt seid, zu essen?"

„Eine Erfrischung", sagte Mr. Burleigh, dem dieser Gedanke gefiel, „eine kleine Erfrischung wird sicherlich willkommen sein. Wären wir nicht so Hals über Kopf aus unserer Welt in Ihre geraten, so hätten wir um diese Zeit gefrühstückt – und in bester Gesellschaft gefrühstückt."

‚Wunder und Lunch', dachte Mr. Barnstaple. Der Mensch ist ein Lebewesen, das essen muß, Wunder hin, Wunder her. Mr. Barnstaple merkte, daß er in der Tat schon Hunger verspürte und daß die Luft, die er einatmete, scharf und appetitanregend war.

Die Utopin schien von einer Idee, die ihr völlig neu war, erstaunt zu sein. „Eßt ihr mehrmals am Tage? Was für Sachen eßt ihr denn?"

„Oh, Vegetarianer sind wir nicht, das ist sicher!" rief Mr. Mush heftig protestierend und ließ sein Glas aus der Augenhöhle fallen.

Sie waren hungrig. Man sah es ihren Gesichtern an.

„Wir sind alle gewöhnt, mehrmals am Tage zu essen", sagte Mr. Burleigh. „Es wird vielleicht gut sein, wenn ich Ihnen eine kurze Übersicht über unsere Ernährungsweise gebe. Vielleicht gibt es Unterschiede. Wir beginnen in der Regel mit einer einfachen Tasse Tee und einer ganz dünnen Butterbrotschnitte, die uns ans Bett gebracht werden. Dann kommt Frühstück" ... Er kam schließlich zu einer meisterhaften Zusammenfassung seiner gastronomischen Tageseinteilung und schilderte klar und verlockend die Einzelheiten eines englischen Frühstücks: Eier, die viereinhalb Minuten gekocht werden müssen, weder länger noch kürzer, Lunch mit einem leichten Wein, Tee, der mehr eine gesellige Angelegenheit als eine ernste Mahlzeit ist, Dinner, mit allen Einzelheiten, und das gelegentlich eingenommene Souper. Es war eine jener klaren Darstellungen, wie sie das Unterhaus erfreut hätten, fließend, leicht, in heiterem Ton, aber dennoch mit einem Zug von Ernst. Die Utopin betrachtete ihn mit wachsendem Interesse. „Eßt ihr alle in dieser Art?" fragte sie.

Mr. Burleigh ließ seine Blicke über seine Gefährten wandern. „Ich weiß nicht, ob Mr. – Mr. –?"

„Barnstaple – jawohl, ich esse in ganz gleicher Art."

Aus irgendeinem Grunde lächelte ihm die Utopenfrau zu.

Sie hatte sehr hübsche braune Augen, und obwohl er sie gern lächeln sah, wäre es ihm lieber gewesen, wenn sie ihm nicht in solcher Weise zugelächelt hätte, wie sie es tat.

„Und schlaft ihr?" fragte sie.

„Sechs bis zehn Stunden, je nach den Umständen", sagte Mr. Burleigh.

„Und betreibt ihr Liebe?"

Diese Frage versetzte unsere Erdlinge in Verlegenheit und schockierte sie gewissermaßen. Was meinte sie damit? Für einen Augenblick wußte niemand eine Antwort. Seltsame Möglichkeiten jagten in wilder Hast durch Mr. Barnstaples Hirn.

Dann sprang Mr. Burleigh mit seiner feinen Klugheit und der Geistesgegenwart eines modernen Staatsmanns in die Bresche.

„Nicht gewohnheitsmäßig, kann ich Ihnen versichern", sagte er, „nicht gewohnheitsmäßig."

Die Frau mit dem rotgeränderten Kleid schien einen kurzen Augenblick zu überlegen. Dann lächelte sie schwach.

„Wir müssen euch irgendwohin bringen, wo wir über alle diese Dinge sprechen können", sagte sie. „Wahrhaftig, ihr kommt aus einer anderen, seltsamen Welt. Unsere Gelehrten müssen mit euch zusammenkommen."

4

Um halb elf am gleichen Morgen war Mr. Barnstaple mit seinem Auto die Hauptstraße durch Slough entlanggefahren, und jetzt um halb zwei flog er durch Wunderland und hatte seine eigene Welt schon halb vergessen.

„Herrlich", wiederholte er immerfort, „herrlich! Ich wußte ja, daß ich angenehme Ferien haben würde, aber dies, dies –!"

Er war außerordentlich glücklich, erfüllt von dem klaren wolkenlosen Glück eines herrlichen Traums. Niemals hatte er früher die Freuden eines Entdeckers von Neuland gekostet, und nie zuvor hatte er gehofft, diese Freuden je kennenzulernen.

Erst vor einigen Wochen hatte er einen Artikel für den *Liberal* geschrieben, worin er das ‚Ende des Zeitalters der Entdeckungen' beklagte, einen Artikel, so deprimierend und völlig sinnlos, daß er Mr. Peeve ganz besonders gefallen hatte. Die Erinnerung an diese Tat weckte nun bei Mr. Barnstaple leichte Gewissensbisse.

Das Häuflein Erdlinge war auf vier kleine Flugzeuge verteilt worden, und als Mr. Barnstaple mit seinem Gefährten, Pater Amerton, in die Luft aufstieg, blickte er zurück und sah, wie die Autos und das Gepäck mit erstaunlicher Leichtigkeit auf zwei leichtgebaute Loren verladen wurden. Jede Lore streckte ein Paar glitzernde Arme aus und hob ihr Auto hoch wie eine Amme ein Baby. Nach zeitgemäßen irdischen Sicherheitsbegriffen flog Mr. Barnstaples Flugzeug sehr niedrig. Es gab Augenblicke, da er eher zwischen den Bäumen als über ihnen dahinflog, und wenn dies auch zuerst etwas beunruhigend war, so gestattete es doch, die Landschaft genau zu betrachten. Im ersten Teil der Reise sah man gartenähnliches Weideland mit grasendem cremefarbenem Vieh und Flecken prächtig gefärbter Vegetation, deren Art Mr. Barnstaple nicht kannte. Durch diese Kulturen zogen sich schmale Wegspuren, die Fuß- oder Radspuren sein konnten. Hier und dort verlief eine von Blumen gesäumte und von Obstbäumen beschattete Straße.

Es gab wenig Häuser und gar keine Städte oder Dörfer. Die Größe der Häuser wechselte sehr stark, von kleinen einzelstehenden Bauten, die Mr. Barnstaple für vornehme Sommer-Villen oder kleine Tempel hielt, bis zu Gruppen von Dächern und Türmchen, die ihn an ländliche Herrensitze erinnerten oder den Eindruck von ausgedehnten landwirtschaftlichen oder Meierei-Anlagen machten. Hier und da arbeiteten Leute auf den Feldern oder bewegten sich hin und her zu Fuß oder auf Maschinen; aber der Gesamteindruck war der eines sehr dünn besiedelten Landes.

Augenscheinlich waren sie im Begriffe, die Kette der Schneeberge zu überqueren, die so plötzlich das von weitem sichtbare Windsor Castle aus dem Landschaftsbild ausgelöscht hatten.

Als sie sich den Bergen näherten, traten anstelle des Grüns der Weideplätze breite Streifen goldenen Getreidelandes, und dann wurden die Pflanzungen abwechslungsreicher. Barnstaple bemerkte unverkennbare Weingärten auf sonnigen Hängen, und die Zahl der Arbeiter, die er sah, sowie der Wohnstätten vervielfältigte sich. Das kleine Flugzeuggeschwader flog ein breites Tal aufwärts, einem

Paß zu, so daß Mr. Barnstaple die Gebirgslandschaft genau betrachten konnte. Es kamen Kastanienwälder und zuletzt Nadelholz. Zyklopische Turbinen quer über den Gebirgsströmen und lange niedrige Gebäude mit vielen Fenstern, die anscheinend industriellen Zwecken dienten, waren zu sehen. Eine geschickt gebaute Straße stieg mit kühnen, leichten und schönen Viadukten den Paß hinan. Im Hochland, dachte er, gibt es mehr Leute als in der Ebene unten, wenn auch immer noch bedeutend weniger, als er in irgendeinem mit diesem vergleichbaren Landstrich auf Erden je gesehen hatte.

Es kamen noch zehn Minuten felsiger Einöde mit den Schneefeldern eines großen Gletschers auf der einen Seite, bevor sie in das Hochtal zum Versammlungsplatz niederstiegen, wo sie nach kurzer Zeit landeten. Dort bildete das Gebirge eine Mulde, die durch Mauerwerk terrassenförmig abgestuft worden war; so kühn war dieser Bau, daß er ein Teil des Berggesteins selber zu sein schien. Der Platz war gegen einen weiten, künstlichen See zu offen, der durch einen mächtigen Damm vor dem Unterlauf im Tale zurückgehalten wurde. Den Damm entlang standen in Zwischenräumen große Steinpfeiler, die vage an sitzende Gestalten erinnerten. Mr. Barnstaple erblickte jenseits eine weite Fläche, die ihn an die Po-Ebene erinnerte; doch dann, als sich das Flugzeug herabsenkte, verbarg die vor ihm aufsteigende gerade Linie des Dammes den weiteren Ausblick.

Auf diesen Terrassen, und besonders auf den tieferliegenden, standen dichte Gruppen von Gebäuden, die wie Blumen aussahen, und Fußwege, Stufen und Teiche erweckten den Eindruck, als ob der ganze Platz ein Garten sei.

Die Flugzeuge landeten glatt auf einer rasigen Fläche. In nächster Nähe war ein reizender Pavillon, der von den Gestaden des Sees ins Wasser hinausragte und einer kleinen buntfarbigen Flotte Gelegenheit zum Festmachen bot ...

Es war Pater Amerton, der Mr. Barnstaple auf das Fehlen von Ortschaften aufmerksam gemacht hatte. Er bemerkte jetzt, daß keine Kirche zu sehen sei und daß sie nirgends Kirchtürme oder Glockentürme wahrgenommen hätten. Aber Mr. Barnstaple hielt einige kleinere Gebäude für Tempel oder heilige Stätten. „Die Religion dürfte hier andere Formen angenommen haben", sagte er.

„Und wie wenig Säuglinge oder kleine Kinder zu sehen sind", bemerkte Pater Amerton. „Ich habe nirgends eine Mutter mit ihrem Kind entdeckt."

„Auf der anderen Seite des Gebirges war ein Platz, der aussah wie der Spielplatz einer großen Schule. Dort gab es Kinder und ein oder zwei ältere in Weiß gekleidete Leute."

„Ich sah ihn, aber ich dachte an Säuglinge. Vergleichen Sie das mit dem, was man in Italien sehen würde."

„Die schönsten und begehrenswertesten jungen Frauen", ergänzte der geistliche Herr, „höchst begehrenswerte – und kein Zeichen von Mutterschaft!"

Ihr Flieger, ein sonngebräunter Blonder mit sehr blauen Augen, half ihnen aus seiner Maschine, und sie beobachteten nun den Abstieg der anderen Mitglieder ihrer Gesellschaft. Mr. Barnstaple war erstaunt, wie ungeheuer schnell er sich an Farben und Harmonie dieser neuen Welt gewöhnt hatte; die merkwürdigsten Erscheinungen in dem ganzen Schauspiel waren für ihn nun die Gestalten und die Kleidung seiner Genossen. Mr. Rupert Catskill mit seinem berühmten grauen Zylinder, Mr. Mush mit seinem abgeschmackten Monokel, die seltsame hagere Länge von Mr. Burleigh und die vierschrötige Gestalt seines in braunes Leder gekleideten Chauffeurs erschienen Barnstaple noch viel unglaubwürdiger als die anmutigen Formen Utopias rings um ihn.

Das Interesse und die belustigte Miene des Fliegers verstärkten in Mr. Barnstaple den Eindruck von dem seltsamen Aussehen seiner Gefährten. Dann aber fühlte er tiefen Zweifel in sich aufsteigen.

„Ich nehme an, das ist *wirklich* real", sagte er zu Pater Amerton.

„Wirklich real! Was sollte es denn sonst sein?"

„Ich meine, das alles ist kein Traum."

„Ist es wahrscheinlich, daß Ihre Träume und die meinigen übereinstimmen?"

„Ja, aber es gibt da ganz unmögliche Sachen – absolut unmögliche Sachen!"

„Zum Beispiel?"

„Nun, wie kommt es, daß diese Leute Englisch mit uns sprechen – modernes Englisch?"

„Daran habe ich noch gar nicht gedacht. Es ist tatsächlich eher unglaublich. Sie sprachen doch nicht Englisch untereinander."

Mr. Barnstaple starrte Pater Amerton mit großen erstaunten Augen an, betroffen durch eine noch viel unglaublichere Tatsache, die ihm eben jetzt erst zu Bewußtsein kam.

„Sie sprechen in überhaupt keiner Sprache miteinander", sagte er. „Und wir haben das bis zu diesem Augenblick gar nicht bemerkt."

4

Der Schatten Einsteins fällt auf die Geschichte, streift sie aber nur

I

Mit Ausnahme der einen überraschenden Tatsache, daß alle Utopen die englische Sprache offenbar vollständig beherrschten, fand Mr. Barnstaple, daß sich seine Sicht dieser neuen Welt mit einer Folgerichtigkeit entwickelte, wie sie seiner bisherigen Erfahrung nach kein Traum je besessen hatte. Alles war so zusammenhängend, so geordnet, daß er immer weniger den Eindruck einer gänzlich fremdartigen Welt hatte, sondern vielmehr ein Gefühl wie bei der Ankunft in einem fremden, aber hochzivilisierten Land.

Unter Leitung der braunäugigen Frau in dem scharlachgeränderten Gewand wurden die Erdlinge in der denkbar gastlichsten und bequemsten Weise in Quartieren nahe dem Versammlungsort untergebracht. Fünf oder sechs Jünglinge und Mädchen bemühten sich darum, die Fremdlinge in die kleinen Einzelheiten utopischer Häuslichkeit einzuweihen. Die Gebäude, in die sie einquartiert waren, besaßen jedes ein angenehmes kleines Ankleidezimmer, und das Bett, das Bezüge von feinstem Leinen und eine sehr leichte, mollige Bettdecke hatte, stand in einer offenen Loggia – ‚Zu offen', dachte Lady Stella, aber, wie sie sagte: „Man fühlt sich hier so sicher." Das Gepäck erschien; jeder identifizierte seinen Koffer, als ob man auf irgendeinem gastlichen Herrensitz auf Erden wäre.

Aber Lady Stella mußte zwei fast allzu freundliche Jünglinge erst aus ihrem Gemach hinausweisen, bevor sie ihren Kleiderkoffer öffnen und sich zurechtmachen konnte.

Einige Minuten später wurde durch den Ausbruch eines

wilden Gelächters und den Lärm eines freundschaftlichen, aber hysterischen Streites, der aus Lady Stellas Zimmer erscholl, einige Aufregung verursacht. Das Mädchen, das bei ihr zurückgeblieben war, hatte echt weibliches Interesse für ihre Ausstattung gezeigt und war auf ein besonders reizendes und durchsichtiges Schlafgewand gestoßen. Aus irgendeiner unerklärlichen Ursache amüsierte sich die junge Utopin herrlich über diese diskrete Köstlichkeit, und es fiel Lady Stella schwer, sie davon abzubringen, das Gewand anzulegen und hinauszutanzen, um sich öffentlich damit zu zeigen. „Dann müssen Sie es anziehen“, drängte das Mädchen.

„Aber Sie verstehen das nicht“, schrie Lady Stella, „das ist etwas fast – Heiliges! Das kann niemand sehen – niemals!“

„Aber warum nicht?“ fragte die Utopin, über alle Maßen erstaunt.

Lady Stella fand eine Antwort darauf unmöglich.

Das leichte Mahl, das nun folgte, war für irdische Begriffe vollständig zufriedenstellend. Die Besorgnis Freddy Mushs hatte sich ganz und gar gelegt: es gab kaltes Huhn, Schinken und eine sehr leckere Fleischpastete. Es gab auch ziemlich grobkörniges, aber sehr schmackhaftes Brot, reine Butter, einen ausgezeichneten Salat, Obst, Käse à la Gruyère und einen leichten Weißwein, dem Mr. Burleigh die Anerkennung zollte: „Ein Mosel könnte nicht besser sein.“

„Findet ihr unsere Nahrung der euren ähnlich?“ fragte die Frau mit dem rotgeränderten Gewand.

„Exquisit!“ sagte Mr. Mush mit ziemlich vollem Mund.

„Die Ernährungsweise hat sich in den letzten dreitausend Jahren sehr wenig verändert. Welche Nahrungsmittel die besten sind, hatte man schon lange vor dem letzten Zeitalter der Verwirrung herausgefunden.“

‚Es ist zu echt, um wahr zu sein‘, wiederholte fortwährend Mr. Barnstaple zu sich selbst, ‚es ist zu echt, um wahr zu sein.‘

Er blickte seine Begleiter freudig erregt, interessiert und mit Genuß essend an.

Wenn es nicht so widersinnig gewesen wäre, daß diese Utopen mit einer Deutlichkeit, die sich wie mit einem Hammer in seinem Kopf einprägte, Englisch sprachen, hätte Mr. Barnstaple keinerlei Zweifel an der Wirklichkeit seines Erlebnisses empfunden.

Keine Bedienten servierten am ungedeckten, steinernen Tisch; die Frau in dem weiß-roten Kleid und die beiden Flieger teilten das Mahl mit ihnen, und die Gäste waren einander behilflich. Mr. Burleighs Chauffeur hatte sich aus Bescheidenheit an einen anderen Tisch zurückgezogen, bis ihn der große Staatsmann ermutigte: „Setzen Sie sich hierher, Perk, neben Mr. Mush."

Andere Utopen, welche die Erdlinge freundlich, aber mit scharf beobachtenden Augen musterten, kamen auf die große Säulenterrasse, in welcher das Mahl serviert worden war, standen lächelnd herum oder setzten sich hin. Gegenseitiges Vorstellen gab es nicht, und auch sonst wenig gesellschaftliche Formalitäten.

„All dies ist äußerst ermutigend", sagte Mr. Burleigh, „äußerst ermutigend. Ich muß sagen, diese Pfirsiche übertreffen noch diejenigen von Chatsworth. Ist das Sahne, lieber Rupert, in dem kleinen braunen Töpfchen vor dir? ... Ich habe es mir gedacht. Wenn du etwas davon entbehren kannst, Rupert ... danke sehr!"

2

Mehrere Utopen nannten den Erdlingen ihre Namen. Ihre Stimmen erschienen Mr. Barnstaple seltsamerweise alle gleichklingend, und ihre Worte waren so deutlich, als ob sie gedruckt wären. Die braunäugige Frau hieß Lychnis. Ein Mann mit einem Bart, der vielleicht gegen vierzig Jahre alt sein mochte, hieß entweder Urthred oder Adam oder Edom, es war sehr schwer, trotz der Deutlichkeit seiner Aussprache, den Namen mitzubekommen. Es war so, wie wenn große gedruckte Buchstaben zögerten. Urthred erklärte, daß er Ethnologe und Historiker sei und daß er wünsche, soviel wie nur irgend möglich über unsere Welt zu erfahren. Er machte auf Mr. Barnstaple den Eindruck, als hätte er eher das sichere Auftreten eines irdischen Finanzmannes oder eines großen Zeitungsgewaltigen, als die Schüchternheit, die in unserer Alltagswelt den Gelehrten auszeichnet. Ein anderer ihrer Gastgeber, Serpentin, war auch ein Mann der Wissenschaft, wie Mr. Barnstaple zu seiner Überraschung erfuhr; denn auch er benahm sich wie ein großer Herr. Er bezeichnete sich als etwas, was Mr. Barnstaple nicht erfassen konnte. Zuerst klang es wie ‚Atom-Mechaniker' und dann, recht sonderbar, klang es wie ‚Molekular-Chemiker'. Dann wieder hörte Mr. Barnstaple, wie Mr. Burleigh zu Mr. Mush sagte: „Sagte er nicht, er sei ‚Physio-Chemiker'?"

„Mir schien es, als ob er sich einen ‚Materialisten' genannt hätte!" erwiderte Mr. Mush.

„Ich dachte, er sagte, daß er irgend etwas abwäge", bemerkte Lady Stella.

„Ihre Betonung ist merkwürdig", sagte Mr. Burleigh. „Manchmal sind sie fast lauter, als angenehm ist, und dann entsteht wieder eine Art Lücke zwischen den Lauten."

Als das Mahl beendet war, begab sich die ganze Gesellschaft in ein anderes kleines Gebäude, das offenbar für Unterrichtszwecke und Diskussionen bestimmt war. Es hatte eine halbkreisförmige Apsis, an deren Innenwand eine Reihe weißer Tafeln angebracht war, die anscheinend bei gewissen Gelegenheiten dem Vortragenden als Schreibtafeln dienten, da schwarze und farbige Stifte und Lappen zum Abwischen in passender Höhe unter den Tafeln auf breiten Marmorgesimsen lagen. Der Vortragende konnte, während er sprach, den ganzen Halbkreis Punkt für Punkt abschreiten. Lychnis und Urthred, Serpentin und die Erdlinge setzten sich auf eine halbkreisförmige Bank unterhalb dieses Vortragspodiums; auf den Sitzen vor ihnen war noch Platz für etwa achtzig bis hundert Leute. Alle Plätze waren besetzt, und dahinter standen einige anmutige Gruppen vor einem Hintergrund rhododendronartiger Büsche, zwischen denen Mr. Barnstaple grüne Alleen durchschimmern sah, die zu dem glitzernden Wasser des Sees hinunterführten.

Sie waren zusammengekommen, um über diesen außerordentlichen Einbruch in ihre Welt zu sprechen. Was konnte vernünftiger sein, als darüber zu sprechen? Konnte man sich etwas Phantastischeres, Unmöglicheres ausdenken?

„Komisch, daß es hier keine Schwalben gibt!" sagte Mr. Mush plötzlich Mr. Barnstaple ins Ohr. „Ich möchte gerne wissen, warum es hier keine Schwalben gibt?"

Mr. Barnstaple wandte seine Blicke dem leeren Himmel zu.

„Keine Mücken oder Fliegen", riet er.

Es war sonderbar, daß er die Schwalben nicht schon früher vermißt hatte.

„Sssssst", flüsterte Lady Stella, „er fängt an!"

3

Diese unglaubliche Konferenz begann. Sie wurde eröffnet durch den Mann, der sich Serpentin nannte; er stand vor seinen Zuhörern und schien eine Rede zu halten. Seine Lippen bewegten sich, und seine Hände bekräftigten seine Ausführungen. Sein Ausdruck wechselte mit dem Vortrag. Und dennoch konnte Mr. Barnstaple einen ganz leisen Zweifel nicht unterdrücken, ob Serpentin auch wirklich sprach. Irgend etwas Sonderbares war an der ganzen Sache. Manchmal fand das, was gesagt wurde, einen ganz besonderen Widerhall in seinem Kopf, manchmal war es undeutlich und unfaßbar wie ein Gegenstand, den man durch getrübtes Wasser sieht, manchmal gab es Lücken absoluter Stille, obwohl Serpentin immer noch seine feinen Hände bewegte und auf seine Hörer blickte – als ob Mr. Barnstaple für Augenblicke oder Minuten taub geworden wäre ... Und doch war es ein Vortrag, der zusammenhängend war und Mr. Barnstaples Aufmerksamkeit fesselte.

Serpentin hatte die Art eines Mannes, der sich die größte

Mühe gibt, ein ziemlich verwickeltes Problem so einfach wie nur möglich darzulegen. Und wirklich legte er nach jedem Satz eine Pause ein.

„Es war schon lange bekannt", begann er, „daß die Dimensionen, ebenso wie irgend etwas anderes, das man zählen kann, in unbegrenzter Anzahl möglich sind!"

Ja, Mr. Barnstaple hatte das verstanden, aber für Freddy Mush erwies es sich als zu schwierig.

„O Gott!" sagte er, „Dimensionen!" Er ließ sein Monokel fallen und gab es auf, weiter zuzuhören.

„Für die meisten praktischen Zwecke", fuhr Serpentin fort, „konnte man das Universum und das Bewegungssystem, in dem wir uns befanden und von dem wir einen Teil bildeten, als eine Erscheinung in einem Raum von drei geradlinigen Dimensionen ansehen, als eine Erscheinung, die durch eine vierte Dimension, die Zeit, einer stetigen Veränderung unterworfen ist, welche Veränderung in Wirklichkeit ein Gleichgewichtszustand war. Ein solches Bewegungssystem war also notwendigerweise ein Gravitationssystem."

„Ah", sagte Mr. Burleigh spitz, „entschuldigen Sie, ich seh' das nicht ein!"

Er folgte also jedenfalls auch der Rede.

„Jedes Universum, das sich im Gleichgewicht befindet, muß notwendigerweise der Schwerkraft unterworfen sein", wiederholte Serpentin, als ob er eine selbstverständliche Tatsache behauptete.

„So wahr ich lebe, ich kann das nicht einsehen", sagte Mr. Burleigh, nachdem er einen Augenblick überlegt hatte. Serpentin dachte eine kleine Weile nach. „Es ist so!" sagte er und setzte seine Rede fort. „Unser Geist", fuhr er fort, „hatte sich so entwickelt, daß er die Dinge auf diese Weise wahrnahm, sie als wirklich akzeptierte, und es bedurfte einer durch große Anstrengungen gestützten Analyse, um sich darüber klar zu werden, daß dieses Universum, in dem wir leben, sich nicht nur geradlinig, sondern sozusagen mit Krümmungen und Verzerrungen in eine Anzahl anderer, lange Zeit unvermuteter, räumlicher Dimensionen erstreckte. Außer in seine drei räumlichen Hauptdimensionen erstreckte es sich nach jenen anderen ebenso, wie sich ein dünnes Blatt Papier, das praktisch zweidimensional ist, nicht nur infolge seiner Stärke, sondern auch durch seine Falten und Krümmungen in eine dritte Dimension erstreckt."

„Werde ich taub?" flüsterte Lady Stella, deutlich hörbar. „Ich verstehe kein Wort von alledem."

„Auch ich nicht", sagte Pater Amerton.

Mr. Burleigh gebot den beiden Unglücklichen mit einer Handbewegung Schweigen, ohne seine Augen von Serpentins Gesicht abzuwenden.

Mr. Barnstaple zog die Stirn in Falten, umfaßte seine Knie, krampfte die Finger zusammen und bemühte sich verzweifelt, zu hören.

Er mußte hören – natürlich hörte er!

Serpentin fuhr fort, zu erklären, daß, ebenso wie es für eine Anzahl praktisch zweidimensionaler Universen möglich sei, in einem dreidimensionalen Raum nebeneinander zu liegen wie Blätter Papier, sich im mehrdimensionalen Raum, über den der schlecht ausgerüstete menschliche Geist nur langsam und mühevoll Kenntnis erwirbt, eine unzählbare Menge praktisch dreidimensionaler Weltenkörper nebeneinander befinden und annähernd parallel durch die Zeit bewegen könnten. Das tiefsinnige Werk von Monopetros und Kephalos habe schon seit langem die gesündeste Basis für die Annahme geschaffen, daß es eine sehr große Zahl solcher Raum-Zeit-Universen gebe, die untereinander parallel und ähnlich seien – sehr, aber doch nicht völlig ähnlich –, so, wie die Blätter eines Buches einander gleichen. Alle seien von Dauer, jedes sei ein Gravitationssystem –

(Mr. Burleigh schüttelte den Kopf, um zu zeigen, daß er dies immer noch nicht einsehen könne.)

– Und diejenigen, welche am nächsten beieinander lägen, ähnelten einander auch am meisten. Wie sehr, das hätten sie nun Gelegenheit zu erfahren. Denn die kühnen Versuche jener zwei großen Genies, Ardenn und Chrysolagone, die – (unhörbar) – Kraft der Atome auszunützen, um einen Teil des utopischen Weltenkörpers in jene Dimension, die F-Dimension, in welche er sich bekanntlich auf etwa eines Armes Länge erstreckt, zu stoßen, so wie ein Tor sich in den Angeln bewegt, sei offensichtlich vollständig erfolgreich gewesen. Das Tor sei wieder zurückgeschwungen und habe einen Schwall dumpfer Luft, einen Sturm von Staub und zum größten Erstaunen Utopias drei Gruppen von Besuchern aus einer unbekannten Welt mitgebracht!

„Drei?" flüsterte Mr. Barnstaple voll Zweifel. „Sagte er drei?"

(Serpentin schenkte ihm keine Beachtung.)

„Unser Bruder und unsere Schwester wurden durch eine unerwartete Entfesselung von Kräften getötet, aber ihr Experiment hat einen Weg eröffnet, der nun nie wieder gesperrt zu werden braucht, aus den gegenwärtigen räumlichen Grenzen Utopias hinaus in einen unermeßlichen Raum voll bisher unvorstellbarer Welten; dicht neben uns, so wie es Monopetros bereits vor vielen Jahren annahm, uns näher, wie er sich so poetisch ausdrückte, als das Blut unseres Herzens –"

(„Näher als unser Atem oder als Hände und Füße ..." Pater Amerton hatte, plötzlich aufwachend, falsch verstanden. „Aber worüber spricht er denn? Ich verstehe es nicht!")

„– entdecken wir einen anderen Planeten, der, nach dem Ausmaß seiner Bewohner zu urteilen, ebenso groß ist wie unserer, und der sich, wie wir bestimmt annehmen können, um eine Sonne dreht, die derjenigen in unseren Himmelsräumen ähnlich ist, einen Planeten, der Leben auf sich trägt und wie unserer langsam durch vernunftbegabte Wesen unterworfen wird, die sich offenbar unter fast genau denselben Bedingungen entfalten wie die unserer eigenen Entwicklung. Diese Schwesterwelt ist, soweit wir nach dem Anschein urteilen können, im Verhältnis zu uns ein wenig zurückgeblieben. Unsere Besucher tragen etwas, das wie Kleider aussieht, und zeigen physische Eigenschaften, ähnlich denen unserer Vorfahren im letzten Zeitalter der Verwirrung.

Wir sind bis jetzt noch nicht berechtigt, anzunehmen, daß ihre Geschichte sich genau parallel der unseren entwikkelt hat. Keine zwei Teilchen der Materie sind einander gleich, keine zwei Schwingungen. In keiner Dimension des Seins, in keiner Welt Gottes gab es je oder kann es jemals eine genaue Wiederholung geben. Daß dies unmöglich ist, haben wir einsehen gelernt. Nichtsdestoweniger ist uns diese Welt, die ihr Erde nennt, offenbar sehr nahe und unserem Weltkörper ähnlich.

Wir sind begierig, von euch Erdlingen zu lernen, unsere Geschichte, die uns noch höchst unvollkommen bekannt ist, anhand eurer Erfahrungen zu überprüfen, euch zu zeigen, was wir wissen, ausfindig zu machen, was an Verkehr und gegenseitiger Hilfe zwischen der Bevölkerung eures Planeten und der des unseren möglich und wünschenswert wäre. Wir hier sind die reinsten Anfänger im Wissen; wir haben bis jetzt kaum mehr erkannt, als die Unendlichkeit dessen, was wir noch zu erlernen und zu tun haben. In einer Million verwandter Dinge könnten unsere beiden Welten vielleicht einander belehren und einander mit Rat und Tat beistehen.

Möglicherweise gibt es auf eurem Planeten Entwicklungsrichtungen, die sich auf unserem nicht entwickeln konnten oder ausgestorben sind. Möglicherweise gibt es Elemente oder Mineralien in der einen Welt, die in der anderen selten sind oder völlig fehlen ... Die Struktur eurer Atome (?) ... unsere Welten könnten sich miteinander vermischen (?) ... zu ihrer gemeinsamen Erstarkung ...“

Er wurde gerade im Moment unhörbar, als Mr. Barnstaple am meisten bewegt und am begierigsten war, seinen Worten zu folgen. Trotzdem hätte ein Tauber erkannt, daß er noch sprach.

Mr. Barnstaple begegnete dem Blick Mr. Rupert Catskills, der ebenso bestürzt und verwundert war wie er. Pater Amerton hatte das Gesicht in die Hände vergraben. Lady Stella und Mr. Mush flüsterten leise miteinander; sie gaben sich seit langem nicht einmal mehr den Anschein, als ob sie zuhörten.

„Dies ist“, sagte Serpentin, auf einmal wieder vernehmbar, „unser erster Versuch einer Erklärung für euer Erscheinen in unserer Welt und der Möglichkeiten unseres Zusammenwirkens. Ich habe euch unsere Ideen so deutlich, wie ich nur konnte, auseinandergesetzt. Ich möchte vorschlagen, daß nun einer von euch einfach und offen erklärt, wie ihr über das Verhältnis eurer Welt zu der unseren denkt.“

5

Die Regierungsform und die Geschichte Utopias

I

Eine Pause entstand. Die Erdlinge blickten einander an, und ihre Blicke schienen sich auf Mr. Cecil Burleigh zu konzentrieren. Aber dieser Staatsmann tat so, als ob er die allgemeine Erwartung nicht bemerke.

„Rupert", sagte er, „möchtest du nicht . . .?"

„Ich hebe meine Bemerkungen für später auf", sagte Mr. Catskill.

„Pater Amerton, Sie sind an den Umgang mit anderen Welten gewöhnt."

„Nein, nicht in Ihrer Gegenwart, Mr. Cecil."

„Aber was soll ich ihnen erzählen?"

„Was Sie darüber denken", sagte Mr. Barnstaple.

„Jawohl", sagte Mr. Catskill, „erzähl ihnen, was du darüber denkst."

Kein anderer erschien würdig, in Betracht gezogen zu werden. Mr. Burleigh erhob sich langsam und schritt gedankenvoll zum Mittelpunkt des Halbkreises. Er faßte seine Rockaufschläge und verharrte einige Augenblicke mit gesenktem Antlitz, als ob er überlegte, was er sagen solle.

„Mr. Serpentin", begann er endlich, indem er eine ehrliche Miene aufsetzte und den blauen Himmel über dem entfernten See durch seine Gläser betrachtete, „meine Damen und Herren –"

Er setzte zu einer Rede an, als befände er sich auf einem Gartenfest oder in einer Sitzung des Völkerbundes. Es war geschmacklos, aber was sollte er anderes tun?

„Ich muß gestehen, mein Herr, daß ich mich bei diesem Anlaß gewissermaßen in Verlegenheit befinde, obwohl ich im öffentlichen Sprechen keineswegs Neuling bin. Ihre bewundernswerten Ausführungen, mein Herr, einfach, zutreffend und klar, bisweilen zu Momenten ungekünstelter Beredsamkeit anwachsend, haben mir ein Vorbild errichtet, dem ich gerne folgen möchte – und vor dem ich, in aller Bescheidenheit, verzage. Sie fordern mich auf, Ihnen so einfach und klar wie möglich die wichtigsten Tatsachen über jene verwandte Welt zu berichten, aus der wir ohne jede Absicht zu Ihnen gelangt sind. Ich glaube nicht, daß meine schwachen Kräfte, so geheimnisvolle Angelegenheiten zu verstehen oder zu besprechen, ausreichen, um Ihre bewundernswerte Darlegung der mathematischen Aspekte dieses Falles besser darlegen oder ergänzen zu können. Was Sie uns erzählt haben, umfaßt die letzten, tiefsten Gedanken irdischer Weisheit und geht fürwahr weit über die uns geläufigen Ideen hinaus. In gewissen Dingen, zum Beispiel was die Verknüpfung von Zeit und Schwerkraft anbelangt, fühle ich mich allerdings verpflichtet, zu gestehen, daß ich nicht Ihrer Meinung bin, aber dies ist eher auf ein Nichtverstehen Ihres Standpunktes, als auf irgendeine tatsächliche Meinungsverschiedenheit zurückzuführen. Über die breiteren Aspekte des Problems wird es keine Meinungsverschiedenheiten zwischen uns geben. In der Hauptsache schließen wir uns vorbehaltslos Ihren Behauptungen an; das heißt, wir sind uns dessen bewußt, daß wir in einem Universum leben, das dem Ihren gleichgerichtet ist, auf einem Planeten, der als Bruder des Ihrigen ihm wirklich merkwürdig ähnlich sieht, auch unter Berücksichtigung aller möglichen Kontraste, die wir hier entdeckt haben. Ihre Ansicht, daß unser System aller Wahrscheinlichkeit nach zeitlich etwas verspätet und weniger gereift ist und vielleicht einige hundert oder einige tausend Jahre hinter Ihren Erfahrungen zurücksteht, interessiert uns, und wir sind sehr geneigt, sie zu teilen. Wenn wir dies zugeben, mein Herr, ist es unvermeidlich, daß unser Benehmen Ihnen gegenüber eine gewisse Bescheidenheit annimmt. Als den Jüngeren steht es uns nicht zu, zu lehren, sondern zu lernen. An uns liegt es eher, zu fragen: Was haben Sie geschaffen? Was haben Sie erreicht?, als mit naiver Überheblichkeit all das, was wir noch zu lernen und zu leisten haben, vor Ihnen auszubreiten ..."

‚Nein', sagte Mr. Barnstaple zu sich, aber halb hörbar, ‚das ist ein Traum ... Wenn das jemand anderer gesagt hätte ...'

Er rieb sich mit den Fingerknöcheln die Augen, öffnete sie dann wieder, aber immer noch war er da und saß neben Mr. Mush mitten unter diesen olympischen Gottheiten. Und Mr. Burleigh, dieser weltmännische Skeptiker, der an nichts glaubte, der sich über nichts wunderte, beugte sich auf den Fußspitzen vor und sprach und sprach mit dem Selbstbewußtsein eines Mannes, der schon zehntausend Reden gehalten hatte. Er hätte seiner selbst und seiner Zuhörerschaft im Londoner Rathaus nicht sicherer sein können. Und sie verstanden ihn! Das war absurd!

Es blieb weiter nichts übrig, als bei dieser erstaunlichen Sinnlosigkeit mitzutun – dazusitzen und zuzuhören.

Manchmal schweiften Barnstaples Gedanken von dem, was Mr. Burleigh sagte, vollkommen ab. Dann kehrten sie wieder zurück und klammerten sich verzweifelt an seine Rede. In seiner zurückhaltenden parlamentarischen Art, mit seinem Monokel spielend oder mit den Händen die Rockaufschläge umkrampfend, erstattete Mr. Burleigh Utopia kurz Bericht über die Welt der Menschen, wobei er versuchte, sachlich, klar und vernünftig zu sein. Er erzählte ihnen von Staaten und Königreichen, von Kriegen und dem Weltkrieg, von wirtschaftlicher Organisation und Desorganisation, von Revolutionen und Bolschewismus, von der schrecklichen russischen Hungersnot, die eben begonnen hatte, von der Schwierigkeit, anständige Staatsmänner und Beamte zu finden, von der Nutzlosigkeit der Zeitungen, von all dem dunklen und verwirrten Spektakel des menschlichen Lebens. Serpentin hatte den Ausdruck ‚das letzte Zeitalter der Verwirrung' gebraucht, Mr. Burleigh griff den Ausdruck auf und baute ihn weitschweifig aus ...

Es war eine große rednerische Improvisation. Sie mußte

ungefähr eine Stunde gedauert haben; die Utopen hörten mit klugen, aufmerksamen Gesichtern zu und gaben dann und wann ihren Beifall und ihr Verständnis für die eine oder andere Darlegung durch Kopfnicken zu erkennen.

In Mr. Barnstaples Hirn erklang es leise: ‚Ganz wie bei uns – im Zeitalter der Verwirrung.' Endlich kam Mr. Burleigh mit der ruhigen Überlegenheit eines alten Parlamentariers zum Schluß. Beifall ...

Er verbeugte sich; er hatte es hinter sich. Mr. Mush erschreckte alle durch ein heftiges Händeklatschen, in das niemand anderer einstimmte.

Die Spannung in Mr. Barnstaple war unerträglich geworden, er sprang auf.

2

Er stand da, und seine Hände vollführten jene schwachen entschuldigenden Gebärden, die für den unerfahrenen Redner so charakteristisch sind.

„Meine Damen und Herren, Utopen, Mr. Burleigh!" begann er. „Ich bitte Sie für einen Augenblick um Entschuldigung. Eine Kleinigkeit! Sehr dringend!"

Für kurze Zeit blieb er stumm.

Dann fand er Aufmerksamkeit und Aufmunterung in den Augen Urthreds.

„Etwas verstehe ich nicht. Etwas Unglaubliches – ich meine etwas Widerspruchsvolles. Die kleine Lücke – sie macht aus allem eine phantastische Wahnvorstellung!"

Das Verständnis, das aus Urthreds Augen leuchtete, war sehr ermutigend.

Mr. Barnstaple unterließ jeden Versuch, sich an die ganze Versammlung zu wenden, und sprach direkt zu Urthred.

„Sie leben in Utopia mit einem Vorsprung von Hunderttausenden von Jahren. Wieso ist es möglich, daß Sie ein modernes Englisch sprechen – genau die gleiche Sprache wie wir? Ich frage Sie, wieso kommt das? Es ist unglaublich! Es ist ein Widerspruch. Es macht aus Ihnen einen Traum, und Sie sind doch kein Traum? Es macht mich schon – fast – verrückt!" –

Urthred lächelte freundlich. „Wir sprechen nicht Englisch."

Mr. Barnstaple fühlte den Boden unter seinen Füßen entgleiten.

„Aber ich höre Sie doch Englisch sprechen!"

„Trotzdem sprechen wir es nicht", sagte Urthred.

Sein Lächeln wurde noch breiter. „Wir sprechen – für gewöhnlich – überhaupt nicht."

Mr. Barnstaple, dessen Hirn den Dienst versagte, verharrte in einer Haltung, die achtungsvolle Aufmerksamkeit ausdrückte.

„Vor Zeiten", fuhr Urthred fort, „haben wir sicherlich Sprachen gesprochen, wir gaben Laute von uns, und wir hörten Laute. Man dachte, dann wählte man Worte, setzte sie zusammen und sprach sie aus. Der Zuhörer hörte, registrierte und übersetzte die Laute wieder in Gedanken. Dann begann man auf irgendeine Weise, die wir noch nicht genau verstehen, den Gedanken zu erfassen, noch bevor er in Worte gekleidet und durch Laute ausgedrückt war. Man begann mit dem Verstand zu hören, sobald der Sprecher seine Gedanken geordnet und ehe er sie bei sich selbst in Wortsymbole geformt hatte. Man wußte, was er sagen wollte, ehe er es sagte. Diese direkte Übertragung ist jetzt allgemein geworden. Man überzeugte sich, daß die meisten Leute mit einer kleinen Anstrengung sich auf diese Weise bis zu einem gewissen Grade miteinander verständigen konnten, und diese neue Art der gegenseitigen Verständigung wurde systematisch ausgebaut.

Das tun wir nun in dieser Welt gewohnheitsmäßig. Wir denken direkt miteinander. Wir beschließen, den Gedanken zu entsenden, und schon ist er entsandt – vorausgesetzt, daß die Entfernung nicht zu groß ist. Wir verwenden Laute in dieser Welt jetzt nur noch für Dichtungen und zum Vergnügen oder in Augenblicken der Erregung, auch um auf eine weite Entfernung zu rufen oder Tieren gegenüber, aber nie mehr für die Übermittlung von Gedanken von einem menschlichen Geist zu einem verwandten andern. Wenn ich zu Ihnen denke, so wird der Gedanke von Ihrem Kopf reflektiert, sofern er entsprechende Gedanken und passende Worte in Ihrem Geiste vorfindet. Mein Gedanke kleidet sich in Ihrem Geist in Worte, die Sie zu hören glauben – und natürlicherweise in Ihrer eigenen Sprache und in dem Ihnen geläufigen Satzbau. Es ist sehr wahrscheinlich, daß die Mitglieder Ihrer Gesellschaft hören, was ich Ihnen sage, jeder mit den ihm eigentümlichen Verschiedenheiten des Wortschatzes und Satzbaues."

Mr. Barnstaple hatte diese Rede mit heftigem und verständnisvollem Nicken begleitet und war manchmal nahe daran, zu unterbrechen. Jetzt platzte er heraus: „Und daher kommt es, daß wir – zum Beispiel als Mr. Serpentin seine wundervolle Erklärung abgab – gerade dann gar nichts hörten, wenn Sie sich zu Gedanken aufschwangen, von denen wir in unserem Verstand keine blasse Ahnung haben."

„Gibt es solche Lücken?" fragte Urthred.

„Viele, fürchte ich – für uns alle!" sagte Mr. Burleigh.

„Es ist so, als ob man von Zeit zu Zeit taub wäre", sagte Lady Stella, „und diese Pausen dauern lange."

„Und daher kommt es, daß wir uns nicht darüber klar sind, ob Sie Urthred oder Adam heißen und weshalb sich in meinem Kopf die Namen Ardenn, Arbor und Silvia durcheinander mengten."

„Ich hoffe, daß Sie sich nun geistig wohler fühlen", sagte Urthred.

„Oh, völlig", sagte Mr. Barnstaple, „völlig. Und wenn man es recht überlegt, so ist diese Methode der Verständigung für uns wirklich sehr bequem. Denn andernfalls wüßte ich nicht, wie wir es hätten vermeiden können, uns wochenlang mit der Sprachlehre zu quälen, mit den Anfangsgründen unserer beiderseitigen Grammatik, Logik, Schriftzeichen usw., meist langweiliges Zeug, ehe wir uns annähernd so hätten verstehen können wie jetzt."

„Da haben Sie recht, da haben Sie ganz recht," sagte Mr.

Burleigh, der sich freundlich zu Mr. Barnstaple umdrehte. „Ich hätte es niemals bemerkt, wenn Sie mich nicht darauf aufmerksam gemacht hätten. Es ist ganz außergewöhnlich, ich hätte nichts von diesem – diesem Unterschied bemerkt. Ich muß gestehen, ich war mit meinen eigenen Gedanken beschäftigt. Ich setzte voraus, daß sie Englisch sprachen, ich hielt das für ganz selbstverständlich!"

3

Mr. Barnstaple erschien, was er in so wunderbarer Weise erfahren hatte, so vollkommen in sich abgeschlossen, daß außer der absoluten Glaubwürdigkeit dieses Erlebnisses selbst nichts mehr übrig blieb, worüber man sich wundern mußte. Er saß in diesem schönen kleinen Gebäude inmitten einer merkwürdigen Mischung von englischer Sonntagskleidung und der mehr als olympischen Nacktheit, die ihn schon längst nicht mehr befremdete, und blickte hinaus auf Traumlandblumen und den sonnenbeschienenen See; er lauschte und beteiligte sich gelegentlich an der langen ungezwungenen Unterhaltung, die nun folgte. Es entspann sich eine Diskussion, die äußerst seltsame und grundlegende Verschiedenheiten der moralischen und sozialen Ansichten ans Licht brachte. Alles hatte nun so greifbare Gestalt angenommen, daß Barnstaple es sich als ganz selbstverständlich dachte, er werde bald nach Hause gehen, um darüber im *Liberal* zu schreiben und seiner Frau über das Benehmen und die Kleidung in dieser bisher unentdeckten Welt zu berichten, soweit ihm dies zur Zeit ratsam erscheinen würde. Für die dazwischenliegende Entfernung hatte er schon jeden Begriff verloren. Sydenham schien ihm gerade nur um die Ecke zu liegen.

Jetzt bereiteten zwei hübsche junge Mädchen Tee auf einem fahrbaren Tischchen zwischen den Rhododendren und reichten ihn herum. Tee! Wir hätten ihn als chinesischen Tee bezeichnet, er war sehr wohlschmeckend und wurde in kleinen henkellosen Schalen nach chinesischer

Art serviert, ja es war wirklicher und sehr erfrischender Tee.

Die Neugierde der Erdlinge drehte sich zunächst um die Regierungsform; das war in Gegenwart zweier solcher Staatsmänner, wie Mr. Burleigh und Mr. Catskill, vielleicht selbstverständlich.

„Was für eine Regierungsform haben Sie", fragte Mr. Burleigh, „Monarchie, Autokratie oder reine Demokratie? Trennen Sie die Exekutive von der Legislative? Und gibt es eine Zentralregierung für Ihren ganzen Planeten, oder gibt es verschiedene Regierungszentren?"

Mit einiger Mühe wurde es Mr. Burleigh und seinen Gefährten klargemacht, daß es in Utopia überhaupt keine Zentralregierung gebe.

Er zeigte dafür kein Verständnis. „Aber", sagte Mr. Burleigh, „sicherlich gibt es doch irgend jemanden oder irgend etwas, einen Rat, ein Büro oder sonst etwas, irgendeine Stelle, der die letzte Entscheidung vorbehalten ist, wenn es sich um ein gemeinschaftliches Vorgehen im Interesse des Gemeinwohles handelt. Meiner Meinung nach muß es irgendeine letzte Instanz und ein Organ der Regierungsgewalt geben ..."

Nein, die Utopen erklärten, daß es in ihrer Welt keine derartige Konzentration der Macht gebe. In der Vergangenheit habe es eine gegeben, aber schon seit langem habe sie sich im großen Körper der Allgemeinheit aufgelöst. Entscheidung über irgendwelche besondere Angelegenheiten würden von jenen getroffen, die am meisten von der Sache verstünden.

„Aber angenommen, es wäre eine Entscheidung, die allgemein befolgt werden muß, zum Beispiel ein Gesetz, welches die öffentliche Gesundheit betrifft? Wer würde es durchsetzen?"

„Warum sollte es durchgesetzt werden müssen? Es würde freiwillig befolgt werden."

„Aber angenommen, jemand würde sich weigern, es zu befolgen?"

„Wir würden nachforschen, warum der oder die Betreffende nicht unserer Meinung ist. Er könnte irgendeinen besonderen Grund dafür haben."

„Aber mangels eines solchen?"

„Wir würden ihn auf seinen geistigen und sittlichen Gesundheitszustand hin untersuchen."

„Der Irrenarzt tritt an die Stelle des Polizisten?" sagte Mr. Burleigh.

„Ich zöge den Polizeimann vor", sagte Mr. Rupert Catskill.

„Das würdest du, Rupert", sagte Mr. Burleigh, als ob einer sagte ‚Jetzt habe ich dich ertappt!'

„Dann wollen Sie also sagen", fuhr er fort, und wandte sich mit einem besonders schlauen Gesichtsausdruck an die Utopen, „daß alle Ihre Angelegenheiten von besonderen Körperschaften oder Organisationen – ich weiß wirklich nicht recht, wie ich sie nennen soll – durchgeführt werden, ohne daß irgendeine Koordination ihrer Tätigkeit stattfindet?"

„Die Aktivitäten unserer Welt", sagte Urthred, „sind alle so aufeinander abgestimmt, daß sie die allgemeine Freiheit sichern. Wir besitzen eine Anzahl von Intellektuellen, die sich mit der Psychologie der Menschheit und der Wechselwirkung kollektiver Funktionen befassen."

„Gut, stellt nicht diese Gruppe von Intellektuellen eine herrschende Klasse dar?" fragte Mr. Burleigh.

„Nicht in dem Sinne, daß sie irgendeinen eigenmächtigen Willen ausüben", sagte Urthred. „Sie befassen sich mit den allgemeinen Verhältnissen, das ist alles. Aber sie nehmen keinen höheren Rang ein, sie haben deswegen keine größeren Vorrechte, als sie ein Philosoph einem gelehrten Spezialisten gegenüber hat."

„Das nenne ich eine Republik!" sagte Mr. Burleigh. „Aber wie sie funktioniert und wie es dazu kam, kann ich mir nicht vorstellen. Ihr Staat ist wahrscheinlich in hohem Maße sozialistisch?"

„Ihr lebt noch immer in einer Welt, in der ungefähr alles Privateigentum ist, mit Ausnahme der Luft, der Landstraßen, der Meere und der Wildnis?"

„Jawohl“, sagte Mr. Catskill, „Eigentum – und umkämpftes!“

„Wir sind über diese Stufe hinaus. Wir haben gefunden, daß Privateigentum, außer in ganz persönlichen Dingen, für jeden letzten Endes eine Last war. Wir sind davon losgekommen. Ein Künstler oder ein Gelehrter verfügt über das ganze Material, das er benötigt, wir haben alle unsere Werkzeuge und Vorrichtungen und haben unsere eigenen Räumlichkeiten und Plätze, aber für Handel und Spekulation gibt es kein Eigentumsrecht. Dieses streitbare, unruhebringende Eigentum sind wir vollständig losgeworden. Aber wie wir es loswurden, das ist eine lange Geschichte. Es war keine Sache von wenigen Jahren. Die Übertreibung des Privateigentums war ein durchaus natürliches und notwendiges Stadium der menschlichen Entwicklung. Sie führte schließlich zu ungeheuerlichen Ergebnissen, aber nur durch diese ungeheuerlichen und katastrophalen Folgen erkannten die Menschen die notwendigen und natürlichen Grenzen des Privateigentums.“

Mr. Burleigh hatte eine Stellung eingenommen, wie er sie wahrscheinlich gewöhnt war. Er saß sehr tief im Sessel, die langen Beine übereinandergekreuzt und ausgestreckt, den Daumen und die Finger der einen Hand mit peinlicher Genauigkeit gegen die der anderen gelegt.

„Ich muß gestehen“, sagte er, „daß mich die besondere Form der Anarchie, die hier zu herrschen scheint, außerordentlich interessiert. Wenn ich Sie nicht ganz mißverstanden habe, so geht jeder als Diener des Staates seinen eigenen Geschäften nach. Ich nehme an, daß eine große Anzahl Leute – Sie müssen mich verbessern, wenn ich etwas Unrichtiges sage – mit der Erzeugung, der Verteilung und der Zubereitung von Nahrungsmitteln beschäftigt ist; diese Leute erforschen, vermute ich, die Bedürfnisse der Welt, sie befriedigen sie und sie haben ihre eigenen Regeln, nach denen sie handeln. Sie stellen Forschungen an, sie machen Experimente. Sie sind niemandem verpflichtet, niemand zwingt sie, stört oder hindert sie. (‚Man spricht mit ihnen darüber‘, sagte Urthred mit feinem Lächeln.)

Und wieder andere erzeugen, bearbeiten und studieren Metalle für die ganze Bevölkerung und haben gleichfalls ihre eigenen Regeln. Andere wieder sorgen für die Wohnlichkeit Ihrer Welt, planen und errichten diese reizenden Wohnstätten, bestimmen, wer sie benutzen soll und wie sie benützt werden sollen. Andere widmen sich der reinen Wissenschaft. Andere experimentieren im Bereich der Empfindung und Vorstellungskraft und sind Künstler. Andere wieder lehren."

„Diese sind sehr wichtig", sagte Lychnis.

„Und sie alle tun es in Harmonie – und jeder an seinem Platz, ohne zentrale Gesetzgebung oder Exekutive. Ich will zugeben, daß mir dies alles bewundernswert erscheint – aber unmöglich. Nichts dergleichen wurde bis jetzt in der Welt, aus der wir kommen, auch nur vorgeschlagen."

„Etwas Ähnliches wurde vor langer Zeit von den Gilden-Sozialisten vorgeschlagen", sagte Mr. Barnstaple.

„Ach", sagte Mr. Burleigh, „ich weiß sehr wenig über die Gilden-Sozialisten; wer war das? Erzählen Sie."

Mr. Barnstaple lehnte dieses Ansinnen stillschweigend ab.

„Die Idee ist unseren jüngeren Leuten ziemlich gut bekannt", sagte er. „Laski nennt es den pluralistischen Staat zum Unterschied von dem monistischen, in welchem die Herrschergewalt an einer Stelle konzentriert ist. Sogar die Chinesen kennen das System. Ein Pekinger Professor, S. C. Chang, hat eine Broschüre ‚Professionalismus' geschrieben, ich habe sie erst vor einigen Wochen gelesen. Er sandte sie der Redaktion des *Liberal*. Er betont darin, wie unerwünscht und unnötig es für China sei, eine Phase demokratischer Politik nach westlichem Vorbild durchzumachen. Er wünscht, daß China geradewegs zu einer gleichberechtigten Unabhängigkeit der Beamtenklassen, der Mandarine, Industriellen, landwirtschaftlichen Arbeiter usw. gelange, so wie wir sie hier vorfinden. Allerdings erfordert dies natürlich eine Umwälzung in der Erziehung. Ganz entschieden liegt der Keim dessen, was Sie hier Anarchie nennen, gleichfalls in der Luft, aus der wir kommen."

„Was Sie nicht sagen“, sagte Mr. Burleigh, verständiger und aufmerksamer dreinblickend als je, „verhält sich das wirklich so? Ich hatte keine Ahnung von alledem.“

4

Die Unterhaltung wurde in zwangloser Form fortgesetzt, und doch war der Gedankenaustausch schnell und wirkungsvoll. Der Umriß der Geschichte Utopias vom letzten Zeitalter der Verwirrung an prägte sich Mr. Barnstaple, wie es ihm schien, sehr bald ein.

Je mehr er über dieses Zeitalter der Verwirrung erfuhr, desto mehr schien es ihm der gegenwärtigen Zeit auf Erden ähnlich zu sein. In jenen Tagen hätten die Utopen auch noch Kleidung getragen und ganz nach irdischer Art in Städten gelebt. Und nicht so sehr durch einen wohldurchdachten Plan als durch ein glückliches Zusammentreffen von Zufällen waren ihnen etliche Jahrhunderte günstiger Verhältnisse und ungestörter Entwicklung beschert worden. Die klimatischen Verhältnisse und glückliche politische Umstände hatten sie begünstigt, nachdem sie eine lange Periode von Hungersnöten, bösen Seuchen und zerstörenden Kriegen durchgemacht hatten. Zum erstenmal war es den Utopen möglich gewesen, den ganzen Planeten, den sie bewohnten, zu erforschen, und diese Forschungen brachten große Flächen jungfräulichen Landes unter die Axt, den Spaten und den Pflug. Echter Wohlstand, Muße und Freiheit wuchsen in ungeheurem Ausmaß. Viele tausend Menschen wurden aus dem alltäglichen Elend menschlichen Lebens in eine Lage emporgehoben, in der sie, wenn es ihnen beliebte, in noch nie dagewesener Freiheit denken und handeln konnten. Wenige taten es, aber diese wenigen genügten. Die wissenschaftliche Forschung, mit einer großen Menge geistvoller Erfindungen in ihrem Gefolge, entwickelte sich kräftig und vergrößerte ungeheuer das technische Können der Menschen.

Schon früher hatte es in Utopia Perioden gegeben, in

welchen sich die wissenschaftliche Erkenntnis Bahn gebrochen hatte, aber niemals zuvor war sie so günstigen äußeren Umständen begegnet oder hatte lang genug gewährt, um nachhaltige praktische Folgen zu zeitigen. Nun, nach einigen kurzen Jahrhunderten fanden sich die Utopen, die bis dahin wie träge Ameisen auf ihrem Planeten herumgekrochen waren oder wie Parasiten sich auf größeren und schnelleren Tieren fortbewegt hatten, in die Lage versetzt, blitzschnell durch die Luft zu fliegen oder augenblicklich von jedem beliebigen Punkt ihres Planeten aus nach einem anderen hin zu sprechen. Sie waren auch im Besitz technischer Fähigkeiten, die alle früheren Erfahrungen überstiegen, und nicht nur technischer Fähigkeiten; den Spuren der Physik und Chemie folgte die Physiologie, dann die Psychologie, und es eröffneten sich den Utopen außerordentliche Möglichkeiten, den eigenen Körper und das soziale Leben in ihre volle Gewalt zu bekommen. Aber als es schließlich so weit war, kam alles so plötzlich und verwirrend, daß sich nur eine kleine Minderheit der Möglichkeiten bewußt wurde, welche diese ungeheure Ausdehnung von Wissen zum Unterschied von den greifbaren Errungenschaften in sich barg.

Der Rest nahm diese Erfindungen, eine nach der anderen, aufs Geratewohl an, indem er seine Denk- und Lebensweise so wenig wie möglich den veränderten Notwendigkeiten, die durch diese Neuerungen bedingt waren, anpaßte. Die erste Reaktion der Masse der utopischen Bevölkerung auf die sich eröffnende Aussicht auf Macht, Muße und Freiheit war erhöhte Fruchtbarkeit. Sie benahm sich genauso gedankenlos und mechanisch wie es irgendein Tier oder eine Pflanzenart getan hätte. Die Bevölkerung wuchs an, bis sie die reicheren Lebensmöglichkeiten, die sich ihr eröffnet hatten, wieder vollständig überwucherte. Sie erschöpfte die Gaben der Wissenschaft ebenso schnell, wie sie ihr zuteil geworden waren, nur in einer unverständigen Vervielfältigung des Lebens. Im letzten Zeitalter der Verwirrung war die Bevölkerung eines Tages auf über zweitausend Millionen angewachsen ...

„Und wie groß ist sie jetzt?“ fragte Mr. Burleigh.

Ungefähr zweihundertfünfzig Millionen, berichteten ihm die Utopen. Dies sei bis vor kurzem die höchste Bevölkerungszahl gewesen, die auf der Oberfläche Utopias ein voll entwickeltes Leben habe führen können. Aber jetzt, mit zunehmenden Hilfsquellen, sei man im Begriff, die Bevölkerung zu vergrößern.

Ein Stöhnen des Entsetzens entrang sich Pater Amerton. Schon seit einiger Zeit hatte er diese Offenbarung gefürchtet. Sie verstieß gegen seine moralistischen Grundsätze.

„Und ihr wagt es, die Vermehrung zu regulieren?! Ihr kontrolliert sie? Eure Frauen sind damit einverstanden, Kinder zu gebären, wenn sie benötigt werden – oder sie unterlassen es?“

„Natürlich“, sagte Urthred, „warum nicht?“

„Gerade das habe ich befürchtet!“ sagte Pater Amerton, und vornübergebeugt bedeckte er das Antlitz mit den Händen und murmelte: „Ich fühlte es in der Atmosphäre. Die menschliche Zuchtfarm! Sie lehnen es ab, Seelen zu gebären! Eine solche Gottlosigkeit, oh, mein Gott!“

Mr. Burleigh betrachtete die Aufregung des geistlichen Herrn durch seine Brille mit einem leicht entrüsteten Ausdruck. Er haßte Schlagworte. Aber Pater Amerton repräsentierte sehr wertvolle konservative Elemente in der Wählerschaft. Mr. Burleigh wandte sich wieder den Utopen zu:

„Das ist außerordentlich interessant!“ sagte er. „Unsere Erde bringt es sogar gegenwärtig zustande, eine Bevölkerung auf sich zu tragen, die mindestens fünfmal so groß ist.“

„Aber ungefähr zwanzig Millionen werden in diesem Winter Hungers sterben, erzähltet ihr uns soeben, in einem Gebiet, welches ihr Rußland nennt, und ein nur sehr kleiner Teil der übrigen führt ein Leben, welches nach euren Begriffen vollwertig und bequem genannt werden kann?“

„Trotzdem ist der Gegensatz sehr auffallend“, sagte Mr. Burleigh.

„Es ist fürchterlich!“ sagte Pater Amerton.

Die Utopen blieben dabei, daß die Übervölkerung des Planeten im letzten Zeitalter der Verwirrung das grundlegende Übel gewesen sei, aus dem alle die anderen erwachsen seien, unter denen die Menschheit zu leiden gehabt habe. Eine überwältigende Flut von Neuankömmlingen ergoß sich über die Welt und untergrub jede Anstrengung, welche die gebildete Minderheit machen konnte, um einen genügenden Teil von ihnen so auszubilden, daß sie den Anforderungen der neuen und schnell wechselnden Lebensbedingungen gewachsen seien. Und die gebildete Minderheit war selbst nicht fähig, das Schicksal der Bevölkerung in die Hand zu nehmen. Die große Masse der Menschen, die ins Leben hineingestoßen wurden, beherrscht von fadenscheinigen und verbrauchten Traditionen und den plumpsten Anregungen zugänglich, war die natürliche Beute und ein Opfer für jeden Abenteurer, dessen Wesen marktschreierisch genug und dessen Auffassung von Erfolg grob genug war, um auf sie zu wirken. Das Wirtschaftssystem, recht und schlecht und in fieberhafter Eile erneuert, um den neuen Bedingungen mechanischer Güterproduktion und Verteilung zu genügen, wurde zu einer immer grausameren und schamloseren Ausbeutung der vielfältigen Bedrängnis des gemeinen Mannes durch die räuberische und erwerbstüchtige Minderheit. Dieser allzu einfältige „Gemeine Mann" wurde von der Wiege bis zum Grab durch Elend und Unterwerfung gehetzt; er wurde beschwatzt, belogen, gekauft, verkauft und beherrscht von einer schamlosen Minderheit, die kühner und zweifellos tatkräftiger, aber in keiner anderen Hinsicht besser war als er selbst. Für einen Utopen von heute sei es schwer, sagte Urthred, den Grad der ungeheuren Dummheit, Verschwendung und Gemeinheit zu schildern, zu dem diese reichen und mächtigen Männer des letzten Zeitalters der Verwirrung gelangt waren.

(„Wir wollen Sie nicht bemühen", sagte Mr. Burleigh, „leider – wissen wir es ... wir wissen es. Nur zu gut wissen wir es!")

Über diese mit Krankheitskeimen durchsetzte und übertrieben dichte Bevölkerungsmasse fielen schließlich Unglücksfälle her wie ein Schwarm Wespen über einen Haufen verfaulter Früchte. Es war ihr natürliches, unentrinnbares Schicksal. Ein Krieg, der nahezu den ganzen Planeten in Mitleidenschaft zog, brachte das schwache Finanzsystem und die Wirtschaftsmaschinerie aus den Fugen, so daß keine Möglichkeit bestand, sie wieder in Ordnung zu bringen. Bürgerkriege und unüberlegte Versuche einer sozialen Revolution setzten das Werk der Desorganisation fort. Jahrelang anhaltende Witterungsunbilden vertieften noch den allgemeinen Niedergang. Die ausbeuterischen Abenteurer, zu dumm, um zu begreifen, was geschehen war, fuhren fort, das Volk zu betrügen und zu belügen, und verhinderten so jedes Sich-Aufraffen anständiger Männer, so wie Wespen weiterfressen, selbst wenn ihnen der Leib abgetrennt worden ist. Der Antrieb zum Schaffen war aus dem utopischen Leben verschwunden, siegreich verdrängt vom Rafftrieb. Die Produktion schrumpfte fast auf den Nullpunkt zusammen. Der angehäufte Wohlstand schwand dahin. Ein bedrückendes Schuldensystem, ein Schwarm von Gläubigern, moralisch unfähig, hilfreich zu verzichten, vernichtete jede neue Initiative.

Die bedeutenden Fortschritte, welche in Utopia zugleich mit den großen Entdeckungen begonnen hatten, gingen in plötzlichen Stillstand über. Was in der Welt noch an Überfluß und Vergnügen vorhanden war, rafften die Glücksritter der Hochfinanz und Spekulation in gierigster Weise an sich. Die organisierte Wissenschaft war schon seit langem kommerzialisiert worden und wurde nun hauptsächlich auf die Jagd nach gewinnbringenden Patenten und Monopolen auf Lebensnotwendigkeiten „angewandt“. Die verwahrloste Leuchte reiner Wissenschaft schwand dahin, flackerte und schien ganz und gar zu verlöschen, Utopia einem neuen Mittelalter überlassend, wie vor dem Zeitalter der Entdeckungen ...

„Es ist wirklich wie eine düstere Diagnose unserer eigenen Aussichten“, sagte Mr. Burleigh, „außerordentlich ähnlich. Wie hätte sich Dechant Inge über all dies gefreut.“

„Einem Ungläubigen seiner Sorte würde dies zweifellos erfreulich vorkommen“, sagte Pater Amerton ein wenig ohne Zusammenhang.

Diese Bemerkungen ärgerten Mr. Barnstaple, der begierig war, mehr zu hören.

„Und was ereignete sich dann?“ fragte er Urthred.

5

Was sich ereignete, war, wie Mr. Barnstaple vernahm, eine vorsätzliche Wandlung im utopischen Denken. Eine wachsende Anzahl von Leuten kam zur Erkenntnis, daß angesichts der gewaltigen und leicht zu entfesselnden Kräfte, die Wissenschaft und Organisation dem Menschen verliehen hatten, die alte Auffassung vom sozialen Leben im Staat als gesetzlich zugelassener Kampf innerhalb gewisser Grenzen zwischen Männern und Frauen, um einander zu übervorteilen zu gefährlich geworden sei, um von Dauer zu sein, genauso, wie die gesteigerte Furchtbarkeit moderner Waffen die Vorherrschaft einzelner Nationen auf die Dauer zu gefährlich machte. Neue Ideen und neue Vereinbarungen für das menschliche Zusammenleben taten not, wenn die Menschheitsgeschichte nicht in Auflösung und völligem Zusammenbruch enden sollte.

Jede menschliche Gesellschaft habe ihre Grundlage in der Einschränkung der eingewurzelten wilden Streitbarkeit des Urmenschen durch Gesetze, Verbote und Verträge; jener alte Geist der Selbsterhaltung mußte sich nun neuen Einschränkungen fügen, die den neuen Machtmitteln und deren Gefahren entsprachen. Die Idee der Konkurrenz um den Besitz als herrschende Idee der zwischenmenschlichen Beziehungen drohte, wie eine schlecht bewachte Feuerstelle, die Maschine, die sie früher angetrieben hatte, zu zerstören. Die Idee des schaffenden Dienstes sollte jene verdrängen. Wenn das soziale Leben gerettet werden sollte, mußte sich der menschliche Geist dieser Idee zuwenden. Man begann nun Vorschläge, die man in früheren Zeiten für einen begeisterten und überschwenglichen Idealismus gehalten hatte, nicht nur als einfache und nüchterne psychologische Wahrheiten, sondern auch als praktische und dringend notwendige Wahrheiten zu erkennen. Als Urthred dies erklärte, drückte er sich in einer Weise aus, die Mr. Barnstaple an gewisse, ihm sehr vertraute Sätze erinnerte; er schien zu sagen: ‚Wer sein Leben retten will, wird es verlieren, und wer sein Leben hingibt, wird damit die ganze Welt gewinnen.'

Pater Amerton schien dasselbe zu denken. Denn er unterbrach plötzlich: „Aber was Sie da sagen, ist ja ein Zitat."

Urthred gab zu, daß er ein Zitat im Sinne hatte, eine Stelle aus den Lehren eines Mannes von großer dichterischer Kraft, der vor langen Zeiten, in den Tagen der gesprochenen Worte, gelebt hatte. Er hätte weiter gesprochen, aber Pater Amerton war zu aufgeregt, es zuzulassen.

„Aber wer war dieser Lehrer?" fragte er. „Wo lebte er? Wie wurde er geboren? Wie starb er?"

Ein Bild blitzte vor Mr. Barnstaples geistigem Auge auf, das Bild einer einsamen, blassen Gestalt, geschlagen und blutend, umgeben von bewaffneten Wächtern, inmitten einer stoßenden, drängenden, hirnverbrannten Menge, die eine schmale, von hohen Mauern umsäumte Gasse füllte. Dahinter tauchte ein riesiger fürchterlicher Gegenstand auf und nieder mit dem Wogen der Menge.

„Starb er auch in dieser Welt am Kreuze?" schrie Pater Amerton. „Starb er am Kreuze?"

Sie erfuhren, daß dieser Prophet in Utopia unter großen Schmerzen gestorben sei, aber nicht am Kreuze. Er war irgendwie gefoltert worden, aber weder die Utopen noch die Erdlinge wußten genug über die Technik der Folter, um sich eine Vorstellung davon machen zu können; dann war er anscheinend an ein sich langsam drehendes Rad gebunden und bis zu seinem Tode zur Schau gestellt worden. Es war die scheußliche Strafe eines grausamen und kriegerischen Volkes, und sie wurde über ihn verhängt, weil seine Lehre vom allgemeinen Dienst die reiche und herrschende Klasse, die nicht diente, in Angst versetzt hatte.

Mr. Barnstaple hatte einen Moment lang eine verkrümmte Gestalt auf dem Rad in der blendenden Sonne vor Augen und – herrlicher Triumph über den Tod – aus einer Welt, die eine solche Tat vollbringen konnte, war dieser große Friede und diese allumfassende Schönheit entstanden!

Aber Pater Amerton drängte mit seinen Fragen.

„Aber habt ihr nicht erkannt, wer das war? Hat es denn eure Welt nicht vermutet?"

„Viele dachten, daß dieser Mann ein Gott sei, aber er nannte sich nur ‚Gottessohn' oder ‚Menschensohn'."

Pater Amerton ließ nicht locker. „Betet ihr ihn jetzt an?"

„Wir folgen seiner Lehre, weil sie wundervoll und wahr ist", sagte Urthred.

„Aber anbeten?"

„Nein."

„Betet ihn denn niemand an? Gab es auch früher niemanden, der ihn angebetet hat?"

Es gab welche, die ihn anbeteten. Es gab solche, die vor der strengen Großartigkeit seiner Lehre verzagten und doch das quälende Gefühl hatten, daß er im tiefsten Grunde recht habe. So spielten sie ihrem eigenen, beunruhigten Gewissen einen Streich, indem sie ihn als einen zauberkräftigen Gott statt als ein Licht für ihre Seele behandelten. Sie verwoben die alten Traditionen der Hohepriester mit seiner Hinrichtung. Anstatt ihn offen und klar in sich aufzunehmen und ihn zum Teil ihres Verstandes und Willens zu machen, gaben sie vor, ihn auf mystische Weise zu essen und ihn zu einem Teil ihres Körpers zu machen. Sie machten aus seinem Rad ein wundertätiges Symbol und vermischten es mit dem Äquator, der Sonne, der Sonnenbahn, mit allem, was rund war. In Fällen von Unglück, Krankheit oder schlechtem Wetter glaubte man, daß es für den Gläubigen sehr heilsam sei, wenn er mit dem Zeigefinger einen Kreis in der Luft beschreibe.

Und da das Andenken an diesen Lehrer den Unwissenden wegen seiner Milde und Barmherzigkeit sehr teuer war, bemächtigten sich seiner schlaue und aggressive Individuen, die sich selbst zu Vorkämpfern und Vertretern des

Rades ernannten, in seinem Namen reich und mächtig wurden, die Völker für seine Sache in große Kriege führten und ihn als Deckmantel und Rechtfertigung für Neid und Haß, Tyrannei und dunkle Begierden benützten. Bis man zuletzt sagte, daß sein eigenes siegreiches Zeichen, das Rad, den alten Propheten von neuem zermalmt und vernichtet hätte, wenn er wieder nach Utopia gekommen wäre ...

Pater Amerton schien dieser Mitteilung keine Aufmerksamkeit zu schenken. Er betrachtete diese Sache aus einem anderen Gesichtswinkel.

„Aber es gibt doch sicher noch einen Rest von Gläubigen", sagte er. „Vielleicht verachtet – aber einen Rest?"

Es gab keinen Rest mehr. Die ganze Welt folgte diesem Lehrer der Lehrer, aber niemand betete ihn an. An manchen alten übriggebliebenen Bauten konnte man noch ein geschnitztes Rad sehen, oft mit den phantastischesten Ausschmückungen. Und in Museen und Sammlungen gab es viele Bilder, Denkmäler, Reliquien und ähnliches.

„Ich verstehe das nicht", sagte Pater Amerton, „es ist zu fürchterlich. Ich kenne mich nicht mehr aus. Ich verstehe es nicht."

6

Ein blonder und ziemlich schlanker Mann mit einem feinen schönen Gesicht, dessen Name, wie Mr. Barnstaple später erfuhr, Lion war, übernahm jetzt von Urthred die schwere Aufgabe, den Erdlingen Aufklärung zu geben und ihre Fragen zu beantworten. Er gehörte zu denen, die Utopias Erziehungswesen koordinierten. Er erläuterte, daß die Wandlung in den utopischen Angelegenheiten nicht durch eine plötzliche Revolution zustande gekommen sei. Das neue System der Gesetze und Sitten, die neue Methode wirtschaftlicher Zusammenarbeit, gegründet auf den Gedanken des allgemeinen Dienstes für das gemeinsame Wohl, war nicht von einem Tag auf den anderen entstanden. Während eines langen Zeitraums vor und im letzten Zeitalter der Verwirrung wurden die Grundlagen des neuen Staates durch eine wachsende Menge von Forschern und Arbeitern gelegt, die keinen festen Plan und keine vorbedachte Methode hatten, aber in unbewußtem Zusammenwirken durch einen gemeinsamen Antrieb zum Dienen, durch gemeinsame Erleuchtung und durch Wahrheitsliebe dahin gelangten. Erst gegen den Höhepunkt des letzten Zeitalters der Verwirrung in Utopia begann sich die Psychologie energisch zu entwickeln, vergleichbar der starken Entwicklung der Geographie und Physik in den vorhergegangenen Jahrhunderten. Die soziale und wirtschaftliche Unordnung, die der Experimental-Wissenschaft Hindernisse in den Weg legte und eine geordnete Arbeit der Universitäten hemmte, reizte zu Untersuchungen über die Vorgänge in der menschlichen Gesellschaft und machte die Forschung verwegen und furchtlos.

Der Eindruck, den Barnstaple davontrug, war nicht der jener heftigen Veränderungen, welche unsere Welt Revolutionen zu nennen gelernt hat, sondern der eines allmählichen Hellerwerdens, eines Aufdämmerns neuer Ideen, durch welche die alte Ordnung immer mehr an Kraft und Bedeutung verlor, bis man es als eine Sache des gesunden Menschenverstandes ansah, Neues an die Stelle des Veralteten zu setzen.

Dieser neuen Ordnung gaben Diskussionen, Bücher und psychologische Laboratorien den Anfang, der Boden, aus dem sie erwuchs, war in Schulen und Hochschulen zu finden. Die alte Ordnung bot den Lehrern geringen Lohn, und ihre hervorragenden Vertreter waren zu sehr in den Kampf um ihr leibliches Wohl und um Macht verstrickt, als daß sie dem Lehrberuf viel Aufmerksamkeit hätten widmen können. Dieser war einigen Männern und Frauen vorbehalten, die ihr Denken und ihre Arbeit ohne Hoffnung auf hohen klingenden Lohn hergaben, um die Welt in den Köpfen der Jugend neu zu gestalten. Und sie gestalteten sie auf diese Weise neu! In einer Welt, die offensichtlich von abenteuernden Politikern regiert wurde, in einer Welt, in der man durch rastlosen Geschäftsgeist und durch finanzielle Schlauheit zu Macht gelangte, wurde nun gelehrt und verstanden, daß übermäßiges Privateigentum eine soziale Plage sei und daß neben einer Klasse unverantwortlicher reicher Leute weder der Staat seine Aufgabe erfüllen noch die Erziehung die richtigen Ergebnisse zeitigen könne. Denn ihrer wahren Natur nach griffen jene jeden Staat an, der etwas zu leisten versuchte, kompromittierten und unterminierten ihn; ihre prahlerische Existenz verzerrte und verbarg alle Lebenswerte. Sie mußten verschwinden zum Heil der Menschheit.

„Kämpften sie nicht?“ fragte Mr. Catskill streitsüchtig.

Sie kämpften zwar nicht regelmäßig, aber grimmig. Der Kampf, der darum ging, das Kommen des universalwissenschaftlichen Staates, des Erziehungsstaates in Utopia, aufzuschieben oder zu verhindern, dauerte als ein bewußter Kampf ungefähr fünf Jahrhunderte lang. Der Kampf gegen diesen Staat war der Kampf gieriger, leidenschaftlicher, voreingenommener und selbstsüchtiger Männer gegen die Verwirklichung der neuen Idee einer Gemeinschaft des Dienstes am Gemeinwohl. Es wurde gekämpft, wo immer diese Gedanken ausgestreut wurden; es wurde gekämpft mit Entlassungen, Drohungen, Boykotts und Gewalttaten, mit Lügen und falschen Beschuldigungen, mit Verfolgungen und Einkerkerungen, mit Lynchjustiz, Teer und Federn, Paraffin, Knütteln, Bomben und Kanonen.

Aber der Dienst für die neue Idee, die in die Welt hinausgeschleudert war, ermattete nicht. Sie bemächtigte sich der Männer und Frauen, die ihrer bedurften, mit unwiderstehlicher Kraft. Ehe der wissenschaftliche Staat in Utopia errichtet war, wurde mehr als eine Million Märtyrer dafür getötet, und zahllos waren diejenigen, die in anderer, wenn auch geringerer Weise dafür gelitten hatten. Eine Position nach der anderen wurde erobert, im Erziehungswesen, in der sozialen Gesetzgebung, im Wirtschaftsleben. Ein bestimmtes Datum für die eingetretene Veränderung konnte nicht festgestellt werden; aber es kam eine Zeit, da Utopia gewahr wurde, daß es Tag sei und daß eine neue Weltordnung die alte ersetzt habe ...

„So muß es sein“, sagte Mr. Barnstaple, als ob Utopia nicht schon gegenwärtig wäre, „so muß es sein!“

Eine Frage wurde beantwortet. Jedes Kind in Utopia wird in vollem Ausmaß der in ihm schlummernden Möglichkeiten unterrichtet und auf die Arbeit hingelenkt, die ihm seine Wünsche und seine Fähigkeiten anweisen. Es ist gut geboren. Es ist von vollkommen gesunden Eltern gezeugt; seine Mutter hat sich nach sorgfältiger Überlegung und Vorbereitung entschlossen, es zu gebären. Es wächst unter vollkommen gesunden Bedingungen auf, sein natürlicher Antrieb, zu spielen und zu lernen, wird durch die sorgfältigsten Erziehungsmethoden befriedigt. Händen, Augen und Gliedmaßen wird jede Möglichkeit geboten, sich zu üben und zu entwickeln. Es lernt zeichnen, schreiben, sich ausdrücken, es lernt eine große Auswahl von Symbolen anwenden, um seine Gedanken zu schärfen und auszudehnen. Freundlichkeit und Höflichkeit werden zur eingefleischten Gewohnheit, denn seine ganze Umgebung ist freundlich und höflich. Und insbesondere wird die Entwicklung seiner Vorstellungskraft bewacht und angespornt. Es lernt die wunderbare Geschichte seiner Welt und seines Volkes kennen, wie man gekämpft hat und weiterhin kämpft, um aus der früheren tierischen Beschränktheit und Eigensucht herauszukommen und zur Beherrschung des Seins zu gelangen, das immer noch durch die dichten Schleier der Unwissenheit hindurch nur schwach zu erkennen ist. Alle seine Wünsche werden verfeinert, und es lernt von der Dichtkunst, vom Beispiel und von der Liebe seiner Umgebung, die Sorge für sich selbst in Nächstenliebe aufzulösen. Seine sexuellen Leidenschaften werden gegen seine Selbstsucht gerichtet, seine Neugier entwickelt sich zu Wissensdrang, seine Streitbarkeit wird zur Bekämpfung der Unordnung eingesetzt, sein angeborener Stolz und Ehrgeiz werden darauf hingelenkt, einen ehrenvollen Anteil an den gemeinsamen Leistungen zu erringen. Es wendet sich der Arbeit zu, der es zuneigt, und wählt selbst, was es tun will.

Wenn der einzelne indolent ist, so bedeutet das keinen

großen Verlust, es gibt Überfluß genug für alle in Utopia; doch wird solch ein Wesen von niemandem geliebt werden, es wird keine Nachkommen haben, denn niemand liebt in Utopia diejenigen, die keine Tatkraft besitzen noch sich irgendwie auszeichnen. In Utopia ist jeder Liebende sehr stolz auf seinen Gefährten. Es gibt in Utopia keine faule, reiche ‚Gesellschaft' und keine Spiele und Schaustellungen für solche, die nur Zuschauer sind. Es gibt überhaupt nichts für ‚Nur-Zuschauer'. Es ist eine wirkliche angenehme Welt zum Feiern, aber nicht für solche, die nie etwas tun wollen.

Seit Jahrhunderten ist nun die utopische Wissenschaft fähig, Geburten zu beeinflussen, und fast jeder jetzt lebende Utope hätte in früheren Tagen als tatkräftiger, schöpferischer Geist einen hohen Rang eingenommen. Es gibt wenig Dumme und keine wirklich behinderten Leute in Utopia. Die Müßiggänger, die Schlafmützen und die Leute mit schwacher Einbildungskraft sind meistens ausgestorben. Der Melancholiker hat seinen Abschied genommen und ist gegangen. Boshafte Charaktere sind im Verschwinden. Die weitaus größte Mehrzahl der Utopen ist aktiv, warmherzig, erfinderisch, empfänglich und gut gelaunt.

„Und Sie haben nicht einmal ein Parlament?" fragte Mr. Burleigh immer noch ungläubig.

Utopia hat kein Parlament, keine Politik, keinen privaten Reichtum, keine Geschäfts-Konkurrenz, keine Polizei oder Gefängnisse, keine Irren, keine Unterentwickelten, keine Krüppel, und es hat nichts von alledem, weil es solche Schulen und Lehrer besitzt, wie man sich nur wünschen kann. Politik, Handel und Konkurrenz sind Anpassungsmethoden einer unreifen Gesellschaft. Solche Anpassungsmethoden sind in Utopia schon seit mehr als tausend Jahren beseitigt worden. Erwachsene Utopen brauchen weder Gesetze noch eine Regierung über sich, denn alles, was sie an Regierung und Führung benötigen, haben sie schon im Kindheitsalter und in der Jugend empfangen.

Lion sagte: „Unsere Erziehung ist unsere Regierung."

6

Einige irdische Kritiken

I

Während dieses denkwürdigen Nachmittags und Abends schien es Mr. Barnstaple zuweilen, als sei er an nichts Bemerkenswerterem beteiligt als an einem außergewöhnlichen Dialog über Regierungsform und Geschichte, einem Dialog, der sich auf irgendeine unerklärliche Weise abspielte; es war so, als ob sich dies alles nur in seiner Vorstellung ereignete; dann aber überkam ihn wieder die volle Realität seines Abenteuers mit überwältigender Macht, und sein geistiges Interesse war so groß, daß er darüber die Seltsamkeit seiner Lage völlig vergaß. In diesem Zustand ertappte er sich dabei, wie sein Blick von einem Gesicht zum anderen der ihn umgebenden Utopen schweifte, eine Zeitlang auf irgendeinem auserlesenen Detail der Gebäudearchitektur verweilte und dann wieder zu jenen göttlich begnadeten Gestalten zurückkehrte.

Dann wandte er sich wieder ungläubig seinen Erdgenossen zu.

Nur die engelgleichen Gesichter eines italienischen Meisters waren so rein, ernst und schön wie diese utopischen Gesichter. Eine Frau sah der Delphischen Sibylle Michelangelos merkwürdig ähnlich. Sie saßen, Männer und Frauen zusammen, in ungezwungener Haltung da, meistens auf die Diskussion konzentriert, und dann und wann begegnete Mr. Barnstaple dem forschenden Blick eines freundlichen Augenpaares oder sah, wie mancher Utope die Kleidung Lady Stellas oder das Monokel von Mr. Mush aufmerksam betrachtete.

Mr. Barnstaple hatte zuerst den Eindruck gehabt, als ob

die Utopen lauter junge Leute wären; nun bemerkte er, daß aus vielen dieser Gesichter eine gereifte Festigkeit sprach. Keines zeigte die ausgeprägten Merkmale des Alters, wie sie unsere Welt eingräbt, aber Urthred und Lion hatten beide um Augen, Lippen und Brauen die Linien, die die Lebenserfahrung zeichnet.

Der Eindruck, den diese Leute auf Mr. Barnstaple machten, rief bei ihm in seltsamster Weise ein Gemisch von Vertrautheit und Überraschung hervor. Er hatte das Gefühl, daß ihm die Existenz eines solchen Menschenschlages schon immer bekannt gewesen sei und daß ihm dieses Wissen in tausend Fällen den unbedingten Maßstab für die Beurteilung menschlicher Dinge geliefert hatte; gleichzeitig aber war er aufs äußerste erstaunt und konnte es nicht glauben, daß er sich in der gleichen Welt mit solchen Wesen befand. Sie waren zugleich normal und wunderbar im Vergleich zu ihm selbst und zu seinen Gefährten, die ihrerseits Verschrobenheit und vollkommene Nüchternheit in sich vereinten.

Und zugleich mit dem heftigen Wunsch, sich mit diesen feinen und wohlgestalteten Wesen anzufreunden und mit ihnen vertraut zu werden, sich ihnen hinzugeben und sich mit ihnen durch Dienste und Gegendienste zu verbinden, empfand er Scheu und Furcht, die ihn vor einer Annäherung zurückschrecken und vor einer Berührung erbeben ließen. Er wünschte so sehr ihre persönliche Anerkennung als Freund und Genosse, daß ihn das Bewußtsein seiner eigenen Plumpheit und Nichtigkeit ganz niedergeschlagen machte. Er hatte das Bedürfnis, sich vor ihnen zu beugen. Hinter allem Glanz und der Lieblichkeit seiner Umgebung lauerte die unerträgliche Ahnung, aus dieser Welt endgültig verstoßen zu werden.

Mr. Barnstaple hatte einen so starken Eindruck von den Utopen und gab sich so ganz der Freude über ihre Anmut und körperliche Schönheit hin, daß er eine Zeitlang gar nicht bemerkte, wie unterschiedlich mehrere seiner Erdgenossen darauf reagierten. Da die Utopen nichts von der Verschrobenheit, der Lächerlichkeit und der Grausamkeit des gewöhnlichen irdischen Lebens an sich hatten, war Barnstaple bereit, ihre Einrichtungen und Lebensweise ganz ohne Kritik gutzuheißen.

Pater Amertons Benehmen war es, das ihm zuerst zu Bewußtsein brachte, es könnte jemand dieses wundervolle Volk schärfstens mißbilligen und ihm feindlich gesinnt sein. Zuerst hatten Pater Amertons rundes Gesicht und seine runden Augen über dem runden Kragen einen verwunderten Ausdruck angenommen; er hatte sich geneigt gezeigt, die Führung irgend jemandem, der sie ergreifen würde, zu überlassen, und hatte kein Wort gesprochen, bis ihn die nackte Schönheit der toten Chrysolagone zu einem überraschten Ausruf unkirchlicher Begeisterung veranlaßt hatte. Aber während der Reise zu dem See, während des Mahls und der Eröffnungsvorbereitungen für die Konferenz änderte sich sein Gesichtsausdruck, und jenes erste naive und achtungsvolle Staunen wich einer widerspenstigen und feindlichen Haltung. Es war, als ob dieses Utopia, das als ein Schauspiel angefangen hatte, nun die Verkörperung einer Weltanschauung geworden sei, die er, wie er fühlte, entweder annehmen oder widerlegen müsse. Vielleicht war er zu sehr in den Gewohnheiten eines öffentlichen Sittenrichters befangen und konnte sich nicht eher wohlfühlen, bevor er nicht verdammt hatte. Vielleicht war er wirklich durch die fast völlige Nacktheit dieser lieblichen Körper, die ihn umgaben, entrüstet. Aber nun fing er an, wunderlich zu stöhnen, zu husten, in sich hineinzumurmeln und eine wachsende Unruhe zu verraten.

Zum erstenmal ließ er sich zu einem Zwischenruf hinreißen, als die Bevölkerungsfrage aufgerollt wurde. Für eine kurze Weile überwog die Vernunft seine Gemütserregung, als von dem Propheten des Rades die Rede war, aber dann gaben die in ihm angehäuften Vorurteile den Ausschlag.

„Ich muß das Wort ergreifen“, hörte Mr. Barnstaple ihn murmeln, „es muß heraus!“

Jetzt begann er plötzlich Fragen zu stellen.

„Es gibt gewisse Dinge, die ich klargestellt haben

möchte", sagte er, „ich möchte wissen, in was für einem sittlichen Zustand sich dieses sogenannte Utopia befindet. Verzeihen Sie!"

Er erhob sich. Er stand mit zitternden Händen da, einen Augenblick unfähig zu beginnen. Dann ging er zum Ende der Sitzreihe und stellte sich so hin, daß er die Hände auf die Lehne eines Sessels stützen konnte. Er fuhr sich mit den Fingern durchs Haar und schien tief Atem zu holen. In seinem Gesicht, das errötete und zu glänzen begann, erschien eine ungewohnte Lebhaftigkeit. In Mr. Barnstaple stieg ein fürchterlicher Verdacht auf: genauso mußte er in der Kirche von St. Barnabas im Westen dastehen, wenn er eine seiner wöchentlichen Predigten, jener unerschrokkenen Anklagen gegen nahezu alles und jedes begann. Der Verdacht vertiefte sich zur noch viel schrecklicheren Gewißheit.

„Freunde, Brüder dieser neuen Welt – ich habe euch gewisse Dinge zu sagen, die auszusprechen ich nicht länger zögern kann. Ich möchte als Seelsorger einige Fragen an euch richten. Ich möchte zu euch ehrlich über klare und einfache, aber ganz grundlegende Angelegenheiten sprechen Ich möchte euch ohne Umschweife, wie Mann zu Mann, etwas sagen, ohne zimperlich zu sein, wenn es sich um ernste, wenn auch heikle Dinge handelt. Laßt mich ohne weitere Vorrede zu dem kommen, was ich zu sagen habe. Ich möchte euch fragen, ob ihr in diesem sogenannten Staat Utopia noch das Heiligste im menschlichen Leben besitzt, achtet und ehrt. Achtet ihr noch die Bande der Ehe?"

Er brach ab, und während dieser Pause drang die Antwort der Utopen zu Mr. Barnstaple: „In Utopia gibt es keine Bindungen."

Aber Pater Amerton wünschte gar keine Antworten auf seine Fragen; er stellte Fragen so, wie er es von der Kanzel her gewohnt war.

„Ich möchte wissen", schmetterte er hinaus, „ob jener heilige Bund, der unseren Ureltern im Garten Eden offenbart wurde, hier noch hochgehalten wird, ob jene geheiligte

Vereinigung fürs Leben zwischen einem Manne und einem Weibe, in Glück und Unglück, jede anderweitige Vertraulichkeit ausschließend, als das Gesetz eures Lebens gilt. Ich möchte wissen – – –"

„Aber er will ja gar nichts wissen – –", kam ein utopischer Zwischenruf.

„– ob jene behütete und bewachte Reinheit zu zweit –"

Mr. Burleigh erhob eine lange weiße Hand: „Pater Amerton, bitte!" protestierte er.

Die Hand von Mr. Burleigh war eine mächtige Hand, die sich immer noch Autorität zu verschaffen wußte. Es gab wenige Dinge unter der Sonne, die Pater Amerton aufhalten konnten, wenn er sich einmal in einen seiner Seelenstürme gestürzt hatte, aber die Hand von Mr. Burleigh gehörte zu diesen wenigen Dingen.

„– – – gleich einem anderen noch köstlicheren Gut hier von den Menschen beiseite geschoben und völlig verachtet wird? Was gibt es, Mr. Burleigh?"

„Ich möchte, daß Sie dieses Thema nicht gerade jetzt weiter verfolgen, Pater Amerton, solange wir nicht etwas mehr erfahren haben. Die Institutionen sind hier offenbar ganz andere. Auch die Institution der Ehe mag hier anders sein."

Das Gesicht des Priesters verfinsterte sich. „Mr. Burleigh", sagte er, „ich muß! Wenn mein Verdacht stimmt, dann will und muß ich diese Welt ihrer fadenscheinigen Vorwände entkleiden und sie zum Heil und zur Tugend führen."

„Da gibt's nicht mehr viel zu entkleiden", merkte Mr. Burleighs Chauffeur sehr vernehmlich.

In Mr. Burleighs Worten machte sich eine gewisse Verstimmung bemerkbar.

„Dann stellen Sie bitte Fragen", sagte er, „fragen Sie, aber halten Sie keine Predigten. Die hier brauchen keine Predigten von uns."

„Ich habe meine Frage gestellt", sagte Pater Amerton mürrisch mit einem vielsagenden, durchbohrenden Blick auf Urthred und blieb stehen.

Die Antwort kam klar und deutlich.

In Utopia besteht kein Zwang für Männer und Frauen, sich zu unlösbaren Paaren zu verbinden. Für die meisten Utopen wäre dies unbequem. Sehr oft sind Männer und Frauen, deren Arbeit sie in nahe Berührung miteinander bringt, Liebespaare und halten sehr fest zueinander, wie Ardenn und Chrysolagone es getan haben. Aber sie werden nicht dazu gezwungen.

Nicht immer hatte diese Freiheit geherrscht. In den alten, übervölkerten und konfliktreichen Zeiten und besonders unter den Landarbeitern und Angestellten Utopias wurden Männer und Frauen, die eine Liebesbeziehung zueinander hatten, unter schweren Strafandrohungen fürs Leben aneinandergekettet. Sie lebten miteinander in einer kleinen Wohnung, die die Frau für den Mann in Ordnung halten mußte, sie war seine Dienerin und gebar ihm so viele Kinder wie möglich, während er für die Ernährung sorgte. Die Kinder waren erwünscht, weil sie auf dem Lande oder als Taglöhner früh behilflich sein konnten. Aber die Bedingungen, welche die Frauen zu dieser Art Paarung gezwungen hatten, sind nun vorüber.

Es ist wahr, die Leute schließen sich mit den von ihnen erwählten Gefährten zu Paaren zusammen, aber sie tun es aus innerem Bedürfnis und nicht unter irgendeinem äußeren Zwang.

Pater Amerton hatte mit schlecht verhehlter Ungeduld zugehört. Jetzt sprang er auf: „Dann hatte ich also recht, Sie haben die Familie abgeschafft?“ Er deutete mit dem Finger auf Urthred und machte so fast eine persönliche Anklage daraus.

Nein, Utopia hat die Familie nicht abgeschafft, es hat die Familie erweitert und veredelt, bis sie die ganze Welt umfaßte. Diese Ausbreitung über die altertümliche häusliche Enge war schon vor langem von jenem Propheten des Rades, den Pater Amerton zu verehren schien, gepredigt worden. Während jener einmal eine Predigt hielt, sagte man ihm, seine Mutter und Brüder ständen draußen und forderten Beachtung von ihm, aber er ging nicht zu ihnen, sondern wandte sich der ihm lauschenden Menge mit den Worten zu: „Diese hier sind meine Mutter und meine Brüder!“

Pater Amerton schlug laut auf die Sessellehne vor ihm. „Eine Ausflucht“, schrie er, „eine Ausflucht! Auch Satan kann die Heilige Schrift deuten!“

Mr. Barnstaple war es klar, daß Pater Amerton sich nicht mehr ganz in der Hand hatte. Dieser war selbst erschrocken über seine Handlungsweise, und doch wurde er dazu getrieben. Er war zu aufgeregt, um klar zu denken oder seine Stimme zu beherrschen, so daß er in der wildesten Weise schrie und brüllte. Er ließ sich gehen und vertraute auf die Gepflogenheiten der Kanzel von St. Barnabas, um sich durchzusetzen.

„Jetzt sehe ich, wie ihr dasteht! Nur zu gut sehe ich, wie weit es mit euch gekommen ist. Von Anfang an ahnte ich es, wie es um euch steht. Ich wartete – ich wartete, um vollkommen sicher zu sein, ehe ich Zeugnis ablegte. Aber es spricht für sich selbst – – die Schamlosigkeit eurer Kleidung, die zügellose Freiheit eurer Sitten! Junge Männer und Frauen, lächelnd, Hand in Hand, fast einander liebkosend, während doch abgewendete Augen, abgewendete Augen der mindeste Tribut wären, den ihr der Sittsamkeit zollen müßtet! Und dieses leichtfertige Geschwätz – von liebenden Pärchen – ohne Bindungen oder Segen, ohne Gesetz oder Zwang. Was soll das heißen? Wohin führt das? Denket ja nicht, daß ich nichts davon verstehe, weil ich ein Priester bin, ein reiner und keuscher Mann, trotz großer Versuchungen, glaubet das ja nicht! Habe ich nicht Einblick in die Geheimnisse des Herzens? Kommen nicht die reuigen Sünder, diese zerbrochenen Topfscherben, zu mir mit ihren jammervollen Bekenntnissen gekrochen? Aber ich will euch offen sagen, wohin ihr geht und wo ihr steht! Diese eure sogenannte Freiheit ist nichts weiter als Ausschweifung! Euer sogenanntes Utopia, ich sehe es klar, ist nichts weiter als eine Hölle hemmungsloser Zuchtlosigkeit, hemmungsloser Zuchtlosigkeit!“

Mr. Burleigh erhob die Hand in einer Geste des Protests,

aber die Beredsamkeit Pater Amertons setzte sich über jeden Einspruch hinweg.

Er schlug auf die Sessellehne: „Ich will Zeugnis ablegen“, brüllte er, „ich will Zeugnis ablegen. Ich werde keine Rücksichten nehmen. Ich verschmähe es, das, was ich euch zu sagen habe, zu beschönigen. Ihr lebt alle – – in Unzucht, ja, das ist das Wort dafür. In tierischer Unzucht! In viehischer Unzucht!“

Mr. Burleigh war emporgefahren; er hielt beide Hände in die Höhe und bedeutete dem Londoner Zeloten, sich hinzusetzen: „Nein, nein“, rief er, „Sie müssen aufhören, Mr. Amerton, wirklich, Sie müssen aufhören, Sie sind ausfallend, Sie verstehen das nicht! Setzen Sie sich, bitte. Ich bestehe darauf.“

„Setzen Sie sich und beruhigen Sie sich“, ertönte eine sehr klare Stimme, „oder man wird Sie von hier fortschaffen.“

Irgend etwas machte Pater Amerton auf eine stille Gestalt an seiner Seite aufmerksam. Er begegnete den Augen eines schlanken Jünglings, der ihn scharf betrachtete, wie ein Porträtmaler ein neues Modell. In seinem Benehmen lag keine Drohung, er stand ganz still, und doch ließ seine Erscheinung Pater Amerton förmlich in den Erdboden versinken; dem großen Prediger erstarb der Ton in der Kehle.

Nun ergriff Mr. Burleigh das Wort, um einen Streit abzuwenden: „Mr. Serpentin, mein Herr, ich wende mich an Sie und bitte um Entschuldigung. Er ist nicht ganz zurechnungsfähig. Wir anderen bedauern die Störung – den Zwischenfall. Ich flehe Sie an, schaffen Sie ihn bitte nicht fort, was immer Sie auch unter ‚fortschaffen‘ verstehen mögen. Ich werde persönlich für sein gutes Betragen einstehen. So setzen Sie sich doch, Mr. Amerton, bitte; sofort; oder ich wasche meine Hände in Unschuld.“

Pater Amerton zauderte.

„Meine Zeit wird kommen“, sagte er und blickte dem jungen Mann einen Moment in die Augen, dann kehrte er zu seinem Sitz zurück.

Urthred sprach ruhig und klar: „Ihr Erdlinge seid

schwierige Gäste. Das ist noch nicht alles ... Es liegt auf der Hand, daß die Gesinnung dieses Mannes sehr unsauber ist. Seine sexuelle Phantasie ist offenbar entflammt und krankhaft. Er ist erbost und bestrebt, zu beleidigen und zu verletzen. Der Lärm, den er vollführt, ist fürchterlich. Morgen muß er untersucht und behandelt werden."

„Wie?" fragte Pater Amerton, und sein rundes Gesicht wurde plötzlich fahl. „Was meinen Sie mit ‚behandelt' werden?"

„Bitte, reden Sie nicht", sagte Mr. Burleigh, „bitte, reden Sie gar nichts mehr. Sie haben schon genug Unheil angerichtet."

Für den Augenblick schien der Zwischenfall erledigt zu sein, aber in Mr. Barnstaples Herz hinterließ er einen kleinen Stich der Furcht. Diese Utopen waren wirklich sehr liebenswürdige und angenehme Leute, aber einen Moment lang schien eine drohende Hand über der Erdlingsschar zu schweben. Rings um die Besucher war alles Sonnenglanz und Schönheit, nichtsdestoweniger waren sie Fremde – und ganz hilflose Fremde – in einer unbekannten Welt. Die Gesichter der Utopen waren gutmütig, ihre Augen neugierig und in gewisser Art freundlich, aber viel mehr beobachtend als freundlich. Es war so, als ob sie über eine unüberbrückbare Kluft hinwegsähen.

Aber dann begegnete Mr. Barnstaple mitten in seinem Kummer den braunen Augen von Lychnis, und sie waren gütiger als die der anderen Utopen. Sie wenigstens begriff die Furcht, die ihn erfaßt hatte, und er fühlte, daß sie ihn ermutigen und ihm gut Freund sein wollte. Mr. Barnstaple schaute sie an und fühlte sich im Augenblick ganz wie ein herrenloser Hund, der sich einer Gruppe von zweifelhafter Gesinnung nähert und einen freundlichen Blick und Gruß empfängt.

2

Ein anderer, der Utopia ebenfalls Widerstand entgegensetzte, war Mr. Freddy Mush. Er hätte nichts gegen die Religion und die Sitten oder die sozialen Einrichtungen Utopias einzuwenden. Man hatte ihn schon seit langem gelehrt, daß kein Gentleman mit seriösen, ästhetischen Ansprüchen irgendein Interesse für derartige Angelegenheiten bekundet. Seine Empfindungen waren seiner Meinung nach zu subtil für die Zuhörer. Aber bald wurde klar, was er meinte; nämlich, daß die wissenschaftlichen Methoden Utopias etwas sehr Altes und Schönes zerstört hätten, was man das ‚Gleichgewicht in der Natur' nenne. Was dieses Gleichgewicht in der Natur eigentlich war und wie es auf Erden wirke, konnten weder die Utopen noch Mr. Barnstaple ganz genau verstehen. Unter Kreuzverhör wurde Mr. Mush rot und störrisch, und sein Monokel blitzte kampflustig. „Ich bleibe bei den Schwalben", wiederholte er. „Wenn Sie meinen Standpunkt nicht begreifen können, dann weiß ich nicht, was ich Ihnen sonst sagen soll."

Er begann mit der Tatsache und kehrte wieder zu der Tatsache zurück, daß man in Utopia keine Schwalben sehe und man deshalb keine Schwalben in Utopia sehe, weil es keine Mücken und Fliegen gebe.

In Utopia war das Insektenleben planmäßig eingeschränkt worden, und das hatte jedes Lebewesen, das direkt oder indirekt vom Leben der Insekten abhängig war, ernstlich in Mitleidenschaft gezogen. Sobald in Utopia das neue System fest verankert war und der Erziehungsstaat funktionierte, richtete sich die allgemeine Aufmerksamkeit auf die langgehegte Idee, unangenehme und schädliche Arten systematisch zu vertilgen. So wurde z. B. eine sorgfältige Untersuchung über die Schädlichkeit der Hausfliege, der Wespen, Hornissen, verschiedener Arten Mäuse und Ratten, Kaninchen und Brennesseln angestellt, sowie über die Möglichkeit, sie auszurotten. Zehntausend Arten von Lebewesen, vom Krankheitserreger bis zum Rhinozeros und zur Hyäne, wurden daraufhin untersucht. Jeder Gattung, die man entdeckte, wurde ein Verteidiger beigegeben. Bei jeder wurde gefragt: ‚Was ist Gutes an ihr? Welchen Schaden richtet sie an? Wie kann sie ausgerottet werden? Was wird mit ihr verschwinden? Lohnt es sich, sie zu vertilgen, oder kann sie gezähmt und beibehalten werden?‘ Und sogar, wenn das Urteil auf endgültige und vollständige Vernichtung lautete, machte sich Utopia mit großer Vorsicht an die Vertilgungsarbeit. In sicherer Isolation wurde von jeder verurteilten Art eine Reserve zurückbehalten, die in vielen Fällen noch bestand.

Die meisten infektiösen und ansteckenden Fieberkrankheiten wurden vollkommen ausgemerzt; einige verschwanden sehr leicht, andere konnte man nur dadurch aus dem menschlichen Leben löschen, daß man ihnen den Krieg erklärte und die ganze Bevölkerung strenger Disziplin unterwarf. Auch von vielen inneren und äußeren Parasiten wurden Menschen und Tiere vollständig befreit. Weiters gab es ein großes Reinemachen in der Welt von schädlichen Insekten, von Unkraut, Ungeziefer und Raubtieren. Der Moskito, die Hausfliege, die Schmeißfliege und überhaupt die große Mehrzahl aller Fliegen verschwanden. Durch Feldzüge, die einer ungeheuren Anstrengung bedurften und sich über mehrere Generationen erstreckten, wurden sie aus dem Leben verjagt. Es war unendlich leichter, so große Plagen wie die Hyäne und den Wolf loszuwerden, als jene kleinen Plagen zu vernichten. Der Kampf gegen die Fliegen hatte den gründlichen Umbau eines großen Teiles der Häuser in Utopia und die sorgfältigste Säuberung aller Bauten auf dem ganzen Planeten zur Folge. Die Frage, was mitverschwinden würde, wenn eine bestimmte Gattung verschwunden wäre, gehörte zu den schwierigsten, denen Utopia gegenüberstand. So waren z. B. gewisse Insekten in ihrem ersten Stadium zerstörende und angriffslustige Larven, wirkten als Raupen oder Puppen schädlich und wurden dann entweder an sich schön oder notwendig für die Befruchtung mancher nützlicher und auserlesener Blumen. Andere wieder, an sich unangenehm, waren ein notwendiges, unersetzliches Futter für erfreuliche und erwünschte Lebewesen. Es war nicht wahr, daß die Schwalben aus Utopia verschwunden waren, aber sie waren äußerst selten geworden; und ebenso war eine Anzahl kleiner insektenfressender Vögel, z. B. der Fliegenschnäpper, dieser Harlekin der Luft, selten. Aber sie waren nicht ganz ausgestorben, so weit war die Vertreibung der Insekten nicht gegangen; es waren genügend Arten zurückgeblieben, um gewisse Gegenden für diese reizenden Vögel bewohnbar zu machen.

Andererseits waren viele schädliche Pflanzen ein geeignetes Ausgangsmaterial für komplizierte chemische Substanzen, deren synthetische Herstellung noch kostspielig oder zeitraubend war, und hatten auf diese Weise einen beschränkten Platz im Dasein behalten. Pflanzen und Blumen hatten sich in Utopia ungeheuer verändert, da sie in der Hand des Gärtners und Züchters stets einfacher und flexibler zu behandeln sind als Tiere. Unsere Erdlinge konnten an die hundert Arten von Blätterwerk und reizenden, duftenden Blüten finden, die ihnen alle unbekannt waren. Mr. Barnstaple erfuhr, daß gewisse Pflanzen dazu entwickelt und gezüchtet worden seien, neue und noch nicht dagewesene Absonderungen, wie Wachsarten, Gummi, ätherische Öle und ähnlichen, in wertvollster Beschaffenheit hervorzubringen.

Viele große Tiere wurden gezähmt und Freunde der Menschen. Die größeren Fleischfresser wurden, gebürstet und gereinigt, auf Milchdiät gesetzt, ihre Wildheit gedämpft, und sie wurden, völlig gezähmt, zu Lieblingen und zur Zierde in Utopia. Die schon fast ausgestorbenen Elefanten hatten sich wieder vermehrt, und auch die Giraffen wurden in Utopia am Leben erhalten. Der Braunbär, immer schon Süßigkeiten und vegetarischer Kost zugeneigt, hatte an Klugheit sehr zugenommen. Der Hund hatte das Bellen aufgegeben und war verhältnismäßig selten geworden. Es gab weder Jagdhunde noch Schoßhündchen.

Pferde sah Mr. Barnstaple nicht; aber da er ein ganz moderner Städter war, vermißte er sie nicht sehr und fragte auch nicht nach ihnen, solange er in Utopia weilte. Er erfuhr niemals, ob sie ausgestorben waren oder irgendwo überlebt hatten.

Als er am ersten Nachmittag in jener Welt hörte, wie das Königreich der Natur von der Menschheit gesichtet, geordnet, von Unkraut gesäubert und wieder angebaut worden war, schien es ihm die natürlichste und notwendigste Entwicklungsstufe in der menschlichen Geschichte zu sein. ‚Schließlich', sagte er zu sich selbst, ‚war es ein guter Gedanke, zu sagen, daß der Mensch als Gärtner geschaffen worden sei!'

Und nun war der Mensch daran, seine eigene Art zu veredeln und hochzuzüchten.

Die Utopen erzählten von eugenischen Anfängen, von einer neuartigen und sicheren Bestimmungsmethode bei der Wahl der Eltern, von einer wachsenden Zuverlässigkeit der Vererbungswissenschaft, und als Mr. Barnstaple die kraftvolle, klare Schönheit des Gesichtes und der Gliedmaßen, die jeder Utope zeigte, mit den nicht immer zusammenpassenden Gesichtszügen und den körperlichen Disproportionen seiner Erdgenossen verglich, wurde ihm bewußt, daß diese Utopen mit ihrem Vorsprung von nur etwa dreitausend Jahren schon über die Menschen hinaus zu einer edleren Menschheit gelangt waren. Sie entwikkelten sich zu einer anderen Rasse.

3

Sie waren von anderer Art.

Als an diesem Nachmittag die Fragen, Erklärungen und Wechselreden fortgesetzt wurden, wurde es Mr. Barnstaple immer klarer, daß die Verschiedenheit ihrer Körper nichts war im Vergleich zu der Andersartigkeit ihrer Seele. Von Geburt aus besser, waren diese Kinder des Lichtes herangewachsen, ungetrübt von all jenen schrecklichen Reibungen, Heimlichkeiten, Zweideutigkeiten und Unkenntnissen, wie sie die Entwicklung eines Erdlings verkrüppeln. Sie waren klar, offen und gerade. Sie hatten niemals jenes ablehnende Mißtrauen gegen den Lehrer entwickelt, jenen Widerstand gegen die Belehrung, der die natürliche Antwort auf einen fast schon aggressiven Unterricht darstellt. Sie waren so herrlich frei von allen Hintergedanken in ihren gegenseitigen Beziehungen. Ironie, Verstecktheiten, Unaufrichtigkeit, Eitelkeit und die Aufgeblasenheit irdischer Konversation schienen ihnen unbekannt zu sein. Mr. Barnstaple fand ihre geistige Nacktheit ebenso angenehm und erfrischend wie die Bergluft, die er einatmete. Er staunte, daß sie derartig ungebildeten Wesen gegenüber so geduldig und verständlich sein konnten.

‚Ungebildet' war das Wort, das er bei sich dachte. Sich selbst empfand er als den Ungebildetsten von allen. Er hatte Angst vor diesen Utopen; anmaßend und verächtlich, verglichen mit ihnen, fühlte er sich wie ein manierloser Erdenlümmel in einem Salon, und er schämte sich bitterlich seiner eigenen Verächtlichkeit. Alle anderen Erdlinge, mit Ausnahme von Mr. Burleigh und Lady Stella, zeigten die abwehrende Gehässigkeit von minderwertigen Wesen, die sich dieser Minderwertigkeit bewußt sind und sich gegen dieses Bewußtsein sträuben.

Wie Pater Amerton war auch der Chauffeur von Mr. Burleigh durch den unbekleideten Zustand der Utopen offenbar in hohem Maße entrüstet und beunruhigt; seine Gefühle drückten sich in Gebärden und Grimassen aus sowie durch gelegentliche sarkastische Bemerkungen, wie: ‚Ich glaub' nicht' oder ‚Ach wo'. Mit diesen Bemerkungen wandte er sich meistens an Mr. Barnstaple, für den er als den Besitzer eines kleinen alten Wagens offenbar Gefühle tiefer Verachtung, gemischt mit sozialer Kameradschaftlichkeit, empfand. So wollte er auch mit Blicken, Grimassen und hochgezogenen Brauen Mr. Barnstaples Aufmerksamkeit darauf richten, was er im Benehmen und in den Gebärden der Utopen für beachtenswert hielt. Er hatte eine Art und Weise, mit Mund und Nase auf etwas hinzudeuten, die Mr. Barnstaple unter normalen Umständen amüsant gefunden hätte.

Von Lady Stella hatte Mr. Barnstaple zuerst den Eindruck einer sehr großen Dame von modernem Typus, aber jetzt hatte er das Gefühl, daß sie sich in Abwehr befand und fast zu damenhaft wurde. Dagegen bewahrte Mr. Burleigh eine gewisse aristokratische Feinheit. Er war auf Erden sein Leben lang ein großer Mann gewesen, und offenbar sah er keinen Grund, weshalb er in Utopia nicht als ein großer Mann behandelt werden sollte. Auf Erden hatte er wenig geleistet, war aber empfänglich und intelligent und hatte damit viel Erfolg. Frei von jeder starren Gesinnung, Überzeugung oder von revolutionären Wünschen, fügte er sich, vermöge seines lebhaften aufgeschlossenen Geistes, mit der größten Leichtigkeit in die Rolle einer distinguierten Persönlichkeit, die in teilnehmender, aber vollständig unverbindlicher Weise die Einrichtungen eines fremden Staates besichtigt. ‚Sagen Sie …‘, mit dieser einnehmenden Phrase verbrämte er unweigerlich seine Konversation.

Der Abend brach herein, der unklare Himmel Utopias erglühte vom Gold des Sonnenunterganges, und eine gewaltige Wolkenmasse über dem See verfärbte sich aus einem blassen Rot zu dunklem Purpur, als Mr. Rupert Catskill die Aufmerksamkeit von Mr. Barnstaple auf sich zog. Er bewegte sich auf seinem Platz unruhig hin und her. „Ich habe etwas zu sagen“, rief er wiederholt.

Jetzt sprang er auf und schritt zum Mittelpunkt des Halbkreises, von wo Mr. Burleigh früher am Nachmittag gesprochen hatte. „Mr. Serpentin“, sagte er, „Mr. Burleigh, es gibt einiges, das ich gerne sagen möchte – wenn Sie mir Gelegenheit dazu gewähren würden.“

4

Er nahm seinen grauen Zylinder ab, ging zurück, legte ihn auf seinen Sessel und trat wieder in den Mittelpunkt der Apsis. Er schlug die Rockschöße zurück, stützte die Hände in die Hüften, schob den Kopf vor, betrachtete die Hörerschaft einen Moment mit einem halb listigen, halb herausfordernden Ausdruck, brummte irgend etwas Unhörbares und begann.

Der erste Eindruck war nicht einnehmend; er hatte einen leichten Sprachfehler, eine Art Lispeln, gegen das seine Stimme mit Kehllauten ankämpfte. Die ersten paar Sätze erweckten den Eindruck, als ob sie mit großer Anstrengung herausgeschleudert würden. Dann aber kam Barnstaple darauf, daß Mr. Catskill einen ganz bestimmten Standpunkt vertrat und daß die Ansicht, die er über Utopia äußerte wohlüberlegt und einleuchtend war. Mr. Barnstaple mißbilligte diese Kritik, er mißbilligte sie sogar heftig, aber er mußte anerkennen, daß sie eine begreifliche Einstellung ausdrückte. Mr. Catskill begann mit einer schwungvollen Anerkennung der Schönheit und Ordnung Utopias. Er pries die ‚blühende Gesundheit', er sah ‚auf jeder Stirn' den Wohlstand, die Ruhe und Bequemlichkeit des Lebens in Utopia. Sie hätten ‚die Kräfte der Natur gezähmt, gebändigt und sie allesamt dem einen Endzweck, der materiellen Bequemlichkeit der Bevölkerung, unterworfen'.

„Und was ist mit Ardenn und Chrysolagone?" murmelte Mr. Barnstaple.

Mr. Catskill hörte den Zwischenruf nicht oder achtete nicht darauf. ‚Der erste Eindruck, Herr Sprecher – Mr. Serpentin, wollte ich sagen –, der erste Eindruck ist für einen Erdenbewohner überwältigend. Ist es ein Wunder" – er blickte zu Mr. Burleigh und Mr. Barnstaple –, „ist es ein Wunder, daß einige von uns durch Begeisterung mitgerissen werden? Ist es ein Wunder, daß uns Ihre zauberhafte Schönheit eine Zeitlang entzückte, so daß wir das, was in unserer eigenen Natur liegt, vergaßen – die tiefen und geheimnisvollen Regungen, die Begierden, Notwendigkeiten vergaßen, so daß wir bereit waren auszurufen: ‚Hier ist endlich das Paradies! Hier laßt uns verweilen, laßt uns dieser geordneten und ausgeglichenen Pracht anpassen, hier unser Leben zu Ende führen und sterben!' Und auch ich, Mr. – Mr. Serpentin, verfiel für kurze Zeit diesem Zauber. Aber nur für kurze Zeit. Denn schon, mein Herr, finde ich mich von Zweifeln erfüllt..."

Sein scharfer und ungestümer Geist hatte die Tatsache erfaßt, daß jeder Fortschritt in der Befreiung und Säuberung Utopias von Epidemien, Parasiten und Krankheiten von der Wahrscheinlichkeit damit verknüpfter Einschränkungen und Verluste begleitet sein müsse, oder es wäre vielleicht richtiger, wenn man sagte, daß diese Tatsache sich seines Geistes bemächtigt hatte. Er beachtete nicht, daß jeder Schritt in dem Prozeß, eine Welt für menschliche Betätigung sicher, gesund und zuträglich zu machen, von Überlegung und Vorsichtsmaßregeln geleitet war. Er nahm an, daß mit jedem Gewinn auch Verluste verbunden seien. Er begann diese Verluste zu übertreiben und gelangte durch seine Zungenfertigkeit dahin, daß er unvermeidlich das Kind mit dem Bade ausschüttete – d. h. unvermeidlich für einen britischen Parlamentarier. Die Utopen, erklärte er, führten ein Leben von außergewöhnlicher Leichtigkeit, Sicherheit und, wenn man so sagen darf, Milde. (‚Aber das funktioniert', sagte Mr. Barnstaple.) Aber sei nicht mit tausend Belästigungen und Unannehmlichkeiten auch etwas Größeres, Wertvolleres untergegangen? Das Leben auf Erden sei, gab er zu, unsicher, voll von Leiden und Ängsten, wahrlich voll von Elend, Not und Qualen, aber es habe auch, und gerade aus diesen Gründen, Augenblicke von Größe, Hoffnung, freudiger Überraschung, Errettungen und Leistungen, wie sie das geordnete Leben in Utopia unmöglich aufbringen könne. „Sie haben sich von Kämpfen und Nöten ferngehalten, haben Sie sich nicht auch von den lebendigen und vibrierenden Realitäten des Lebens entfernt?"

Er hob eine Lobrede auf das irdische Leben an, er pries die Lebenskraft auf Erden, als ob es in der erhabenen Schönheit ringsum keine Zeichen von Lebenskraft gäbe. Er sprach ‚vom Getöse unserer überfüllten Städte', vom ‚Gedränge unserer wimmelnden Millionen', ‚von den breiten Strömen des Handels, den industriellen Unternehmungen und den Kämpfen, die in den Betriebsstätten und Häfen unserer Völker auf und ab wogen'.

Er verstand es, die richtigen Worte zu wählen, und

besaß jene Vorstellungskraft, die das Wesen der Beredsamkeit ausmacht. Mr. Barnstaple vergaß jenen leichten Sprachfehler und die gequetschte Stimme, die diese Rede hervorbrachte. Mr. Catskill gab mutig alle die irdischen Übel und Gefahren zu, die Mr. Burleigh umständlich beschrieben hatte. Alles, was Mr. Burleigh gesagt hatte, sei wahr. Alles, was er gesagt habe, bleibe in Wirklichkeit noch weit hinter der Wahrheit zurück. Wir kennten Hunger und Seuchen, wir litten unter tausend Krankheiten, die Utopia ausgemerzt habe. Wir seien mit tausend Plagen behaftet, die man in Utopia nur aus alter Überlieferung kenne. „Die Ratten nagen, die Fliegen verfolgen einen und machen einen verrückt, manchmal dampft das Leben und stinkt, ich gebe es zu, mein Herr, ich gebe es zu. Wir versinken tiefer in Unannehmlichkeiten, Not, Bedrängnisse und Qual an Leib und Seele, in Bitternis, Schrecken und Verzweiflung, als Sie es je erfahren haben. O ja, aber steigen wir nicht auch höher? Ich nehme es mit Ihnen auf! Was können Sie in dieser unendlichen Sicherheit von der Stärke der wilden furchtgepeitschten Kraft vieler unserer Anstrengungen wissen? Was können Sie von Atempausen, Zwischenspiel und Errettung wissen? Denken Sie an unsere vielen Freuden, die außerhalb Ihres Gesichtskreises liegen! Was wissen Sie hier von den ersten süßen Tagen der Genesung? Von Ferien, in die man sich aus einer widerwärtigen Umgebung rettet? Von dem Gefühl, das man empfindet, wenn man Leben und Glück aufs Spiel setzt und gewinnt? Vom Gewinnen einer Wette mit riesigen Einsätzen? Von der Befreiung aus dem Gefängnis? Und, mein Herr, es soll in unserer Welt sogar Menschen geben, die selbst Schmerz fasziniert. Weil unser Leben furchtbar ist, mein Herr, darum hat es Augenblicke, und muß solche haben, die unvergleichlich glänzender sind als die, die Sie erleben. Unser Leben ist titanenhaft, mein Herr, während Ihres nur ordentlich ist. Und wir sind daran gewöhnt und sind abgehärtet. Unsere Schneide ist schärfer. Das ist der Punkt, auf den ich nun zu sprechen komme. Fordern Sie uns auf, unsere Unordnung, unser irdisches Elend und unsere Not, unsere hohe Sterbeziffer, unsere scheußlichen Krankheiten aufzugeben, und auf die erste Frage hin wird jeder Mann und jede Frau in der Welt sagen: ‚Ja, gerne ja!' Auf die erste Aufforderung, mein Herr."

Mr. Catskill hielt einen Augenblick seine Zuhörerschaft mit dem ausgestreckten Finger gebannt.

„Und dann würden wir zu überlegen beginnen. Wir würden fragen, so wie Sie uns von Ihren Naturforschern erzählten, wie diese wegen Ihrer Fliegen und derartigem unangenehmen Kleinzeug gefragt haben, wir würden fragen: ‚Was geht mit unter? Was ist der Preis?' Und wenn wir erführen, daß wir als Preis dafür jene Lebenskraft, jene konzentrierte Tatkraft, jene aufgespeicherte und erfahrungsreiche Zähigkeit, jene rattenähnliche, wolfsähnliche Zähigkeit, die unser fortwährender Kampf erzeugt, aufgeben müßten, dann würden wir zaudern. Wir würden zaudern. Letzten Endes, mein Herr, glaube ich, hoffe und glaube ich, wahrlich, ich schwöre und bin überzeugt, wir würden sagen: ‚Nein und nochmals nein!'"

Mr. Catskill befand sich jetzt in einem Zustand großer geistiger Erregung. Er machte kurze ruckartige Bewegungen mit der geballten Faust, seine Stimme fiel, stieg und überschlug sich. Er schwankte und drehte sich nach allen Seiten, forderte mit Blicken den Beifall seiner Erdengenossen heraus und lächelte Mr. Burleigh hin und wieder zu.

Der Gedanke, daß unsere arme, kämpfende, entnervte, vom Zufall regierte Welt wirklich ein stolzes und verwikkeltes System mächtiger Wirkungen und Gegenwirkungen im Gegensatz zu der abgeklärten Heiterkeit eines fertigen Utopias darstelle, hatte vollständig Besitz von ihm ergriffen. „Niemals zuvor, mein Herr, wurde mir die hohe, fürchterliche und abenteuerliche Bestimmung der irdischen Rasse so bewußt, wie ich sie jetzt erkenne. Ich blicke auf Ihr goldenes Paradies, dieses göttlich vollendete Land, aus dem jeder Streit verbannt ist –"

Mr. Barnstaple entdeckte ein feines Lächeln auf dem Gesicht der Frau, die ihn an die Delphische Sibylle erinnerte.

„– und ich anerkenne und bewundere seine Ordnung und Schönheit, so wie irgendein staubbedeckter und entschlossener Pilger auf seiner begeisterten und geheimnisvollen Suche eine Rast macht und die Ordnung und Schönheit der lieblichen Gärten glücklicher Sybariten anerkennt und bewundert. Und wie jener Pilger, mein Herr, möchte ich die Weisheit Ihres Lebensweges in Frage stellen. Denn, mein Herr, ich nehme es als bewiesene Tatsache an, daß das Leben und alle Kraft und Schönheit des Lebens geboren wird aus Kampf, Wettbewerb und Konflikt. Durch Not wurden wir geformt und geknetet, und so auch Sie, mein Herr. Und doch träumen Sie hier davon, daß Sie den Kampf für immer ausgeschaltet haben. Ihr wirtschaftliches System, vermute ich, ist irgendeine Art von Sozialismus; inmitten dieses Friedens haben Sie allen Wettstreit verbannt. Ihr politischer Zustand ist der einer allumfassenden Einheit. Sie haben die stärkende und veredelnde Gefahr sowie die reinigende und abschreckende Erfahrung des Krieges ganz und gar ausgemerzt. Alles ist geordnet und vorgesehen, alles ist gesichert. Alles ist gesichert, mein Herr – mit einer Ausnahme ...

Es tut mir leid, Ihre Ruhe zu stören, mein Herr, aber ich muß das eine, das Sie vergessen haben, beim Namen nennen – – Degeneration! Womit verhindern Sie die Degeneration? Verhindern Sie sie überhaupt?

Was für Strafen haben Sie nun für Trägheit? Welche Belohnungen für außergewöhnliche Tatkraft und Anstrengungen? Womit erhalten Sie das Volk fleißig? Wodurch wachsam, wenn es keine persönliche Gefahr und keine persönlichen Verluste, sondern nur irgendeine fernliegende Gefahr oder eine Unbill für die Allgemeinheit gibt? Eine Zeitlang mögen Sie durch eine Art Beharrungsvermögen weitermachen. Es mag Ihnen scheinen, als ob Sie Fortschritte machten. Ich gebe zu, es scheint wirklich so, als ob Sie Fortschritte machten. Herbstlicher Glanz! Sonnenuntergangspracht! Während um Sie herum in Universen, parallel dem Ihren, ähnlich geartete Menschen sich abplagen, noch leiden, noch wetteifern, wobei manche ausgeschieden werden, aber dabei Kraft und Energie erwerben!"

Mr. Catskill schwenkte seine Hand in rednerischem Triumph gegen die Utopen.

„Ich möchte ja nicht, mein Herr, daß Sie denken, ich hätte diese Kritik an Ihrer Welt in feindseliger Absicht geübt. Sie wird Ihnen in der freundlichsten und hilfreichsten Weise dargeboten. Ich bin bei Ihrem Fest das drohende Gespenst, aber ein freundlich gesinntes und einsichtsvolles Gespenst. Ich stelle meine eindringlichen und unangenehmen Fragen, weil ich muß. Ist es wirklich der klügste Weg, den Sie gewählt haben? Sie haben Holdseligkeit und Licht und – Muße. Zugegeben! Aber wenn es diese Vielheit von Universen gibt, von denen Sie uns, Mr. Serpentin, so klar und einleuchtend erzählt haben, und wenn sich eines plötzlich einem anderen öffnet, so wie unser Universum dem Ihren, möchte ich Sie ernstlich fragen, wie sicher sind Ihre Holdseligkeit, Ihr Glanz und Ihre Muße? Wir unterhalten uns hier, von unzähligen Welten durch eine, ich weiß nicht, wie dünne, Scheidewand getrennt. Und bei diesem Gedanken, mein Herr, scheint es mir, daß ich, während ich hier an diesem Ort in seiner erhabenen, goldschimmernden Ruhe stehe, schon fast das Getrampel hungriger Myriaden hören kann, wild und hartnäckig wie Ratten oder Wölfe, die knurrenden Stimmen von Völkern, die jede Qual und Grausamkeit gewöhnt sind, die Drohung furchterregenden Heldentums und erbarmungsloser Aggression."

Er brach seine Rede plötzlich ab. Er lächelte matt. Es schien Mr. Barnstaple, daß er über Utopia triumphiere. Er stand da, mit den Händen in den Hüften, und, als ob er auf diese Weise seinen Körper biege, verbeugte er sich steif.

„Mein Herr", sagte er mit jenem leichten Lispeln, das ihm eigen war, den Blick auf Mr. Burleigh geheftet, „ich habe gesagt, was ich zu sagen hatte."

Er drehte sich um und betrachtete Mr. Barnstaple einen Moment lang mit einem Gesicht, das sich schon fast zu einer Grimasse verzerrt hatte. Er nickte mit dem Kopf, als ob er mit einem Hammer Nägel einschlüge, raffte sich auf und kehrte zu seinem Platz zurück.

5

Urthred sprach so, als antwortete er nicht Mr. Catskill, sondern als dächte er laut, die Ellenbogen auf die Knie und das Kinn in die Hände gestützt:

„Das zerstörende Nagen der Ratten", sagte er, „die zähe Wildheit des Wolfes, die Hartnäckigkeit der Wespen, Fliegen und Krankheitskeime sind aus unserer Welt verschwunden. Das ist wahr! Wir haben viele von diesen das Leben aufzehrenden Mächten vertilgt. Und haben nichts Wertvolles verloren. Pein, Schmutz und Unwürdigkeit für uns selbst – oder für andere Lebewesen, sie sind verschwunden, oder sie sind im Verschwinden. Aber es ist nicht wahr, daß der Wettbewerb aus unserer Welt verschwunden ist. Warum sagt er das? Jeder hier arbeitet nach besten Kräften – um zu dienen und sich auszuzeichnen. Keiner wird sich aus Mühe oder Pflicht herausschwindeln wollen, wie es die Menschen im Zeitalter der Verwirrung taten, als die Geizigen und Geschäftstüchtigen auf Kosten der Großmütigeren in Luxus schwelgten. Warum sagt er, daß wir degenerieren? Er ist schon eines Besseren belehrt worden. Der Faule und Minderwertige gedeiht hier nicht. Und warum droht er uns mit solchen Wahnvorstellungen, wie dem Einfall anderer, wilder und barbarischer Welten? Wir sind es, welche die Tore in solche andere Universen öffnen oder schließen können, wie es uns beliebt. Weil wir wissen! Wir können zu ihnen gehen – wenn wir genug wissen, werden wir es tun –, aber sie können nicht zu uns gelangen. Es gibt keinen anderen Weg aus den Käfigen des Lebens als das Wissen ... Was ist mit diesem Mann los?

Diese Erdlinge sind erst im Anfangsstadium der Wissenschaft. Sie befinden sich praktisch genommen noch in dem Zustand der Furcht und der Verbote, der auch in der Entwicklungsgeschichte Utopias geherrscht hatte, ehe Vertrauen und Verständnis einzogen. Aus diesem Zustand hat sich unsere Welt während des Zeitalters der Verwirrung emporgerungen. Der Geist dieser Erdlinge ist voll von Furcht und Hemmungen, und obwohl es ihnen aufdämmerte, daß sie möglicherweise ihr Universum beherrschen könnten, so ist doch der Gedanke für sie zu fürchterlich, um ihn ernstlich zu erwägen. Sie kehren ihren Geist davon ab. Sie wollen noch so denken, wie es ihre Väter vor ihnen taten, nämlich, daß das Weltall allein besser seinen Gang gehe, als wenn sie es selbst beherrschten. Und weil es so ist, steht es ihnen frei, ihren eigenen gewalttätigen, kleinen persönlichen Beweggründen zu folgen. Überlasse die Dinge Gott, schreien sie, oder überlasse sie dem Wettkampf."

„Evolution war unser geheiligtes Wort", sagte Mr. Barnstaple, der interessiert zuhörte.

„Es ist alles dasselbe – Gott oder Evolution oder was ihr wollt – solange ihr glaubt, daß es eine Macht über der euren gebe, die euch eurer Pflicht enthebt. Utopia sagt: ‚Überlaßt die Dinge nicht ihrem Lauf. Ergreift die Zügel!' Aber diese Erdlinge können sich nicht daran gewöhnen, die Wahrheit zu sehen – die ungeschminkte. Dieser Mann mit der weißleinenen Fessel um den Hals fürchtet sich sogar, Männer und Frauen anzusehen, so wie sie sind. Er wird in ekelhafter Weise durch den nackten menschlichen Körper erregt. Dieser Mann mit der Glaslinse vor dem linken Auge strengt sich an zu glauben, daß es hinter dem Anschein der Dinge eine weise alte Mutter Natur gebe, die ein gewisses Gleichgewicht aufrechterhält. Es war phantastisch, ihn über das Gleichgewicht in der Natur sprechen zu hören. Kann er mit seinen zwei Augen und einer Linse nicht besser sehen? Dieser letzte Mann, der so eindrucksvoll gesprochen hat, glaubt, daß diese Allmutter Natur eine grenzenlose Quelle des Willens und der Energie ist, wenn wir uns nur ihren Grillen und Grausamkeiten fügen und ihre wildesten Launen nachahmen, wenn wir nur genügend stoßen, töten, rauben und einander bestehlen ... Auch er predigt den alten Fatalismus und glaubt, daß es eine Weisheitslehre sei.

Diese Erdlinge wagen es noch nicht, zu sehen, was unsere Mutter Natur ist. Im tiefsten Grunde ihrer Seele schlummert noch der Wunsch, sich ihr völlig zu unterwerfen. Sie sehen nicht, daß sie, unsere Augen und unseren Willen ausgenommen, ziellos und blind ist. Sie ist nicht erhaben, sie ist fürchterlich. Sie nimmt keine Rücksicht auf unsere Lebensgesetze noch auf irgendwelche anderen Gesetze höherer Art. Sie erzeugte uns durch Zufall; alle ihre Kinder sind Bastarde – ungewünschte. Sie wird sie verwöhnen oder aussetzen, liebkosen oder aushungern und quälen ohne Sinn und Verstand. Sie nimmt keine Rücksicht und sorgt sich nicht. Sie wird uns zu Macht und Klugheit erheben, oder sie wird uns zur wehrlosen Schwäche des Kaninchens oder zum schleimigen grauen Schmutz von Tausenden ihrer parasitären Erfindungen erniedrigen. Es muß etwas Gutes in ihr geben, weil sie alles, was in uns gut ist, geschaffen hat – aber auch endloses Übel. Ihr Erdlinge, seht ihr nicht ihren Schmutz, die Grausamkeit, den sinnlosen Unwert vieler ihrer Werke?"

„Bah! Er spricht von der Natur, als wäre sie der leibhaftige Satan", murmelte Mr. Freddy Mush.

„Diese Dinge sind klar", sann Urthred, „wenn sie es nur zu sehen wagten.

Die Hälfte aller Lebewesen, auch auf unserem Planeten, die Hälfte und mehr als die Hälfte alles Lebendigen war häßlich oder schädlich, sinnlos, erbärmlich, nichtswürdig, mit komplizierten Krankheiten behaftet, für die ununterbrochen wechselnden Naturbedingungen schlecht ausgerüstet, als wir zum erstenmal dieser alten Hexe, unserer Mutter, habhaft wurden. Wir haben, nach Jahrhunderten des Kampfes, ihre garstigen Launen unterdrückt, haben sie gewaschen und gestriegelt und haben sie gelehrt, das letzte Kind ihres Mutwillens – den Menschen – zu achten und zu berücksichtigen. Mit dem Menschen kam Logos, das Wort, und der Wille in unser Universum, auf das er es höre und fürchte, es kennenlerne und es dann nicht mehr fürchte, es kenne, verstehe und meistere. So daß wir in Utopia nicht länger mehr die geprügelten und verhungerten Kinder der

Natur sind, sondern ihre freien und erwachsenen Söhne. Wir haben das Besitztum der alten Dame übernommen. Wir lernen täglich ein wenig mehr diesen kleinen Planeten beherrschen. Unsere Gedanken befassen sich mit täglich wachsender Sicherheit mit unserer Erbschaft, den Sternen; und mit den Tiefen unter und über den Sternen."

„Ihr habt die Sterne erreicht?" rief Mr. Barnstaple.

„Noch nicht! Noch nicht einmal die anderen Planeten. Aber sehr deutlich rückt die Zeit heran, da uns diese großen Entfernungen nicht mehr zurückhalten werden."

Er machte eine Pause.

„Viele von uns werden in die Weiten des Raumes hinausgehen müssen ... und nicht wiederkehren ... sie werden ihr Leben hingeben ... Und in diesen Weiten – werden unzählige brave Männer –"

Urthred wandte sich zu Mr. Catskill. „Wir finden Ihre so ehrlich ausgesprochenen Gedanken heute besonders interessant. Sie helfen uns, die Vergangenheit unserer eigenen Welt zu verstehen. Sie helfen uns, mit einem dringenden Problem, das wir Ihnen gleich erklären wollen, fertig zu werden. In unserer alten Literatur von vor zwei- oder dreitausend Jahren gibt es Gedanken und Ideen, ähnlich den Ihren, die selbstsüchtige Gewalttätigkeit predigen, als ob sie eine Tugend wäre. Sogar damals wußten es kluge Männer besser, und Sie selbst müßten es besser wissen, wenn Sie nicht eigensinnig und in falsche Ansichten verbissen wären. Aber aus Ihrem Gehaben und Betragen ist es klar ersichtlich, daß Sie tatsächlich sehr eigensinnig auf Ihrer Meinung bestehen.

Sie müssen sich dessen bewußt sein, daß Sie keine sehr schöne Erscheinung sind, und wahrscheinlich sind Ihre Vergnügungen und Handlungen auch nicht sehr schön. Aber Sie haben überschüssige Energie, und so ist es natürlich, daß Sie die Aufregungen, die Gefahr und Entrinnen mit sich bringen, lieben, in der Meinung, daß das Beste im Leben die Sensation des Kampfes und des Sieges sei. Ebenso gibt es in dem wirtschaftlichen Durcheinander einer solchen Welt, wie es die Ihre ist, eine unerträgliche

Menge von schwerer Arbeit, die getan werden muß, einer Arbeit, die so unangenehm ist, daß jeder nur darauf sinnt, soviel wie möglich davon loszuwerden und auf Grund vornehmer Abkunft, kriegerischer Tapferkeit oder glücklichen Zufalls eine Ausnahmestellung für sich beansprucht. Ohne Zweifel reden sich die Leute in Ihrer Welt sehr leicht ein, daß sie berechtigterweise eine Ausnahme bilden, und auch Sie sind selbst davon überzeugt. Sie leben in einer Welt der Klasseneinteilung. Ihr schlecht geübter Verstand hat es nicht für nötig befunden, eine Entschuldigung dafür auszudenken; die Klasse, in welche Sie hineingeboren wurden, hält für Sie alle Entschuldigungen bereit. So nehmen Sie ohne Bedenken von allem das Beste und spielen mit dem Leben, hauptsächlich auf Kosten anderer Leute. Ihr Geist ist durch alle Lebensumstände dazu erzogen worden, sich gegen die Idee zu wehren, daß es noch einen anderen möglichen Weg des menschlichen Lebens gebe, das beständig und diszipliniert und doch gleichzeitig kräftig und glücklich sein kann. Gegen diese Einsicht haben Sie Ihr ganzes Leben lang angekämpft, als wäre sie Ihre persönliche Feindin. Sie ist Ihre persönliche Feindin, sie mißbilligt vollständig Ihre Lebensart, sie verurteilt Sie aufs schärfste wegen Ihrer Abenteuer.

Jetzt, da Sie einer geordneten und vollendeten Schönheit der Lebensformen gegenübergestellt sind, leisten Sie immer noch Widerstand; Sie leisten Widerstand, um der Furcht zu entgehen; Sie machen geltend, daß unsere Welt unromantisch, bar jeder Größe, dekadent und schwach sei. Nun – was körperliche Kraft anbelangt, geben Sie einmal diesem jungen Mann, der neben Ihnen sitzt, die Hand."

Mr. Catskill warf einen Blick auf die ausgestreckte Hand und schüttelte ahnungsvoll den Kopf.

„Reden Sie weiter", sagte er.

„Doch wenn ich Ihnen erkläre, daß weder unser Wille noch unser Körper so schwach ist wie Ihrer, so leugnen Sie das hartnäckig. Sie wollen es nicht glauben. Wenn Sie es für einen Augenblick zugeben, so verfallen Sie danach wieder in das System von Ausreden, das Ihre Selbstachtung schützt. Ein einziger unter Ihnen läßt unsere Welt ganz gelten, wie sie ist, und auch er tut es eher deshalb, weil er Ihrer Welt überdrüssig ist, als weil er nach unserer verlangt. Das ist meine Ansicht nach nur natürlich. Ihre Gesinnung ist die des Zeitalters der Verwirrung, eingestellt auf Streit, Unsicherheit und geheime Selbstsucht. In solcher Weise zu leben, haben die Natur und Ihr Staat Sie gelehrt, und so müssen Sie notwendigerweise leben bis zu Ihrem Tode. Solche Lektionen können nur in zehntausend Generationen verlernt werden, durch die allmähliche Erziehung von dreitausend Jahren.

Wir wissen nicht recht, was wir mit euch anfangen sollen. Wir werden unser Möglichstes tun, um euch anständig und freundlich zu behandeln, wenn ihr unsere Gesetze und unsere Lebensart achten wollt.

Aber wir wissen, daß es für euch sehr schwierig sein wird. Ihr seid euch noch nicht bewußt, wie schwer es euch eure Gewohnheiten und Vorurteile machen werden. Eure Gruppe hat sich soweit vernünftig und anständig benommen, wenn nicht in Gedanken, so doch in den Handlungen. Aber wir haben heute eine andere Erfahrung viel tragischerer Art von Erdlingsgewohnheiten erlebt. Ihr Gerede, daß wildere, barbarischere Welten über uns herfallen würden, hat heute in der Wirklichkeit seine groteske Parallele gefunden. Es ist wahr, es ist etwas Wildes, Rattenähnliches und Gefährliches um die Erdenmenschen. Ihr seid nicht die einzigen Erdlinge, die durch das Tor, das sich heute für einen Augenblick aufgetan hatte, nach Utopia gekommen sind. Es sind noch andere hier."

„Natürlich!" sagte Mr. Barnstaple. „Ich hätte es erraten sollen! Jene dritte Gruppe!"

„Es ist noch eine andere dieser verrückten, selbstfahrenden Maschinen, wie ihr sie habt, auf unserer Welt vorhanden."

„Der graue Wagen", sagte Mr. Barnstaple zu Mr. Burleigh. „Er war keine hundert Yards vor Ihnen."

„Ist mit uns von Hounslow an um die Wette gefahren", sagte Mr. Burleighs Fahrer. „Das war 'ne heiße Sache."

Mr. Burleigh wandte sich an Mr. Freddy Mush. „Ich glaube, Sie sagten, daß Sie jemanden erkannt hätten!"

„Lord Barralonga fast sicher, und ich glaube, Miß Greeta Grey."

„Es waren noch zwei Männer", sagte Mr. Barnstaple.

„Die werden die Lage komplizieren", sagte Mr. Burleigh.

„Sie komplizieren sie schon", sagte Urthred. „Sie haben einen Mann getötet."

„Einen Utopen?"

„Diese anderen Leute – es sind im ganzen fünf –, deren Namen Sie zu kennen scheinen, kamen gerade vor Ihren beiden Fahrzeugen nach Utopia. Anstatt stehenzubleiben, wie Sie es taten, als sie sich auf einer neuen fremden Straße fanden, scheinen sie ihr Tempo sehr erheblich beschleunigt zu haben. Sie fuhren an einigen Männern und Frauen vorüber, machten ihnen merkwürdige Zeichen und erzeugten mit einem speziell für diesen Zweck bestimmten Instrument einen scheußlichen Lärm. Etwas weiter begegneten sie einem Silberleoparden, rannten ihn an, überfuhren ihn glatt und brachen ihm das Genick. Es scheint, daß sie nicht haltgemacht haben, um nachzusehen, was aus ihm geworden ist. Ein junger Mann namens Chrysos kam auf die Straße heraus, um sie zum Halten aufzufordern. Aber ihre Maschine ist in einer ganz phantastischen Weise erbaut, sehr verzwickt und sehr dumm. Sie ist ganz außerstande, plötzlich stehenzubleiben. Sie wird nicht durch einen einzelnen Motor angetrieben, der vollständig beherrscht wird. Sie hat einen inneren Widerspruch eingebaut. Sie hat eine Art Motor, der durch eine verwickelte Zahnradübertragung die Achse der Hinterräder antreibt, und sie hat verschiedene ungeschickte Bremsvorrichtungen, die durch Reibung auf bestimmte Punkte wirken. Offenbar können Sie den Motor mit der höchsten Geschwindigkeit betreiben und gleichzeitig die Räder bremsen, so daß sie sich nicht drehen können. Als ihnen der junge Mann entgegenschritt, waren sie ganz unfähig zu halten. Vielleicht haben sie es versucht; sie sagen es wenigstens. Ihre Maschine schleuderte ganz gefährlich und traf ihn mit der Flanke."

„Und tötete ihn?“

„Und tötete ihn sofort. Sein Körper war fürchterlich verletzt. Aber nicht einmal deswegen hielten sie an. Sie verlangsamten ihr Tempo, redeten hastig miteinander, und als sie dann sahen, daß Leute kamen, setzten sie ihre Maschine wieder in Bewegung und machten sich auf und davon. Es schien, als ob sich ihrer eine panische Angst vor Gefangennahme bemächtigt hätte. Ihre Beweggründe sind sehr schwer zu verstehen. Jedenfalls machten sie sich davon. Sie fuhren immerzu, einige Stunden lang, ins Land hinein. Ein Flugzeug wurde nun ausgesandt, um sie zu verfolgen, und ein anderes, um die Straße vor ihnen freizumachen. Es war sehr schwer, die Straße freizumachen, weil weder unsere Leute noch unsere Tiere solche Vehikel verstehen – noch ein solches Benehmen. Am Nachmittag gerieten sie ins Gebirge und fanden offenbar unsere Straßen viel zu glatt und schwierig für ihre Maschine. Sie machte einen außerordentlichen Lärm, als ob sie mit den Zähnen knirschte, und puffte einen blauen Dampf mit einem unangenehmen Geruch aus. An einer Kurve, wo sie hätte anhalten sollen, glitt sie aus, rutschte seitwärts, rollte über einen Felsen und fiel etwa auf doppelte Mannshöhe hinab in einen Gebirgsstrom.“

„Und wurden sie getötet?“ fragte Mr. Burleigh mit erwartungsvoller Spannung in der Stimme, wie es Mr. Barnstaple vorkam.

„Keiner von ihnen.“

„Oh“, sagte Mr. Burleigh, „und was geschah dann mit ihnen?“

„Einer hat einen gebrochenen Arm, und ein anderer ist im Gesicht arg zerschnitten. Die zwei anderen Männer und die Frau sind unverletzt mit dem Schrecken und der Aufregung davongekommen. Als unsere Leute zu ihnen hinaufkamen, hielten die vier Männer die Hände hoch über ihre Köpfe. Augenscheinlich fürchteten sie, sofort getötet zu werden, und taten dies als Bitte um Gnade.“

„Und was tun Sie mit ihnen?“

„Wir bringen sie hierher. Wir denken, es ist besser, euch

Erdlinge alle zusammenzuhalten. Gegenwärtig haben wir noch keine Ahnung, was mit euch geschehen soll. Wir möchten von euch lernen und möchten freundlich zu euch sein, wenn es möglich ist. Es wurde vorgeschlagen, ihr solltet wieder in eure Welt zurückgeschickt werden. Letzten Endes mag das für euch das Beste sein. Aber augenblicklich wissen wir nicht genug, um dies durchführen zu können. Als Ardenn und Chrysolagone den Versuch machten, einen Teil unserer Materie durch die F-Dimension zu schleudern, glaubten sie, daß sie sich in dieser Dimension in einem leeren Raum befinden würde. Daß ihr dort wart und in unser Universum hineingezogen wurdet, ist das unerwartetste Geschehnis, das sich seit tausend Jahren in Utopia ereignet hat."

7

Lord Barralongas Gesellschaft tritt auf

I

Nach dieser Ankündigung wurde die Versammlung aufgehoben. Lord Barralonga und seine Gesellschaft wurden jedoch erst lange nach Einbruch der Dunkelheit in die Konferenz-Gärten gebracht. Niemand versuchte, die Erdlinge in ihrer Bewegungsfreiheit zu beschränken oder sie zu bewachen. Mr. Burleigh spazierte mit Lady Stella und dem Psychologen namens Lion zum See hinunter, Fragen und Antworten austauschend. Mr. Burleighs Chauffeur wandelte ziemlich beunruhigt in Rufweite hinter seinem Herrn. Mr. Rupert Catskill nahm Mr. Mush unterm Arm, als ob er ihm Instruktionen erteilen wolle.

Mr. Barnstaple wünschte, allein spazierenzugehen, um sich die erstaunlichen Ereignisse dieses Nachmittags ins Gedächtnis zurückzurufen und sie zu überdenken. Er wollte sich an das Wunder dieser herrlichen Welt gewöhnen, die so schön und jetzt im Zwielicht auch so geheimnisvoll war, mit ihren Bäumen und Blumen, die einen verschwommenen und formlosen Ton von Blässe und Dunkelheit angenommen hatten, und mit den reinen Formen und gefälligen Proportionen ihrer Gebäude, die nun in dämmerige Undeutlichkeit übergingen. Die Erdhaftigkeit seiner Gefährten stand zwischen ihm und dieser Welt, von welcher er fühlte, daß sie ihn andernfalls angenommen und ganz in sich aufgenommen hätte. Er befand sich in ihr, aber nur als ein fremder und störender Eindringling. Doch er liebte sie schon, begehrte sie und wünschte leidenschaftlich, ein Teil von ihr zu werden. Er hatte das unbestimmte, aber mächtige Gefühl, daß er wie ein geborener Utope werden würde, wenn er sich nur von seinen Gefährten entfernen, in irgendeiner Weise seine Erdenkleidung und alles, was ihn als einen Erdling kennzeichnete und ihn an die Erde heftete, abstreifen könnte, daß ihn dieses Abstreifen allein schon zum Utopen machen würde, und daß er dann das quälende Gefühl, die frostige, beklemmende Fremdheit aus seinem Denken verbannen könnte. Er würde sich plötzlich dem Wesen nach und in Wirklichkeit als ein Utope fühlen, und es wäre die Erde, die nun ein unglaubhafter Traum würde, ein Traum, der schließlich ganz aus seinem Denken verschwinden würde.

Pater Amertons Bedürfnis nach einem Zuhörer verhinderte indessen für einige Zeit eine derartige Loslösung von irdischen Gedanken und Dingen. Er hielt sich dicht an Mr. Barnstaples Seite und überschüttete ihn mit einem ununterbrochenen Schwall von Fragen und Bemerkungen, die dieser utopischen Szenerie die Züge einer Ausstellung in Earls Court verliehen, welche die beiden besuchten und kritisierten. Diese Szenerie erschien ihm offenbar so vorübergehend, so zweifelhaft und irreal, daß Mr. Barnstaple das Gefühl hatte, Amerton würde nicht das geringste Erstaunen zeigen, wenn eine Spalte in den Kulissen plötzlich den Lärm vom Earls-Court-Bahnhof hereinließe oder einen Ausblick auf die vertraute gotische Kirchturmspitze von St. Barnabas im Westen gewährte.

Zuerst beschäftigte sich Pater Amerton hauptsächlich mit der Drohung, daß er morgen wegen der Szene in der Versammlung ‚behandelt' werden sollte. „Wie können sie mich behandeln?" fragte er zum viertenmal.

„Wie bitte?" sagte Mr. Barnstaple. Jedesmal, wenn Mr. Amerton zu sprechen begann, sagte Mr. Barnstaple: „Wie bitte?", um ihm zu verstehen zu geben, daß er seinen Gedankengang störe. Aber jedesmal, wenn Mr. Barnstaple „Wie bitte?" sagte, bemerkte Mr. Amerton bloß: „Sie sollten jemanden wegen Ihres Gehörs konsultieren" und legte dann von neuem mit dem, was er auf dem Herzen hatte, los.

„Wie kann man mich behandeln wollen?" fragte er Mr.

Barnstaple und in die sie umgebende Dämmerung hinein. „Wie kann man mich behandeln wollen?"

„Oh! Psychoanalyse oder so etwas ähnliches", sagte Mr. Barnstaple.

„Dazu gehören zwei", sagte Pater Amerton, aber wie es Mr. Barnstaple schien, mit einem Unterton der Erleichterung.

„Was sie mich auch fragen werden, was sie mir auch immer zumuten werden, ich werde nicht ermatten, ich werde Zeugnis ablegen."

„Ich zweifle nicht, daß es jenen schwerfallen wird, Sie unterzukriegen", sagte Mr. Barnstaple bitter ...

Eine Zeitlang wandelten sie schweigend zwischen den süß duftenden großen weißblühenden Sträuchern. Dann und wann beschleunigte oder verzögerte Mr. Barnstaple seine Schritte in der Absicht, die Entfernung von Pater Amerton zu vergrößern, aber Pater Amerton reagierte auf diese Versuche ganz mechanisch.

„Unzucht!" begann er auf einmal wieder. „Was für ein anderes Wort würden Sie dafür gebrauchen?"

„Wie bitte? Ich habe wirklich nicht verstanden!"

„Was für ein anderes Wort hätte ich gebrauchen können als Unzucht? Was konnte man anderes erwarten – bei Leuten, die in einer so erstaunlich mangelhaften Kleidung herumlaufen, als die Sitten des Affenkäfigs? Sie geben ja zu, daß ihnen unsere Einrichtung der Ehe so gut wie unbekannt ist."

„Es ist eben eine andere Welt", sagte Mr. Barnstaple gereizt, „eine andere Welt."

„Die Sittengesetze gelten für jede erdenkliche Welt."

„Aber in einer Welt, in welcher sich die Leute durch Spaltung fortpflanzen und wo es keine Geschlechter gibt?"

„Die Moral wäre einfacher, aber es wäre dieselbe Moral!"

Gleich äußerte Barnstaple abermals sein „Wie bitte?".

„Ich sagte eben, daß dies eine verlorene Welt sei."

„Sie sieht gar nicht so verloren aus", erwiderte Mr. Barnstaple.

„Sie hat die Erlösung von sich zurückgewiesen und vergessen."

Mr. Barnstaple steckte die Hände in die Hosentaschen und begann ganz leise die Barcarole aus ‚Hoffmanns Erzählungen' zu pfeifen. Würde Pater Amerton ihn niemals allein lassen? Konnte man mit Pater Amerton gar nichts anfangen? In den Ausstellungen in Earls Court gab es Drahtkörbe für Papier, Zigarettenstummel und alle möglichen Abfälle. Wenn man nur Pater Amerton einfach in so einen Behälter hineinstecken könnte.

„Die Erlösung wurde ihnen dargeboten, sie haben sie verworfen und wohl auch fast vergessen, und deshalb sind wir zu ihnen gesandt worden. Wir sind zu ihnen gesandt worden, um sie an das einzige, das von Wichtigkeit ist und das sie vergessen haben, zu erinnern. Noch einmal haben wir das Zeichen des Heiles zu errichten, wie es Moses in der Wüste errichtet hat. Unsere Mission ist nicht leicht, wir sind gesandt worden in diese Hölle von sinnlichem Materialismus –"

„O Gott!" sagte Mr. Barnstaple und verfiel wieder in die Barcarole ...

„Wie bitte?" rief er gleich darauf aufs neue.

„Wo ist der Polarstern? Was ist mit dem ‚Bären' geschehen?"

Mr. Barnstaple blickte auf. Er hatte bisher nicht an die Sterne gedacht, und er blickte auf in der Erwartung, in diesem neuen Universum die seltsamsten Konstellationen zu sehen. Aber ebenso wie das Leben und die Größe des Planeten war auch seine Bahn parallel derjenigen der Erde, so daß Barnstaple über sich im Sternengewölbe bekannte Formen erblickte. Und ebenso wie die utopische Welt nicht vollkommen parallel zu ihrem Schwesteruniversum war, so schienen diese Konstellationen in ihrer Zeichnung etwas abzuweichen. Das Sternenbild des Orion war, wie er bemerkte, weiter auseinandergezogen und hatte in dem einen Winkel einen großen, unbekannten Nebel, und wahrlich – der Bär war abgeflacht, und die Richtsterne wiesen auf eine große Leere in den Himmelsräumen.

„Ihr Polarstern verschwunden! Die Richtsterne, der Bär verschoben! Das ist symbolisch!" sagte Pater Amerton.

Es war nur zu offensichtlich, daß er jetzt aufs Symbolische kommen würde. Mr. Barnstaple wußte, daß nun ein neuer Sturm von Beredsamkeit von Pater Amerton drohte. Er fühlte, daß diese Plage um jeden Preis abgewendet werden mußte.

2

Auf Erden war Mr. Barnstaple das passive Opfer von Langweilern aller Art gewesen, da er gegenüber der geistigen Beschränktheit, welche die Taktlosigkeiten dieser Leute möglich macht, zartfühlend und rücksichtsvoll in höchstem Maße war. Aber die freie Luft Utopias war ihm schon zu Kopf gestiegen und hatte in ihm Initiativen ausgelöst, die bisher durch seine achtungsvolle Anerkennung anderer zurückgedrängt worden waren. Er hatte genug von Pater Amerton; er mußte ihn abschütteln, und er unternahm es nun mit einer so simplen Geradheit, daß sie ihn selbst überraschte.

„Pater Amerton", sagte er, „ich habe Ihnen ein Geständnis zu machen."

„Ah", rief Pater Amerton, „bitte, was beliebt?"

„Sie sind mit mir spazierengegangen und haben mir so in die Ohren gebrüllt, daß es mich unwiderstehlich treibt, Sie zu ermorden."

„Wenn Sie sich durch das, was ich Ihnen gesagt habe, betroffen fühlen –"

„Ich fühle mich nicht betroffen. Es war langweiliges, dummes, ohrenbetäubendes Geschwätz. Es langweilt mich unbeschreiblich. Es hält mich von der Betrachtung der herrlichen Dinge um uns ab. Ich weiß genau, was Sie meinen, wenn Sie sagen, daß es hier keinen Polarstern gibt und daß dies symbolisch sei; auch ohne Sie erkenne ich dieses Symbol, und zwar ist es ein sehr durchsichtiges, schwaches und letzten Endes ungenaues Symbol. Aber Sie gehören zu jenen eigensinnigen Köpfen, die trotz aller Beweise glauben, daß die ewigen Berge ewig bleiben und daß die Fixsterne für immer fest stehen. Ich wünschte, Sie begriffen, daß ich mit Ihrem ganzen Unsinn nicht im geringsten mitfühle. Es scheint, daß Sie alles Falsche, Häßliche und Unmögliche der katholischen Lehre in sich verkörpern. Ich stimme mit diesen Utopen überein, daß irgendwas in Ihren Vorstellungen über Sex nicht in Ordnung ist, aller Wahrscheinlichkeit nach etwas Häßliches in Ihrer Kindheit oder Jugend, und das, was Sie beständig über das Sexualleben hier sagen und andeuten, ist abscheulich und übertrieben. Ich stehe Ihnen ebenso feindselig und erbittert und angewidert gegenüber, wenn Sie von Religion sprechen. Sie machen die Religion ebenso unappetitlich wie das Geschlechtsleben. Sie sind ein unsauberer Priester! Was Sie Christentum nennen, ist ein düsterer und häßlicher Aberglaube, bloß ein Vorwand für Bosheit und Verfolgungssucht, es ist eine Beleidigung Christi. Wenn Sie ein Christ sind, so erkläre ich leidenschaftlich, kein Christ zu sein. Aber es gibt einen anderen Sinn des Christentums als jenen, den Sie wahrhaben wollen, und dieses Utopia ist in einem anderen Sinne christlicher, als Sie es sich träumen lassen – und geht schon ganz und gar über Ihre Begriffsfähigkeit. Wir sind in diese prächtige Welt gekommen, die sich im Vergleich zu der unseren wie ein Kristallbecher zu einer zinnernen Kanne verhält. Und Sie haben die unerträgliche Unverschämtheit, zu sagen, daß wir als Missionare hierhergesandt sind, um die Bewohner, Gott weiß was, zu lehren."

„Gott weiß wohl was!" sagte Pater Amerton, der zuerst ein bißchen bestürzt war, aber sich dann mit großer Entschlossenheit wieder aufraffte.

„Oh", rief Mr. Barnstaple und war einen Augenblick sprachlos.

„Hören Sie mir zu, mein Freund", sagte Pater Amerton und faßte nach seinem Ärmel.

„Nicht für mein Leben", schrie Mr. Barnstaple und wich zurück. „Sehen Sie jene Allee hinunter, dort am Ufer des

Sees, jene dunklen Gestalten sind Mr. Burleigh, Mr. Mush und Lady Stella. Die haben Sie hierhergebracht, die gehören zu Ihrer Gesellschaft, und Sie gehören zu ihnen. Wenn sie Ihre Begleitung nicht gewünscht hätten, wären sie nicht mit Ihnen im Wagen gefahren. Gehen Sie zu ihnen, ich will Sie nicht länger bei mir haben. Ich verabscheue Ihre Gesellschaft und wünsche sie nicht. Dort ist Ihr Weg, hier bei diesem kleinen Gebäude ist meiner. Folgen Sie mir nicht, oder ich werde mich an Ihnen vergreifen und werde die Utopen herbeirufen, damit sie uns auseinanderbringen ... Entschuldigen Sie meine Offenheit, Mr. Amerton, aber gehen Sie fort von mir! Gehen Sie fort von mir!"

Mr. Barnstaple wandte sich um, und als er sah, daß Pater Amerton an der Weggabelung zaudernd stehenblieb, machte er sich auf die Beine und rannte davon.

Er floh hinter hohen Hecken eine Allee entlang, wandte sich scharf nach rechts und dann nach links, überschritt eine hohe Brücke über einen Wasserfall, der ihm einen Sprühregen ins Gesicht schleuderte, stieß auf zwei Liebespärchen, die leise im Dunkeln flüsterten, rannte querfeldein über blumenbesäten Rasen und warf sich schließlich atemlos auf die Stufen, die zu einer nach dem See und den Bergen zu offenen Terrasse hinaufführten und die, wie es im Dämmerlicht schien, mit kauernden Steinfiguren von Tieren und Menschen, welche wie Wächter dasaßen, geschmückt war.

„Ihr gütigen Sterne", rief Mr. Barnstaple, „endlich bin ich allein."

Lange Zeit saß er auf diesen Stufen, die Augen auf die Landschaft gerichtet, und genoß in vollen Zügen das befriedigende Bewußtsein, daß er und Utopia, mindestens für eine kurze Zeit, einander von Angesicht zu Angesicht gegenüberstanden, ohne daß sie etwas Irdisches störte.

3

Er konnte diese Welt nicht die Welt seiner Träume nennen, weil er es niemals gewagt hatte, von einer Welt zu träumen, die den Wünschen und Vorstellungen seines Herzens so nahe kam. Aber ganz gewiß war es diese Welt oder eine ihr sehr nahestehende, die tief in den Gedanken und Träumen von Tausenden vernünftiger und geplagter Männer und Frauen in der mißgeordneten Welt, aus der er gekommen war, geruht hatte. Es war nicht die Welt eines leeren Friedens, keine vergoldete Dekadenz und Verweichlichung, wie Mr. Catskill sie darzustellen versuchte; Mr. Barnstaple gewahrte wohl, daß es eine kämpferische Welt war, eroberungslustig und dazu bestimmt, als Siegerin über den hartnäckigen Widerstand der rohen Kraft und der Materie, die leblosen Weiten des leeren Raumes und alle widerspruchsvollen Geheimnisse des Daseins zu überwinden.

In der Vergangenheit Utopias, die durch die Oberflächlichkeit von Staatsmännern wie Burleigh und Catskill und durch die Konkurrenz der Kaufleute und Ausbeuter getrübt und ebenso schlecht und gemein war wie die Gegenwart der irdischen Zeitgenossen, hatte das Werk ruhiger, geduldiger Denker und Lehrer Fortschritte gemacht und waren die Grundpfeiler gesetzt worden, welche diese heitere Tatenlust stützten. Wie wenige dieser Pioniere hatten je mehr als einen vorüberhuschenden Schimmer der gerechten Schönheit jener Welt gefühlt, die erst durch ihr Leben möglich wurde.

Und doch muß es sogar in dem Haß, dem Tumult und in den Nöten, die in den Tagen der Verwirrung herrschten, schon einen Vorgeschmack der außerordentlichen und herrlichen Möglichkeiten des Lebens gegeben haben. Sogar in schmutzigsten Slums wirkte der Sonnenuntergang auf die Einbildungskraft der Menschen; und von den Höhenrücken über den weiten Tälern, von Felsklippen und Hügelhängen und angesichts der gefahrvollen und ehrfurchtergegenden Herrlichkeit der See mußten die Menschen einen Schimmer von der denkbaren und erreichbaren Großartigkeit des Daseins aufgefangen haben. Jeder Blütenkelch, jedes sonnenbeschienene Blatt, die Lebenskraft der Jugend, die glücklichen Augenblicke, in denen sich der menschliche Geist in Kunst umsetzt, all dies mußte Hoffnung und Ansporn zur Tätigkeit geweckt haben. Und nun zuletzt – diese Welt!

Mr. Barnstaple hob die Hände über sich empor, wie einer, der das freundliche Sternenzelt anbetet.

„Ich habe gesehen“, flüsterte er, „ich habe gesehen!“

Kleine Lichter und sanft rötliche Beleuchtung erschienen hier und dort über diesem großen, nach dem See zu geneigten Park mit seinen blumenähnlichen Gebäuden und seinen Gartenplätzen. Ein kreisendes Flugzeug, selbst ein Stern, summte in der Höhe.

Ein schlankes Mädchen kam die Stufen herunter an ihm vorbei und blieb an seiner Seite stehen.

„Bist du einer der Erdlinge?“ fragte sie, und ein Strahl von sanftem Licht zuckte von ihrem Armband her über Barnstaple.

„Ich kam heute“, sagte Mr. Barnstaple, zu ihr aufblikkend.

„Du bist der Mann, der allein in einer kleinen Maschine aus Blech gekommen ist, die Luftschläuche aus Gummi um die Räder hatte und die unten stark verrostet und gelb gemalt war; ich habe sie angeschaut.“

„Es ist kein übler kleiner Wagen“, sagte Mr. Barnstaple.

„Zuerst dachten wir, der Priester sei mit dir gekommen.“

„Er ist nicht mein Freund!“

„Vor vielen Jahren gab es in Utopia ähnliche Priester, sie brachten viel Unglück über das Volk.“

„Er machte mit der anderen Gruppe“, sagte Mr. Barnstaple, „einen Sonntagsausflug. Ich möchte meinen – ein ziemlicher Mißgriff!“

Sie setzte sich ein oder zwei Stufen über ihm nieder.

„Es ist wunderbar, daß du aus deiner Welt hierher zu uns gekommen bist. Findest du unsere Welt sehr sonderbar? Ich glaube, daß viele Dinge, die mir ganz gewöhnlich erscheinen, weil ich mitten darin geboren bin, dir wunderbar vorkommen müssen."

„Du bist noch nicht sehr alt?"

„Ich bin elf Jahre, ich lerne gerade die Geschichte des Zeitalters der Verwirrung, und man sagt, daß sich eure Welt noch in einem solchen Zeitalter befinde. Es ist geradeso, als ob ihr aus der Vergangenheit zu uns kämet – aus der Geschichte. Ich war bei der Konferenz dabei und habe dein Gesicht beobachtet. Du liebst unsere Welt, so wie sie ist – wenigstens liebst du sie mehr, als es deine anderen Genossen tun."

„Ich möchte den Rest meines Lebens hier bei euch verbringen."

„Ich zweifle, daß dies möglich ist."

„Warum sollte dies nicht möglich sein? Es wird leichter sein als mich zurückzuschicken. Ich werde nicht sehr im Wege stehen. Ich würde nur zwanzig oder höchstens dreißig Jahre hierbleiben und würde, so viel ich nur kann, lernen und alles, was man mir aufträgt, tun."

„Aber gibt es denn in deiner eigenen Welt keine Arbeit für dich?"

Mr. Barnstaple gab darauf keine Antwort, er schien nicht zu hören. Es war das Mädchen, welches das Schweigen brach.

„Man sagt, daß wir Utopen, wenn wir jung sind, ehe unsere Charaktere und unsere Seelen voll entwickelt und reif sind, den Männern und Frauen des Zeitalters der Verwirrung sehr ähnlich sehen. Man sagt uns, daß wir dann egoistischer seien; das Leben ringsum sei uns noch so unbekannt, daß wir abenteuerlustig und romantisch sind. Ich glaube, ich bin noch egoistisch – und abenteuerlustig. Und noch scheint es mir, daß in jener Vergangenheit, die eurer Gegenwart so ähnlich ist, trotz vieler fürchterlicher und schrecklicher Dinge vieles erregend und begehrenswert war. Was könnte einem Einzug in einer eroberten Stadt gleichkommen? Oder der Krönung eines Prinzen? Oder dem Reichtum und der Möglichkeit, die Leute durch Macht und Gnadenbeweise in Erstaunen zu setzen? Oder ein Märtyrer zu sein, der auszieht, um für irgendeine großartige, mißverstandene Sache zu sterben?"

„Diese Dinge klingen in Erzählungen und Geschichten besser, als sie in Wirklichkeit sind", sagte Barnstaple nach genauer Überlegung. „Hast du Mr. Rupert Catskill gehört? Den letzten der Erdlinge, der eine Rede gehalten hat?"

„Er hatte romantische Gedanken, aber er sah nicht romantisch aus."

„Er hat sehr romantisch gelebt. Er hat tapfer in Kriegen gefochten, war gefangen und entfloh auf wunderbare Weise der Gefangenschaft. Seine gewalttätige Einbildungskraft hat den Tod Tausender von Menschen verursacht. Und jetzt werden wir einen anderen romantischen Abenteurer in diesem Lord Barralonga, der hierhergebracht wird, kennenlernen. Er ist riesig reich und versucht, die Leute durch seinen Reichtum in Erstaunen zu setzen – geradeso, wie du vorhin davon geträumt hast, die Leute zu verblüffen."

„Sind sie denn nicht verblüfft?"

„Romantik ist nicht Wirklichkeit", sagte Mr. Barnstaple. „Er gehört zu unsteten, zersetzenden, reichen Mänern, die sich selbst eine Last und für die übrige Welt eine unerträgliche Plage sind. Sie tun gern etwas, was allgemein Aufsehen erregt. Dieser Barralonga war Fotografengehilfe und eine Art Schauspieler, als eine Erfindung, die man Kino nennt, in unserer Welt auftauchte. Er wurde ein großer Filmunternehmer, teils durch Zufall, teils dadurch, daß er verschiedene Erfinder skrupellos betrog. Dann stürzte er sich in Schiffahrtsspekulationen und in einen Handel, den wir in unserer Welt mit Gefrierfleisch, das aus großen Entfernungen herbeigebracht wird, betreiben. Er machte Lebensmittel für viele Menschen zu kostspielig, für andere unerschwinglich, und so wurde er reich. Denn in unserer Welt werden die Menschen eher dadurch reich, daß sie etwas verhindern, als daß sie dienen. Und nachdem er auf schändliche Weise reich geworden war, adelten ihn gewisse Politiker, denen er zur rechten Zeit gefällig war, indem sie ihm den Titel eines Lords verliehen. Verstehst du, was ich dir sage? War euer Zeitalter der Verwirrung auch so wie unseres? Du wußtest nicht, daß es so häßlich war. Verzeih, wenn ich dir die Illusionen über das Zeitalter der Verwirrung und seine romantischen Möglichkeiten raube. Aber ich habe eben erst einen Schritt aus dem Schmutz, der Unordnung und dem Lärm seiner Zügellosigkeit getan, aus Einschränkung, Grausamkeiten und Nöten, aus einer Trostlosigkeit, in welcher die Hoffnung stirbt ... Vielleicht hast du jetzt, wenn dich meine Welt anzieht, Gelegenheit, um von hier hinaus auf abenteuerliche Fahrten in ihre Wirrnisse zu gehen. Das wäre wirklich ein Erlebnis ... Wer weiß, was sich noch zwischen unseren Welten ereignen mag? ... Aber ich fürchte, sie wird dir nicht gefallen. Du kannst dir nicht vorstellen, wie schmutzig unsere Welt ist ... Schmutz und Krankheit ist es, was die Romantik hinter sich herzieht."

Es entstand eine Stille zwischen ihnen. Er folgte seinen Gedanken, und das Mädchen saß da und wunderte sich über ihn. Schließlich sprach er wieder.

„Soll ich dir sagen, woran ich dachte, als du mich ansprachst?"

„Ja?"

„Eure Welt ist die Verwirklichung einer Million uralter Träume. Sie ist wundervoll. Sie ist ein himmelhohes Wunder. Aber es ist mir ein großer Kummer, daß zwei liebe Freunde von mir nicht hier sein können, um das zu sehen, was ich sehe. Es ist merkwürdig, wie stark ich an sie denken muß. Der eine ist schon über alle Universen hinaus, leider! – – Aber der andere lebt noch in meiner Welt. Du bist eine Schülerin, meine Liebe. Ich glaube, in eurer Welt ist jeder ein Schüler, aber in unserer bilden die Studenten eine Klasse für sich. Wir drei waren miteinander glücklich, weil wir Studenten und noch nicht in die Tretmühlen gefühlloser Arbeit eingespannt waren, und unser Glück wurde nicht dadurch beeinträchtigt, daß wir alle miteinander erbärmlich arm und oft hungrig waren. In unserem studentischen Debattierklub unterhielten wir uns und diskutierten miteinander über die Ungerechtigkeit unserer

Welt und darüber, wie sie eines Tages verbessert werden könnte. Gab es hier in eurem Zeitalter der Verwirrung auch jene Art eifrigen, hoffnungsvollen, verhungerten Studententums?"

„Fahre fort", sagte das Mädchen, die Augen auf sein unklar sichtbares Profil gerichtet. „In alten Romanen habe ich von derselben hungrigen, träumenden Studentenwelt gelesen."

„Wir drei stimmten darin überein, daß das wichtigste Bedürfnis unserer Zeit Bildung sei. Wir stimmten darin überein, daß dies der höchste Beruf sei, dem wir uns widmen könnten. Wir alle verfolgten ihn auf verschiedene Art, ich am wenigsten nutzbringend von uns dreien. Meine Freunde und ich kamen später ein wenig auseinander. Der eine gab eine große Monatsschrift heraus, die dazu beitrug, die Welt der Wissenschaft zusammenzuhalten. Und der andere, der einer vorsichtigen und geizigen Firma von Verlegern diente, gab Schulbücher für sie heraus, redigierte eine Unterrichtszeitung und inspizierte auch Schulen für unsere Universität. Er achtete zu wenig auf Bezahlung und Gewinn, um jemals halbwegs gut dabei wegzukommen, obwohl die Verleger durch seine Arbeit sehr viel verdienten. Sein ganzes Leben war eine ununterbrochene Hingabe seiner vollen Arbeitskraft an den Lehrberuf. In keinem Jahr seines Lebens nahm er mehr als einen Monat Urlaub. Während er lebte, hielt ich nicht viel von der Arbeit, die er leistete, aber seitdem er tot ist, hörte ich von den Lehrern, deren Schulen er inspizierte, und von den Schriftstellern, die er beraten hatte, über die nie nachlassende hohe Qualität seiner Arbeit und über die Geduld und das Mitgefühl, mit denen er ans Werk gegangen war. Auf solchen Lebensschicksalen, wie es seines war, ist dieses Utopia, in welchem sich euer holdes Leben entfaltet, gegründet; auf solchen Lebensschicksalen wird auch unsere Welt auf Erden ihr Utopia aufbauen. Aber das Leben meines Freundes endete plötzlich auf eine Weise, die mir das Herz zerriß. Er arbeitete zu lange und zu anstrengend, bis eine Krisis eintrat, ohne daß er Gelegenheit gehabt hätte, Urlaub zu nehmen. Sein Nervensystem brach mit erschütternder Plötzlichkeit zusammen, sein Geist gab nach, er geriet in einen Zustand tiefer Melancholie und starb. Denn es stimmt vollkommen: die alte Natur kennt weder Gerechtigkeit noch Mitleid. Das ist einige Jahre her. Jener andere alte Freund, ich und die Frau des Toten, die seine unermüdliche Helferin gewesen war, waren bei seiner Bestattung die Hauptleidtragenden. Heute abend überkommt mich die Erinnerung daran mit außergewöhnlicher Lebendigkeit. Ich weiß nicht, wie ihr über eure Toten verfügt, aber auf Erden werden die Toten meistens in der Erde begraben."

„Wir werden verbrannt", sagte das Mädchen.

„Diejenigen, die freigeistig sind, werden auch in unserer Welt verbrannt. Unser Freund wurde verbrannt, und wir standen da und nahmen teil an Zeremonien unserer alten Religion, an die wir nicht mehr glaubten, und plötzlich sahen wir seinen mit Blumenkränzen bedeckten Sarg aus unseren Augen durch die Tore, die zu den Öfen des Krematoriums führten, entschwinden; und als er fort war, soviel von meiner Jugend mit sich nehmend, sah ich, daß mein anderer lieber alter Freund schluchzte, und auch ich rang mit den Tränen beim Gedanken, daß ein so tapferes, hingebungsvolles und fleißiges Leben so elend und unbedankt enden sollte. Der Priester las eine lange klagende Abhandlung von einem theologischen Schriftsteller namens Paulus, voll von schlechten Analogiebeweisen und schwachen Behauptungen. Ich wünschte, daß wir an Stelle der Gedanken dieses treuherzigen alten Schriftstellers eine Rede über den wirklichen Adel unseres Freundes, über den Stolz und die Kraft seiner Arbeit und über seine Geringschätzung feiler Dinge hätten hören können. Sein ganzes Leben hindurch hatte er mit unbegrenzter Hingabe für eine solche Welt, wie es diese hier ist, gearbeitet, und doch zweifle ich, daß ihm jemals das hellere, edlere Dasein, das sein mühevolles Leben und die Arbeit solcher Menschen, wie er einer war, für kommende Tage gesichert haben, zu vollem Bewußtsein gekommen ist. Er lebte vom Glauben, zu sehr vom Glauben. Es gab nicht genug Sonnenschein in seinem Leben. Wenn ich ihn jetzt hier haben könnte – und jenen anderen lieben Freund, der so tief um ihn trauerte; wenn ich beide hier haben könnte; wenn ich ihnen hier meinen Platz überlassen könnte, damit sie sehen, was ich sehe, wie die wahre Größe ihres Lebenswerkes sich in diesen großen Ergebnissen widerspiegelt – – dann, dann könnte ich wirklich in Utopia froh sein ... Aber ich habe jetzt das Gefühl, als ob ich die Ersparnisse meiner alten Freunde genommen hätte und sie nun für mich selbst ausgäbe."

Auf einmal erinnerte sich Mr. Barnstaple an die Jugend seiner Zuhörerin.

„Verzeih mir, mein liebes Kind, daß ich mich so verrannt habe. Aber deine Stimme war so lieb."

Das Mädchen antwortete damit, daß es sich niederbeugte und seine ausgestreckte Hand mit ihren weichen Lippen berührte.

Dann sprang sie plötzlich auf. „Guck das Licht", sagte sie, „zwischen den Sternen."

Mr. Barnstaple erhob sich.

„Das ist das Flugzeug, das Lord Barralonga und seine Gesellschaft bringt; Lord Barralonga, der heute einen Mann getötet hat! Ist er ein sehr großer, starker Mann – unbändig und bewundernswert?"

Mr. Barnstaple, von einer plötzlichen Besorgnis erfaßt, blickte scharf auf das süße aufwärtsgerichtete Gesicht neben ihm.

„Ich habe ihn niemals gesehen; aber ich glaube, er ist ein noch jugendlicher, aber kahlköpfiger, untersetzter Mann, der sehr schwer leber- und nierenkrank ist. Das hat ihn davon abgehalten, seine Kräfte an jugendlichen Sport und jugendliche Vergnügungen zu wenden, und hat es ihm ermöglicht, sich auf den Erwerb von Vermögen zu konzentrieren. Und so war er in der Lage, den Adelstitel, der deine Einbildungskraft bewegt, zu kaufen. Komm mit mir und sieh ihn an."

Das Mädchen stand still und blickte ihm in die Augen. Sie war elf Jahre alt und so groß wie er.

„Aber gab es in der Vergangenheit keine Romantik?"
„Nur in den Herzen der Jugend. Und sie starb."
„Gibt es gar keine Romantik?"
„Unendliche Romantik – – sie muß noch kommen. Sie kommt für dich!"

4

Das Auftreten Lord Barralongas und seiner Gesellschaft war eine Art Gegengewicht gegen Mr. Barnstaples wundervollen Tag. Er war müde, und unvernünftigerweise empfand er den Einfall dieser Leute in Utopia als unangenehm.

Die beiden Gruppen von Erdlingen wurden gemeinsam in eine strahlend helle Halle gebracht, die in der Nähe des Rasenplatzes lag, auf welchem Barralongas Flugzeug gelandet war. Die Neuankömmlinge kamen in einer geschlossenen Gruppe herein, blinzelnd, von der Reise erschöpft und müde aussehend. Aber man konnte deutlich merken, daß sie sehr erleichtert waren, als sie anderen Erdlingen begegneten in einer Welt, die für sie noch eine äußerst rätselhafte Überraschung war. Denn es fehlte ihnen die beruhigende und aufklärende Aussprache am Versammlungsort. Daß sie sich in dieser fremden Welt wiedergefunden hatten, war für sie immer noch ein unbegreifliches Rätsel.

Lord Barralonga war der Mann mit dem gnomenhaften Gesicht, das aus dem großen grauen Wagen, von dem Mr. Barnstaple auf der Maidenhead-Road überholt worden war, herausgeschaut hatte. Sein Schädel war über den Augenbrauen sehr niedrig und breit, so daß er Mr. Barnstaple an den flachen Stöpsel einer Glasflasche erinnerte. Er sah erhitzt und müde aus, war wie von einem Kampf erheblich zerzaust und trug einen Arm in der Schlinge. Seine kleinen braunen Augen waren so beweglich und wachsam wie die eines schlimmen Buben in den Händen eines Polizisten. Dicht bei ihm stand wie eine verwandte Seele ein Chauffeur, klein und schmächtig wie ein Jockei, den er ‚Ridley' nannte. Ridleys Gesicht trug gleichfalls den starren Ausdruck eines Mannes, der sich in einer schwierigen Lage befindet und sich dies auf keinen Fall anmerken lassen will. Seine linke Backe und das Ohr waren bei dem Autounfall zerschnitten worden und waren reichlich mit Heftpflaster geschmückt. Miß Greeta Grey, die zur Gesellschaft gehörende Dame, war eine hochblonde Schönheit in einem weißen Flanellkostüm. Sie war in Anbetracht der Lage, in der sie sich befand, außerordentlich wenig mitgenommen. Es war so, als ob sie gar kein Gefühl für die Fremdartigkeit der Situation empfinde. Sie benahm sich mit der gewohnheitsmäßigen Arroganz eines schönen Mädchens, das fast berufsmäßig der Gefahr unwürdiger Anträge ausgesetzt ist. Sei es, wo es sei.

Die zwei anderen Leute in der Gesellschaft waren ein fahlwangiger, graugekleideter Amerikaner mit gleichfalls sehr wachsamen Augen, der, wie Barnstaple von Mr. Mush erfuhr, Hunker, der Kinokönig, war, und ein verstört aussehender Franzose, ein dunkler, elegant gekleideter Herr mit mangelhafter englischer Aussprache, der aussah, als ob er nicht eigentlich zu der Gesellschaft gehöre, sondern nur zufällig hineingeraten sei. Mr. Barnstaple gelangte sofort zu dem Schluß – und es geschah später nichts, was seine Meinung geändert hätte –, daß irgendein Interesse an der Kino-Industrie diesen Herrn in den Bereich von Lord Barralongas Gastfreundschaft gebracht habe und daß er, was bei Ausländern so leicht geschieht, in eine Weekendparty hineingeraten war, in die er überhaupt nicht hineinpaßte.

Während Lord Barralonga und Mr. Hunker Mr. Burleigh und Mr. Catskill begrüßten, wandte sich der Franzose an Mr. Barnstaple mit der Frage, ob er Französisch spreche.

„Ich kann nicht verstehen“, sagte er, „wir waren zu gehen nach Viltshire – Wiltshire, und dann ist ein horrible Ding nach das andere passiert. Was ist das, wohin wir gekommen sind, und was für eine Art Leute sind alle diese Leute, die exzellent Französisch sprechen? Ist es ein Spaß von Lord Barralonga oder ein Traum, oder was ist uns passiert?“

Mr. Barnstaple versuchte eine Erklärung.

„Andere Dimensionen?“ fragte der Franzose. „Andere Welt? Das ist alles sehr gut, aber ich muß meine Geschäfte in London erledigen. Ich habe nicht nötig, auf diese Weise nach Frankreich zurückgebracht zu werden, eine Art Frankreich in irgendeine andere Welt. Überhaupt es ist zuviel für ein Spaß.“

Mr. Barnstaple versuchte eine weitere Erklärung. Aus dem erstaunten Gesicht seines Gesprächspartners ging klar hervor, daß er ihn nicht verstehen konnte. Barnstaple wandte sich hilflos an Lady Stella und fand sie bereit, sich der Aufgabe zu unterziehen.

„Die Dame“, sagte er, „wird Ihnen alles erklären können. Lady Stella, das ist Monsieur –“

„Emile Dupont“, der Franzose verneigte sich. „Ich bin, was Sie nennen ein Journalist und Publizist. Ich bin interessiert in Cinematograph, vom Standpunkt der Erziehung und Propaganda. Deshalb bin ich hier mit seiner Lordschaft Barralonga.“

Französische Konversation war die Hauptstärke von Lady Stella. Sie ging mit größter Bereitwilligkeit ans Werk. Sie übernahm die Erleuchtung von Monsieur Dupont und unterbrach dies nur, um Miß Greeta Grey zu sagen, wie erfreut sie sei, in dieser fremden Welt mit einem anderen weiblichen Wesen zusammenzutreffen.

Befreit von M. Dupont, stand Mr. Barnstaple im Hintergrund und beobachtete die kleine Gruppe der Erdlinge in der Mitte der Halle und den Kreis von großen aufmerksamen Utopen, die in ziemlicher Entfernung um sie herumstanden. Mr. Burleighs Haltung gegenüber Lord Barralonga war die einer distanzierten Höflichkeit, und Mr. Hunker sagte, welch großes Vergnügen es für ihn sei, ‚Britanniens hervorragendstem Staatsmann‘ zu begegnen. Mr. Catskill benahm sich Lord Barralonga gegenüber sehr freundlich; sie kannten einander gut. Und Pater Amerton tauschte mit Mr. Mush Bemerkungen aus. Ridley und Penk waren zur Seite getreten, nachdem sie einige Augenblicke einander streng gemustert hatten, um dann leise die technischen Details des heutigen Erlebnisses zu besprechen. Niemand widmete Mr. Barnstaple irgendwelche Aufmerksamkeit. Es war wie bei einem Zusammentreffen auf einer Eisenbahnstation. Es war wie bei einem Empfang. Es war völlig unglaublich und gleichzeitig etwas ganz Alltägliches. Barnstaple war von all den Wundern schon ganz erschöpft.

„Oh! Ich geh zu Bett!“ gähnte er plötzlich. „Ich lege mich in mein Bettchen.“

Zwischen den ihn freundlich anblickenden Utopen hindurch ging er hinaus in das ruhige Sternenlicht. Er winkte dem merkwürdigen Nebel im Winkel des Orion zu, so wie ein müder Vater seinem aufdringlichen Sprößling abwinkt; morgen würde er darüber nachdenken. Er wankte schlaftrunken durch die Gärten seinem eigenen Quartier zu.

Er entkleidete sich und verfiel sofort in tiefen Schlaf wie ein müdes Kind.

8

Früher Morgen in Utopia

I

Mr. Barnstaple erwachte langsam aus tiefem Schlaf.

Er hatte das unbestimmte Gefühl, daß ihm eben ein überaus köstlicher Traum entglitten sei. Er versuchte, weiter zu träumen und die Augen nicht zu öffnen. Der Traum handelte von einer großartigen Welt mit schönen Menschen, die sich von tausend irdischen Plagen befreit hatten. Aber er löste sich auf und entschwand seinem Bewußtsein. Es kam in letzter Zeit nicht oft vor, daß Barnstaple träumte. Er lag ganz still mit geschlossenen Augen und erwachte nur widerwillig zu den Angelegenheiten des täglichen Lebens. Die Sorgen und Plagen der letzten vierzehn Tage gewannen wieder die Oberhand. Würde es ihm jemals möglich sein, allein auf Urlaub zu gehen? Dann erinnerte er sich, daß er sein Gepäck schon in der ‚Gelben Gefahr' verstaut hatte. Aber gewiß, das war nicht gestern abend, das war vorgestern abend gewesen, und er war abgefahren – jetzt erinnerte er sich, daß er abgefahren war, und an das leichte Prickeln, das er empfunden hatte, als er aus dem Tor fuhr, ehe Mrs. Barnstaple irgendeinen Verdacht geschöpft hatte. Er öffnete die Augen und richtete sie auf die weiße Zimmerdecke, wobei er versuchte, sich jene Reise wieder ins Gedächtnis zurückzurufen. Er erinnerte sich, in die Camberwell New Road eingebogen zu sein, an die strahlende Heiterkeit des Morgens, an Vauxhall Bridge und jene scheußliche Verkehrsstauung bei Hyde Park Corner. Er hatte stets behauptet, daß es im Westen Londons weit schwieriger zu fahren sei als im Osten. Dann – war er nach Uxbridge gefahren? Nein. Er erinnerte sich an die Straße nach Slough, und dann setzte sein Gedächtnis aus.

Was für eine ausgezeichnete Zimmerdecke das war, weder ein Riß noch ein Fleck daran!

Aber wie hatte er den Rest des Tages zugebracht? Er mußte doch irgendwohin gekommen sein, denn hier lag er in einem durchaus bequemen Bett – einem ausgezeichneten Bett. Und eine Drossel sang. Er hatte immer behauptet, daß eine gute Drossel eine Nachtigall beschämen könne, und diese Drossel war ein perfekter Caruso. Und eine andere antwortete ihr. Im Juli! Pangbourn und Caversham waren wunderbare Orte für Nachtigallen, im Juni. Aber jetzt war Juli – und Drosseln ... Zwischen diesen schlaftrunkenen Gedankengebilden tauchte die Gestalt von Mr. Rupert Catskill auf, die Hände in die Hüften gestützt, und wie er, Gesicht und Hand vorgereckt, erstaunliche Dinge sagte. Zu einer nackten, sitzenden Gestalt mit einem ernsten, aufmerksamen Gesicht. Und andere Gestalten. Die eine mit einem Antlitz wie die delphische Sibylle. Mr. Barnstaple erinnerte sich allmählich, daß er irgendwie in eine Sonntagsgesellschaft geraten war, die nach Taplow Court wollte. War nun diese Rede in Taplow Court gehalten worden? In Taplow Court trägt man doch Kleider. Aber vielleicht die Aristokratie in der Zurückgezogenheit und unter sich – – –?

Utopia? ... Aber war das möglich – –?

Mr. Barnstaple setzte sich in einem Zustand äußerster Verwunderung im Bett auf. „Unmöglich!" sagte er. Er lag in einer kleinen halboffenen Loggia. Zwischen den schlanken Pfeilern aus geriffeltem Glas erblickte er eine Kette schneebedeckter Berge und im Vordergrund einen großen Busch hoher Halme, die tiefrote Blüten trugen. Der Vogel sang noch immer. – Eine herrliche Drossel in einer herrlichen Welt! Jetzt erinnerte er sich an alles. Jetzt war alles klar. Das plötzliche Schleudern des Wagens, der Ton wie vom Abspringen einer Geigensaite und – Utopia! Jetzt hatte er alles beisammen, vom Anblick der holden toten Chrysolagone bis zum Auftreten Lord Barralongas unter den merkwürdigen, fremdartigen Sternen. Es war kein Traum. Er betrachtete seine Hand auf der auserlesen feinen Bettdecke. Diese Welt war so wirklich, daß er sich rasieren mußte – und daß er eine ausgesprochene Bereitwilligkeit zum Frühstücken empfand. Sogar sehr – denn er hatte das Nachtmahl versäumt. Und gleichsam als Antwort auf seine Gedanken erschien ein lächelndes Mädchen, das die Stufen zu seinem Schlafplatz hinaufstieg und ein kleines Teebrett trug. Schließlich, das mußte man Mr. Burleigh lassen – seinem gewandten staatsmännischen Auftreten hatte es Mr. Barnstaple zu verdanken, daß er diese morgendliche Tasse Tee erhielt.

„Guten Morgen“, sagte Mr. Barnstaple.

„Warum nicht?“ sagte die junge Utopin, stellte den Tee hin, lächelte mütterlich und ging fort.

„Warum nicht ein ‚guter Morgen‘, vermute ich“, sagte Mr. Barnstaple; er überlegte einen Moment, das Kinn auf die Knie gestützt und wandte sich dann dem Butterbrot und dem Tee zu.

2

Der kleine Ankleideraum, in dem Barnstaple seine Kleider genauso, wie er sie am Abend vorher hingeworfen hatte, vorfand, war außerordentlich einfach und gleichzeitig ungewöhnlich interessant. Er stapfte darin umher und summte vor sich hin, während er ihn untersuchte.

Die Badewanne war viel flacher als eine gewöhnliche irdische Wanne; offenbar legten die Utopen keinen großen Wert darauf, lange in dampfendem Wasser zu liegen. Alle Formen waren anders, einfacher und gefälliger. Auf der Erde, überlegte er, war die Kunst weit raffinierter. Der Künstler hatte eine begrenzte Auswahl von widerspenstigen Materialien und gewissen Notwendigkeiten, so daß sein Werk einen klugen Ausgleich zwischen der Widerspenstigkeit des Stoffes und den ästhetischen Ansprüchen der Menschen darstellte. Wie köstlich war es zum Beispiel, wenn der irdische Tischler geschickt die Faser und den Charakter dieses oder jenes Holzes benützte. Aber hier beherrschte der Künstler das Material unbegrenzt, und jenes Element der raffinierten Anpassung war aus seinen Werken verschwunden. Für ihn waren der Körper und die Seele des Menschen das Gegebene. Alles in diesem kleinen Raum war unscheinbar, aber vollkommen zweckmäßig – und es war schwer, es falsch zu gebrauchen. Wenn man zuviel planschte, wurde das Wasser von einem sinnvoll konstruierten äußeren Rand aufgefangen.

In einem Behälter neben dem Bad befand sich ein sehr großer feiner Schwamm. So tauchten also die Utopen entweder noch nach Schwämmen, oder sie züchteten sie und richteten sie dazu ab (wer konnte es wissen?), freiwillig an die Oberfläche zu kommen.

Als er seine Toiletteartikel auspackte, fiel ein Wasserglas von einem gläsernen Sims hinunter auf den Boden, doch es zerbrach nicht. Mr. Barnstaple warf es in Experimentier-Laune nochmals hin, und es zerbrach noch immer nicht.

Er konnte zuerst keine Wasserhähne finden, obwohl ein großes Waschbecken außer der Badewanne da war. Dann entdeckte er eine Anzahl Knöpfe an den Wänden mit schwarzen Zeichen, die utopische Buchstaben sein mochten. Er probierte und fand, daß sich zuerst sehr heißes und dann sehr kaltes Wasser in die Wanne ergoß, ferner gab es eine Brause mit anscheinend seifigem warmem Wasser und andere Flüssigkeiten – eine mit Tannennadelduft und eine mit einem schwachen Chlorgeruch. Die utopischen Schriftzeichen auf diesen Knöpfen machten ihn eine Zeitlang nachdenklich; es war die erste Schrift, die er hier sah; es schienen Wortzeichen zu sein, aber ob sie Silben darstellten oder ob sie sehr vereinfachte Hieroglyphen waren, konnte er nicht erraten. Dann wurde seine Aufmerksamkeit in eine andere Richtung gelenkt, denn das einzige Metall, das man in diesem Ankleideraum sehen konnte, war Gold. Er bemerkte, daß eine außerordentliche Menge Gold im Zimmer war. Es war ganz in Gold gefaßt und mit Gold ausgelegt. Die sanften gelben Linien glänzten und glitzerten. Gold war offenbar billig in Utopia. Vielleicht konnten die Utopen es künstlich herstellen.

Er machte sich an seine Toilette. Es gab keinen Spiegel im Zimmer. Aber als er etwas, was er für den Handgriff einer Schranktür hielt, ausprobierte, öffnete er einen dreiteiligen mannshohen Spiegel. Später entdeckte er, daß es in Utopia keine offenen Spiegel gab; er erfuhr, daß die Utopen es für ungehörig hielten, auf diese Weise an sich selbst erinnert zu werden. Ihre Art war es, ihr Äußeres zu prüfen, festzustellen, daß alles in Ordnung sei und sich dann für den Rest des Tages zu vergessen. Er stand nun da und betrachtete seinen Pyjama und seine unrasierte Person mit äußerstem Mißfallen. Weshalb bevorzugen ehrbare Bürger so häßliche rotgestreifte Pyjamas? Als er seine Nagelbürste, Zahnbürste, Rasierpinsel und Waschhandschuh auspackte, schien es ihm, als ob sie die Derbheit einer volkstümlichen Posse hätten. Seine Zahnbürste war ein ganz besonders ramponiertes Instrument. Er wünschte jetzt, er hätte in der Drogerie bei Victoria Station eine neue gekauft. Und was für grausliche, verrückte Dinger seine Kleider waren.

Er hatte die phantastische Idee, die utopische Mode anzunehmen. Aber ein Augenblick der Überlegung vor dem Spiegel hielt ihn davor zurück. Dann erinnerte er sich, daß er ein seidenes Tennishemd und Flanellhosen eingepackt hatte. Wie wäre es, wenn er die anzöge, ohne Kragenknopf und Krawatte – und barfuß ginge?

Er musterte seine Füße. Als diese Füße noch auf Erden wandelten, waren sie nicht unansehnlich. Aber auf Erden hatte er sie nicht herzeigen können.

3

Ein besonders sauberer und strahlender Mr. Barnstaple erschien nun, weiß gekleidet, mit bloßem Hals und bloßen Füßen in der utopischen Morgenröte. Er lächelte, streckte die Arme aus und holte in der linden Luft tief Atem.

Plötzlich nahm sein Gesicht einen harten und entschlossenen Ausdruck an.

Aus einem anderen kleinen Schlafhaus, keine zweihundert Yards entfernt, tauchte Pater Amerton auf. Instinktiv erriet Mr. Barnstaple, daß Pater Amerton beabsichtige, den gestrigen Streit zu verzeihen oder deswegen Verzeihung zu erhalten. Es würde vom Zufall abhängen, ob er die Rolle des Angreifers oder des Opfers wählen werde; eines war sicher, daß er ein trübes Gewäsch von rührender Seelenverwandtschaft über die kristallene Klarheit und Helligkeit der Landschaft ausgießen werde. Ein wenig rechts von Mr. Barnstaple und vor ihm führten breite Stufen zum See hinunter. Drei Schritte, und er sprang diese Stufen hinunter, zwei auf einmal. Es mag eine krankhafte Einbildung gewesen sein, aber er glaubte, die Stimme Pater Amertons hinter sich zu hören, der „Mr. Barn – staple" rief. Mr. Barnstaple lief und lief und überquerte ein tief eingeschnittenes Wasserbett auf einer Brücke, deren Bogen und eine Seite aus riesigen Quadern bestanden, und die gegen den See zu auf köstlichen Pfeilern aus prismiertem Glas ruhte. Das von diesen Pfeilern aufgefangene Sonnenlicht versprühte in rote, blaue und goldene Lichtstrahlen. Auf einem Rasenfleck, der mit blauem Enzian gesprenkelt war, entging er dann knapp einem Zusammenstoß mit Mr. Rupert Catskill. Mr. Catskill trug den gleichen Anzug, den er tags zuvor getragen hatte, ohne den grauen Zylinder. Er ging die Hände auf dem Rücken verschränkt dahin.

„Hallo!" sagte er, „wohin so eilig? Es scheint, daß wir als erste auf sind."

„Ich sah Pater Amerton –"

„Das erklärt die Eile. Sie fürchten, zu einem Gottesdienst eingefangen zu werden, zu einem Matinal, einer Frühmesse, oder wie er es sonst nennt. Sehr gescheit, davonzurennen. Er soll für unsere Seelen beten, für mich auch."

Er wartete keine Bestätigung von Mr. Barnstaple ab, sondern fuhr fort zu reden.

„Haben Sie gut geschlafen? Wie denken Sie über die

Antwort des alten Knaben auf meine Rede? He? Ausweichende Phrasen. Wenn du nicht aus noch ein weißt, beschimpfe den Ankläger. Wir sind mit ihm nicht einverstanden, weil wir ein schlechtes Herz haben."

„Welchen alten Knaben meinen Sie?"

„Den ehrenwerten Herrn, der nach mir gesprochen hat."

„Urthred! Der ist doch keine vierzig!"

„Der ist dreiundsiebzig. Er sagte es uns später. Sie leben lange hier, eine langweilige Angelegenheit. Unser Leben ist ein auszehrendes Wechselfieber von ihrem Standpunkt aus. Aber wie Tennyson sagte: ‚Besser fünfzig Jahre Europa als hundert Jahre China.' Hm? Er umging den Kern der Sache. Dies ist Lotosland, Sonnenuntergangsland, man wird es uns nicht danken, daß wir seinen Schlummer gestört haben."

„Ich bezweifle, ob sie schlummern."

„Vielleicht hat die sozialistische Wanze auch Sie gebissen. Ja – ich sehe, es ist der Fall. Glauben Sie mir, hier ist der vollständigste Beweis von Dekadenz, den man sich vorstellen kann. Vollständig. Und wir werden ihren Schlummer stören, keine Angst, Sie werden sehen, die Natur ist auf unserer Seite – auf eine Weise, an die bis jetzt noch niemand gedacht hat."

„Aber ich sehe keine Dekadenz", sagte Mr. Barnstaple.

„Niemand ist so blind wie jene, die nicht sehen wollen. Sie ist überall. Ihre üppige Pseudogesundheit, auf die sie sich soviel einbilden, wie gemästetes Vieh! Und wie sie Barralonga behandelt haben! Sie wissen nicht, wie der zu behandeln ist. Sie haben ihn nicht einmal festgehalten. Seit tausend Jahren haben sie niemanden eingesperrt. Er rast durch ihr Land, mordend und tötend, Schrecken verbreitend und zerstörend, und sie sind verblüfft, mein Herr, einfach verblüfft. Es ist, als ob ein Hund in einer Welt voll Schafen Amok liefe. Wenn er nicht ausgerutscht wäre, würde er, glaube ich, immer noch brüllen, schnaufen und rasen – und Leute töten. Sie haben den Instinkt für gemeinschaftliche Verteidigung verloren."

„Ich bezweifle das."

„Eine sehr gute Lebensauffassung, wenn man sich ihr mit Maß hingibt. Aber wenn Ihr Staunen vorüber ist, dann werden Sie sehen, daß ich recht habe. Hm? Ah! Da auf jener Terrasse, sind das nicht mein Lord Barralonga und sein französischer Bekannter? Er ist's! Sie schöpfen Morgenluft. Mit Ihrer Erlaubnis möchte ich jetzt weitergehen und einige Worte mit ihnen reden. Welchen Weg, sagten Sie, ist Pater Amerton gegangen? Ich möchte seine Andacht nicht stören. Diesen Weg? Wenn ich dann rechts gehe –" Er warf ihm über die Schulter ein freundliches Lächeln zu.

4

Mr. Barnstaple traf zwei utopische Gärtner.

Sie hatten zwei leichte silberne Schubkarren und schnitten morsches Holz und verblühte Sträucher aus einer Reihe von Gestrüpp, das sich über einen rauh aufgehauenen, steinigen Grat ausbreitete und von karmesinfarbigen und dunkelroten Rosen überwuchert war. Die Gärtner hatten große lederne Stulphandschuhe an, trugen Schürzen aus lohfarbenem Leder um den Leib und Sicheln und Messer in Händen.

Mr. Barnstaple hatte nie zuvor solche Rosen gesehen. Ihr Duft erfüllte die Luft. Er wußte nicht, daß es im Gebirge Rosen mit zwei Blüten geben könne. Er hatte hellrote einzeln wachsende Arten hoch oben in der Schweiz gesehen, aber keine so riesigen, großblumigen Ungetüme wie diese. Sie ließen ihre Blätter verkümmern. Ihr Gehölz bestand aus langen, dornigen, purpurgestreiften Stämmen, die sich weit verzweigten und an den Felsblöcken emporrankten, an denen sie wuchsen. Ihre großen Blütenblätter fielen wie roter Schnee, wie flatternde Falter und wie Blutstropfen auf den weichen Boden zwischen den braunen Felsen.

„Ihr seid die ersten Utopen, die ich bei der Arbeit sehe", sagte Barnstaple.

„Das ist nicht unsere Arbeit", lächelte der Zunächststehende, ein blondhaariger, sommersprossiger, blauäugiger Jüngling. „Aber da wir für diese Rosen zuständig sind, haben wir sie in Ordnung zu halten."

„Sind es eure Rosen?"

„Viele Leute sind der Meinung, daß diese Gebirgsrosen mit ihren Dornen und weitverzweigten Ästen zuviel Arbeit verursachen, und viele Leute glauben, daß nur die einzeln wachsenden Rosenarten in diesen Höhen gezüchtet werden sollten, und daß diese liebliche Sorte dem Aussterben überlassen werden müßte. Gefallen Ihnen unsere Rosen?"

„Solche Rosen wie diese?" fragte Mr. Barnstaple. „Sehr!"

„Gut, dann bringen Sie mir meinen Karren näher heran für diesen Abfall. Wir sind für das gute Wachstum dieses ganzen Gestrüpps, das von hier rechts bis hinunter fast zum Wasser reicht, verantwortlich."

„Und ihr müßt selbst danach sehen?"

„Wer sonst?"

„Aber könnt ihr nicht jemanden bekommen – jemanden bezahlen, der für euch danach sieht?"

„Oh, altehrwürdige Reliquie aus dem grauen Altertum!" antwortete der junge Mann. „Oh, fossile Unwissenheit aus einem barbarischen Universum! Wissen Sie nicht, daß es in Utopia keine arbeitende Klasse gibt? Sie starb vor ungefähr fünfzehn Jahrhunderten aus. Lohnsklaverei, Kuppelei usw. sind mit ihr verschwunden. Wir lesen darüber in Büchern. Wer die Rose liebt, muß der Rose dienen – er selbst!"

„Aber ihr arbeitet."

„Nicht für Lohn, nicht weil irgend jemand anderer irgend etwas liebt oder begehrt und zu faul ist, um es zu bedienen oder es selbst zu erwerben. Wir arbeiten als ein Teil des Gehirnes, als ein Teil des Willens von Utopia."

„Darf ich fragen, in welcher Weise?"

„Ich erforsche das Innere unseres Planeten, ich studiere Hochdruck-Chemie. Und mein Freund –"

Er fragte seinen Freund, dessen dunkles Gesicht und braune Augen plötzlich aus den Blütenwogen auftauchten. „Ich bereite Nahrung."

„Ein Koch?"

„So etwas Ähnliches. Gerade jetzt befasse ich mich mit eurer Erdlings-Diät. Sie ist äußerst interessant und seltsam – aber, ich meine, ziemlich schädlich. Ich stelle eure Mahlzeiten zusammen. Ich sehe, Sie machen ein ängstliches Gesicht, aber ich habe mich gestern abend um euer Frühstück gekümmert." Er warf einen Blick auf eine winzige Uhr unter der Stulpe seines Gärtnerhandschuhs. „Es wird in einer Stunde fertig sein. Wie war der Morgentee?"

„Ausgezeichnet!" sagte Mr. Barnstaple.

„Gut", sagte der dunkle Jüngling, „ich tat mein Bestes. Ich hoffe, das Frühstück wird ebenso zufriedenstellend sein. Ich mußte gestern abend zweihundert Kilometer fliegen, um ein Schwein zu holen, es töten, selbst ausnehmen und herausfinden, wie es geräuchert werden muß. Das Essen von Speck ist in Utopia aus der Mode gekommen. Ich hoffe, Sie werden mit meinen Speckschnitten zufrieden sein."

„Das Räuchern scheint rasend schnell gegangen zu sein – wegen einer Speckschnitte", sagte Mr. Barnstaple, „wir wären auch ohne sie ausgekommen."

„Ihr Wortführer legte solchen Wert darauf."

Der blonde Jüngling kämpfte sich aus dem Gestrüpp heraus und schob seine Karre fort. Mr. Barnstaple wünschte dem dunklen Jüngling „Guten Morgen."

„Warum sollte es kein guter Morgen sein?" fragte dieser.

5

Barnstaple bemerkte, daß Ridley und Penk sich ihm näherten. Ridleys Gesicht und Ohr waren noch mit Heftpflaster verziert, und seine Haltung war gespannt und ängstlich. Penk folgte ihm in kurzem Abstand und hielt eine Hand an die Wange. Beide waren in ihrer Berufskleidung, mit weißen Tellermützen, vierschrötigen Lederjoppen und schwarzen Gamaschen; sie hatten der Ungezwungenheit Utopias keine Konzessionen gemacht.

Sobald Ridley Mr. Barnstaple in Hörweite glaubte, begann er zu reden.

„Sie, Herr, wissen Sie nicht zufällig, wo diese Dekadenten unsere Wagen hingeschoben haben?"

„Ich dachte, Ihr Wagen wäre ganz zerschmettert worden."

„Ein Rolls-Royce wie dieser – nicht. Vielleicht die Windschutzscheibe, die Kotflügel und das Trittbrett. Wir kippten auf die Seite. Ich möchte einmal nachsehen. Und ich hab den Benzinhahn nicht abgedreht. Der Vergaser hat ein bißchen geleckt. Meine Schuld. Ich war nicht genug vorsichtig beim Filtrieren. Wenn das Benzin ausläuft, wo soll man dann in diesem gottverlassenen Paradies anderes herkriegen? Ich habe nirgends ein Zeichen gesehen. Ich weiß, wenn ich den Wagen nicht fahrbereit bekomme, ehe ihn Lord Barralonga braucht, dann gibt's Ärger."

Mr. Barnstaple hatte keine Ahnung, wo die Wagen waren.

„Hatten Sie nicht selbst einen eigenen Wagen?" fragte Ridley vorwurfsvoll.

„Ja, aber seitdem ich ausgestiegen bin, habe ich noch keinen Augenblick daran gedacht."

„Selbstfahrer", sagte Ridley bitter.

„Wie dem auch sei, ich kann Ihnen nicht helfen, Ihre Wagen zu finden. Haben Sie irgendeinen Utopen gefragt?"

„Nichts für uns. Ihre Art ist uns zuwider", sagte Ridley mit einem Ausdruck der Verachtung.

„Die werden es Ihnen sagen."

„Und uns bewachen – was wir auch immer an unseren Wagen machen werden. Die haben nicht jeden Tag das Glück, in einen Rolls-Royce hineinzuschauen. Sie sind imstande, mit ihm loszufahren. Ich mag den Ort nicht, und ich mag diese Leute nicht. Die sind ja verdreht. Sie sind unanständig. Seine Lordschaft sagen, es ist ein Haufen Dekadenter, und es scheint mir, daß Seine Lordschaft beinahe recht haben. Ich bin kein Puritaner, aber dieses Herumrennen ohne Kleider, das ist mir doch ein bißchen zu dick. Ich möchte wissen, wo sie die Wagen verstaut haben."

Mr. Barnstaple betrachtete Penk. „Sie haben sich doch nicht das Gesicht verletzt?“ fragte er.

„Nicht der Rede wert“, sagte Penk, „ich glaube, wir sollten losziehen.“

Ridley sah Penk an und dann Mr. Barnstaple.

„Er hat sich ein bißchen angeschlagen“, bemerkte er. Und ein schwaches Lächeln brach durch seine saure Miene.

„Es ist besser, wir gehen los, wenn wir die Wagen finden wollen“, sagte Penk.

Ein Grinsen voll inniger Schadenfreude erschien auf Ridleys Gesicht. „Er ist gegen etwas angebumst.“

„Ach, halt's Maul“, sagte Penk.

Aber die Sache war zu gut, um sie zurückzuhalten.

„Eins dieser Mädeln hat ihm eine heruntergehaut.“

„Was meinen Sie?“ sagte Mr. Barnstaple. „Sie haben sich doch keine Freiheiten herausgenommen?“

„Ich hab nichts gemacht“, sagte Penk. „Aber da Mr. Ridley so liebenswürdig war, das Thema anzuschneiden, glaube ich, ich sollte erzählen, was geschehen ist. Es zeigt so recht die Unsicherheit, in der man sich befindet, wenn man unter einen Haufen von halbwilden und halbübergeschnappten Leuten gerät, wie wir.“

Ridley lächelte und blinzelte Mr. Barnstaple an. „Sie wischte ihm ganz richtig eine herunter. Schmiß ihn um. Er legte seine Hand auf ihre Schulter und patsch! da lag er. So was hab ich noch nicht erlebt.“

„Ziemliches Pech!“ sagte Barnstaple.

„Das alles spielte sich in einer Sekunde ab.“

„Wirklich schade.“

„Machen Sie nur kein Aufhebens davon, Herr, und verrennen Sie sich nicht in falsche Vorstellungen“, sagte Penk. „Ich möchte nicht, daß die Geschichte herumgeht – es könnte mir bei Mr. Burleigh eine Menge Unannehmlichkeiten eintragen. Schade, daß Mr. Ridley nicht den Mund halten konnte. Was sie gereizt hat, weiß ich nicht. Sie kam in mein Zimmer, als ich gerade aufstand, sie hatte nichts an, sah ziemlich appetitlich aus, nach meiner Auffassung, na, und es kam mir in den Sinn, ihr etwas – zu sagen, etwas – na, so'n ganz kleinen Scherz, sozusagen. Man kann nicht immer seine Gedanken beherrschen – stimmt's? Ein Mann ist ein Mann. Wenn man von einem Mann erwartet, daß er in seinen geheimen Gedanken über Mädchen makellos rein ist, sozusagen – gut, ich bin's nicht. Ich weiß wirklich nicht. Es ist gegen die Natur. Ich hab's nicht gesagt, was ich mir auch immer gedacht hab. Mr. Ridley wird es bestätigen. Ich habe zu ihr kein Wort gesprochen. Ich hatte noch nicht den Mund aufgemacht, als sie mir eine herunterhaute. Schmiß mich hin wie einen Kegel. Sie schien nicht einmal bös' zu sein. Ein Faustschlag von der Seite – es kam so überraschend, deshalb hauptsächlich fiel ich hin."

„Aber Ridley sagt, Sie haben sie angerührt."

„Vielleicht habe ich meine Hand auf ihre Schuler gelegt, so in väterlicher Art. Als sie sich umdrehte, um zu gehen – ich bin nicht sicher, ob ich ihr gerade etwas sagen wollte, ich geb' es zu. Und da hat man's. Wenn ich Unannehmlichkeiten haben sollte, weil ich mutwillig geschlagen worden bin –"

Penk drückte durch eine beredte Gebärde aus, daß er an dieser Welt verzweifle.

Mr. Barnstaple überlegte. „Ich werde keine Unannehmlichkeiten machen", sagte er. „Aber dessen ungeachtet glaube ich, daß wir alle sehr vorsichtig mit diesen Utopen sein müssen. Ihre Art ist nicht die unsere."

„Gott sei Dank", sagte Ridley. „Je früher ich aus dieser Welt nach dem alten guten England zurückkomme, um so lieber wird es mir sein."

Er wandte sich zum Gehen.

„Sie sollten Seine Lordschaft hören", sagte Ridley. „Er sagt, es ist eben eine Welt von aufgeblasenen Degenerierten – verkommenen Degenerierten – tatsächlich, entschuldigen Sie, gottverdammte Degenerierte! He? Das kennzeichnet sie ungefähr."

„Der Arm der jungen Frau scheint nicht sehr degeneriert gewesen zu sein", sagte Mr. Barnstaple, dem Angriff tapfer standhaltend.

„So, meinen Sie?“ fragte Ridley böse. „Das ist alles, was Sie wissen? Nun, wenn es noch ein sicheres Zeichen von Degeneration gibt, so ist es das, wenn die Weiber anfangen, die Männer herumzukommandieren. Das ist gegen den Instinkt. In einer ehrbaren, anständigen Welt hätte so etwas unmöglich geschehen können. Niemals.“

„Niemals!“ echote Penk.

„In unserer Welt würde ein solches Mädel hübsch bald ihre Lektion bekommen haben, hübsch bald. Verstehen Sie?“

Aber Mr. Barnstaples umherstreifende Blicke hatten plötzlich Pater Amerton entdeckt, der sich ihnen mit größter Eile quer über einen weiten Rasenplatz näherte und ihnen Halt-Zeichen machte. Mr. Barnstaple fühlte, daß er sofort handeln müsse.

„Hier ist jemand, der gewiß in der Lage sein wird, Ihnen beim Auffinden Ihrer Wagen behilflich zu sein, wenn er sich darum bemüht. Er ist ein äußerst hilfreicher Mensch – Pater Amerton. Und die Ansicht, die er über die Frauen hat, ist von der gleichen Art wie Ihre. Sie werden gut miteinander auskommen. Wenn Sie ihn aufhalten und ihm den ganzen Fall vorlegen – offen und klar – ...“

Er machte sich mit schnellen Schritten auf den Weg zum Seeufer.

Er konnte nicht weit von dem Sommerhäuschen sein, das in das Wasser hineinragte und an welchem die buntbemalten Boote festgemacht waren. Wenn er in eines derselben einstiege und in den See hinausruderte, so käme Pater Amerton ernstlich ins Hintertreffen. Sogar wenn ihm dieser gute Mann folgen würde. Man kann wirklich keine empörte Rede halten, wenn man in Verfolgung eines anderen Bootes schwer rudern muß.

6

Als Mr. Barnstaple das leuchtend weiße Kanu, mit dem auf dem Bug gemalten großen blauen Auge, das er gewählt hatte, losmachte, erschien Lady Stella auf dem Landungssteg. Sie kam aus dem Pavillon heraus, der über dem Wasser stand. In ihren schnellen Bewegungen lag etwas, das in Mr. Barnstaple den Eindruck hervorrief, als ob sie sich hier verborgen hätte. Sie guckte sich um und sprach sehr hastig.

„Sind Sie im Begriff, auf den See hinauszurudern, Mr. Barstable? Kann ich mitkommen?“

Ihre Kleidung war, wie Mr. Barnstaple bemerkte, ein Kompromiß zwischen dem irdischen und utopischen Stil. Was sie trug, mochte entweder ein sehr einfaches cremefarbenes Nachmittagskleid oder ein sehr raffinierter Bademantel sein. Es ließ ihre schlanken, hübschen Arme frei, die mit Ausnahme von einem Armband aus Bernstein und Gold bloß waren, und ihre nackten Füße – es waren ungewöhnlich wohlgestaltete Füße – steckten in Sandalen. Ihr Kopf war unbedeckt und ihr dunkles Haar sehr einfach mit einem schwarz-goldenen Band zusammengebunden, das gut zu ihrem klugen Gesicht paßte. Mr. Barnstaple verstand nichts von weiblicher Kleidung, aber er wußte zu würdigen, wie geschickt sie sich der utopischen Note angepaßt hatte.

Er half ihr in das Kanu.

„Wir wollen geradeaus – ein gutes Stück paddeln“, sagte sie, indem sie sich nochmals umblickte und sich niedersetzte.

Eine Zeitlang paddelte Mr. Barnstaple geradeaus, so daß er nichts vor sich hatte als sonnenbeschienenes Wasser, den Himmel, die niederen Hügel, die den See gegen die große Ebene zu abschlossen, die riesigen Pfeiler des entfernten Dammes und Lady Stella. Sie stellte sich so, als ob sie von der Schönheit des Gartenabhanges hinter ihm, auf dem die Konferenz stattgefunden hatte, mit seinen Häusern und Terrassen überwältigt sei. Aber er konnte sehen, daß sie die Landschaft nicht wirklich betrachtete, sondern sie rastlos nach einem bestimmten Gegenstand oder einer Person absuchte.

Sie bemühte sich, Konversation zu machen, über die

Lieblichkeit des Morgens und darüber, daß die Vögel sangen – im Juli.

„Aber hier muß es ja überhaupt nicht Juli sein", sagte Mr. Barnstaple.

„Wie dumm von mir, natürlich nicht."

„Es scheint, daß wir mitten in einem schönen Mai sind."

„Es ist wahrscheinlich sehr früh, ich vergaß meine Uhr aufzuziehen."

„Sonderbar genug, daß wir offenbar in unsern beiden Welten die gleiche Zeit haben", sagte Mr. Barnstaple, „meine Uhr zeigt sieben."

„Nein", sagte Lady Stella, ihre eigenen Gedanken beantwortend und ihre Blicke auf die entfernten Gärten gerichtet, „es ist ein Utopenmädchen. Haben Sie jemanden anderen – von unserer Gesellschaft – heute morgen getroffen?"

Mr. Barnstaple wandte das Kanu, so daß auch er nach dem Ufer blicken konnte. Von hier aus konnten sie sehen, wie vollkommen die riesigen Terrassen, schneebedeckten Wände und Wasserrinnen sich mit den vorspringenden Rippen und Klippen des Bergmassivs dahinter verwoben. Das Buschwerk ging in Nadelwälder über; die Gebirgsströme und Wasserfälle aus den Schneefeldern oben wurden aufgefangen und verteilten sich zwischen die smaragdgrünen Abhänge und Gärten des Konferenz-Parks. Die Terrassenmauern, die den Boden festhielten und den ganzen Aufbau stützten, breiteten sich nach beiden Seiten in große Entfernung aus und fanden ihre Fortsetzung in der Gebirgsmasse. Sie waren aus einer Substanz erbaut, die reich in verschiedenen Farben spielte, von einem tiefen Rot bis zu einem purpurgeäderten Weiß, und waren unterteilt durch große Bogen über Gebirgsflüsse und Felsrinnen, durch riesige runde Öffnungen, die Wasser spieen, und durch stufenförmige Wasserfälle. Die Gebäude waren über diese Terrassen und über die Grasabhänge, die von ihnen eingeschlossen waren, verstreut, einzeln oder in Gruppen und Haufen, Gebäude in Purpur, Blau und Weiß, so leuchtend und zart wie die alpinen Blumen um sie herum. Einige

Augenblicke blieb Mr. Barnstaple bei dem Anblick dieser Szenerie stumm, dann antwortete er auf Lady Stellas Frage. „Ich traf Mr. Rupert Catskill und die beiden Chauffeure", sagte er, „und sah Pater Amerton, Lord Barralonga und M. Dupont von weitem. Mr. Mush oder Mr. Burleigh habe ich nicht gesehen."

„Mr. Cecil wird noch stundenlang im Bett liegen bis zehn oder elf Uhr. Er gönnt sich morgens immer ausgiebig Ruhe, wenn ihm eine große geistige Anstrengung bevorsteht."

Sie zauderte und fragte dann. „Ich nehme an, daß Sie Miß Greeta Grey nicht gesehen haben?"

„Nein", sagte Mr. Barnstaple, „ich habe nach unseren Leuten nicht ausgeschaut. Ich schlenderte nur eben so umher – und wich jemandem aus."

„Dem Zensor der Sitten und Kleider?"

„Ja ..., das ist der Grund, daß ich in dieses Kanu flüchtete."

Die Lady überlegte und entschloß sich zu einer vertraulichen Mitteilung. „Ich bin auch vor jemandem davongelaufen."

„Nicht vor dem Prediger?"

„Miß Grey!"

Lady Stella schweifte von diesem Thema ab. „Der Aufenthalt in dieser Welt dürfte uns noch sehr schwer fallen. Diese Leute haben einen äußerst empfindlichen Geschmack. Wir könnten sie leicht vor den Kopf stoßen."

„Sie sind klug genug, um uns zu verstehen."

„Ist es denn so, daß Menschen, die verstehen, auch notwendigerweise verzeihen? Ich habe dieses Sprichwort immer angezweifelt."

Mr. Barnstaple wünschte nicht, die Unterhaltung ins Allgemeine hinübergleiten zu lassen, deshalb paddelte er und sagte nichts.

„Sie wissen, daß Miß Grey in einer Revue die ‚Phryne' spielte?"

„Ich glaube mich an so etwas zu erinnern. Man hat in den Zeitungen davon Aufhebens gemacht."

„Das brachte sie vielleicht darauf."

Drei lange Stöße mit dem Paddel.

„Aber heute früh kam sie zu mir und sagte mir, sie wolle vollständig utopisch gekleidet gehen."

„Wie ist das gemeint?"

„Ein bißchen Rouge und Gesichtspuder. Es steht ihr nicht im geringsten, Mr. Barstable. Es ist ein Fauxpas. Es ist unanständig. Aber sie läuft durch die Gärten –. Sie könnte jemandem begegnen. Es ist ein Glück, daß Mr. Cecil noch nicht auf ist! Wenn sie Pater Amerton trifft –!! Aber man denkt am besten gar nicht daran. Sehen Sie, Mr. Barstable, diese Utopen mit ihren sonngebräunten Körpern und allem Drum und Dran passen ins Bild. Sie bringen mich nicht in Verlegenheit, aber Miß Grey –. Eine irdische, zivilisierte Frau, ihrer Kleider beraubt, sieht ausgezogen aus. Ausgeschält! Eine Art gebleichtes Weiß. Jene hübsche Frau, die uns scheinbar zugeteilt ist, Lychnis, mutete mir nicht einen Augenblick etwas Derartiges zu, als sie mir riet, was ich anziehen solle. Aber ich kenne natürlich Miß Grey zu wenig, um mit ihr zu sprechen, und überdies weiß man nie, wie eine Frau dieser Art etwas aufnimmt."

Mr. Barnstaple blickte nach dem Ufer. Von einer ganz unverhüllten Miß Grey war nichts zu entdecken. Dann hatte er eine Eingebung. „Lychnis wird auf sie achten."

„Ich hoffe, sie tut es. Vielleicht, wenn wir hier ein wenig bleiben –"

„Man wird sich ihrer schon annehmen", sagte Mr. Barnstaple, „aber ich glaube, Miß Grey und Lord Barralongas Gesellschaft im allgemeinen werden uns Unannehmlichkeiten bereiten; ich wollte, sie wären nicht mit uns gekommen."

„Mr. Cecil ist gleicher Meinung", sagte Lady Stella.

„Wir werden natürlich alle über einen Kamm geschoren werden."

„Natürlich", echote Lady Stella.

Eine Weile sagte sie nichts mehr. Aber es war klar, daß sie mehr auf dem Herzen hatte. Mr. Barnstaple paddelte langsam.

„Mr. Barstable“, begann sie wieder.

Mr. Barnstaples Paddel kam zum Stillstand.

„Mr. Barstable – haben Sie Angst?“

Mr. Barnstaple überlegte kurz. „Ich bin von dem Wunder zu sehr erfüllt, um Angst zu haben.“

Lady Stella entschloß sich, zu gestehen. „Ich habe Angst!“ sagte sie. „Zuerst hatte ich keine. Alles schien so leicht und einfach zu gehen, aber in der Nacht wachte ich auf – mit fürchterlicher Angst.“

„Nein“, überlegte Mr. Barnstaple. „Nein. Ich empfinde nicht das gleiche, bis jetzt ... vielleicht kommt es noch.“

Lady Stella neigte sich vornüber und sprach vertraulich, wobei sie den Eindruck ihrer Worte auf Mr. Barnstaples Gesicht beobachtete.

„Diese Utopen – ich dachte zuerst, sie wären nur einfache, gesunde menschliche Wesen, künstlerisch begabt und unschuldig. Aber sie sind es nicht, Mr. Barstable. Es ist etwas Hartes und Kompliziertes in ihnen, etwas, das unser Begriffvermögen übersteigt und das wir nicht verstehen. Und sie machen sich nichts aus uns. Sie sehen uns mit herzlosen Augen an. Lychnis ist gütig, aber kaum einer der anderen ist auch nur im allergeringsten gütig. Und ich glaube, wir sind ihnen unwillkommen.“

Mr. Barnstaple überdachte es. „Vielleicht ist es so. Ich war so von Bewunderung überwältigt – so vieles hier ist traumhaft schön –, daß ich nicht sehr viel darüber nachgedacht habe, was für einen Eindruck wir auf sie machen. Aber – ja – offenbar sind sie mit anderen Dingen beschäftigt und schenken uns nicht sehr viel Aufmerksamkeit. Mit Ausnahme jener, die sichtlich dazu bestimmt sind, uns zu überwachen und zu studieren. Lord Barralongas unvernünftige Fahrt durch das Land muß ihnen sicherlich unwillkommen gewesen sein.“

„Er tötete einen Mann.“

„Ich weiß.“

Sie verharrten einige Augenblicke in gedankenvoller Stille.

„Und noch etwas anderes“, fing Lady Stella wieder an.

„Ihr Denken bewegt sich in Bahnen, die von unserer Denkweise ganz verschieden sind. Ich glaube, sie verachten uns schon. Ich habe etwas bemerkt ... Gestern abend waren Sie nicht mit uns am See, als Mr. Cecil sie über ihre Philosophie befragte. Er erzählte ihnen allerlei von Hegel, Bergson, Lord Haldane und von seinem eigenen wundervollen Skeptizismus. Er ging aus sich heraus – entgegen seiner Gewohnheit. Es war sehr interessant – für mich. Aber ich beobachtete Urthred und Lion, und mitten drin sah ich – ich bin davon überzeugt – wie sie in jener stillen Weise, die ihnen eigen ist, miteinander sprachen, über etwas ganz anderes. Sie täuschten nur Aufmerksamkeit vor. Und als Freddy Mush versuchte, sie für neugeorgianische Dichtung zu interessieren und für den Einfluß des Krieges auf die Literatur, und als er die Hoffnung aussprach, daß sie etwas nur halb so Schönes wie die Ilias in Utopia hätten, obwohl er beteuerte, er könne das nicht glauben, gaben sie nicht einmal vor, zuzuhören. Sie antworteten ihm überhaupt nicht ... Unsere Ansichten sind ihnen ganz unwichtig."

„In dieser Hinsicht; sie sind uns dreitausend Jahre voraus! Aber als Schüler könnten wir ihr Interesse erregen."

„Wäre es interessant, einen Hottentotten in London herumzuführen und ihm alles zu erklären? – nachdem man den ersten Spaß, den es bereitete, seine Unwissenheit aufzudecken, hinter sich hätte? Vielleicht; aber ich glaube nicht, daß sie uns hier haben wollen, und ich glaube nicht, daß sie uns sehr lieb gewinnen werden, und ich weiß nicht, was sie uns antun werden, wenn wir ihnen Schwierigkeiten bereiten. Und deshalb habe ich Angst."

Sie ging auf eine neue Sache über. „In der Nacht wurde ich an die Affen meiner Schwester Mrs. Kellings erinnert."

„Es ist eine Manie von ihr. Die armen Dinger rennen durch den Garten, kommen ins Haus und sind fortwährend in der Klemme. Sie wissen nicht recht, was sie tun dürfen und was nicht. Sie sehen alle schrecklich verängstigt aus, werden geprügelt, zur Türe geschleppt, hinausgeworfen und dergleichen mehr. Sie verwüsten alles und machen den Besuchern viel Unbehagen. Niemals weiß man, was ein Affe zu tun beabsichtigt. Und jeder Mensch haßt es, sie um sich zu haben, mit Ausnahme meiner Schwester. Aber sie schilt sie fortwährend: ‚Komm herunter, Jakob! Leg das hin, Sadie!'"

Mr. Barnstaple lachte. „Es ist mit uns nicht ganz so schlimm, Lady Stella, wie mit den Affen."

Sie lachte auch.

„Vielleicht ist es nicht so schlimm, aber wie dem auch sei – in der Nacht – fühlte ich, daß es so sein könnte. Wir sind minderwertige Wesen. Man muß das zugeben ..."

Sie zog die Brauen zusammen. Ihr hübsches Gesicht drückte große geistige Anstrengung aus. „Sind Sie sich dessen bewußt, wie sehr wir abgeschnitten sind? ... Vielleicht werden Sie es dumm von mir finden, Mr. Barstable, aber bevor ich gestern abend zu Bett ging, setzte ich mich hin, um meiner Schwester einen Brief zu schreiben und ihr über alle Vorkommnisse zu berichten, solange sie noch frisch in meinem Gedächtnis sind. Und plötzlich fiel mir ein, ich könnte ebenso gut an – Julius Cäsar schreiben."

Mr. Barnstaple hatte nicht daran gedacht.

„Das ist etwas, was mir nicht aus dem Kopf geht, Mr. Barstable – keine Briefe, keine Telegramme, keine Zeitungen, kein Kursbuch in Utopia. Alles das, was uns wirklich bewegt – alle Leute, für die wir leben, abgeschnitten! Ich weiß nicht, für wie lange. Aber vollkommen abgeschnitten ... Wie lang werden sie uns hier behalten wollen?"

Mr. Barnstaples Gesicht wurde nachdenklich.

„Sind Sie sicher, daß sie uns jemals zurückschicken können?" fragte die Lady.

„Es scheinen einige Zweifel zu bestehen. Aber es sind erstaunlich kluge Leute."

„Es schien so leicht, hierherzukommen – geradeso, als ob man um eine Ecke biegt – aber wir sind natürlich, im Grunde genommen, außerhalb von Raum und Zeit ... mehr als Tote ... Der Nordpol oder Zentralafrika sind um eine ganze Welt unserer Heimat näher als wir. Es ist schwer, das zu begreifen. In diesem Sonnenlicht scheint alles so hell und vertraut. Und doch gab es vergangene Nacht Augenblicke, in denen mir zum Heulen war."

Sie brach kurz ab und beobachtete scharf das Ufer. Dann schnupperte sie unmißverständlich. Mr. Barnstaple spürte einen besonders scharfen und appetitanregenden Geruch, der über das Wasser zu ihnen herüberwehte.

„Ja", sagte er.

„Es ist Frühstücksspeck!" rief Lady Stella aufgeregt.

„Genau nach Mr. Burleighs Angaben", sagte Barnstaple und wandte das Kanu mechanisch dem Ufer zu.

„Frühstücksspeck! Das ist das beruhigendste Ereignis bis jetzt! ... Vielleicht war es im Grunde genommen dumm, ängstlich zu sein. Da, sie machen uns Zeichen!" Sie schwenkte den Arm.

„Greeta in einem weißen Gewand – wie Sie prophezeit haben, und Mr. Mush in einer Toga im Gespräch mit ihr ... Wo kann er diese Toga her haben?"

Ein undeutlicher Klang von rufenden Stimmen erreichte sie.

„Wir kommen!" rief Lady Stella.

„Ich hoffe, ich war nicht zu pessimistisch", sagte Lady Stella, „aber ich graulte mich so in der Nacht!"

ZWEITES BUCH

Der Quarantäne-Felsen

I

Die Epidemie

1

Der Schatten der großen Epidemie in Utopia fiel auf unsere kleine Erdlingsschar am zweiten Tag nach ihrem Einfall. Mehr als zwanzig Jahrhunderte lang waren die Utopen vollkommen frei von infektiösen und ansteckenden Krankheiten aller Art gewesen. Nicht nur die schweren epidemischen Fieber und alle möglichen Hautkrankheiten waren aus dem Leben der Tiere und Menschen verschwunden, sondern auch alle geringeren Infektionen, wie Erkältungen, Husten, Grippe und dergleichen, waren bezwungen worden und hatten aufgehört. Durch Isolierung, durch die Kontrolle der Krankheitserreger usw. waren die verhängnisvollen Keime eingekreist und zum Aussterben gebracht worden.

Dies hatte einen entsprechenden Wechsel in der utopischen Physiologie zur Folge gehabt. Die Ausscheidungen und Reaktionen, die dem Körper einer Infektion gegenüber Widerstandskraft verliehen hatten, waren verkümmert. Die Kraft, die solche Wirkungen erzeugte, war auf andere, nützlichere Aufgaben abgelenkt worden. Die Physiologie in Utopia, von diesen bloß der Abwehr dienenden Notwendigkeiten befreit, hatte sich vereinfacht und war übersichtlicher und wirksamer geworden. Die Ausrottung der Infektionen lag so weit zurück in Utopia, daß nur diejenigen, die sich mit der Geschichte der Pathologie beschäftigten, etwas von den Leiden verstanden, die der Menschheit durch Krankheit erwachsen waren. Und selbst diese Spezialisten schienen keine Ahnung davon zu haben, in welchem Umfang die Bevölkerung ihre frühere Widerstandsfähigkeit gegen Infektionen verloren hatte. Der erste, der an diese verlorene Widerstandskraft dachte, war offenbar Mr. Rupert Catskill. Mr. Barnstaple erinnerte sich, daß Catskill, als sie sich am ersten Morgen ihres Aufenthaltes in den Konferenzgärten trafen, Andeutungen machte, daß die Natur in irgendeiner noch unaufgeklärten Weise auf seiten der Erdlinge stehe.

Wenn es in ihrem Interesse lag, sich verhaßt zu machen, dann stand die Natur sicherlich auf ihrer Seite. Am Abend des zweiten Tages nach ihrer Ankunft hatte fast jeder, der mit den Erdlingen in Berührung gekommen war, mit Ausnahme von Lychnis, Serpentin und drei oder vier anderen, die noch etwas von den angestammten Antitoxinen bewahrt hatten, Fieber und Husten, Halsschmerzen, Gliederschmerzen, Kopfweh und eine solche körperliche Depression und solches Unbehagen, wie man es seit zwanzig Jahrhunderten in Utopia nicht gekannt hatte. Der erste Einwohner Utopias, der sterben mußte, war jener Leopard, der Mr. Rupert Catskill bei seiner Ankunft beschnüffelt hatte. Er wurde am zweiten Morgen nach dieser Begegnung tot aufgefunden, ohne daß man seinen Tod aufklären konnte. Am Nachmittag desselben Tages erkrankte plötzlich eines der Mädchen, das Lady Stella beim Auspacken ihrer Koffer geholfen hatte, und starb.

Utopia war auf die Ankunft dieser Krankheitskeime noch weniger vorbereitet als auf die Ankunft der Erdlinge. Die Krankenhäuser und Epidemiespitäler, Ärzte, Apotheken usw., die im letzten Zeitalter der Verwirrung in ungeheurer Anzahl vorhanden gewesen waren, waren längst dem Gedächtnis entschwunden; es gab einen chirurgischen Notdienst für Unfälle und eine Organisation, welche die Gesundheit der heranwachsenden Jugend überwachte, es gab ferner Erholungsstätten, wo sehr alte Leute gepflegt wurden, aber von der hygienischen Organisation, die früher gegen Krankheiten angekämpft hatte, war kaum etwas übriggeblieben. Plötzlich mußte die Intelligenz von Utopia eine Kette von Problemen, die längst gelöst und verdrängt waren, wieder aufnehmen, um vergessene Apparate und Einrichtungen für Desinfektions- und Behandlungszwecke zu improvisieren und um auf alle Mittel zurückzugreifen, die der Kampf gegen die Krankheiten benötigte, der eine Epoche in der Geschichte Utopias vor zwanzig Jahrhunderten gekennzeichnet hatte. In einer Beziehung allerdings hatte jener Kampf gewisse dauernde Vorteile in Utopia zurückgelassen. Nahezu alle Insekten, welche Krankheitsträger waren, hatte man vertilgt, und Ratten, Mäuse sowie die unsauberen Arten kleiner Vögel waren aus dem Problem der Gesundheitspflege ausgeschieden. Dies setzte der Ausbreitung neuer Infektionen und der Art der Infektionen, die verbreitet werden konnten, bestimmte Grenzen. Es ermöglichte den Erdlingen, nur solche Leiden zu übertragen, die auf Entfernung durch den Atem oder durch eine ansteckende Berührung vermittelt werden konnten. Obwohl keiner von ihnen krank war, zeigte es sich doch bald, daß einer von ihnen latente Masern ins utopische Universum gebracht hatte und daß drei oder vier von ihnen eine lang unterdrückte Grippe in sich trugen. Sie selbst, zu zäh, um daran zu leiden, blieben im Brennpunkt dieser beiden Epidemien, während ihre Opfer sie durch Husten, Niesen, Küssen und Hauchen über den ganzen utopischen Planeten ausbreiteten. Erst am Nachmittag des zweiten Tages nach dem Einfall wurde sich Utopia bewußt, was eigentlich geschehen war, und entschloß sich, diesem Rückfall in barbarische Sorgen die Stirn zu bieten.

2

Mr. Barnstaple war anscheinend der letzte der Erdlinge, der von der Epidemie hörte. Er befand sich allein, vom übrigen Teil der Gesellschaft entfernt, auf einem Ausflug. Es war ihm bald klargeworden, daß die Utopen keine Lust hatten, eine erhebliche Menge Zeit oder Energie für die Unterhaltung ihrer Erdenbesucher aufzuwenden. Nach der Aufklärung am Nachmittag des Einfalls wurden keine weiteren Versuche gemacht, die Besucher über die Verfassung und die Methoden Utopias zu belehren, und es wurden nur einige kurze Fragen über die Zustände auf Erden gestellt. Die Erdlinge waren meist sich selbst überlassen und konnten sich untereinander aussprechen. Mehrere Utopen waren offenbar beauftragt, für ihre Bequemlichkeit und ihr Wohlbefinden zu sorgen, aber anscheinend dachten sie nicht daran, ihre Funktionen auf die Unterhaltung der Erdlinge auszudehnen. Mr. Barnstaple fand in den Ideen und Bemerkungen mehrerer seiner Genossen vieles, was ihn ärgerte, und so folgte er seiner natürlichen Veranlagung und erforschte Utopia auf eigene Faust. Es gab in der weiten Ebene jenseits des Sees, die er erblickt hatte, ehe sein Flugzeug im Konferenz-Tal gelandet war, etwas, das seine Einbildungskraft reizte, und so nahm er am zweiten Morgen ein kleines Boot und ruderte über den See, um den Damm zu untersuchen, der das Gewässer staute, und von der Dammkrone aus eine Aussicht auf die große Ebene zu gewinnen.

Der See war viel umfangreicher, als er gedacht hatte, und der Damm viel größer. Das Wasser war kristallklar und sehr kalt, mit nur wenigen Fischen darin. Er war sofort nach dem Frühstück aufgebrochen, aber es war nahezu Mittag, als er die Dammkrone erreichte und in das tieferliegende Tal auf die große Ebene hinunterblicken konnte.

Der Damm war aus riesigen Blöcken von rotem und goldgeädertem Gestein erbaut, und in Abständen führten Stufen zu dem Fahrdamm auf der Krone. Die großen sitzenden Figuren, die grübelnd über die weite Ebene blickten, waren, wie es schien, in einer Laune künstlerischen Übermuts hingesetzt worden. Sie saßen da wie Wächter oder wie in Gedanken versunkene riesige, rohe Gestalten, halb Berge, halb Menschen. Mr. Barnstaple schätzte sie auf etwa siebzig Meter Höhe. Indem er die Entfernung zwischen zwei dieser Figuren abschritt und sie dann zählte, kam er zu dem Ergebnis, daß der Damm zwischen acht und zwölf Kilometer lang war. Sein Ende fiel steil auf etwa zweihundert Meter ab und war von einer

Reihe enormer Pfeiler gestützt, die fast unmerklich in das ursprüngliche Felsgestein übergingen. In den Buchten zwischen diesen Pfeilern summten große Batterien von Wasserturbinen, und, nachdem es seine erste Aufgabe erfüllt hatte, stürzte das Wasser schäumend ab, versprühte und sammelte sich in einem anderen breiten See, der von einem zweiten, etwa drei Kilometer entfernten und vielleicht dreihundert Meter tiefer liegenden großen Damm gestaut wurde. Weit entfernt war dann ein dritter See, ein dritter Damm, und schließlich die Ebene. Nur drei oder vier winzig aussehende Utopen waren zwischen all diesem titanischen Bauwerk sichtbar.

Mr. Barnstaple, selbst die kleinste Erscheinung weit und breit, stand im Schatten eines brütenden Kolosses und guckte über die näherliegenden Gebilde hinweg nach den nebligen Flächen der Ebene.

Was für ein Leben mochte man dort führen? Das Verhältnis zwischen Ebene und Gebirge erinnerte ihn sehr an die Alpen und die große oberitalienische Tiefebene, in welche er zur Krönung so mancher Sommerferien seiner Jugend hinabgestiegen war. In Italien hatte er Bescheid gewußt: jene Ebenen sind mit dicht gedrängten Städten und Dörfern und mit sorgfältig bewässerten und bebauten Feldern bedeckt. Eine große Bevölkerung plagt sich mit ameisenartigem Fleiß um die Erzeugung von Nahrungsmitteln; denn ihre Zahl vergrößert sich ständig, bis jene unvermeidlichen Folgen der Übervölkerung, der Krankheiten und Seuchen eine Art Gleichgewicht herstellen zwischen der Ausdehnung des Landes und der Anzahl der Familien, die es für ihre Ernährung bebauen. Da ein arbeitender Mensch mehr Nahrungsmittel zu erzeugen vermag, als er verzehren kann, und da eine fruchtbare Frau mehr Kinder gebären kann, als das flache Land zu beschäftigen vermag, sammelt sich ein Überschuß an landloser Bevölkerung in übervölkerten Städten und Großstädten an und befaßt sich dort mit juristischen und finanziellen Machenschaften gegen die Landbevölkerung oder mit der Erzeugung von Waren, auf deren Verkauf einige Hoffnung besteht.

Neunundneunzig Prozent dieser Bevölkerung richten von der Kindheit an bis ins hohe Alter ihre ganze Kraft auf die schwierige Aufgabe, die man den ‚Kampf ums Dasein' nennt. Dazwischen stehen, gestützt auf den Vorwand einer mystischen Sühne, Altäre und Tempel, die ein parasitisches Heer von Priestern, Mönchen und Nonnen ernähren. Essen und Zeugen, die einfachen Funktionen des täglichen Lebens seit dem Bestehen einer menschlichen Gesellschaft, Schwierigkeiten der Nahrungsbeschaffung, Gewinnsucht und ein der Angst gezollter Tribut; das ist der Anblick, den jeder warme und fruchtbare Erdstrich heute bietet. Es gibt da und dort ein Aufblitzen von Fröhlichkeit und Humor, kurze Feierzeiten, ein Aufflammen von Jugend vor ihrem Auslöschen in der schweren Arbeit des Mannesalters; aber gehetzte Arbeit, die Bosheit und der Haß, die von der Übervölkerung erzeugt werden, die ewige Unsicherheit der Armut beherrschen die Szene. Altersschwäche stellt sich mit sechzig Jahren ein, die Frauen sind mit vierzig alt und verbraucht. Doch die utopische Ebene da unten, auch sie sonnenbeschienen und fruchtbar, war einem anderen Gesetz unterworfen. Hier hatten das Alltagsleben der Menschen, ihre Traditionen, die althergebrachten Vergnügungen und Sagen, die von Generation auf Generation überliefert wurden, ihre Feste zum Wechsel der Jahreszeiten, ihre fromme Scheu, ihre unerwarteten Perioden der Duldsamkeit, ihr begrenztes, doch unentwegtes und jämmerlich kindisches Hoffen, ihr Unmaß an Elend und tragischer Aussichtslosigkeit ein Ende gefunden. All das hatte diese ältere Welt für immer verlassen. Jene Flutwellen des Lebens waren zurückgewichen und verschwunden, aber der Boden blieb immer noch fruchtbar, und die Sonne schien immer noch.

Mit Ehrfurcht merkte Barnstaple, wie sehr hier das Alltagsleben in nur einem Dutzend Jahrhunderte gesäubert worden war, in welch kühner und bewundernswerter Weise der menschliche Geist Seele, Körper und Schicksal des Menschengeschlechts in den Griff bekommen hatte. Er wurde sich bewußt, daß er ein Geschöpf der Übergangszeit war, ebenso tief in den Gewohnheiten des Alten verstrickt wie den Ideen des Neuen zugetan, das bis jetzt auf der Erde noch kaum aufgedämmert war. Seit langem schon hatte er gewußt, wie heftig er jenes dumpfe, rohe Leben, das wir in der Vergangenheit führten, haßte und verachtete; jetzt aber mußte er zum erstenmal erkennen, daß ihn das erhabene und strenge utopische Leben, das vor uns liegt, mit Bangigkeit erfüllte. Diese Welt, auf die er hinaussah, erschien ihm überaus rein und zugleich furchterregend. Was tun sie in diesen weiten Ebenen? Was für ein Leben führen sie dort?

Er wußte jetzt genug von Utopia, um zu erkennen, daß das ganze Land wie ein Garten sei, in dem jede natürliche Neigung zur Schönheit ausgenutzt und entwickelt und jede angeborene Häßlichkeit verbessert und überwunden wird. Diese Leute konnten für Schönheit arbeiten und kämpfen, das wußte er; denn seine zwei Rosenzüchter hatten es bewiesen. Diejenigen, die für Nahrung oder Wohnung sorgen, und diejenigen, die das öffentliche Leben organisieren, tun ihre Arbeit und halten die Wirtschaftsmaschinerie so glatt in Gang, so daß man nichts von dem Klappern, Knarren und Klirren hört, das die vorherrschende Melodie unserer irdischen Angelegenheiten ist. Die Zeit wirtschaftlicher Auseinandersetzungen und Versuche ist zu Ende. Der richtige Weg, die Dinge anzupacken, ist gefunden worden. Und die Bevölkerung dieses Utopias, die einst auf zweihundert Millionen zusammengeschrumpft war, vermehrt sich nun wieder, um mit den ständig wachsenden menschlichen Hilfsquellen Schritt zu halten. Da sie sich von tausend Übeln, die sonst zusammen mit ihrem Wachstum gewachsen wären, befreit hatte, konnte sich das Volk nun frei entwickeln.

Dort unten, unter dem blauen Dunstschleier der großen Ebene, waren fast alle, die sich nicht mit Nahrungsmittelerzeugung, Architektur, Gesundheitspflege, Erziehung und den Wechselbeziehungen verschiedener Tätigkeiten befaßten, mit schöpferischer Arbeit beschäftigt; sie erforschten ununterbrochen die Außen- oder Innenwelt durch wissenschaftliche Untersuchungen und künstlerisches Schaffen. Sie vermehrten fortwährend ihre gemeinsame Macht über das Leben oder die schon verwirklichten Lebenswerte.

Mr. Barnstaple war daran gewöhnt, in unserer eigenen Welt einen Ansturm von Erfindungen und Entdeckungen zu sehen, aber er wußte, daß der ganze Fortschritt auf der Erde in hundert Jahren sich nicht vergleichen konnte mit dem Aufschwung dieser Millionen von verbündeten Intelligenzen in einem Jahr. Die Wissenschaft stürmte hier mit Riesenschritten voran, und die Unwissenheit ging wie der Schatten einer Wolke an einem windigen Tage vorüber. Dort unten erprobten sie die Mineralien, die im Herzen ihres Planeten lagen, und woben ein Netz, um die Sonne und Sterne einzufangen. Das Leben marschierte hier; es war erschreckend, zu denken, mit welchen Schritten. Erschreckend – weil in Mr. Barnstaples Unterbewußtsein, so wie im Unterbewußtsein so mancher aufgeklärter Geister in unserer Welt, die Überzeugung geherrscht hatte, daß bald alles bekannt und der wissenschaftliche Prozeß beendet sein würde. Und dann würden wir für ewige Zeiten glücklich sein.

Er hatte sich dem Fortschritt nicht wirklich angepaßt, er hatte immer an Utopia gedacht als an einen geruhsamen Ort, wo alles zum Guten geordnet wäre. Sogar heute schien es unter jenem Dunstschleier ruhig zu sein, aber er wußte, daß diese Ruhe die Stetigkeit eines Mühlwassers war, das in seinem ruhigen Dahinfließen fast bewegungslos aussieht, bis ein kleiner Wirbel, ein Schaumspritzer oder ein Stock, ein Blatt, das entlanggleitet, seine Schnelligkeit enthüllt.

Und mit welchen Gefühlen lebte man in Utopia? Das Leben des Volkes mußte dem Leben sehr erfolgreicher Künstler oder Wissenschaftler in unserer Welt vergleichbar sein, eine fortwährende, erfrischende Entdeckung neuer Dinge, eine beständige abenteuerliche Reise ins Unbekannte und Unerprobte. Zur Erholung wanderten sie auf ihrem Planeten herum, es gab viel Liebe, Fröhlichkeit und Freundschaft in Utopia und ein reiches, leichtes, ungezwungenes gesellschaftliches Leben. Spiele, die keine körperliche Übung erforderten, jener Ersatz der Dummköpfe für Forschung und geistige Anstrengung, waren vollständig aus dem Leben verschwunden, aber man spielte viele Bewegungsspiele zur Unterhaltung und zur körperlichen Kräftigung ... Es mußte für diejenigen, die dazu erzogen worden waren, ein gutes Leben sein, wahrlich ein äußerst beneidenswertes Leben.

Und es mußte durchdrungen sein vom beglückenden Bewußtsein, daß es einen Sinn habe; es zog endlose Folgen nach sich. Sie liebten, ohne Zweifel – verfeinert und genießerisch –, aber vielleicht ein bißchen gefühllos. In jenen entfernten Ebenen gab es vielleicht nicht viel Mitleid oder Zärtlichkeit. Sie waren heitere und liebenswürdige Wesen – aber keineswegs mitleidig. Es gab ja keine Notwendigkeit für solche Eigenschaften ...

Dennoch sah die Frau Lychnis' gütig aus ...

Hielten sie Treue, oder hatten sie es überhaupt nötig, Treue zu halten, wie die Liebenden auf Erden? Wie sah in Utopia die Liebe aus? Auch hier flüsterten die Liebenden in der Dämmerung. Was war das wahre Wesen der Liebe? Eine Bevorzugung, ein süßer Stolz, ein köstliches Geschenk, das erhebendste Selbstgefühl für Körper und Seele ...

Was wäre es für ein Gefühl, eine dieser utopischen Frauen zu lieben oder von ihr geliebt zu werden? – Ihr glühendes Gesicht dicht am eigenen – zu einem neuen Leben erwachen durch ihre Küsse? ...

Mr. Barnstaple saß in seiner Flanellhose barfuß im Schatten eines Steinkolosses. Er fühlte sich wie irgendein winziges verirrtes Insekt auf dem großen Damm. Es schien ihm unmöglich, daß diese sieghaften utopischen Menschen jemals wieder von ihrem großartigen Streben nach Beherrschung aller Dinge ablassen könnten. Diese Welt war ungeheuer hoch emporgestiegen und stieg noch immer. Das, was sie erreicht hatte, hielt sie nun mit Sicherheit fest, und doch war diese Staunen erregende Sicherheit und Meisterung der Natur in einem Zeitraum von bloß dreitausend Jahren entstanden ...

Die Menschen konnten sich in diesem kurzen Zeitraum nicht grundlegend geändert haben. Im wesentlichen war es noch immer eine Steinzeitrasse, und es waren noch keine zwanzigtausend Jahre vergangen seit den Tagen, da sie nichts von Metallen wußte und weder lesen noch schreiben konnte. Tief in ihrer Natur, gefesselt und unentwickelt, lag noch der Samen von Zorn, Furcht und Zwist. Es mußte in diesem Utopia noch viele unruhige und unbotmäßige Elemente geben. Die Eugenik stand erst in ihren Anfängen. Er gedachte des mutigen holden Antlitzes des jungen Mädchens, das in der Nacht nach seiner Ankunft im Sternenlicht zu ihm gesprochen, und des Tones romantischer Begierde in ihrer Stimme, als sie fragte, ob Lord Barralonga nicht ein sehr kräftiger und grausamer Mann sei.

Beunruhigte der romantische Geist auch hier noch die Einbildungskraft? Vielleicht nur die Vorstellungen der heranwachsenden Jugend.

Könnte in dieser unendlichen Ordnung nicht irgendeine große Erschütterung oder ein Zustand der Verwirrung möglich sein? Könnte nicht das Unterrichtssystem seiner Erziehungsaufgabe überdrüssig werden und der Lust am Experimentieren zur Beute fallen? Sollte nicht auch für die Utopen das Unvorhergesehene noch auf der Lauer liegen? Angenommen, Pater Amertons religiöses Eiferertum oder Rupert Catskills unheilbare Leidenschaft für phantastische Unternehmungen würden sich als ansteckend erweisen!!

Nein! Das war nicht anzunehmen. Die Errungenschaften dieser Welt waren zu groß und gesichert, um solche Befürchtungen zu wecken.

Mr. Barnstaple stand auf und begab sich die Stufen des großen Dammes hinunter, wo weit unten sein Schiffchen wie ein winziges Blütenblatt auf dem klaren Wasser schaukelte.

3

Er gewahrte eine beträchtliche Aufregung auf dem Versammlungsplatz.

Mehr als dreißig Flugzeuge kreisten in der Luft, landeten und stiegen vom Park aus auf, und eine Menge großer, weißer Fahrzeuge fuhr auf der Zufahrtsstraße in beiden Richtungen. Auch die Leute schienen sich zwischen den Häusern lebhaft zu bewegen, aber die Entfernung war zu groß, als daß Barnstaple hätte unterscheiden können, was sie taten. Er blickte eine Zeitlang hin und stieg dann in sein kleines Boot.

Er konnte nicht beobachten, was sich abspielte, als er quer über den See zurückkehrte, weil er dem Abhang den Rücken zuwandte. Aber einmal kam ein Flugzeug ganz dicht zu ihm herunter, und er sah, wie sein Insasse ihn im Auge behielt, während er ruderte. Als er einmal vom Rudern ausruhte und sich umblickte, sah er etwas, das wie eine von zwei Männern getragene Bahre aussah.

Als er in die Nähe des Ufers kam, stieß ein Boot ab und kam ihm entgegen. Er war erstaunt, als er sah, daß die Insassen eine Art Helm aus Glas mit einem weißen spitzen Visier trugen. Er war riesig erstaunt und verwirrt.

Als sie sich näherten, ertönte ihre Botschaft in seinem Gehirn: „Quarantäne! Sie haben in Quarantäne zu gehen. Ihr Erdlinge habt eine Epidemie hergebracht, und es ist nötig, daß ihr in Quarantäne gesetzt werdet."

So mußten also diese Glashelme eine Art Gasmasken sein.

Als sie sich ihm genügend genähert hatten, sah er, daß es tatsächlich Gasmasken waren. Sie waren aus biegsamem und vollkommen durchsichtigem Material hergestellt.

4

Mr. Barnstaple wurde an einigen Schlafloggien vorbeigeführt, wo Utopen im Bette lagen, während andere, die Gasmasken trugen, sie pflegten. Er fand alle Erdlinge mit ihren ganzen Habseligkeiten, mit Ausnahme der Wagen, in der Halle versammelt, in der am ersten Tage die Konferenz stattgefunden hatte. Er hörte, daß die ganze Gesellschaft nach einem anderen Ort befördert werden sollte, wo sie isoliert und behandelt werden könnte.

Die einzigen Utopen, die sich bei den Erdlingen aufhielten, waren die beiden mit den Gasmasken, die am offenen Eingang in einer Haltung herumlungerten, die in unangenehmer Weise an Schildwachen oder Wächter erinnerte.

Die Erdlinge saßen in kleinen Gruppen in den Sitzreihen umher, mit Ausnahme von Mr. Rupert Catskill, der in der Apsis auf und ab ging und redete. Er war ohne Hut, rot und aufgeregt, und sein Haar war in einiger Unordnung.

„Es ist eingetreten, was ich die ganze Zeit vorausgesehen habe", wiederholte er. „Sagte ich Ihnen nicht, die Natur sei auf unserer Seite? Sagte ich das nicht?"

Mr. Burleigh war beleidigt und streitsüchtig: „Bei meinem Leben, ich kann diese Logik nicht einsehen", erklärte er. „Hier sind wir – absolut die einzig vollkommen immunen Leute – und wir, wir sollen isoliert werden."

„Sie sagen, sie werden von uns angesteckt", sagte Lady Stella.

„Sehr wohl", sagte Mr. Burleigh und bekräftigte dies mit seiner langen weißen Hand. „Sehr gut, dann sollten sie isoliert werden! Das ist ja – chinesisch. Das ist ja völlig verdreht. Ich bin sehr enttäuscht von ihnen!"

„Ich glaube, es ist ihre Welt", sagte Mr. Hunker, „und wir müssen tun, was sie wollen."

Mr. Catskill wandte sich an Lord Barralonga und die beiden Chauffeure: „Ich begrüße diese Behandlung, o ja, ich begrüße sie."

„Was meinst du, Rupert?" sagte Seine Lordschaft. „Wir verlieren unsere Handlungsfreiheit."

„Keineswegs", sagte Mr. Catskill, „keineswegs, wir gewinnen sie! Wir sollen isoliert werden. Wir sollen allein auf irgendeine Insel oder einen Berg versetzt werden. Sehr gut!

Ausgezeichnet! Das ist nur der Anfang unserer Abenteuer. Wir werden sehen, was wir sehen werden."

„Wieso?"

„Warte ein Weilchen, bis wir etwas freier sprechen können. Das sind Panikmaßnahmen, diese Seuche ist erst in ihrem Anfangsstadium, alles beginnt erst, glaub mir."

Mr. Barnstaple saß in übler Laune bei seinem Koffer und vermied es, Mr. Catskills Blick zu begegnen.

2

Die Burg auf der Felsspitze

I

Der Quarantäneort, an den die Erdlinge gebracht wurden, mußte in sehr beträchtlicher Entfernung vom Konferenzplatz gelegen sein, weil sie nahezu sechs Stunden unterwegs waren und die ganze Zeit über hoch und sehr schnell flogen. Sie befanden sich alle zusammen in einem Luftschiff, das geräumig und bequem war und ungefähr viermal soviel Fahrgäste hätte aufnehmen können. Begleitet wurden sie von etwa dreißig Utopen in Gasmasken; unter ihnen befanden sich auch zwei Frauen. Die Flieger trugen Anzüge aus einem weißen, wolligen Stoff, der das Interesse und den Neid von Miß Grey und Lady Stella erregte. Das Luftschiff zog das Tal hinunter über die große Ebene, quer über einen kleinen See, dann wieder über anderes Land mit felsiger Küste und dichten Wäldern und eine weite Strecke über die öde See. Auf diesem Meer war weit und breit kaum ein Schiff zu sehen. Mr. Barnstaple dachte bei sich, daß es auf der Erde keinen so unbefahrenen Ozean gebe. Nur ein- oder zweimal sah er sehr große Schiffe dahintreiben, irdischen Schiffen ganz unähnlich; sie schienen eher riesige Flöße oder Plattformen als Schiffe zu sein, und hin und wieder sah er Schiffe, die offenbar für den Frachtverkehr bestimmt waren – eines mit aufgetakelten Masten und Segeln. Oben in der Luft herrschte kaum stärkerer Verkehr. Nachdem das Land außer Sicht war, sah er bis zur endgültigen Landung nur drei Flugzeuge.

Sie überflogen einen ziemlich dicht bevölkerten, sehr reizvoll aussehenden Küstenstreifen und dann einen offenbar ganz wasserlosen, öden Landstrich, der dem

Bergbau und ausgedehnten Bauvorhaben überlassen war. In weiter Entfernung sah man sehr hohe Schneeberge, aber das Flugzeug ging hinunter, ehe es dahin kam. Eine Zeitlang flogen die Erdlinge über ungeheure Schlackenhalden, ganze Berge von Schlacke, die aus einem brunnenartigen tiefen Schacht zu kommen schien. Aus diesem Schacht erklang donnerndes Maschinengetöse und stieg Rauch empor. Hier gab es eine Menge Arbeiter, die in Lagern zwischen den Felstrümmern zu leben schienen. Offenbar kamen die Arbeiter nur für die Dauer der Arbeit an diesen Ort; nirgends waren Wohnhäuser zu sehen. Das Flugzeug mit den Erdlingen flog dieses Gebiet entlang und weiter über eine felsige und fast baumlose Einöde, die von steilen Schluchten nach Art der Cañons zerschnitten waren. Nur wenige Menschen waren zu sehen, aber Spuren von Konstruktionstätigkeit gab es in Hülle und Fülle. Jeder Gebirgsbach, jeder Wasserfall trieb eine Turbine, und dicke Kabel folgten den Felswänden der Schluchten und waren quer über den unbebauten Strecken gezogen. Dort, wo sich die Schluchten weiteten, gab es Nadelwälder und ziemlich üppige Vegetation.

Die hohe Felsspitze, die das Ziel der Erdlinge war, ragte, ein fast vollkommen isoliertes Vorgebirge, in der Gabelung zweier sich kreuzender Cañons hervor. Es türmte sich zu einer Höhe von etwa siebenhundert Meter über dem schäumenden Brausen der Gebirgswässer auf, eine große Masse fahlgrüner und purpurroter Felsen, zerklüftet, pfeilerförmig und von Spalten und weißen kristallinischen Adern tief durchfurcht. Die Schlucht auf der einen Seite des Felsens war viel steiler als die auf der anderen, die Wand war so überhängend, daß sie die Schlucht wie einen Tunnel verfinsterte. Und hier, etwa dreihundert Meter vom Felsenvorsprung, war eine schlanke Metallbrücke über den Abgrund geschlagen. Einige Meter höher waren Bogenstücke vorhanden, welche die Überreste einer älteren Brücke aus Stein sein mochten. Auf der anderen Seite fiel der Felsen steil etliche Meter hinab zu einem langgestreckten Hang, der mit spärlicher Vegetation bedeckt war und wieder zu dem Hauptmassiv des Gebirges anstieg; hier bildete er eine Wand von Felsriffen mit abgeplattetem Gipfel.

Auf diesem Hang landete das Luftschiff neben drei oder vier kleinen Maschinen. Der Felsgipfel war von den großen Ruinen einer alten Burg gekrönt, in deren Umfassungsmauern eine Anzahl Gebäude beisammenstanden, die in letzter Zeit eine Gruppe von Studenten der Chemie beherbergt hatten. Ihre Forschungen, die sich auf ein für Mr. Barnstaple ganz unverständliches Problem der Atom-Struktur bezogen, waren beendet, und der Ort war nun frei verfügbar. Ihr Laboratorium war noch mit Apparaten und Material versehen, mit Wasser und Strom wurde es mittels Rohrleitungen und Kabeln von einem höheren Punkt der Schlucht aus versorgt. Auch ein reiches Lager von Lebensmitteln war vorhanden. Eine Anzahl Utopen war damit beschäftigt, den Ort für seine neuen Zwecke der Isolierung und Desinfektion herzurichten, als die Erdlinge ankamen.

Serpentin erschien in Begleitung eines Mannes mit einer Gasmaske, dessen Name Ceder war. Dieser Ceder war Zytologe und mit den Vorbereitungen für dieses improvisierte Sanatorium betraut.

Serpentin erklärte, daß er selbst zu dem Felsen vorausgeflogen sei, weil er die Ausstattung des Platzes und die Forschungsarbeiten, die hier vorgenommen worden waren, kenne und weil seine Kenntnis der Erdlinge und seine verhältnismäßige Immunität gegenüber ihren Infektionen ihn befähigten, zwischen ihnen und dem Arzt, der sich nun ihrer Sache annehmen werde, als Bindeglied zu wirken. Diese Erklärung gab er Mr. Burleigh, Mr. Barnstaple, Lord Barralonga und Mr. Hunker. Die anderen Erdlinge standen neben dem Luftschiff, aus dem sie ausgestiegen waren, in kleinen Gruppen umher und betrachteten den burggeschmückten Felsgipfel, das spärliche Buschwerk auf dem öden Hochland ringsum und die turmhohen Klippen des angrenzenden Cañons mit einer Miene ohne Begeisterung.

Mr. Catskill war allein nahe an die Kante des großen Cañons gegangen, stand mit den Händen auf dem Rücken in einer fast napoleonischen Pose in Gedanken verloren da und starrte in die sonnenlosen Tiefen hinab. Das Tosen der unsichtbaren Gewässer unten, bald laut, bald fast unhörbar, zitterte in der Luft.

Miß Greeta Grey hatte plötzlich eine Kodak hervorgeholt; als sie für diese letzte Reise packte, hatte sie sich deren Existenz erinnert, und sie machte nun eine Momentaufnahme von der ganzen Gesellschaft.

Ceder sagte, er würde nun die von ihm vorgeschlagene Behandlungsmethode erklären, und Lord Barralonga rief: „Rupert!“, um Mr. Catskill Ceders Zuhörerschaft zuzugesellen.

Ceder war ebenso deutlich und bündig in seinen Ausführungen, wie es Urthred gewesen war. Es sei offensichtlich, sagte er, daß die Erdlinge Träger verschiedener infektiöser Organismen seien, die durch immunisierende Gegensubstanzen in ihren Körpern in Schach gehalten würden; die Utopen besäßen jedoch keine solchen Abwehrmittel und könnten nur nach einer leidbringenden und verheerenden Epidemie Immunität erwerben. Der einzige Weg, um einer solchen Epidemie, die ihren ganzen Planeten verwüsten würde, vorzubeugen, sei vorerst, alle bisher Erkrankten zu vereinen und zu heilen, was durch die Verwandlung des Konferenzparks in ein großes Spital durchgeführt werde, und ferner die Erdlinge vollkommen von den Utopen zu isolieren, bis man sie von ihren Infektionen befreien könne. Er gab zu, daß es den Erdlingen gegenüber ungastlich sei, aber es scheine der einzige Ausweg zu sein, sie in diese besonders trockene und reine Höhenluft zu bringen und hier Methoden zu ersinnen, um sie physisch völlig zu reinigen. Wenn das möglich sei, werde man es tun, und dann stehe es den Erdlingen wieder frei, in Utopia zu kommen und zu gehen, wie es ihnen beliebe.

„Aber angenommen, es wäre nicht möglich?“ sagte Mr. Catskill schroff.

„Ich denke, es wird möglich sein.“

„Aber wenn es Ihnen nicht gelingt?“

Ceder lächelte Serpentin an. „Die physikalische Forschung hat die Arbeit, in welcher Ardenn und Chrysolagone führend waren, aufgenommen, und wir werden bald in der Lage sein, ihr Experiment zu wiederholen und es dann umzukehren."

„Mit uns als Ihrem Material?"

„Nicht ehe wir ganz sicher sind, daß ihr heil landen werdet."

„Sie meinen", sagte Mr. Mush, der sich dem Kreis um Ceder und Serpentin zugesellt hatte, „daß Sie uns wieder zurückschicken werden?"

„Wenn wir euch nicht behalten können", sagte Ceder lächelnd.

„Reizende Aussicht!" sagte Mr. Mush mißmutig. „Aus einer Kanone durch den Weltraum geschossen zu werden – versuchsweise."

„Und darf ich fragen", ertönte die Stimme von Pater Amerton, „darf ich nach der Art dieser Behandlung fragen, dieser Versuche, bei welchen wir sozusagen die Versuchskaninchen sein sollen? Soll es eine Art Impfung sein?"

„Injektionen", erklärte Mr. Barnstaple.

„Ich habe mich noch nicht recht entschieden", sagte Ceder. „Das Problem wirft Fragen auf, die in dieser Welt seit Generationen vergessen sind."

„Ich möchte gleich betonen, daß ich ein eingefleischter Impfgegner bin", sagte Pater Amerton. „Absolut. Impfung ist eine Vergewaltigung der Natur. Wenn ich irgendwelche Zweifel gehabt hätte, bevor ich in diese Welt der – Entartung kam, so habe ich jetzt keine mehr. Nicht im geringsten! Wenn Gott beabsichtigt hätte, daß wir diese Sera und Gärstoffe in unseren Leibern haben, hätte ER natürlichere und würdigere Mittel gefunden, sie dorthin zu bringen, als eine Spritze."

Ceder ließ sich über diesen Punkt in keine Diskussion ein. Er fuhr fort, sich zu entschuldigen. Er müsse die Erdlinge bitten, sich eine Zeitlang innerhalb gewisser Grenzen zu halten, sich auf die Felsspitze und die Hänge unterhalb bis zu den Bergwänden zu beschränken. Ferner sei es unmöglich, sie von jungen Leuten bedienen zu lassen wie bisher, sie müßten selbst für sich kochen und überhaupt selbst für sich sorgen. Die nötigen Vorrichtungen seien oben auf dem Gipfel des Felsens zu finden, und er sowie Serpentin würden alles Notwendige erklären. Sie würden genügende Vorräte für sich vorfinden.

„Dann sollen wir also hier allein gelassen werden?“ fragte Mr. Catskill.

„Einige Zeit. Wenn wir in unsere Aufgabe klarer sehen, werden wir wiederkommen und euch mitteilen, was wir zu tun gedenken.“

„Gut!“ sagte Mr. Catskill. „Gut!“

„Ich wollte, ich hätte mein Mädchen nicht mit dem Zuge fahren lassen“, sagte Lady Stella.

„Ich bin bei meinem letzten sauberen Kragen angelangt“, sagte M. Dupont mit bittersüßer Miene. „Es ist kein Spaß, diese Weekendpartie mit Lord Barralonga.“

Lord Barralonga wandte sich hastig zu seinem Günstling. „Ich glaube, daß Ridley das Zeug zu einem sehr guten Koch in sich hat.“

„Ich habe nichts dagegen, es auszuprobieren“, sagte Ridley, „ich habe schon alles mögliche gemacht – einst habe ich einen Dampfwagen bedient.“

„Ein Mann, der ein solches Ding in Ordnung halten kann, kann alles“, sagte Mr. Penk mit ungewöhnlicher Begeisterung. „Ich bin gern bereit, Mr. Ridley in allem auszuhelfen. Ich begann meine Laufbahn in der Speisekammer, und ich schäme mich nicht, es zu bekennen.“

„Wenn uns der Herr die Geräte zeigen will“, sagte Mr. Ridley, auf Serpentin zeigend.

„So ist's“, sagte Mr. Penk.

„Und wenn jeder von uns so wenig wie möglich Umstände macht“, sagte Miß Greeta Grey.

„Ich glaube, wir werden es schaffen“, sagte Mr. Burleigh zu Ceder. „Wenn wir zuerst auf Ihren Rat und Ihre Hilfe rechnen können.“

2

Ceder und Serpentin blieben bis zum späten Nachmittag mit den Erdlingen auf dem Quarantänefelsen. Sie halfen, ein Abendessen bereiten, und stellten es im Burghof auf. Sie verabschiedeten sich mit dem Versprechen, am nächsten Morgen wiederzukommen, und die Erdlinge sahen ihnen und den sie begleitenden Flugzeugen nach, als sie in die Lüfte aufstiegen.

Mr. Barnstaple war überrascht, als er sich dabei ertappte, daß ihr Fortgehen ihn verstimmte. Er hatte das Gefühl, daß sich Unheil unter seinen Gefährten vorbereite und daß der Abflug der Utopen ein Hindernis für dieses Unheil beseitigt habe. Er hatte Lady Stella bei der Zubereitung einer Omelette geholfen und sollte eine Schüssel und eine Bratpfanne in die Küche zurückbringen, nachdem aufgetragen war, so daß er der letzte war, der sich an die Abendtafel setzte. Er fand das Unheil, das er befürchtete, bereits in vollem Gang.

Mr. Catskill hatte sein Abendessen bereits beendet, stand mit einem Bein auf einer Bank und hielt der übrigen Gesellschaft eine Rede.

„Ich frage Sie, meine Herren und Damen“, redete Mr. Catskill, „ich frage Sie: Steht nicht über dem Erlebnis dieses Tages ‚Bestimmung‘ groß geschrieben? Nicht umsonst war dieser Ort in alten Zeiten eine Festung. Nun ist er nahe daran, wieder eine Festung zu werden. Hm – eine Festung ... Neben einem solchen Abenteuer werden die Geschichten von Cortez und Pizarro verblassen.“

„Mein lieber Rupert“, rief Mr. Burleigh, „was hast du dir wieder in den Kopf gesetzt?“

Mr. Catskill erhob dramatisch zwei Finger: „Die Eroberung einer Welt!“

„Guter Gott!“ rief Barnstaple. „Sind Sie verrückt?“

„Wie Clive“, sagte Mr. Catskill, „oder Sultan Baber, als er nach Panipat marschierte.“

„Es ist ein gewaltiges Vorhaben!“ sagte Mr. Hunker, der offenbar auf diesen Vorschlag vorbereitet war, „aber ich bin geneigt, ihm ein Ohr zu leihen. Die Alternative ist, soweit ich es überblicken kann, von innen und außen gescheuert und weißgewaschen, dann in unsere eigene Welt zurückgefeuert zu werden – mit der Aussicht, sich unterwegs ein paar blaue Flecke zu holen. Erklären Sie es ihnen, Mr. Catskill."

„Erkläre es ihnen", sagte Lord Barralonga, der auch vorbereitet war. „Ich gebe zu, es ist ein Wagnis, aber es gibt Situationen, in denen man Hasard spielen muß, oder es wird mit einem gespielt. Ich ziehe es vor, der Spieler zu sein, nicht der Spielball."

„Es ist Hasard – sicherlich", sagte Mr. Catskill, „aber auf dieser engen Halbinsel, auf diesem Flecken Landes erwartet das Geschick zweier Universen seine Entscheidung, mein Herr. Jetzt ist keine Zeit für Zaghaftigkeit und für lähmende Bedenklichkeit. Überlege schnell – handle schnell!"

„Das ist ja einfach gruslig", rief Miß Greeta, klatschte mit den Händen auf die Knie und lachte Mr. Mush strahlend an.

„Diese Leute", unterbrach Mr. Barnstaple, „sind uns um dreitausend Jahre voraus. Wir sind wie eine Handvoll Hottentotten in einer Schaubude in Earls Court, welche die Eroberung von London planen."

Mr. Catskill, die Hände in den Hüften, wandte sich in außerordentlich guter Laune an Mr. Barnstaple. „Dreitausend Jahre von uns entfernt – ja! Dreitausend Jahre voraus – nein! Hierin behaupten Sie und ich das Gegenteil. Sie sagen, diese Leute sind Übermenschen. Hm – Übermenschen ... ich sage, es sind degenerierte Menschen. Gestatten Sie, daß ich Ihre Aufmerksamkeit auf die Begründung dieser meiner Annahme lenke – trotz ihrer Schönheit, ihrer sehr erheblichen materiellen und geistigen Errungenschaften usw. Ideale Geschöpfe, gebe ich zu ... was weiter? ... Meine Ansicht ist, daß sie einen Höhepunkt erreicht – und überschritten haben, daß sie auf Grund des Trägheitsgesetzes existieren und daß sie die Kraft verloren haben, nicht nur Krankheiten zu widerstehen – wir werden sehen, wie diese Schwäche immer mehr und mehr um sich greift –, sondern auch, unbekannten und bedrohlichen Zwischenfällen zu begegnen. Sie sind sanft, ja zu sanft, sie haben keine Tatkraft, sie wissen nicht, was tun. Hier steht Pater Amerton. Er hat die erste Versammlung in beleidigendster Weise gestört. (Sie wissen, Pater Amerton, daß es so war, ich mache Ihnen keinen Vorwurf, Sie sind moralisch – feinfühlig, und es gab allerhand, was Sie verletzte.) Ihm wurde gedroht – wie ein schwaches altes Weib einem kleinen Buben droht. Es sollte etwas mit ihm geschehen. Ist ihm irgend etwas angetan worden?"

„Ein Mann und eine Frau kamen zu mir und sprachen mit mir", sagte Pater Amerton.

„Und was taten Sie?"

„Ich habe sie einfach widerlegt. Ich habe meine Stimme erhoben und habe sie zum Schweigen gebracht."

„Was sagten sie?"

„Was konnten sie sagen?"

„Wir dachten alle, dem armen Pater Amerton würde Fürchterliches zustoßen. Gut, und nun nehmen Sie einen schwereren Fall. Unser Freund Lord Barralonga lief mit seinem Wagen Amok und tötete einen Mann. Hm, Sie wissen, sogar zu Hause hätte man Ihnen den Führerschein entzogen und Ihnen eine Geldstrafe auferlegt. Aber hier? ... Man hat diese Angelegenheit bis jetzt kaum erwähnt. Weshalb? Weil sie nicht wissen, was sie dazu sagen sollen, oder was damit anfangen. Und nun haben sie uns hierhergesetzt und uns freundlich gebeten, brav zu sein. Bis sie bereit sind, zu kommen, um an uns Experimente zu machen, uns etwas einzuspritzen und weiß Gott was sonst noch. Und wenn wir uns unterwerfen, mein Herr, wenn wir uns fügen, verlieren wir eines unserer stärksten Machtmittel über diese Leute, unsere Kraft, Krankheit zu verbreiten und zugleich ihr zu widerstehen, und ich weiß nicht, welche weiteren wirksamen Kräfte, die sehr wohl mit jener physiologischen Zähigkeit, deren wir beraubt werden sollen, verbunden sein mögen. Sie könnten dann mit unseren endokrinen Drüsen ihr Spiel treiben. Aber die

Wissenschaft lehrt uns, daß es gerade jene Drüsen sind, deren Aussonderungen unsere Persönlichkeit beeinflussen. Geistig und moralisch würden wir zersetzt werden. Wenn wir uns fügen, mein Herr – wenn wir uns fügen. Aber angenommen, wir fügten uns nicht, was dann?"

„Nun", sagte Lord Barralonga, „was dann?"

„Sie werden nicht wissen, was sie tun sollen. Lassen Sie sich nicht durch irgendwelche äußeren Anzeichen von Schönheit und Wohlstand irreführen. Diese Leute leben, wie die alten Peruaner zur Zeit Pizarros lebten, in einem entnervenden Traum. Sie haben den entkräftenden Trank des Sozialismus getrunken, und wie im alten Peru ist ihnen weder wahre Gesundheit noch Willenskraft verblieben. Eine Handvoll entschlossener Männer und Frauen, die Mut haben, würden angesichts einer solchen Welt nicht nur wagen, sondern auch gewinnen. Und somit lege ich Ihnen meine Pläne vor."

„Sie wollen diesen ganzen utopischen Planeten überrumpeln?" fragte Mr. Hunker.

„Eine große Sache", sagte Lord Barralonga.

„Ich wünsche, mein Herr, die Rechte einer stärkeren Form des sozialen Lebens gegenüber einer weniger starken geltend zu machen. Hier befinden wir uns – in einer Festung. Es ist eine wirkliche Festung, und sie kann verteidigt werden. Während ihr anderen ausgepackt habt, haben Barralonga, Hunker und ich uns umgesehen. Es ist ein gedeckter Brunnen vorhanden, so daß wir im Notfall Wasser aus dem Cañon unten bekommen können, die Aushöhlungen im Felsen bilden Kammern und Unterstände. Die Mauer auf der Landseite ist unversehrt, hoch und glatt, so daß sie nicht erstiegen werden kann. Dieses große Portal kann im Notfall leicht verbarrikadiert werden. Durch den Felsen führen Stufen zu jener kleinen Brücke hinunter, die abgebrochen werden kann, wenn es nötig sein sollte. Wir haben noch nicht alle Höhlungen erforscht. In Mister Hunker haben wir einen Chemiker – er war Chemiker, ehe ihn der Film als Meister anforderte –, und er sagt, daß mehr als genügend Material im Laboratorium vorhanden sei, um ein Bombenlager anzulegen. Unsere Gesellschaft kann, wie ich feststellte, fünf Revolver mit Munition stellen. Ich wagte dies kaum zu hoffen. Wir haben Nahrungsmittel für einige Tage."

„Oh, das ist ja lächerlich", rief Mr. Barnstaple, stand auf und setzte sich wieder nieder. „Das ist ja widersinnig! Sich gegen dieses freundliche Volk zu wenden! Die können diese kleine Anhöhe in die Luft jagen, wann immer es ihnen beliebte."

„Ah", sagte Mr. Catskill mit erhobenem Finger, „wir haben daran gedacht. Aber wir können ein Beispiel aus dem Buch von Cortez nehmen – der mitten in Mexiko Montezuma als Geisel gefangenhielt. Auch wir werden unsere Geisel haben. Ehe wir einen Finger rühren – erst unsere Geisel –"

„Luftbomben!"

„Gibt es so etwas in Utopia? Oder überhaupt einen solchen Gedanken? Und nochmals – wir müssen unsere Geisel haben."

„Jemanden von Bedeutung", sagte Mr. Hunker.

„Ceder und Serpentin sind beide einflußreiche Leute", sagte Mr. Burleigh im Ton eines uninteressierten Beobachters.

„Aber, mein Herr, Sie billigen doch nicht diesen Piratentraum eines Schulbuben", rief Mr. Barnstaple ehrlich entrüstet.

„Schulbuben!" schrie Pater Amerton. „Ein aktiver Minister, ein Mitglied des Oberhauses, ein großer Unternehmer!"

„Mein lieber Herr", sagte Mr. Burleigh, „schließlich fassen wir nur Möglichkeiten ins Auge. Bei meinem Leben, ich sehe nicht ein, warum wir diese Möglichkeiten nicht erörtern sollten, obwohl ich zu Gott bete, daß wir sie niemals verwirklichen müssen. Du sagtest, Rupert –?"

„Wir haben uns hier einzurichten, unsere Unabhängigkeit zu sichern und dafür zu sorgen, daß diese Utopen uns zu spüren bekommen."

„Hört, hört!" sagte Mr. Ridley aufrichtig. „Ich hätte

nichts dagegen, daß diese oder jene mich persönlich zu spüren bekommen."

„Wir müssen dieses Gefängnis in eine Burg umwandeln, in den ersten Stützpunkt der Menschheit auf dieser Welt. Es ist wie ein Fuß, der sich zwischen eine zuschlagende Tür klemmt, damit sie sich nie wieder für Menschen wie uns schließen möge."

„Sie ist geschlossen", sagte Mr. Barnstaple. „Wenn nicht durch die Gnade der Utopen, werden wir unsere Welt nie wiedersehen. Und selbst mit ihrer Gnade ist es zweifelhaft."

„Das ist es, was mich nachts nicht schlafen ließ", sagte Mr. Hunker.

„Es ist ein Gedanke, der uns allen schon gekommen sein muß", sagte Mr. Burleigh.

„Und es ist ein Gedanke, der so niederschmetternd unangenehm ist, daß man lieber nicht darüber sprechen sollte", sagte Lord Barralonga.

„Ich habe bis zu diesem Moment nicht daran gedacht", sagte Penk. „Sie wollen doch nicht sagen, mein Herr, daß wir wirklich nicht zurückkönnen."

„Es kommt, wie es kommen muß", sagte Mr. Burleigh. „Deshalb bin ich gespannt, Mr. Catskills Ideen zu hören."

Mr. Catskill stützte die Hände in die Hüften und wurde sehr ernst.

„Diesmal stimme ich ausnahmsweise", sagte er, „mit Mr. Barnaby überein. Ich glaube, daß wir keine Chance haben, jemals die lieben Städte unserer Welt wiederzusehen."

„Ich fühlte das", sagte Lady Stella mit weißen Lippen, „ich wußte das schon vor zwei Tagen."

„Und so weitet sich mein Weekend bis in die Ewigkeit aus", sagte M. Dupont, und eine Zeitlang sprach niemand ein Wort.

„Es ist, als ob –", sagte endlich Penk. „Wahrhaftig, als ob man gestorben wäre."

„Aber ich muß zurück!" platzte plötzlich Miß Greeta Grey heraus, wie jemand, der eine verrückte Idee beiseite schiebt ... „Es ist absurd. Ich muß am 2. September in der Alhambra auftreten. Es ist unerläßlich. Wir kamen ganz leicht hierher. Es ist lächerlich, zu sagen, ich könnte nicht auf demselben Weg zurück."

Lord Barralonga betrachtete sie mit liebevoller Bosheit. „Sie werden warten!"

„Aber ich muuß!" flötete sie.

„Es gibt unmögliche Dinge – sogar für Miß Greeta Grey."

„Mieten Sie ein Sonderflugzeug", sagte sie, „irgend etwas."

Er betrachtete sie mit boshaftem Grinsen und schüttelte den Kopf.

„Mein Lieber", sagte sie. „Sie haben mich bis jetzt nur in Feiertagslaune gesehen. Arbeit ist eine ernste Sache."

„Meine Liebe, Ihre Alhambra ist uns jetzt ungefähr so weit von uns entfernt wie der Hof des Königs Nebukadnezar ... Ich kann's nicht ändern."

„Aber es muuuß sein", sagte sie in ihrer königlichen Art, „und jetzt genug davon!"

3

Mr. Barnstaple stand von seinem Platz am Tisch auf und ging zur Burgmauer, wo eine Öffnung Ausblick auf die dunkle Wildnis draußen bot. Dort setzte er sich nieder. Seine Blicke wanderten von der kleinen Gruppe, die im Gespräch um den Abendtisch herumsaß, zu dem in der Abendsonne leuchtenden Kamm der Felsriffe jenseits des Cañons und zu den wilden, einsamen Berghängen unterhalb des Vorgebirges. In dieser Welt würde er vielleicht den Rest seiner Tage zu verleben haben.

Und diese Tage dürften nicht sehr zahlreich sein, wenn Mr. Catskill seinen Willen durchsetzte. Sydenham, seine Frau und die Jungen waren wirklich so fern – wie der Hof des Königs Nebukadnezar'.

Er hatte seiner Familie noch kaum einen Gedanken gewidmet, seit er den Brief in den Kasten gesteckt hatte. Jetzt fühlte er ein seltsames Verlangen, ihnen irgendein Wort oder Zeichen zu schicken – wenn er es nur könnte. Wunderlich, daß sie nie wieder etwas von ihm oder über ihn hören würden. Wie werden sie sich ohne ihn zurechtfinden? Wird es wegen des Kontos bei der Bank Schwierigkeiten geben? Oder wegen der Versicherung? Er hatte immer beabsichtigt, ein gemeinsames Konto für sich und seine Frau einzurichten, aber er hatte nie rechte Lust dazu gehabt, es zu tun. Gemeinschaftlich und einzeln verfügungsberechtigt ... etwas, was jedermann tun müßte ... Seine Aufmerksamkeit kehrte zu Mr. Catskill zurück, der seine Pläne entwickelte.

„Wir haben uns hier auf einen ausgedehnten, auf einen sehr ausgedehnten Aufenthalt einzurichten. Wir wollen uns über die Dauer keiner Täuschung hingeben, es mag Jahre dauern – es mag Generationen dauern."

Etwas in dieser Rede machte Penk stutzig. „Ich kann nicht recht einsehen", sagte er, „wie das möglich sein kann – Generationen?"

„Ich komme gleich darauf zu sprechen", sagte Mr. Catskill würdevoll.

„Leider", sagte Mr. Penk und versank tief in Gedanken, während seine Augen auf Lady Stella ruhten.

„Wir haben in dieser Welt auszuharren, eine kleine fremde Gemeinde, bis wir sie beherrschen, so wie die Römer die Griechen beherrschten, und bis wir ihre Wissenschaft meistern und sie unseren Zielen unterordnen. Das mag einen langen Kampf bedeuten. O ja, es kann sogar einen sehr langen Kampf bedeuten. Und inzwischen müssen wir uns als ein Gemeinwesen behaupten; wir müssen uns als eine Kolonie, eine Garnison betrachten, bis der Tag der Wiedervereinigung kommt. Wir müssen unsere Geiseln festhalten, Sir, und nicht nur unsere Geiseln. Es könnte für unseren Zweck nötig sein, und wenn es für unseren Zweck nötig ist, so muß es geschehen – andere dieser Utopen gefangenzunehmen, sie jung zu fangen, ehe diese sogenannte Erziehung sie für unsere Zwecke ungeeignet macht, und sie in den großen Traditionen unseres Imperiums und unseres Volkes aufzuziehen."

Mr. Hunker schien hier etwas sagen zu wollen, aber er unterließ es.

M. Dupont sprang heftig vom Tisch auf, ging vier Schritte fort, kam zurück und blieb dann, Mr. Catskill beobachtend, stehen.

„Generationen?“ fragte Mr. Penk.

„Jawohl“, sagte Mr. Catskill, „Generationen. Denn hier sind wir Fremde – Fremde wie jene kleine Schar Abenteurer, die ihr Bollwerk vor fünfundzwanzig Jahrhunderten auf dem Kapitol neben dem reißenden Tiber errichtet haben. Dies ist unser Kapitol. Ein größeres Kapitol – eines größeren Roms – in einer weiteren Welt! Und wie jene Schar römischer Abenteurer werden auch wir unsere geringe Zahl auf Kosten der Sabinerinnen um uns herum verstärken müssen und sie zu unseren Sklavinnen, Gehilfinnen und Gattinnen machen! Kein Opfer ist zu groß für die hohen Möglichkeiten dieses Unternehmens.“

M. Dupont schien sich zu diesem Opfer aufraffen zu wollen.

„Richtig verheiratet“, warf Pater Amerton ein.

„Richtig verheiratet“, wiederholte Mr. Catskill. „Und so, Sir, wollen wir hier aushalten, uns behaupten, diese wüste Gegend beherrschen und unser Prestige, unseren Einfluß und unseren Geist dem trägen Körper dieser dekadenten utopischen Welt aufpfropfen. Bis wir schließlich in der Lage sind, das Geheimnis, das Ardenn und Chrysolagone suchten, zu meistern und den Weg zu unserem eigenen Volk wiederzufinden, ihn den dicht gedrängten Millionen unseres Imperiums öffnend – –“

4

„Einen Augenblick“, sagte Mr. Hunker, „nur einen Augenblick. Wegen dieses Imperiums – –!“

„Ganz recht“, sagte M. Dupont, der plötzlich aus einem romantischen Tagtraum erwachte, „wegen Ihres Imperiums – –!“

Mr. Catskill betrachtete sie gedankenvoll und abweisend. „Wenn ich Imperium sage, so meine ich es im allgemeinen Sinne."

„Genau", bellte M. Dupont.

„Ich habe allgemein an unsere – atlantische Zivilisation gedacht."

„Mein Herr, ehe Sie anfangen, über die angelsächsische Einheit und über die englischsprachige Rasse zu reden", sagte M. Dupont mit zunehmender Schroffheit im Ton, „gestatten Sie, mein Herr, Sie an eine sehr bedeutende Tatsache zu erinnern, die Sie zu übersehen scheinen. Die Sprache Utopias, mein Herr, ist Französisch. Ich möchte Sie daran erinnern. Ich kann nicht umhin, es in Ihr Gedächtnis zurückzurufen. Ich will hier nicht betonen, welche Opfer und Martyrien Frankreich für die Sache der Zivilisation auf sich genommen hat – –"

Die Stimme Mr. Burleighs unterbrach: „Ein sehr natürliches Mißverständnis. Aber wenn Sie gestatten, daß ich Sie korrigiere, die Sprache Utopias ist nicht Französisch."

Natürlich hat M. Dupont, überlegte Mr. Barnstaple, die Erklärung der schwer verständlichen sprachlichen Verhältnisse nicht gehört.

„Gestatten Sie, mein Herr, daß ich dem Zeugnis meiner eigenen Ohren glaube", erwiderte der Franzose mit würdevoller Höflichkeit. „Die Utopen, ich kann Sie dessen versichern, sprechen Französisch, nur Französisch – und zwar ein ausgezeichnetes Französisch."

„Sie sprechen keine Sprache, überhaupt keine Sprache", sagte Mr. Burleigh.

„Nicht einmal Englisch?" spöttelte Dupont.

„Nicht einmal Englisch."

„Vielleicht Völkerbündisch? Aber – bah, warum streite ich? Sie sprechen Französisch. Nicht einmal ein Deutscher würde das leugnen. Man muß schon ein Engländer sein –"

‚Ein reizender Streit', dachte Mr. Barnstaple. Es war kein Utope anwesend, um M. Dupont aufzuklären, und so blieb dieser störrisch bei seiner Meinung. Mit einem Gemisch von Mitleid, Spott und Ärger lauschte Mr. Barnstaple dieser kleinen Schar verlorener menschlicher Wesen, die in der Dämmerung einer weiten, fremden und möglicherweise feindseligen Welt immer wilder und heftiger über die Ansprüche ihrer drei Nationen, Utopia zu beherrschen, miteinander stritten, Ansprüche, die ganz und gar auf Habsucht und Mißverständnissen beruhten. Ihre Stimmen stiegen schrill empor und versanken wieder in gefühlvolle Tiefen, als ihre lebenslangen Gewohnheiten des nationalen Egoismus bei ihnen durchbrachen. Mr. Hunker wollte nichts von irgendeinem ‚Imperium' hören; M. Dupont hatte für nichts anderes Ohren als für die Ansprüche Frankreichs, die seiner Meinung nach oberstes Gesetz waren, Mr. Catskill wand und drehte sich. Mr. Barnstaple erschien dieser Konflikt patriotischer Voreingenommenheit wie Hundegekläff auf einem sinkenden Schiff. Aber schließlich gewann Mr. Catskill, ausdauernd und erfinderisch wie er war, seinen zwei Widersachern gegenüber die Oberhand.

Er stand am Ende der Tafel und erklärte, daß er das Wort ‚Imperium' unüberlegt gebraucht habe und deshalb um Entschuldigung bitte. Er erklärte, daß er die ganze westliche Zivilisation im Sinn gehabt habe, als er von einem ‚Imperium' sprach. „Als ich dies sagte", wandte er sich an Mr. Hunker, „meinte ich eine allgemeine Brüderschaft Gleichgesinnter", er blickte zu M. Dupont, „ich meinte unsere erprobte und unvergängliche Entente."

„Es sind wenigstens keine Russen hier und auch keine Deutschen", sagte M. Dupont.

„Das ist wahr", sagte Lord Barralonga, „wir beginnen hier mit einem Vorsprung vor den Hunnen und könnten diesen Vorsprung auch aufrechterhalten."

„Und ich nehme an", sagte Mr. Hunker, „daß die Japaner ausgeschlossen sind."

„Kein Grund, weshalb wir nicht von vornherein mit einer vollkommenen Farbigen-Sperre beginnen sollten", erwog Lord Barralonga. „Dies scheint mir eine Welt weißer Menschen zu sein."

„Gleichzeitig", sagte M. Dupont kühl und bestimmt, „werden Sie entschuldigen, wenn ich Sie um eine deutlichere Definition unseres gegenwärtigen Verhältnisses zueinander ersuche und um eine Garantie, eine wirksame Garantie, daß die ungeheuren Opfer, die Frankreich für die zivilisierte Welt gebracht hat und noch bringt, angemessene Anerkennung und gebührende Belohnung in diesem abenteuerlichen Unternehmen finden werden ... Ich verlange nur Gerechtigkeit!" sagte M. Dupont.

5

Die Entrüstung machte Mr. Barnstaple kühn. Er stieg von seinem hohen Sitz auf der Mauer herunter und kam an den Tisch.

„Sind Sie verrückt, oder bin ich es?" fragte er. „Dieses Gekeife über Flaggen, Länder, eingebildete Rechte und Verdienste – es ist hoffnungslos töricht. Sind Sie sich nicht einmal jetzt der Lage bewußt, in der wir uns befinden?"

Die Stimme versagte ihm für einen Augenblick, und dann fing er wieder an.

„Sind Sie unfähig, über menschliche Angelegenheiten anders zu denken als in Begriffen von Flaggen, Kämpfen, Eroberungen und Räubereien? Können Sie sich den Maßstab der Dinge und die Art dieser Welt, in die wir hineingefallen sind, nicht vorstellen? Wie ich bereits sagte, gleichen wir einer Bande von Wilden auf einem Rummelplatz in Earls Court, die ein Komplott zur Unterwerfung Londons schmieden. Wir gleichen unterdrückten Kannibalen im Herzen einer großen Stadt, die vom Aufleben ihrer alten und vergessenen Scheußlichkeiten träumen. Was für Aussichten haben wir in diesem phantastischen Kampf?"

Mr. Ridley sagte tadelnd: „Sie vergessen alles, was man Ihnen eben gesagt hat, alles. Die halbe Bevölkerung hat Grippe und Masern. Und in ganz Utopia gibt es keinen gesunden Kampfwillen mehr."

„Ganz richtig!" sagte Mr. Catskill.

„Gut, angenommen, Sie hätten Aussichten. Wenn das Ihren Plan hoffnungsvoller macht, so macht es ihn um so fürchterlicher. Hier sind wir allen Beschwerden unserer Zeit enthoben, wir befinden uns in einer Vision, in einer Wirklichkeit von Zivilisation, wie sie unsere Welt nur in einer Reihe von Jahrhunderten zu erreichen hoffen kann. Hier ist eine Welt, friedlich, prächtig, glücklich, voll von Weisheit und Hoffnung. Wenn unsere winzige Kraft und unsere gemeine Arglist es zustande bringen kann, müssen wir sie ganz und gar zertrümmern. Wir planen die Zerstörung einer Welt. Ich sage Ihnen, dies ist kein Abenteuer, es ist ein Verbrechen, es ist eine Ungeheuerlichkeit; ich will nichts damit zu tun haben. Ich bin gegen Sie bei diesem Unternehmen."

Pater Amerton wollte sprechen, aber Mr. Burleigh hielt ihn mit einer Handbewegung zurück.

„Was würden Sie uns vorschlagen?" fragte Mr. Burleigh.

„Uns ihrem Wissen unterwerfen. Von ihnen lernen, was wir nur können. In kurzer Zeit werden wir wahrscheinlich von den Giften, die wir im Körper herumtragen, befreit sein, und es wird uns gestattet werden, aus dieser entlegenen Einöde der Bergwerke, Turbinen und Felsen zu jenen Gartenwohnstätten zurückzukehren, die wir bis jetzt noch kaum kennengelernt haben. Dort könnten auch wir manches in bezug auf Zivilisation lernen. Schließlich könnten wir sogar in unsere eigene ungeordnete Welt zurückkehren – erfüllt von Wissen, Hoffnung und Hilfsbereitschaft, als Missionäre einer neuen Ordnung."

„Aber warum – –?" begann Pater Amerton.

Wieder ergriff Mr. Burleigh das Wort: „Alles, was Sie sagen", bemerkte er, „beruht auf unbewiesenen Annahmen. Sie belieben dieses Utopia durch rosig gefärbte Gläser zu sehen, wir anderen – das sind" – er zählte – „elf gegen einen – sehen die Dinge ohne eine solche Voreingenommenheit zu seinen Gunsten."

„Und darf ich fragen, mein Herr", sagte Pater Amerton, indem er aufsprang und dem Tisch einen Stoß versetzte, daß alle Gläser klirrten. „Darf ich fragen, wer Sie sind, daß Sie sich als Richter und Zensor über die öffentliche Meinung der Menschheit aufspielen? Denn ich sage Ihnen, mein Herr, daß hier in dieser einsamen, gottlosen und sonderbaren Welt wir zwölf die Menschheit repräsentieren. Wir sind die Vorhut, die Pioniere in der neuen Welt, die Gott uns gegeben hat, so wie ER Kanaan vor dreitausend Jahren seinem auserwählten Volk Israel gegeben hat. Wer sind Sie –?"

„Jawohl", sagte Penk, „wer sind Sie?"

Und Mr. Ridley fiel ihm schreiend ins Wort: „Wer zum Teufel sind Sie?"

Mr. Barnstaple hatte nicht die Geschicklichkeit des geübten Redners, um einem so direkten Angriff zu begegnen. Er stand hilflos da. Erstaunlicherweise kam ihm Lady Stella zu Hilfe.

„Das gehört sich nicht, Pater Amerton", sagte sie. „Mr. Barnstaple, wer immer er auch sein mag, hat das Recht, seine Ansicht zu äußern."

„Und da er sie geäußert hat", sagte Mr. Catskill, der entlang der Mr. Barnstaple gegenüberliegenden Seite des Tisches auf und ab gegangen war, „hm, da er sie geäußert hat, möge er uns gestatten, fortzufahren. Ich glaube, es war unvermeidlich, unter uns – sogar in Utopia – jemanden zu finden, der aus Gewissensgründen dagegen ist. Der Rest von uns, nehme ich an, ist vollkommen einer Meinung über unsere Lage."

„Das sind wir", sagte Mr. Mush, indem er Mr. Barnstaple einen feindseligen Blick zuwarf.

„Ausgezeichnet, dann glaube ich, daß wir tun müssen, was in solchen Fällen üblich ist. Wir wollen von Mr. – Mr. Barnstaple nicht verlangen, daß er die Gefahren – die Ehren eines Mitkämpfers mit uns teilt. Wir wollen ihn nur auffordern, Hilfsdienste ziviler Art zu leisten –"

Mr. Barnstaple erhob die Hand: „Nein", sagte er, „ich bin nicht geneigt, Hilfsdienste zu leisten. Ich anerkenne keine Analogie der Lage mit den Notwendigkeiten des Weltkrieges, und wie dem auch sei, ich bin absolut gegen dieses Projekt – diese Ausräuberung einer Zivilisation. Sie können mich nicht einen Gewissensgegner des Kampfes an sich nennen, denn ich bin nicht gegen den Kampf für eine gerechte Sache. Aber das von Ihnen geplante Abenteuer ist keine gerechte Sache ... Ich flehe Sie an, Mr. Burleigh, der Sie nicht nur ein Politiker, sondern auch ein Mann von Kultur und ein Philosoph sind, zu überlegen, wohin wir getrieben werden – zu Handlungen voll Gewalttätigkeit und Unrecht, von denen es hier kein Zurück mehr geben wird."

„Mr. Barnstaple", sagte Mr. Burleigh mit feierlicher Würde in einem leicht vorwurfsvollen Ton, „ich habe überlegt. Und ich glaube, ich kann wohl behaupten, daß ich ein Mann mit einiger Erfahrung bin, mit einer gewissen traditionellen Erfahrung in menschlichen Angelegenheiten. Ich bin vielleicht mit meinem Freund Mr. Catskill nicht ganz einverstanden, nein! Ich möchte sogar weiter gehen und behaupten, daß ich ihm in mancher Beziehung nicht beipflichte. Wenn ich hier zu bestimmen hätte, würde ich sagen, wir sollten diesen Utopen Widerstand leisten – aus Selbstachtung –, ihnen aber nicht den heftigen und aggressiven Widerstand leisten, den er im Sinne hat. Ich glaube, wir könnten weit subtiler, weit überlegter und weit erfolgreicher sein, als Mr. Catskill wahrscheinlich sein wird. Aber das ist meine persönliche Ansicht. Weder Mr. Hunker noch Lord Barralonga noch Mr. Mush noch M. Dupont teilen sie. Noch – unsere Freunde, die – äh – Herren Mechaniker, teilen sie. Und was ich für unsere kleine Schar von Erdlingen, die hier in einem fremden Universum ausgesetzt ist, als dringend erforderlich ansehe, ist Einigkeit im Handeln. Was uns auch immer sonst zustoßen mag, Uneinigkeit darf uns nichts anhaben. Wir müssen zusammenhalten und zusammenarbeiten wie ein Mann. Diskutieren Sie, wenn Sie wollen, wenn Zeit für eine Diskussion da ist, aber entscheiden Sie sich zu guter Letzt. Und wenn Sie sich entschieden haben, dann fügen Sie sich dieser Entscheidung. An der Notwendigkeit, uns eine oder zwei Geiseln zu sichern, hege ich keinerlei Zweifel. Mr. Catskill hat vollkommen recht."

Mr. Barnstaple war ein schlechter Debattierer. „Aber diese Utopen sind doch genauso menschliche Wesen wie wir", sagte er, „alles, was in uns gesund und zivilisiert ist, spricht für sie."

Mr. Ridley unterbrach in einem absichtlich groben Ton: „Ach Gott", sagte er, „wir können doch hier nicht ewig quatschen. Es ist Abend, und Mr. – dieser Herr hat gesagt, was er zu sagen hatte und mehr als das. Wir sollten unsere Posten einnehmen und wissen, was man noch vor Einbruch der Nacht von uns erwartet. Darf ich vorschlagen, daß wir Mr. Catskill zu unserem Hauptmann mit voller militärischer Machtbefugnis wählen."

„Ich stimme dem bei", sagte Mr. Burleigh ernst und bescheiden.

„Vielleicht will M. Dupont", sagte Mr. Catskill, „als Hauptmannstellvertreter fungieren, als Vertreter unseres glorreichen Alliierten, seines großen Vaterlandes."

„In Ermangelung eines würdigeren Vertreters", willigte M. Dupont ein, „um darauf zu sehen, daß die Interessen Frankreichs entsprechend beachtet werden."

„Und wenn Mr. Hunker mein Leutnant sein will? ... Lord Barralonga wird unser Quartiermeister sein und Pater Amerton unser Kaplan und Zensor. Mr. Burleigh, das versteht sich von selbst, wird unser ziviles Oberhaupt sein."

Mr. Hunker räusperte sich, runzelte die Stirn, machte eine Miene wie jemand, der eine schwierige Erklärung abgibt. „Ich möchte nicht gerade Leutnant sein. Ich möchte keine offizielle Stellung einnehmen. Ich habe eine gewisse Abneigung gegen – auswärtige Verwicklungen. Ich möchte Beobachter sein – der hilft. Aber ich glaube, meine Herren, Sie werden finden, daß Sie auf mich zählen können – wenn Hilfe nötig ist."

Mr. Catskill setzte sich an das Kopfende des Tisches und wies den ihm zunächst stehenden Stuhl M. Dupont zu. Miß Greeta Grey setzte sich an seine Seite zwischen ihn und Mr. Hunker. Mr. Burleigh blieb auf seinem Platz, einige Stühle von Mr. Hunker entfernt. Die übrigen kamen und stellten sich rund um den Hauptmann, mit Ausnahme von Lady Stella und Mr. Barnstaple.

Fast ostentativ wandte Mr. Barnstaple dem neuen Kommando den Rücken. Er sah, daß Lady Stella ganz unten am Tisch sitzen blieb und besorgt die kleine Volksversammlung am anderen Ende betrachtete. Dann schweiften ihre Blicke zum gegenüberliegenden kahlen Gebirgskamm.

Sie zitterte heftig und stand auf. „Nach Sonnenuntergang wird es sehr kalt", sagte sie, ohne daß sie jemand beachtete, „ich werde einen Umhang holen."

Sie schritt langsam ihrem Quartier zu und kam nicht zurück.

6

Mr. Barnstaple wünschte nicht den Anschein zu erwecken, als ob er diesem Kriegsrat zuhörte. Er ging zur Mauer der alten Festung, stieg eine steinerne Treppe hinauf und schritt dann entlang der Brustwehr zur Spitze des Vorgebirges. Hier war das Tosen und Donnern der Gewässer in den beiden zusammenlaufenden Cañons sehr laut zu hören.

Ein Schein von Sonnenglanz lag noch auf dem obersten Rand des Gebirgspanoramas im Hintergrund, aber die ganze übrige Welt war nun in einen immer dunkler werdenden blauen Schatten gehüllt, und ein wogender weißer Nebel sammelte sich in den Cañons an und verbarg die lärmenden Bergströme; der Nebel stieg fast bis zur Höhe der kleinen Brücke, die den engeren Cañon überspannte und in einen vom jenseitigen Gebirgskamm herunterführenden eingefaßten Fußweg mündete. Zum erstenmal, seit Mr. Barnstaple in Utopia angekommen war, fühlte er die Kühle in der Luft und die Einsamkeit.

In dem breiteren der beiden zusammenlaufenden Cañons waren irgendwelche Bauarbeiten im Gang, und von Zeit zu Zeit durchzuckte aufblitzendes Licht die Nebelschwaden. Weit entfernt und hoch über den Bergen kreuzte ein einzelnes Flugzeug immer wieder die Sonnenstrahlen, sandte zuckende Blitze von blendendem goldenem Licht hinab und verschwand dann, Kreise ziehend, im dunklen Blau.

Barnstaple blickte in den großen Hof der alten Burg hinunter. Die modernen Gebäude sahen im Zwielicht wie geisterhafte Pavillons zwischen altertümlichem Mauerwerk aus. Jemand hatte ein Licht gebracht, und Hauptmann Rupert Catskill, der neue Cortez, schrieb Befehle aus, während sein Stab ihn umstand.

Das Licht beschien Gesicht, Schultern und Arme von Miß Greeta Grey, sie lugte dem Hauptmann über die Schulter, um zu sehen, was er schrieb. Und als Mr. Barnstaple hinsah, bemerkte er, daß sie plötzlich die Hand hob, um ein unwillkürliches Gähnen zu verbergen.

3

Mr. Barnstaple als Verräter der Menschheit

I

Mr. Barnstaple verbrachte einen großen Teil der Nacht auf seinem Bett sitzend und grübelte über die unberechenbaren Möglichkeiten seiner gegenwärtigen Lage.

Was konnte er tun? Was sollte er tun? Welcher Seite war er zur Treue verpflichtet? Die bösen Traditionen und Infektionen der Erde hatten diese wundervolle Begegnung in einen häßlichen und gefährlichen Antagonismus verwandelt, viel zu schnell für ihn, als daß er sich der neuen Situation hätte anpassen können. Es schienen ihm jetzt nur zwei Möglichkeiten offenzustehen. Entweder würden sich die Utopen als stärker und klüger erweisen, und er mitsamt seinen Räubergenossen würden zermalmt und getötet werden wie Ungeziefer, oder der wahnwitzige Ehrgeiz Mr. Catskills würde sich durchsetzen, und sie würden im reinen Körper dieser edlen Zivilisation zu einem sich ausbreitenden Geschwür werden, eine Bande von Räubern und Zerstörern, die Utopia von Jahr zu Jahr und von Generation zu Generation wieder in irdische Lebensbedingungen hineinstießen. Es schien nur eine Rettung aus diesem Zwiespalt zu geben: aus dieser Festung zu den Utopen zu entweichen, ihnen den ganzen Plan der Erdlinge zu enthüllen und sich und seine Gefährten ihrer Gnade zu unterwerfen. Aber das mußte bald getan werden, ehe die Geiseln ergriffen und Blut vergossen würde.

Aber erstens würde es jetzt sehr schwer sein, sich von der Erdlingsschar zu entfernen. Mr. Catskill dürfte bereits einen Wachtdienst mit Posten eingerichtet haben, und infolge der besonderen Lage des Felsens konnten alle Wege, die für eine Flucht in Frage kämen, leicht überblickt werden. Und zweitens hatte Barnstaple sein Leben lang eine Abneigung gegen Zuträgerei und Verrat gehabt. Die Schule hatte ihn dazu erzogen, sich jeder Gruppe oder Vereinigung, der er angehörte, zu unterwerfen; seiner Klasse, seinem Bezirk, seinem Haus, seiner Schule, seinem Klub, seiner Partei usw. Doch sein Verstand und seine unbegrenzte Wißbegierde standen seit jeher im Kampf mit den engherzigen Verschwörungen gegen die Welt als Ganzes. Sein Geist hatte ihn während seines ganzen Erdendaseins zu einem unbequemen Rebellen gemacht. Er verabscheute politische Parteien und Führer, er verachtete und verwarf Nationalismus und Imperialismus und die ganze flatterhafte Gesinnung in ihrem Gefolge. Den streitsüchtigen Eroberer, den raffgierigen Geldmann, den schieberischen Geschäftsmann, er haßte sie wie Wespen, Ratten, Hyänen, Haifische, Fliegen, Nesseln und ähnliches: sein Leben lang war er ein auf die Erde verbannter Bürger Utopias gewesen. Er hatte auf seine Weise gesucht, Utopia zu dienen. Warum sollte er nicht auch jetzt Utopia dienen? Daß die Schar seiner Genossen klein und verzweifelt war, war für ihn noch lange kein Grund, einer Sache zu dienen, die er haßte. Und war es auch eine verzweifelte Rotte, so blieb doch die Tatsache bestehen, daß sie im Grunde genommen auch eine üble Rotte war. Es ist kein Grund vorhanden, weshalb Liberalismus in eine krankhafte Zuneigung für Minoritäten ausarten sollte ...

Nur für zwei Personen unter den Erdlingen, für Lady Stella und Mr. Burleigh, hatte er ein wenig Sympathie übrig. Und in bezug auf Mr. Burleigh hatte er seine Bedenken. Mr. Burleigh gehörte zu jenen merkwürdigen Leuten, die alles zu verstehen und nichts zu fühlen scheinen. Er machte auf Mr. Barnstaple den Eindruck, als wäre er intelligent, aber verantwortungslos. War dies nicht in Wirklichkeit schlimmer als unintelligent und abenteuerlustig zu sein wie Hunker oder Barralonga?

Von einem langen Abstecher ins ethische Gebiet kehrte Barnstaple zu der ihn umgebenden Wirklichkeit zurück.

Morgen würde er die Lage überblicken, seinen Plan machen und vielleicht in der Dämmerung entschlüpfen.

Es sah ihm ähnlich, etwas, was zu tun war, auf eine günstigere Tageszeit zu verschieben. Fast von Anfang an hatte sein Leben aus verschobenen Taten bestanden.

2

Aber die Ereignisse konnten nicht auf Mr. Barnstaple warten. Er wurde bei Tagesgrauen von Penk gerufen, der ihm mitteilte, daß die Garnison fortan jeden Morgen durch ein elektrisches Signal, das er und Ridley installiert hatten, geweckt werden würde. Während Penk sprach, eröffnete ein verheerendes Geheul dieser Erfindung die neue Ära. Er überreichte Mr. Barnstaple einen aus einem Notizbuch gerissenen Zettel, auf dem Mr. Catskill geschrieben hatte:

„Nicht-Kämpfer Barnaby. Hat Ridley bei der Bereitung des Frühstücks, Lunchs und Dinners zu helfen; Zeit und Menü an der Wand der Messe; abräumen und ordentlich aufwaschen; die übrige Zeit zur Verfügung von Lt. Hunker, im chemischen Labor zu Experimenten und Bombenherstellung. Labor reinhalten."

„Das ist Ihr Dienst", sagte Penk, „Ridley wartet auf Sie."

„Gut", sagte Mr. Barnstaple und stand auf. Es hatte keinen Zweck, einen Streit heraufzubeschwören, wenn er fliehen wollte. So begab er sich zu dem zerkratzten und verbundenen Ridley, und es gelang ihnen eine sehr gute Imitation der britischen Militärküche aus dem großen strengen Jahr 1914.

Zum Frühstück um halb sieben Uhr würde jeder durch ein zweites Solo der Sirene herausgeholt. Die Männer stellten sich in Reih und Glied auf und wurden von Mr. Catskill, an dessen Seite M. Dupont stand, inspiziert. Parallel zu diesen beiden, aber einige Meter entfernt, stand Mr. Hunker; alle andern Männer waren angetreten, mit Ausnahme von Mr. Burleigh, der Zivilgouverneur in

Utopia sein sollte und in dieser Eigenschaft noch im Bett lag, und Mr. Barnstaple, dem Nicht-Kämpfer. Miß Greeta Grey und Lady Stella saßen in einer sonnigen Ecke des Hofes und nähten an einer Fahne. Es sollte eine blaue Fahne mit einem weißen Stern werden, einem Zeichen, das irgendeiner bestehenden Nationalflagge genügend unähnlich war, um eine Verletzung der patriotischen Gefühle eines Mitgliedes der Gesellschaft zu vermeiden. Sie sollte den Erdlings-Völkerbund repräsentieren.

Nach der Parade zerstreute sich die kleine Garnison auf ihre verschiedenen Posten und zu ihren Obliegenheiten. M. Dupont übernahm das Oberkommando, und Mr. Catskill, der die ganze Nacht hindurch gewacht hatte, ging schlafen. Er hatte die napoleonische Eigenschaft, zu jeder beliebigen Tageszeit ein oder zwei Stunden schlafen zu können. Mr. Penk stieg auf den höchsten Punkt der Festung, wo die Sirene installiert war, um Ausschau zu halten.

Mr. Barnstaple konnte, als er mit Ridley fertig war, und ehe Hunker bemerkte, daß nun er über ihn verfügen konnte, einige Augenblicke ergattern, und diese Zeit verwandte er auf eine Besichtigung der Burgmauer über den Abhängen.

Während er an der alten Brustwehr stand und die Aussichten erwog, wie er am Abend in der Dämmerung entschlüpfen könnte, erschien über dem Felsen ein Flugzeug und landete auf dem nächstliegenden Abhang. Zwei Utopen stiegen aus, sprachen eine Zeitlang mit dem Flugzeugführer und wandten sich dann der Erdlings-Festung zu.

Ein einziger Ton der Sirene rief Mr. Catskill hinaus auf die Brustwehr, an die Seite Mr. Barnstaples. Er zog einen Feldstecher hervor und beobachtete die sich nähernden Gestalten.

„Serpentin und Ceder“, sagte er, den Feldstecher absetzend, „und sie kommen allein, gut.“

Er drehte sich um und gab Penk mit der Hand ein Zeichen, der mit zwei kurzen Huptönen seines Instrumentes antwortete. Dies war das Zeichen für eine allgemeine Versammlung.

Unten im Hof erschienen der Rest der alliierten Streitkraft, und Mr. Hunker und stellte sich in leidlicher Nachahmung von Disziplin in Reih und Glied auf.

Mr. Catskill ging an Barnstaple vorüber, ohne im geringsten Notiz von ihm zu nehmen, gesellte sich zu M. Dupont, Mr. Hunker und ihren Untergebenen und begann sie über seine Pläne für die herankommende Krise zu unterrichten. Mr. Barnstaple konnte nicht hören, was gesprochen wurde. Er bemerkte mit höhnischer Mißbilligung, daß jeder Mann, sobald Mr. Catskill mit ihm fertig war, die Haken zusammenschlug und salutierte. Dann zerstreuten sie sich auf ein Kommandowort auf ihre Posten.

Es gab eine teilweise ruinierte Treppe, die von der Höhe des Hofes durch das große Tor in der Mauer hinunterführte, das den Zugang zu und von den unteren Hängen ermöglichte. Ridley und Mush gingen die Stufen hinunter und stellten sich rechts davon hinter einen Mauervorsprung, so daß sie jedem, der sich von unten her näherte, verborgen waren. Pater Amerton und Mr. Hunker versteckten sich auf gleiche Weise auf der linken Seite. Pater Amerton hatte man ein aufgerolltes Seil gegeben, stellte Barnstaple fest, und dann entdeckte sein umherschweifender Blick, wie Mr. Mush eine Pistole ansah und dann in die Tasche steckte. Lord Barralonga bezog einige Stufen über Mr. Mush Stellung und zog einen Revolver hervor, den er in der einen heilen Hand hielt. Mr. Catskill blieb am Treppenkopf stehen; auch er hielt einen Revolver. Er wandte sich der Festung zu, bemerkte Penk, schien zu überlegen, welche Aufgabe er ihm anvertrauen sollte, und winkte ihm dann, den andern zu folgen. M. Dupont, bewaffnet mit einem derben Tischbein, stellte sich rechts von Mr. Catskill auf.

Eine Zeitlang beobachtete Mr. Barnstaple diese Anordnungen, ohne daß er sich ihrer Bedeutung bewußt wurde. Dann wandten sich seine Blicke von den zusammengekauerten Gestalten innerhalb der Burg den zwei ahnungslosen Utopen zu, die zu ihnen heraufkamen, und es wurde ihm klar, daß in wenigen Minuten Serpentin und Ceder sich unter den Griffen ihrer Häscher winden würden ...

Er fühlte, daß er handeln müsse, aber sein Leben lang war er eher ein Mann des kritischen Überlegens als der raschen Entscheidung gewesen.

Er zitterte heftig.

3

Barnstaple wünschte noch immer, sogar in diesen letzten verhängnisvollen Minuten, irgendwie zwischen den Welten vermitteln zu können. Er hob einen Arm und rief: „He!", was sowohl den Erdlingen als auch den Utopen draußen galt. Niemand bemerkte seine Gebärde oder seinen schwachen Schrei.

Dann brach sich sein Wille durch ein Dickicht von Hemmungen den Weg zu einem einfachen Gedanken. Serpentin und Ceder dürfen nicht gefangen werden! Seine Unentschlossenheit erfüllte ihn mit Staunen und Empörung. Natürlich, sie dürfen nicht gefangen werden! Diese Verrücktheit mußte sofort verhindert werden. Mit vier Sprüngen war er auf der Mauer über dem Torbogen, und nun rief er laut und deutlich: „Gefahr! Gefahr!" und noch einmal „Gefahr!"

Er hörte einen Ausruf des Erstaunens von Catskill, und dann pfiff eine Pistolenkugel dicht an ihm vorbei durch die Luft.

Serpentin blieb stehen, blickte auf, berührte Ceders Arm und deutete hinauf.

„Diese Erdlinge wollen euch gefangennehmen, kommt nicht her! Gefahr!" schrie Barnstaple und fuchtelte mit den Armen. Und „peng-peng-peng", zu Mr. Catskills Enttäuschung verfehlten seine Schüsse ihr Ziel.

Serpentin und Ceder kehrten um – aber langsam und zaudernd.

Einen Augenblick wußte Mr. Catskill nicht, was er tun sollte, dann stürzte er die Treppen hinunter und schrie: „Ihnen nach! Haltet sie! Vorwärts!"

„Zurück!" rief Mr. Barnstaple den Utopen zu. „Zurück, schnell, schnell!"

Von unten kam ein Fußgetrappel, und dann tauchten die acht Mann, aus welchen die Streitkräfte der Erdlinge in Utopia bestanden, unter dem Torbogen auf und rannten auf die beiden erstaunten Utopen zu. Mr. Mush war der vorderste, Ridley dicht hinter ihm; Mush schrie etwas, den Revolver in der Hand. Als nächster kam M. Dupont, eifrig und tatendurstig. Pater Amerton mit dem Seil bildete die Nachhut.

„Zurück!" kreischte Mr. Barnstaple mit brechender Stimme.

Dann hörte er auf zu schreien und beobachtete – mit geballten Fäusten.

Der Flieger rannte den Hang hinunter, um Serpentin und Ceder zu helfen. Oben aus dem Himmelsblau waren zwei weitere Flugzeuge aufgetaucht.

Die zwei Utopen verschmähten es, sich zu beeilen, und in einigen Sekunden hatten ihre Verfolger sie erreicht. Hunker, Ridley und Mush führten den Angriff an. M. Dupont, der seinen Stock schwang, war auf gleicher Höhe mit ihnen, aber er rannte nach rechts, als wollte er zwischen sie und den Flieger kommen. Mr. Catskill und Penk waren ein wenig hinter den drei Vordersten zurückgeblieben; der einarmige Barralonga war etwa zehn Meter zurück, und Pater Amerton war stehengeblieben, um sein Seil handlicher aufzurollen.

Es schien, als ob sie einen Augenblick unterhandelten, und dann machte Serpentin eine schnelle Bewegung, als ob er Hunker ergreifen wollte. Eine Pistole krachte und dann eine zweite, schnell dreimal hintereinander. „O Gott!" schrie Mr. Barnstaple, „Gott!", als er sah, daß Serpentin die Arme hochwarf und auf den Rücken fiel. Und dann hatte Ceder Mush erfaßt, ihn hochgehoben und gegen Mr. Catskill und Penk geschleudert, wodurch alle drei zu einem unentwirrbaren Haufen zusammenkugelten. Mit einem wilden Schrei stürmte M. Dupont auf Ceder ein, aber nicht schnell genug; sein Knüppel flog durch die Luft, als Ceder seinen Schlag parierte. Und dann bückte sich der Utope, erfaßte ihn bei einem Bein, warf ihn um, hob ihn auf, wirbelte ihn herum wie ein Kaninchen, um mit ihm Mr. Hunker einen betäubenden Schlag zu versetzen.

Lord Barralonga rannte einige Schritte zurück und begann auf den sich nähernden Flieger zu schießen. Aus dem Gewirr von Armen und Beinen auf dem Boden wurden wieder drei einzelne Personen. Mr. Catskill schrie Befehle, warf sich auf Ceder, unterstützt von Penk, Mush und kurz darauf von Hunker und Dupont. Sie klammerten sich an Ceder, wie sich Hunde an ein Wildschwein hängen. Immer wieder schleuderte er sie von sich ab. Pater Amerton stand mit seinem Seil unentschlossen da.

Einige Augenblicke war Mr. Barnstaples Aufmerksamkeit auf diese schwankenden und taumelnden Versuche, Ceder zu überwältigen, gerichtet, dann gewahrte er andere Utopen, die den Hang herunterliefen, um sich in den Kampf zu mischen...

Die beiden anderen Flugzeuge waren gelandet.

Mr. Catskill bemerkte das Herankommen dieser Verstärkungen fast ebenso schnell wie Barnstaple. Seine Rufe: „Zurück, zurück zur Burg!" erreichten Mr. Barnstaple. Die Erdlinge ließen von der arg zugerichteten, großen Gestalt ab, zögerten, begannen zur Burg zurückzugehen und dann zu rennen.

Da wandte sich Ridley um und schoß genau zielend auf Ceder, der sich an die Brust griff und in eine sitzende Stellung fiel.

Die Erdlinge zogen sich zum Fuß der Treppe zurück, die durch den Torbogen zur Burg hinauf führte, und blieben dort stehen, zitternd, zerschlagen und aufgeregt. Fünfzig Meter weiter lag Serpentin reglos da. Der Flieger, auf den Barralonga geschossen hatte, krümmte sich und stöhnte, während Ceder dasaß, Blut auf der Brust, und versuchte, seinen Rücken zu befühlen. Fünf andere Utopen eilten zur Hilfe herbei.

„Was bedeutet diese Schießerei?" sagte Lady Stella plötzlich an Mr. Barnstaples Seite.

„Haben sie ihre Geiseln gefangen?" fragte Miß Greeta Grey.

„Bei meinem Leben", sagte Mr. Burleigh, der ein oder zwei Meter weiter auf die Mauer herausgetreten war, „das hätte niemals geschehen sollen. Wie konnte das mißlingen, Lady Stella?"

„Ich habe sie gewarnt!" sagte Mr. Barnstaple.

„Sie – haben – sie gewarnt?" sagte Mr. Burleigh ungläubig.

„Verrat! Damit habe ich nicht gerechnet!" erscholl die zornige Stimme Mr. Catskills, der vom Torbogen heraufstieg.

4

Einige Augenblicke machte Mr. Barnstaple keinen Versuch, der Gefahr, die sich über ihm zusammenzog, zu entfliehen. Er hatte stets ein äußerst gesichertes Dasein geführt, und wie bei so manchen hochzivilisierten Wesen war bei ihm die Fähigkeit, persönliche Gefahr zu erkennen, fast gänzlich verkümmert. Er war seinem Temperament nach und aus Gewohnheit Beobachter. Nun stand er da, als ob er sich selbst betrachtete, der Mittelpunkt einer gewaltigen und hoffnungslosen Tragödie. Der Gedanke an Flucht kam ihm zu spät, widerstrebend, und gleichzeitig empfand er etwas wie Reue.

„Als Verräter erschossen", sagte er laut. „Als Verräter erschossen."

Über die enge Schlucht führte eine Brücke. Wenn er sofort dahin gehen würde, könnte er noch hinüberkommen; wenn er schnell wäre – schneller als sie. Er war zu klug, um davonzustürzen, das hätte sicherlich die anderen in Bewegung gesetzt. Er schritt gemächlich die Mauer entlang an Mr. Burleigh vorüber, der zu wohlerzogen war, um einzugreifen. In schlenderndem Tempo, das immer schneller wurde, erreichte er die Stufen, die zur Zitadelle hinaufführten. Dann stand er einen Augenblick still, um die Lage zu überblicken. Catskill war eifrig damit beschäftigt, am Tor Schildwachen aufzustellen. Vielleicht hatte er noch nicht an die kleine Brücke gedacht und bildete sich ein, daß er Barnstaple jederzeit fangen könnte. Den Abhang hinauf schleppten die Utopen die Toten und Verwundeten fort.

Mr. Barnstaple stieg die Stufen hinauf, als ob er in Gedanken versunken wäre, und stand einige Sekunden auf der Zitadelle, die Hände in den Rocktaschen, als ob er die Aussicht betrachtete. Dann wandte er sich zu der Wendeltreppe, die zu einer Art Wachstube hinunterführte. Sobald er sich außer Sicht wußte, dachte und handelte er sehr schnell.

Die Wachstube verwirrte ihn. Sie hatte fünf Türen, von denen jede, außer der einen, durch die er eben in den Raum eingetreten war, zur Stiege hinunterführen konnte. Jedoch vor der einen stand ein Stapel Kisten. Es blieben also drei Türen zur Auswahl. Er rannte von einer zur anderen und ließ jede offenstehen; von jeder führten Steinstufen zu einem Treppenabsatz und einer Biegung. Bei der dritten blieb er zögernd stehen und bemerkte, daß ein kalter Luftzug heraufwehte; das bedeutete sicher, daß diese Stufen zum Felsen hinausführten, woher kam sonst die Luft? Das war es!

Sollte er die Türen, die er geöffnet hatte, schließen? Nein! Alle offenlassen.

Er hörte ein Getrappel die Stiege von der Zitadelle hinunterkommen. Leise und schnell rannte er die Stufen hinunter und hielt eine Sekunde lang an der Ecke des Treppenabsatzes. Er mußte stehenbleiben und auf die Bewegungen seiner Verfolger lauschen. „Dies ist die Tür zur Brücke, Sir“, hörte er Ridley rufen, und dann vernahm er, wie Catskill sagte: „Der Tarpeijsche Felsen!“ Und Barralonga: „Ganz recht! Warum sollten wir eine Patrone verschwenden? Sind Sie sicher, Ridley, daß es hier zur Brücke geht?“

Die Schritte trappelten quer durch das Wachzimmer und vorbei – eine der andern Treppen hinunter.

„Ein Aufschub!“ wisperte Barnstaple. Dann hielt er entsetzt inne. Er war in der Falle! Die Treppe, auf der sie sich befanden, führte zur Brücke.

Sie würden bis zur Brücke hinuntergehen, und sobald sie sie erreicht hätten, würden sie sehen, daß er weder auf ihr noch auf den Stufen der gegenüberliegenden Seite der Schlucht war, daß er also unmöglich entflohen sein konnte. Sie würden sicherlich diesen Weg versperren, indem sie entweder eine etwa vorhandene Tür verschließen oder verrammeln würden; oder, mangels einer solchen Sperre, würden sie einen Wachtposten aufstellen und würden dann zurückkehren, um ihn, ohne sich besonders beeilen zu müssen, zu jagen.

Was hatte Catskill gesagt? Der Tarpeijsche Felsen? ...

Entsetzlich!

Sie durften ihn nicht lebend ergreifen.

Er mußte wie eine in die Enge getriebene Ratte kämpfen und sie zwingen, ihn zu erschießen.

Er stieg weiter die Treppe hinunter, es wurde sehr dunkel und dann wieder lichter. Sie endete in einem gewöhnlichen großen Keller, der einstmals ein Geschützunterstand oder ein Munitionsmagazin gewesen sein mochte. Er war durch zwei unverglaste Fensteröffnungen, die in den Felsen eingehauen waren, halbwegs erhellt. Jetzt waren hier Lebensmittel gelagert. An der einen Seite stand eine Reihe von flaschenähnlichen Gefäßen, wie sie in Utopia zum Aufbewahren von Wein benützt wurden. An der andern Seite standen verschiedene Kisten und in Goldpapier eingepackte Würfel. Er hob eine der Glasflaschen am Halse hoch. Sie würde eine wirkungsvolle Keule abgeben. Wie wäre es, wenn er aus den Kisten eine Art Barrikade quer vor dem Eingang aufbaute, sich dahinterstellte und den Verfolgern, wenn sie hereinkämen, eins mit der Keule verpaßte? Das Glas mit dem Wein würde an ihren Schädeln zerschellen ... Es würde einiger Zeit bedürfen, die Barrikade zu bauen ... Er wählte drei der größeren Flaschen und trug sie zum Eingang, um sie zur Hand zu haben. Dann fiel ihm etwas ein, und er sah nach dem Fenster.

Er horchte eine Zeitlang an der Tür, die zur Treppe

führte. Kein Laut kam von oben. Er ging zum Fenster, legte sich in die tiefe Leibung und schlängelte sich vorwärts, bis er nach oben und unten hinaussehen konnte. Die Felsklippen unten fielen glatt ab; er hätte etwa fünfzehnhundert Fuß tief in den brausenden Strom hinunterspucken können. Der Felsen war hier aus fast vertikalen Schichten aufgebaut, die vorsprangen und zurücktraten; ein großer Pfeiler verbarg fast die ganze Brücke mit Ausnahme des jenseitigen Endes, das etwa zwanzig bis dreißig Yards tiefer als die Öffnung, aus der Mr. Barnstaple hinaussah, zu liegen schien. Mr. Catskill erschien auf dieser Brücke, sehr klein und entfernt, und betrachtete prüfend den steinigen Stufenweg jenseits der Brücke. Mr. Barnstaple zog hastig den Kopf zurück. Dann guckte er wieder sehr vorichtig hinaus. Mr. Catskill war nicht mehr zu sehen, er kam zurück.

An die Arbeit! Es war nicht viel Zeit!

In früheren Tagen, bevor der große Krieg das Reisen teuer und unbequem gemacht hatte, hatte Mr. Barnstaple manche Kletterpartie in der Schweiz unternommen, auch in Cumberland und Wales hatte er einige Erfahrungen erworben. Er betrachtete nun die unmittelbar anschließenden Felsen mit kluger Sachkundigkeit. Sie waren von fast horizontal gefügten Platten unterbrochen, die von kristallinischen Adern durchzogen waren. Dieses Gestein, das er für Kalkstein hielt, war viel schneller verwittert als der übrige Felsen und hatte eine Reihe unregelmäßiger horizontaler Furchen zurückgelassen. Wenn man Glück hatte, konnte es möglich sein, an der Felswand entlang, um den Pfeiler herum zur Brücke zu klettern.

Dann kam ihm eine noch bessere Idee. Er könnte leicht entlang der Felswand bis zur ersten Nische kommen, sich flach hinlegen und dort bleiben, bis die Erdlinge den Keller durchsucht hätten. Danach würde er wieder in den Keller zurückkriechen. Sogar wenn sie aus dem Fenster schauten, würden sie ihn nicht sehen, und falls er Fingerspuren hinterließe, würden sie wahrscheinlich daraus schließen, daß er entweder hinausgesprungen oder über den Felsen in die Schlucht gestürzt sei. Aber erstens würde es lange dauern, die Felswand zu überwinden ... Und es würde ihn von seinen Waffen, den Flaschen, abschneiden ...

Aber der Gedanke, sich in der Felsnische zu verstecken, hatte von seiner Vorstellung Besitz ergriffen. Sehr vorsichtig stieg er aus dem Fenster, fand einen Griff, gelangte mit den Füßen auf den Felssims und begann sich zur Nische vorzuarbeiten.

Aber es gab unerwartete Schwierigkeiten. Auf nahezu fünf Yards fehlten die Handgriffe – nichts. Er mußte sich flach an die Wand drücken und auf seine Füße vertrauen; einige Zeit verharrte er ganz reglos in dieser Lage.

Etwas weiter weg war ein verwittertes Stück des eingebetteten Gesteins, das zu seinem Schrecken unter ihm abbröckelte, aber zum Glück hatten seine Finger einen Griff, und der andere Fuß stand fest. Die abgebröckelten Kristalle klirrten einen Augenblick die Felswand hinunter und gaben dann keinen weiteren Ton von sich; sie waren in die Leere gefallen. Einige Zeit war er wie gelähmt.

„Ich bin nicht in Form", flüsterte Barnstaple. „Ich bin nicht in Form!"

Er hing bewegungslos und betete. Mit einiger Überwindung nahm er die Kletterei wieder auf.

Er war gerade an der Ecke der Nische, als ein schwaches Geräusch ihn zu dem Fenster, aus dem er gekrochen war, blicken ließ. Das Gesicht Ridleys kam langsam und vorsichtig heraus, das Auge zwischen den weißen Binden rot und geschwollen.

5

Zuerst sah er Mr. Barnstaple nicht. „Verflucht!" sagte er, als er ihn erblickte, und zog hastig den Kopf zurück.

Nun erscholl der Klang von unverständlichen Stimmen. Irgendein unbestimmter Instinkt hielt Mr. Barnstaple fest, obwohl er ganz leicht in der Nische hätte Deckung finden können, ehe Mr. Catskill mit dem Revolver in der Hand auftauchte.

Einige Augenblicke starrten sie einander schweigend an.

„Kommen Sie zurück, oder ich schieße", sagte Mr. Catskill wenig überzeugend.

„Schießen Sie!" sagte Mr. Barnstaple nach kurzer Überlegung.

Mr. Catskill reckte den Kopf hinaus und starrte in die schattig blauen Tiefen des Cañons hinunter. „Es ist nicht notwendig", antwortete er, „wir müssen Patronen sparen."

„Sie haben nicht das Herz dazu", sagte Mr. Barnstaple.

„Das ist es nicht", sagte Mr. Catskill.

„Nein", sagte Mr. Barnstaple, „das ist es nicht. Sie sind im Grunde genommen ein zivilisierter Mensch."

Mr. Catskill sah ihn finster, aber ohne Feindseligkeit an.

„Sie haben ziemlich viel Phantasie", äußerte Mr. Barnstaple. „Es ist ein Unglück, daß Sie schlecht erzogen worden sind. Was ist nur mit Ihnen los? Ihr Geist ist von Kipling verdorben. Imperium, Angelsachsentum, Pfadfinderei, das sind die Grundlagen Ihrer Denkungsart. Wäre ich nach Eton gegangen, wäre ich ebenso geworden wie Sie, nehme ich an."

„Harrow", verbesserte Mr. Catskill.

„Eine greuliche Schule, Provinz, wo die Knaben Chignons und Heiligenscheine aus Stroh tragen. Ich hätte gleich ‚Harrow' vermuten sollen. Doch sonderbar, ich hege keinen Groll gegen Sie. Wenn man Ihnen anständige Ideen eingeflößt hätte, wären Sie vielleicht ganz anders geworden. Wenn ich Ihr Schulmeister gewesen wäre – aber jetzt ist es zu spät!"

„Das ist es", sagte Mr. Rupert Catskill, milde lächelnd, und warf einen Blick in den Cañon.

Mr. Barnstaple begann, sich mit einem Fuß entlang dem Felsenrand um die Ecke weiterzutasten.

„Einen Augenblick, gehen Sie nicht weiter", sagte Mr. Catskill. „Ich habe nicht die Absicht, zu schießen."

Eine Stimme aus dem Innern, wahrscheinlich die Lord Barralongas, sagte etwas wie: man solle einen Stein auf

Barnstaple schleudern. Jemand anderer, anscheinend Ridley, stimmte dem grimmig zu.

„Nicht ohne ordentliche Verhandlung", sagte Mr. Catskill über die Schuler. Sein Gesicht war undurchdringlich, aber ein phantastischer Gedanke stieg in Mr. Barnstaple auf: Mr. Catskill wollte nicht, daß er getötet werde. Er habe sich die Sache überlegt und wünsche nun, Barnstaple möge entkommen – zu den Utopen, um vielleicht mit ihnen eine Art Vereinbarung zu treffen.

„Wir beabsichtigen, Gericht über Sie zu halten, Sir", sagte Mr. Catskill. „Wir beabsichtigen, Sie zu verhören, wir laden Sie vor."

Mr. Catskill benetzte seine Lippen und überlegte. „Der Gerichtshof wird sofort zusammentreten." Seine kleinen hellbraunen Augen schätzten sehr schnell Mr. Barnstaples Lage ab. Er reckte den Kopf nach der Brücke hinaus. „Wir werden mit unserem Prozeß keine Zeit verlieren, und ich zweifle sehr wenig an unserem Urteil. Wir werden Sie zum Tode verurteilen. So ist Ihre Lage, Sir. Ich glaube, in einer Viertelstunde wird Ihr Schicksal legal besiegelt sein."

Er blickte hinauf und versuchte den Gipfel des Felsens zu sehen. „Wir werden wahrscheinlich Steine schleudern."

„Moriturus te salutat", sagte Mr. Barnstaple mit einer Miene, als ob er eine witzige Bemerkung machte. „Wenn Sie gestatten, werde ich jetzt weitergehen, um eine etwas bequemere Lage zu finden."

Mr. Catskill sah ihn immer noch fest an.

„Ich war Ihnen niemals böse", sagte Mr. Barnstaple. „Wäre ich Ihr Erzieher gewesen, dann wäre vielleicht alles anders geworden. Vielen Dank für die Viertelstunde mehr, die Sie mir gewährt haben. Und falls durch irgendeinen Zufall – –"

„Genau", sagte Mr. Catskill. Sie verstanden einander.

Als Mr. Barnstaple sich um die Biegung tastete, sah Mr. Catskill noch immer hinaus, und man hörte undeutlich, wie Lord Barralonga sich dafür einsetzte, daß man sofort mit Steinen werfen solle.

6

Die Wege des menschlichen Geistes sind unergründlich. Die Laune Mr. Barnstaples hatte sich aus Verzweiflung in Heiterkeit umgewandelt. Das erste lähmende Entsetzen über die Kletterei in dieser unendlichen Höhe war nun einem fast jungenhaften Selbstvertrauen gewichen. Das Gefühl, sofort sterben zu müssen, war verschwunden. Er hatte Freude an diesem Abenteuer, tatsächlich, er freute sich darüber. Und kümmerte sich jetzt asbsolut nicht darum, wie es enden würde.

Er legte den Weg bis zur Ecke des Pfeilers in recht kurzer Zeit zurück, obwohl ihn die Arme schon ziemlich zu schmerzen begannen, aber dann erschrak er. Er hatte nun volle Aussicht auf die Brücke und auf die Schlucht; der Rand, auf dem er sich mühevoll fortbewegte, führte nicht zur Brücke, sondern gut dreißig Fuß tiefer. Und was schlimmer war, zwischen ihm und der Brücke lagen zwei Schächte und Kamine von ungewisser Tiefe. Bei dieser Entdeckung bedauerte er zum erstenmal, daß er nicht im Keller geblieben war und dort gekämpft hatte.

Einige Minuten war er unentschlossen – während die Schmerzen in seinen Armen stärker wurden.

Aus seiner Untätigkeit wurde er durch etwas aufgerüttelt, das er zuerst für den Schatten eines schnellfliegenden Vogels auf der Felswand hielt. Jetzt kam es wieder. Er würde doch nicht von Vögeln angegriffen werden! Er hatte eine Geschichte gelesen – aber das war jetzt egal.

Dann kam ein lauter Krach von oben, er blickte auf und sah, wie ein Felsstück, das soeben gegen einen kleinen Vorsprung über ihm geflogen war, zersplitterte. Daraus schloß er, erstens, daß der Gerichtshof ein ungünstiges Urteil, ziemlich lange vor der von Mr. Catskill festgesetzten Zeit, gefällt hatte, und zweitens, daß er von oben aus sichtbar war. Er setzte mit fieberhafter Energie die Kletterei nach dem schutzbietenden Schacht fort.

Der Schacht war besser, als er erwartet hatte, es war ein Kamin; schwierig, dachte er, wenn man hinauf-, aber möglich, wenn man hinunterwollte. Über ihm ragte eine Felsplatte. Und etwa hundert Fuß tiefer war eine Art Stufe, die einen ziemlich breiten Halt gewährte, gegen oben gedeckt und genügend groß, daß sich ein Mann darauf hinlegen konnte. Hier würde Mr. Barnstaple seine Arme ausruhen können; ohne unnötiges Zögern kletterte er hinunter und überließ sich dem köstlichen Gefühl, sich nicht mehr anhalten zu müssen. Er war außer Sicht- und Reichweite seiner Erdlingsverfolger.

Im Hintergrund des Schlupfwinkels rieselte ein dünner Wasserstrom. Er trank und begann ans Essen zu denken, er bedauerte, daß er aus dem Kellerlager keine Vorräte mitgenommen hatte. Er hätte einen jener in Goldpapier gewikkelten Würfel öffnen oder eine Flasche Wein einstecken sollen. Wein hätte gerade jetzt sehr herzstärkend gewirkt. Aber es hatte keinen Sinn, daran zu denken. Er stand, wie es ihm schien, eine lange Zeit auf dieser köstlichen Felsenplatte und schätzte den Kamin sorgfältig ab. Er schien für einen langen Abstieg geeignet, die Wände waren sehr glatt, aber genügend eng gegenüber, so daß er, mit dem Rücken gegen die eine Wand und mit den Füßen gegen die andere gestemmt, hinunter gelangen würde.

Er sah auf seine Armbanduhr, es war noch nicht neun Uhr vormittags – ungefähr zehn Minuten vor neun. Er war von Ridley vor halb sechs Uhr geweckt worden. Um halb sieben hatte er im Hof das Frühstück serviert. Serpentin und Ceder mußten ungefähr um acht Uhr erschienen sein, etwa zehn Minuten später war Serpentin ermordet worden. Dann die Flucht und die Verfolgung. Wie schnell hatte sich alles abgespielt! ...

Er hatte den ganzen Tag vor sich. Er wollte den Abstieg um halb zehn wiederaufnehmen. Bis dahin würde er rasten ... es war unsinnig, jetzt schon hungrig zu sein.

Vor halb zehn kletterte er weiter. Etwa hundert Fuß ging es leicht. Dann wurde der Einschnitt allmählich unmerklich breiter. Er wurde sich dessen erst bewußt, als er merkte, daß er rutschte. Er rutschte, wild dagegen ankämpfend, etwa sechs Meter, fiel dann senkrecht weitere drei, stieß gegen einen Felsen und wurde von einem zweiten, breiteren Absatz, als es der obere war, aufgehalten. Der Fall war schmerzlich, aber dann überschlug er sich und rollte glücklicherweise nach der Innenseite zu. Er war zerschunden, aber nicht ernstlich verletzt. „Mein Glück", sagte er, „mein Glück bewährt sich."

Er ruhte sich ein wenig aus, und dann, zuversichtlich, daß alles gut ausgehen werde, begann er den nächsten Abschnitt des Abstieges zu prüfen. Mit ungläubigem Staunen entdeckte er, daß der Kamin unterhalb seines Vorsprungs absolut unpassierbar war. Der Felsen war auf jeder Seite mindestens zwanzig Meter ganz senkrecht und glatt und der Abstand zwischen beiden Seiten zwei Meter breit. Er hätte sich ebensogut sofort hinunterstürzen können, als es versuchen, dort hinunterzukommen. Dann sah er, daß es ebenso unmöglich war, zurückzuklettern. Er konnte es nicht glauben. Es schien ihm zu verrückt. Er lachte, wie jemand lacht, wenn ihn die eigene Mutter nicht erkennen will, nachdem er einen Tag fort war.

Dann hörte er plötzlich auf zu lachen.

Er wiederholte Punkt für Punkt seine Untersuchung. Er befühlte die glatten Felswände um sich herum. „Das ist ja absurd!" sagte er und brach in kalten Schweiß aus. Es gab aus diesem Winkel, in den er sich mühevoll und schmerzlich hineingearbeitet hatte, keinen Ausweg. Er konnte weder vorwärts noch rückwärts. Er war gefangen. Sein Glück hatte ihn verlassen.

7

Mr. Barnstaples Armbanduhr zeigte Mittag. Er saß in seinem Winkel wie ein unheilbarer Kranker, der in einer Schmerzenspause still in einem Armstuhl sitzt und nichts zu tun und nichts mehr zu hoffen hat. Es war so gut wie ausgeschlossen, daß sich etwas ereignen würde, um ihn aus der Falle, in die er geklettert war, zu befreien. An der Rückwand gab es wohl ein Wasserrinnsal, aber keine Nahrung. Nicht einmal einen Grashalm, an dem er hätte nagen können. Wenn er es nicht vorzog, sich in die Schlucht hinabzustürzen, dann mußte er Hungers sterben ... In der Nacht würde es vielleicht kalt sein, aber nicht so kalt, daß er sterben müßte.

Zu diesem Ende war er also aus dem sorgenvollen Londoner Journalismus und der Häuslichkeit Sydenhams gelangt.

Eine sonderbare Reise war das, die er und die ‚Gelbe Gefahr' gemacht hatten! – Camberwell, Victoria, Hounslow, Slough, Utopia, das Bergparadies, hundert faszinierende und peinigende Blicke in eine Welt wahrer Glückseligkeit und Ordnung, jener lange, lange Flug um die halbe Welt ... Und nun der Tod.

Der Gedanke, seine Leiden durch einen Sprung in die Tiefe abzukürzen, zog ihn nicht an. Er würde hier bleiben und alle Leiden, die ihn vor dem Ende erwarteten, erdulden. Und dreihundert Meter weiter waren seine Genossen, die anderen Erdlinge, und erwarteten gleichfalls ihr Schicksal. Es war erstaunlich! Und dennoch alltäglich ...

Schließlich gelangte ja jeder Mensch zu etwas Ähnlichem. Früher oder später muß man daliegen und leiden, denken, fieberhaft und dann nur mehr matt denken, bis alle Gedanken erlöschen.

Im großen ganzen – dachte er – ist es besser, auf diese Art zu sterben; besser als ein plötzlicher Tod; es lohnt sich, eine Zeitlang dem Tod ins Antlitz zu sehen, Muße zu haben, sich das Wort ‚finis' einzuprägen, das Leben im allgemeinen und das Leben, das man geführt hat, zu überdenken, es zu überdenken mit einer Abgeklärtheit und einer Unabhängigkeit, die nur durch die völlige Unmöglichkeit, ein Jota daran zu ändern, hervorgerufen werden kann.

Jetzt war sein Geist klar und ruhig. Eine Ruhe, frostig wie ein klarer Winterhimmel, hatte sich seiner bemächtigt. Er wußte, daß ihm Leiden bevorstünden, aber er glaubte nicht, daß sie unerträglich sein würden. Wenn sie sich als unerträglich erweisen sollten, gähnte unten der Cañon. In dieser Hinsicht war diese Felsenbank ein besseres Totenbett als andere, ein bequemeres Totenbett. Ein Krankenlager bietet lange, ausgedehnte Leiden, die der Kranke in allen Einzelheiten auskosten muß. Aber zu verhungern ist nicht so schrecklich. Das hatte er gelesen. Hunger und Schmerzen sind ungefähr am dritten Tag am quälendsten, später aber wird man schwach und fühlt nicht mehr viel. Es ist nicht so arg wie die Qualen mancher Krebserkrankungen oder die Agonie einer Gehirnentzündung. Es ist nicht ein Zehntel so schlimm. Einsam würde es sein, aber ist man weniger einsam auf dem Totenbett daheim? Sie kommen und sagen: „Nun, nun!" und leisten kleine Hilfsdienste – aber hat man einander sonst etwas zu sagen? Der Kranke geht seinen einsamen Weg, Gespräch, Bewegung und schließlich auch der Wunsch zu sprechen oder sich zu bewegen weichen von ihm, und die Stimmen der anderen verklingen ... Überall ist der Tod etwas sehr Einsames, ein Scheiden ...

Ein jüngerer Mann hätte die Einsamkeit in der Schlucht wahrscheinlich sehr schrecklich empfunden, aber Mr. Barnstaple hatte Ärgeres durchlebt: die Enttäuschungen der Zweisamkeit. Er hätte gern eine letzte Aussprache mit seinen Söhnen gehabt und seine Frau beruhigt, aber sogar diese Wünsche waren vielleicht eher sentimental als wirklich. Wenn es zu Aussprachen mit seinen Söhnen kam, war er gewöhnlich schüchtern. Als sie zu eigenen Persönlichkeiten, zu Jünglingen heranwuchsen, hatte er immer mehr das Gefühl, daß vertrauliche Gespräche mit ihnen einen Einbruch in ihre Rechte bedeuteten, nach eigenem Gutdünken aufzuwachsen. Und auch sie waren ihm gegenüber schüchtern, das fühlte er, abwehrend schüchtern. Vielleicht kommen Söhne später zu dem Vater zurück – das war ein Später, das er nun niemals kennenlernen würde. Aber er wünschte, er hätte sie wissen lassen können, was ihm zugestoßen sei. Das quälte ihn. Es hätte ihn in ihren Augen in ein gutes Licht gesetzt. Vielleicht wäre es besser für ihre Charakterentwicklung, wenn sie nicht glaubten – was sie so eigentlich glauben mußten –, daß er vor ihnen davongelaufen oder geistig umnachtet oder gar in schlechte Gesellschaft geraten und ermordet worden war. So wie die Dinge lagen, könnten sie sich unnötig sorgen und schämen oder sich in Auslagen stürzen, um herauszufinden, wo er sei.

Man muß sterben. Viele Menschen waren auf die gleiche Weise gestorben, wie es ihm bevorstand, an fremden Orten, verirrt in dunklen Höhlen, auf menschenleeren Inseln ausgesetzt, verirrt im australischen Busch, gefangen und dem Verderben preisgegeben. Es ist gut, ohne große Schmerzen oder Mißhandlungen zu sterben. Er dachte an die Myriaden Menschen, die von den Römern gekreuzigt wurden – waren es acht- oder zehntausend von der Armee des Spartacus, die sie auf diese Weise entlang der Via Appia getötet hatten? – An die Neger, die angekettet verhungerten, und an die endlose Mannigfaltigkeit solcher Todesarten. Derartiges ist für die jugendliche Einbildungskraft entsetzlich und in Gedanken schrecklicher als in Wirklichkeit. Es handelt sich alles in allem um ein bißchen mehr oder ein bißchen weniger Schmerz – aber Gott verkürzt die Schmerzen. Das Kreuz, das Rad, der elektrische Stuhl oder das Siechenbett – die Hauptsache ist, du stirbst und hast es hinter dir.

Es war erfreulich, festzustellen, daß man an diese Dinge unerschrocken denken konnte. Es war gut, hoffnungslos gefangen zu sein und doch zu konstatieren, daß man darüber nicht wahnsinnig geworden war. Mr. Barnstaple war überrascht, wie wenig er sich jetzt, da er das Ende dicht vor sich sah, darum kümmerte, ob er unsterblich sei oder nicht. Er war bereit, sich für unsterblich zu halten oder wenigstens nicht mit dem Tode endend, ganz oder teilweise. Es war lächerlich, dogmatisch zu sein und sich zu sagen, daß ein Teil, ein Schatten seines Bewußtseins und sogar seines Lebenswillens nicht in irgendeiner Weise fortleben würde. Aber er konnte es sich unmöglich vorstellen, wie das möglich sei. Es war unvorstellbar. Es war nicht vorauszusehen. Er hatte keine Angst vor der Fortsetzung, er dachte nicht an Strafe oder Mißhandlung und fürchtete sich nicht davor. Es war ihm zeitweise vorgekommen, als wäre das Universum sehr sorglos zusammengesetzt, aber er hatte niemals geglaubt, daß es das Werk eines boshaften Schwachkopfes sei. Es machte ihm den Eindruck, als sei es ungeheuer sorglos, aber nicht, als wäre es überwiegend grausam. Er war, was er war, schwach, beschränkt und manchmal dumm, aber die Strafe für diese Fehler lag in den Fehlern selbst.

Er hörte auf, über seinen eigenen Tod nachzudenken. Er dachte an das Leben im allgemeinen, an dessen gegenwärtigen Tiefstand und kühnes Streben. Er bedauerte, daß er nichts mehr von dieser utopischen Welt sehen konnte, die in so vieler Beziehung eine Andeutung dessen war, was aus unserer Welt einmal werden könnte. Es war sehr ermutigend, zu sehen, wie menschliche Träume und Ideale durch die Verwirklichung bestätigt wurden, aber es war betrübend, daß die Vision entfloh, während er erst begann, sie zu erforschen. Er ertappte sich auf Fragen, die keine Antwort fanden, über Wirtschaft, Liebe und Kampf. Immerhin war er froh, das gesehen zu haben, was er gesehen hatte. Es war gut, durch diese Vision gereinigt und der trübseligen Hoffnungslosigkeit des Mr. Peeve enthoben worden zu sein und wieder eine Aussicht auf das wahre Leben gewonnen zu haben.

Die Leidenschaften, Konflikte und Unbequemlichkeiten des Jahres 1921 waren nichts weiter als die Fieberschauer einer Welt, die nicht gegen das Übel gefeit war. Das Zeitalter der Verwirrung würde sich auch auf Erden einmal totlaufen; dank einer gewissen verborgenen und unbezwinglichen Rechtschaffenheit im Blut der menschlichen Art. In einer Höhle unter den Klippen des großen Felsgebirges kauernd, mit unersteigbaren Höhen und Tiefen über und unter sich, frierend und hungernd und in einer unbequemen Lage, fand der merkwürdige Geist Mr. Barnstaples an diesen Gedanken ein tiefes Behagen.

Aber wie jämmerlich hatten er und seine Gefährten es verfehlt, sich zu den großen Möglichkeiten Utopias zu erheben! Nicht einer hatte die Hand erhoben, um die kindischen Phantasien Mr. Catskills und die brutale Angriffslust seiner Genossen zu hemmen. Wie unangefochten hatte Pater Amerton die Rolle des eifernden, hassenden, verfolgenden, streitsüchtigen Priesters gespielt. Wie erbärmlich schwach und ehrlos war Mr. Burleigh – und er selbst, kaum besser! Stets mißbilligend und stets in wirkungsloser Opposition! Was für eine dumme schöne Kuh war Greeta Grey, taub für alles, was nicht ihren Interessen als Weibchen diente. Lady Stella war aus feinerem Stoff, aber für keinen Dienst begeisterungsfähig. Die Frauen, dachte er, waren in dieser zufälligen Expedition nicht gut vertreten. Die eine hohl und die andere ohne Energie. War das ein richtiges Abbild irdischer Weiblichkeit?

Diese Erdlinge konnten mit Utopia nichts weiter anfangen, als es so schnell wie möglich in die Kämpfe, die Unterwerfung, die Grausamkeiten und Unordnung des Zeitalters der Verwirrung, in dem sie sich selbst befanden, zurückzustürzen. Sie hatten versucht, Serpentin und Ceder, den Mann der Wissenschaft und den der Heilkunst, zu Geiseln der Unordnung zu machen, und da sie dies nicht vermochten, hatte man sie getötet oder wenigstens versucht, sie zu töten.

Sie hatten versucht, Utopia in den Zustand der Erde zurückzuversetzen, und tatsächlich, gäbe es nicht die Verrücktheit, Bosheit und Schwäche der Menschen, so wäre die Erde jetzt Utopia. Die alte Erde wäre jetzt Utopia, ein Garten voll Herrlichkeit, ein Paradies auf Erden, wäre sie nicht durch ihre Catskills, Hunkers, Barralongas, Ridleys, Duponts und andere dieser Art in Schmutz und Verderben getrampelt worden. Ihrem hastenden, torkelnden Wahnsinn war gegenwärtig in der ganzen großen Welt nichts anderes entgegengestellt als das Winseln der Peeves, die duldsame Mißbilligung der Burleighs, etwas so unermeßlich Wirkungsloses, wie sein eigener Protest und einige wenige Schriftsteller und Lehrer, die zur Zeit noch kaum merkliche Ergebnisse hervorbrachten.

Noch einmal mußte Barnstaple an seinen alten Freund denken, den Schulinspektor und Verfasser von Schulbüchern, der so standhaft gearbeitet hatte, zusammengebrochen und so jammervoll gestorben war. Er hatte sein Leben lang für Utopia gewirkt. Gab es noch Hunderte oder Tausende solcher Utopen auf der Erde? Welcher Zauber hielt sie aufrecht?

„Ich wollte, ich könnte ihnen eine Botschaft senden", sagte Mr. Barnstaple, „um sie zu ermutigen."

Denn so war es, obwohl er selbst verhungern und wie ein Tier in einer Grube sterben mußte, triumphierte Utopia trotzdem und würde triumphieren. Die Gierlinge und Raufbolde, die Peiniger und Patrioten, die Lyncher und Boykottierer und all das Gesindel der kurzsichtigen menschlichen Gewalttätigkeit schritten der endgültigen Niederlage entgegen. Sogar in ihrem eigenen Dasein kennen sie keine Fröhlichkeit, sie treiben von Aufregung zu Aufregung und vom Vergnügen zur Erschöpfung. Ihre Unternehmungen und Erfolge, ihre Kriege und Siege flackern auf und vergehen. Nur das Echte wächst, die Wahrheit, die reine Idee, Jahr für Jahr und Generation um Generation, langsam und unbesiegbar, so wie der Diamant inmitten der Dunkelheit und des Druckes der Erde wächst oder wie die Morgenröte zwischen den erlöschenden Lichtern einer bis ins Morgengrauen ausgedehnten Orgie erscheint.

Was für ein Ende würden diese armen Leutchen dort oben finden? Ihre Lebensdauer war noch mehr bedroht als seine eigene, denn er konnte hier wochenlang liegen und hungern, ehe er den letzten Hauch von sich geben würde. Sie aber hatten sich offen gegen die Macht und Weisheit Utopias aufgelehnt, und nun mußte sich die ordnende Macht jener Welt über ihren Häuptern zusammenballen. Er hatte immer noch schwache, irrationale Gewissensbisse, weil er Catskills Verschwörung verraten hatte. Jetzt lächelte er darüber, daß er einmal fest davon überzeugt gewesen war, die Erde würde über Utopia siegen, wenn nur Catskill seine Geiseln gefangen hätte. Diese Überzeugung hatte ihn zum Handeln gedrängt. Außer seinen schwachen Rufen war ihm nichts anderes übriggeblieben, um dieses monströse Unheil abzuwenden. Aber angenommen, er wäre überhaupt nicht dort gewesen, oder er wäre dem hemmenden Instinkt der Kameradschaft, der ihn dazu drängte, gemeinsam mit den anderen zu kämpfen, gefolgt – was dann?

Als er sich den Anblick Ceders ins Gedächtnis zurückrief, der Mush herumgeschleudert hatte wie ein Schoßhündchen, und die hohe Gestalt Serpentins, zweifelte er, daß es den Erdlingen sogar auf den Stufen zwischen dem Torbogen möglich gewesen wäre, die beiden zu überwältigen. Sie hätten zu den Revolvern gegriffen, ebenso wie auf dem Hang, und Catskill hätte keine Geiseln, sondern nur zwei erschlagene Männer gehabt.

Wie unaussprechlich dumm war doch der ganze Plan Catskills gewesen. Aber er war nicht dümmer als sonst das Benehmen Catskills, Burleighs und der übrigen Staatsmänner der Welt während der letzten Jahre auf Erden. Manchmal, als die Welt während des großen Krieges in Agonie lag, schien es, als ob Utopia der Erde näher käme. Die finsteren Wolken und der Qualm dieser schwarzen Jahre wurden vom Licht seltsamer Hoffnungen durchzuckt, von der Verheißung einer wiedergeborenen Welt. Die Nationalisten, Geldleute, Priester und Patrioten hatten alle jene Hoffnungen zunichte gemacht. Sie hatten auf die alten Gifte, Infektionen und auf die schwache Widerstandskraft des zivilisierten Geistes vertraut. Sie hatten ihre Waffen gezählt, ihre Hinterhalte gelegt und ihre Frauen gezwungen, Flaggen der Uneinigkeit zu nähen ...

Eine Zeitlang hatten sie die Hoffnung getötet. Aber nur eine Zeitlang. Denn Hoffnung, die Erlöserin der Menschheit, feiert fortwährende Auferstehung.

„Utopia wird siegen“, sagte Mr. Barnstaple und saß eine Weile da, um einem Geräusch zu lauschen, das er schon früher gehört hatte, ohne es besonders zu beachten. Es war ein surrendes Klopfen in den Felsen über ihm, wie vom Gang einer großen Maschine. Es schwoll an und wurde dann wieder schwächer bis zur Unhörbarkeit.

Seine Gedanken kehrten zu seinen ehemaligen Gefährten zurück. Er hoffte, daß sie dort oben nicht zu elend und ängstlich seien. Insbesondere wünschte er, es möge sich etwas ereignen, um Lady Stellas Mut zu stärken. Er machte sich Sorgen um Lady Stella. Die übrigen mochten seinetwegen bis zum Ende im Kampf verharren. Wahrscheinlich arbeiteten sie alle fieberhaft an irgendeinem verkehrten und abenteuerlich hoffnungsvollen Verteidigungsplan Catskills; mit Ausnahme Mr. Burleighs, der nichts tun würde – überzeugt, daß es wenigstens für ihn noch einen ehrenvollen Ausgang geben werde, und der wahrscheinlich auch keine große Angst hätte, wenn es keinen gäbe. Amerton und vielleicht auch Mush würden wieder in religiöses Eifertum verfallen, was die anderen ein wenig irritieren oder für Lady Stella und Miß Greeta Grey vielleicht sogar ein geistiges Betäubungsmittel bedeuten würde. Und für Penk war Wein im Keller …

Sie würden den Gesetzen ihres Lebens folgen, sie würden das tun, was die Natur und die Gewohnheit von ihnen verlangt. Was wäre sonst möglich?

Mr. Barnstaple versank in einen metaphysischen Abgrund …

Plötzlich ertappte er sich dabei, wie er auf die Armbanduhr sah, es war zwanzig Minuten nach zwölf Uhr. Immer häufiger blickte er auf die Uhr – oder verging die Zeit langsamer? … Sollte er die Uhr aufziehen oder sie auslaufen lassen? Er empfand schon großen Hunger. Doch das konnte noch kein richtiger Hunger sein. Offenbar verlor er die Gewalt über seine Einbildungskraft.

4

Das Ende des Quarantänefelsens

I

Mr. Barnstaple erwachte langsam und widerstrebend aus einem Traum, der vom Kochen handelte. Er war Soyer, der berühmte Küchenchef des Reform-Clubs, er erfand und kostete neue Gerichte. Aber wie das im Traumland zu sein pflegt, war er nicht nur Soyer, sondern zu gleicher Zeit ein sehr tüchtiger utopischer Biologe und ebenso Gottvater selber. So konnte er nicht nur neue Gerichte herstellen, sondern auch neue Gemüse und Fleischarten für diese Gerichte erschaffen. Ganz besonders interessierte er sich für eine neue Sorte Geflügel, die Chateaubriand-Rasse, welche die Vorzüge eines ausgezeichneten Beefsteaks mit der Größe und Delikatesse einer Hühnerbrust vereinen sollte. Er wollte das Gericht mit einer Mischung von Jamaika-Pfeffer, Zwiebeln und Pilzen füllen – aber die Pilze waren nicht das Richtige. Die Pilze – er kostete sie – bedurften wirklich nur einer ganz kleinen Änderung. Und im Traum erschien ein Hilfskoch, mehrere Hilfsköche, alle nackt wie die Utopen, sie trugen Hühner aus der Speisekammer herbei und sagten, sie könnten sie nicht festhalten, sie wären ‚hochgegangen' und gingen immer noch höher. Um diesen Gedanken des Höhergehens zu illustrieren, hoben die Hilfsköche die Hühner über ihre Köpfe und begannen die Wände der Küche hinaufzuklettern; diese waren felsig und für Wände einer Küche merkwürdig eng beieinander. Die Gestalten wurden dunkel, wurden emporgeschleudert und zeichneten sich als schwarze Silhouetten gegen den leuchtenden Dampf ab, der aus einem Kessel mit kochender Suppe aufstieg. Es war kochende Suppe, und doch war es kalte Suppe und kalter Dampf.

Mr. Barnstaple war wach.

Anstelle des leuchtenden Dampfes war es Nebel, heller Mondscheinnebel, der die Schlucht füllte. Gegen ihn hoben sich die Gestalten zweier Utopen in schwarzer Silhouette scharf ab …

Was für Utopen?

Barnstaple schwankte zwischen Träumen und Wachen. Dann fuhr er in gespannter Aufmerksamkeit empor. Sie bewegten sich mit leichten Schritten, ohne seine Gegenwart in so unmittelbarer Nähe zu bemerken. Sie hatten bereits eine dünne Strickleiter an irgendeinem Punkt oben befestigt. Aber wie sie das zuwege gebracht hatten, wußte er nicht. Einer stand noch auf der Felsenplatte, der andere schwebte über ihm und spannte sich quer über den Schacht, indem er sich am Seil festhielt und die Füße gegen den Felsen stemmte. Über der Kante der Felsplatte erschien der Kopf einer dritten Gestalt, die von einer Seite zur andern schwankte und offenbar auf einer zweiten Strickleiter heraufkam. Irgendeine Auseinandersetzung war im Gang. Es kam Mr. Barnstaple zum Bewußtsein, daß dieser letzte Ankömmling offenbar der Meinung war, er und seine Gefährten wären nun wirklich hoch genug geklettert, daß aber der oberste Mann darauf bestand, sie sollten noch ein Stück höher gehen. In wenigen Sekunden war die Sache geregelt.

Der oberste Utope wurde sehr aktiv, er zog sich hinauf, schwang sich hinaus und verschwand ruckweise aus Mr. Barnstaples Gesichtsfeld. Seine Gefährten folgten ihm, und einer nach dem andern kam außer Sicht, so daß nichts weiter mehr zu sehen war als die heftig bewegte Strickleiter und ein baumelndes Seil, das sie anscheinend mit sich auf die Felsspitze hinaufzogen.

Mr. Barnstaples gespannte Muskeln erschlafften. Er gähnte leise, streckte die schmerzenden Glieder und stand sehr vorsichtig auf. Er lugte in den Schacht hinauf. Die Utopen hatten anscheinend den oberen Absatz erreicht und waren dort beschäftigt. Das Seil, das gebaumelt hatte, wurde gespannt; sie zogen etwas von unten hinauf. Es war ein großes Bündel, wahrscheinlich Werkzeuge, Waffen oder Material, das in etwas eingepackt war, wodurch es vor dem Anprall gegen die Felswände geschützt wurde. Es kam in Sicht, wirbelte einen Moment herum und wurde dann nach oben gerissen, als die Utopen das Seil von neuem rafften. Dann folgte Stille.

Da hörte er einen metallischen Klang und dann, bumbum, ein dumpfes unterbrochenes Hämmern. Er sprang zurück, als das Ende eines dünnen Seiles, das offenbar über eine Rolle lief, an ihm vorübersauste. Das Geräusch von oben hörte sich nun an wie Feilen, und einige Felsbrocken fielen an ihm vorüber in die Tiefe.

2

Barnstaple wußte nicht, was er tun sollte, er fürchtete sich, die Utopen anzurufen und sich ihnen bemerkbar zu machen. Nach der Ermordung Serpentins war er nicht sicher, wie sich die Utopen gegen einen Erdling benehmen würden, den sie in einem dunklen Winkel versteckt fänden.

Er prüfte die Strickleiter, welche die Utopen auf sein Plateau gebracht hatte. Sie wurde durch einen langen Pflock, dessen Ende in den Felsen auf einer Seite des Schachtes eingeschlagen war, festgehalten. Wahrscheinlich war dieser Pflock von unten her in den Felsen hineingetrieben worden, während er geschlafen hatte. Die Leiter war aus geraden Seilstücken und Sprossen in geringen Intervallen hergestellt. Sie war aus so leichtem Material, daß er an ihrer Fähigkeit, einen Mann zu tragen, gezweifelt hätte, wenn er nicht die Utopen auf ihr gesehen hätte. Es fiel ihm ein, daß er nun mit ihrer Hilfe hinuntersteigen und mit den Utopen, die sich etwa unten befinden würden, sein Glück versuchen könne. Er konnte sich den drei Utopen oben nicht gut bemerkbar machen, außer durch eine plötzliche und überraschende Handlung, die wahrscheinlich eine sofortige und unerfreuliche Reaktion hervorrufen würde, aber wenn er zuerst von oben, langsam herunterkletternd, erschiene, würden etwa unten befindliche Utopen Zeit haben seine Nähe zu bemerken und zu überlegen, was sie mit ihm tun sollten. Außerdem brannte er darauf, aus diesem düsteren Winkel hinunterzukommen.

Er ergriff eine Sprosse, warf ein Bein über den Rand der Platte, lauschte einige Augenblicke auf die kleinen Geräusche der drei Arbeiter und begann dann den Abstieg.

Es war ein schrecklicher Abstieg. Bald bedauerte er, daß er nicht von Anfang an die Sprossen der Leiter gezählt hatte. Er mußte sich über einige hundert hinuntergehantelt haben. Und als er den Hals streckte, um hinunterzusehen, gähnte unten immer noch der schwarze Abgrund. Es war sehr dunkel geworden. Das Mondlicht drang nicht sehr tief in den Cañon ein, und der schwache Widerschein des dünnen Nebels von oben war alles, was die tiefe Dunkelheit durchbrach. Und sogar das Mondlicht oben schien zu verschwinden.

Bald war er dicht am Felsen, bald trat dieser zurück, und die Strickleiter schien senkrecht in den lichtlosen, bodenlosen Raum zu fallen. Er mußte nach jeder Sprosse tasten, und seine bloßen Füße und Hände waren schon wundgerieben und schmerzten. Ein neuer und unangenehmer Gedanke war ihm gekommen – daß vielleicht ein Utope soeben die Leiter heraufstürmen könnte. Aber das hätte er bemerkt, weil das Seil gestrafft worden wäre und erzittern würde; er hätte dann rufen können: „Ich bin ein Erdling, der hinunterkommt, ich bin ein harmloser Erdling."

Er begann diese Worte versuchsweise zu rufen, die Schlucht warf sie als Echo zurück, aber es kam keine Antwort.

Er verstummte wieder und stieg unentwegt und so ruhig wie möglich hinunter, weil nun das brennende Verlangen, diese höllische Strickleiter loszuwerden und seine heißen Hände und Füße auszuruhen, jede andere Regung unterdrückte.

Kling, kling, und ein grünes Licht blitzte auf.

Starr blickte er in die Tiefe des Cañons. Der grüne Blitz kam wieder. Er enthüllte die Tiefe der Schlucht, die noch in unermeßlicher Entfernung unter ihm zu liegen schien. Und oben – was war das? In dem kurzen Augenblick, als es hell wurde, konnte er nicht erfassen, was es war. Zuerst dachte er, es sei eine riesige Schlange, die sich die Schlucht hinunterwinde, aber dann schloß er, es müsse ein langes Kabel sein, das von etlichen Utopen die Schlucht entlang gezogen werde. Aber wie die drei oder vier Gestalten, die er undeutlich gesehen hatte, dieses riesige Seil bewegen konnten, war ihm unverständlich. Der Kopf dieser Kabelschlange schien sich von selbst schräg die Felswand hinaufzuheben. Vielleicht wurde sie von Seilen, die er nicht gesehen hatte, hochgezogen. Er wartete auf einen dritten Lichtblitz, aber es kam keiner. Er lauschte. Er konnte nichts weiter hören, als ein surrendes Geräusch, das er schon früher bemerkt hatte, wie das Surren einer sanft laufenden Maschine.

Er nahm den Abstieg wieder auf. Als er endlich einen Stützpunkt erreichte, war er bestürzt. Die Strickleiter fiel einige Meter daran vorüber und endete. Er schwankte immer stärker hin und her und begann einzusehen, daß die Strickleiter zu Ende war, als er ein schwaches Anzeichen einer fast horziontal in die Felswand eingehauenen Galerie bemerkte. Er streckte einen Fuß vor, fühlte einen Rand und entfernte sich wieder von ihm. Er war jetzt so schwach und erschöpft, daß er eine Zeitlang die Strickleiter nicht loslassen und mit dem Fuß nicht den Rand erreichen konnte. Endlich begriff er, wie er dies tun könne. Er ließ die Füße baumeln und stieß sich von der Felswand ab, ließ sich wieder schwingen, um Fuß zu fassen. Er wiederholte dies zweimal, und dann hatte er genügend Vertrauen, auch die Leiter loszulassen, und fiel auf die Platte. Die Leiter baumelte von ihm weg in die Dunkelheit, kam dann wieder und versetzte ihm einen spielerischen Klaps auf die Schulter.

Die Galerie, in der er sich befand, schien die Felswand entlang einer großen Ader kristallinischen Materials zu folgen. In Manneshöhe befanden sich im Felsen Bohrlöcher. Er spähte hinein und tastete sich einige Zeit die Galerie entlang. Es war klar, wenn dies ein Bergwerk war, würde irgendein Weg herauf oder hinunter in die Schlucht führen. Das Getöse des Bergstroms war nun viel lauter, und er schätzte, daß er etwa zwei Drittel der Höhe des Gebirgsstocks heruntergestiegen war. Er hatte die Absicht, das Tageslicht abzuwarten. Das leuchtende Zifferblatt seiner Armbanduhr zeigte ihm, daß es nun vier Uhr war. Bis zur Morgendämmerung würde es nicht mehr lange dauern. Er fand eine bequeme Steinplatte zum Sitzen und kauerte sich nieder. Die Morgendämmerung schien sehr schnell zu kommen, aber in Wirklichkeit hatte er in der Zwischenzeit gedöst. Als er wieder nach der Uhr sah, war es halb sechs. Er trat an den Rand der Galerie und sah die Schlucht hinauf, dorthin, wo er das Kabel gesehen hatte. Alles war fahl und dämmerig, schwarz und weiß, aber deutlich sichtbar. Die Wände des Cañons schienen grenzenlos hinaufzuragen und schließlich in den Wolken zu verschwinden. Unten sah er flüchtig einen Utopen, der jetzt durch die Biegung der Schlucht verdeckt wurde. Er vermutete, das große Kabel müsse so dicht an den Quarantänefelsen herangebracht worden sein, daß es für ihn nicht sichtbar war.

Er konnte keine Stufen finden, die von der Galerie hinunterführten, aber einige dreißig oder vierzig Meter weiter entfernt liefen fünf oder sechs Kabelleitungen in einem steilen Winkel von der Galerie nach der gegenüberliegenden Seite der Schlucht. Sie zeichneten sich ganz schwarz und deutlich ab. Er ging auf sie zu. Es waren lauter Förderseile, an welchen kleine Laufkatzen mit großen Haken hingen. Drei Förderseile waren leer, aber auf zweien waren die Laufkatzen aufgehängt. Mr. Barnstaple prüfte sie und fand, daß sie durch eine Sperrklinke festgehalten waren. Eine dieser Klinken drehte er um, und der Förderkorb lief sofort ab und warf ihn fast in die Tiefe. Er rettete sich dadurch, daß er sich am Förderseil festhielt. Er beobachtete, wie die Laufkatze hinunterschwebte wie ein Vogel, zu einem breiten sandigen Uferstreifen auf der andern Seite des Flusses und dort zur Ruhe kam. Es schien alles in Ordnung. Heftig zitternd, wandte er sich der übriggebliebenen Laufkatze zu.

Seine Nerven und seine Willenskraft waren jetzt so erschöpft, daß es lange dauerte, ehe er den Entschluß aufbringen konnte, sich dem Haken der letzten Laufkatze anzuvertrauen und die Sperrklinke zu lösen. Dann schwebte er sanft und schnell quer über die Schlucht hinunter zur Sandbank. Dieser Strand war mit großen Haufen kristallinischen Gesteins bedeckt, und oben aus den Nebeln senkte sich von einem unsichtbaren Kran ein Seil herunter – offenbar um das Gestein hochzuheben –, aber es war kein Utope zu sehen. Er ließ los und sprang heil auf die Füße. Flußabwärts, wo das Ufer breiter wurde, ging er dicht den Rand des Bergstromes entlang.

Während er ging, wurde es heller. Die Welt hörte auf, grau und schwarz auszusehen; alle Dinge nahmen wieder Farbe an. Alles war dicht mit Tau bedeckt. Er war hungrig und fast unerträglich müde. Der Sand wechselte seine Beschaffenheit und wurde weich und schwer an seinen Füßen. Er fühlte, daß er nicht mehr weitergehen konnte. Er mußte auf Hilfe warten. Er setzte sich auf einen Stein und sah hinauf nach dem Quarantänefelsen, der sich über ihm hochtürmte.

3

Steil und hoch stieg das große Vorgebirge, wie der Bug eines riesigen Schiffes, hinter den zwei tiefblauen Cañons auf; einige Nebelfetzen verbargen noch seinen Gipfel und die kleine Brücke über der engeren Schlucht. Der Himmel oben zwischen den Nebelstreifen war jetzt von tieferem Blau. Während Barnstaple hinstarrte, zerflatterten die Nebel und lösten sich auf. Die Strahlen der aufgehenden Sonne überzogen die alte Burg mit blinkendem Gold. Die Festung der Erdlinge hob sich klar und hell gegen den Hintergrund ab.

Die Brücke und die Burg waren weit entfernt, und dieser

ganze Teil des Felsens sah aus wie eine kleine Mütze auf der Gestalt eines großen stehenden Soldaten. Unterhalb der Brücke und ungefähr in der Höhe, in welcher die drei Utopen gearbeitet hatten oder noch arbeiteten, lief etwas Dunkles, ein seilähnliches Band. Daraus schloß er, daß dies das Kabel sein müsse, welches er in der Nacht, von den grünen Blitzen erhellt, gesehen hatte. Dann bemerkte er auf dem oberen Rand der breiteren Schlucht etwas Eigentümliches. Es war eine riesige Spirale, zu einer Scheibe zusammengedrückt, die auf dem Klippenrand gegenüber dem Burgfelsen aufgetaucht war. Wegen einer vorspringenden Gesteinsmasse weniger deutlich sichtbar, stand im engeren Cañon eine gleiche Spirale, dicht an den Stufen, die von der kleinen Brücke hinaufführten. Zwei oder drei Utopen, die wegen der großen Höhe sehr klein und infolge der starken Verkürzung sehr stämmig aussahen, bewegten sich den Klippenrand entlang und machten sich an etwas zu schaffen, das offenbar im Zusammenhang mit den Spiralen stand.

Mr. Barnstaple starrte diese Vorbereitungen mit dem gleichen verständnislosen Blick an, wie ein Wilder, der niemals gehört hat, wie ein Schuß abgefeuert wird, das Laden einer Kanone beobachten würde.

Von weitem und schwach ertönte ein wohlbekannter Laut. Es war die Sirene auf der Quarantäneburg, die zum Wecken ertönte. Und fast gleichzeitig erschien die kleine napoleonische Gestalt Mr. Rupert Catskills gegen den blauen Himmel. Der Kopf und die Schultern von Penk tauchten auf, er blieb stehen und stand stramm hinter Mr. Catskill. Der Hauptmann der Erdlinge zog den Feldstecher hervor und beobachtete die Spiralen.

„Was er wohl davon hält“, sagte sich Mr. Barnstaple.

Mr. Catskill drehte sich um und gab Penk einen Befehl. Penk salutierte und verschwand.

Ein starker Knall aus der näher liegenden Schlucht rief Mr. Barnstaples Aufmerksamkeit zur kleinen Brücke zurück. Sie war fort. Er ließ den Blick schweifen und fand sie einige Meter weiter auf dem Wasser. Er sah, wie das Wasser aufspritzte, das metallene Gitterwerk sich zusammenkrümmte, zwei Schritte forttanzte und dann still lag. Und einen Augenblick später erreichte das Krachen und Klirren des Sturzes sein Ohr.

„Wer tat das nun?“ fragte Mr. Barnstaple. Mr. Catskill beantwortete die Frage, indem er hastig zu jener Ecke der Burg ging und hinunterstarrte. Er war offensichtlich überrascht. Also hatten offenbar die Utopen die Brücke gesprengt.

Mr. Hunker und Lord Barralonga gesellten sich sofort zu Mr. Catskill. Ihre Bewegungen riefen den Eindruck einer lebhaften Diskussion hervor.

Langsam drangen die Sonnenstrahlen über den Kamm des Quarantänefelsens in die Schlucht. Sie hatten nun das Kabel, welches den Gipfel einkreiste, erreicht, und in ihrem Licht glänzte es in kupfernem Glanz. Die drei Utopen, durch die Mr. Barnstaple in der Nacht geweckt worden war, wurden sichtbar, wie sie eilig die Strickleiter hinunterstiegen. Und noch einmal hörte Mr. Barnstaple den summenden Ton, den er während der Nacht immer wieder gehört hatte, aber jetzt war er viel lauter und ertönte überall um ihn herum, in der Luft, im Wasser, in den Felsen und in seinen Knochen.

Plötzlich erschien neben der kleinen Gruppe der Erdlinge oben etwas Schwarzes, Lanzenförmiges. Es schien neben ihnen in die Höhe zu springen, hielt inne, sprang wieder und wieder eine halbe Mannshöhe hoch. Es war eine Fahne, die auf einem Flaggenmast, den Mr. Barnstaple bisher nicht bemerkt hatte, gehißt wurde. Sie erreichte die Spitze des Mastes und hing schlaff herunter.

Dann blies sie ein Windstoß auf. Einen Augenblick flatterte sie auf und zeigte einen weißen Stern auf blauem Grund und fiel wieder zusammen.

Dies war die Flagge der Erde – es war die Flagge des Kreuzzuges, der die Segnungen der Konkurrenz, der Konflikte und des Krieges nach Utopia zurückbringen sollte. Darunter erschien der Kopf Mr. Burleighs, der die utopischen Spiralen durch seine Brille prüfend betrachtete.

4

Das Klopfen und Summen in Mr. Barnstaples Ohren wurde lauter und lauter und stieg schrill zu äußerster Stärke an. Plötzlich sprangen große Blitze von violettem Licht von einer Spirale zur andern und fuhren durch die Quarantäneburg hindurch, als wäre sie Luft.

Einen Augenblick lang stand sie noch dort.

Die Fahne flatterte wild auf und wurde vom Mast gerissen. Mr. Burleigh verlor seinen Hut, Mr. Catskill, bis zu halber Höhe sichtbar, kämpfte mit seinen Rockschößen, die aufgebläht wurden und seinen Kopf einhüllten. Im gleichen Augenblick sah Barnstaple, wie die Burg über dem unteren Teil des Felsens kreiste, als ob ein unsichtbarer Riese das oberste Zehntel des Gebirgsstockes erfaßt hätte und es herumzwirbelte.

Und dann verschwand sie.

Eine große Staubsäule erhob sich an ihrer Stelle. Das Wasser in der Bucht sprang in riesigen Fontänen in die Luft und versprühte. Ein betäubender und dumpfer Schlag erschütterte Barnstaples Ohren. Ein Luftdruck hob ihn hoch, schleuderte ihn ein Dutzend Meter fort, und er fiel mitten in einen Regen von Staub, Steinen und Wasser. Alles schmerzte ihn, er war halb betäubt.

„Mein Gott! Mein Gott!" schrie er und erhob sich auf die Knie mit einem heftigen Übelkeitsgefühl.

Er sah noch flüchtig, daß der Gipfel des Quarantänefelsens so glatt abgeschnitten war wie ein Käse, der mit einem scharfen Messer durchgeschnitten worden ist. Und dann überkamen ihn Müdigkeit und Erschöpfung. Er fiel vornüber und lag bewußtlos da.

DRITTES BUCH

Ein Jünger in Utopia

I

Die friedvollen Hügel am Fluß

I

„Gott hat mehr Universen erschaffen, als es Buchseiten in sämtlichen Büchereien der Erde gibt; umgeben von der Vielheit seiner Welten soll der Mensch lernen und wachsen in alle Ewigkeit."

Mr. Barnstaple hatte ein Gefühl, als ob er von Stern zu Stern und von Horizont zu Horizont schwebe, durch unaufhörlich wechselnde und wunderbare Daseinsformen. Er überschritt die Schwelle des Seins. Er glitt eine Ewigkeit lang unermeßliche Klippenwände hinunter, er zog von Ewigkeit zu Ewigkeit in einem Strom unzählbarer kleiner Sterne. Zuletzt kam ein Zustand tiefster Ruhe. Über ihm war ein Himmel dahingleitender Wolken, erwärmt durch das Licht einer untergehenden Sonne, und sanft wogende Hügel hoben sich vom Horizont ab mit goldglänzenden Grasflächen auf den Gipfeln, sie trugen dunkelpurpurne Wälder und Dickichte und Flächen von blaßgelbem, reifendem Korn auf ihren gewölbten Hängen. Hier und da sah man kuppelförmige Gebäude und Terrassen, blühende Gärten, kleine Villen und große glänzende Wasserbecken.

Auf den Hängen unmittelbar unter ihm und um ihn herum standen viele Bäume, die wie Eukalyptus aussahen, nur daß sie dunklere Blätter hatten; und schließlich fiel das Land gegen ein sehr breites Tal ab, durch das sich ein glitzernder Fluß gemächlich in großen halbkreisförmigen Bogen schlängelte, bis er im Abendnebel unsichtbar wurde.

Durch eine leichte Bewegung veranlaßt, wandte Barnstaple den Blick und entdeckte Lychnis, die neben ihm saß. Sie lächelte ihm zu und legte den Finger an die Lippen. Er hatte den unbestimmten Wunsch, sie anzusprechen, lächelte schwach und bewegte den Kopf. Sie stand auf und glitt von ihm fort, am Kopfende seines Lagers vorüber. Er war zu schwach und gleichgültig, um den Kopf zu heben und zu schauen, wohin sie gegangen war. Aber er sah, daß sie an einem weißen Tisch gesessen war, auf dem eine silberne Schale voll tiefblauer Blumen stand, und die Farbe der Blumen faszinierte und zerstreute die erste schwache Regung von Neugierde.

Er wußte nicht, ob in dieser utopischen Welt die Farben wirklich leuchtender waren oder ob etwas in der Luft lag, das seine Wahrnehmungen lebendiger und klarer machte.

Hinter dem Tisch standen die weißen Pfeiler der Loggia. Ein Zweig von einem dieser eukalyptusähnlichen Bäume mit Blättern aus dunkler Bronze reichte von außen ganz dicht heran. Musik ertönte. Es war ein leichtes Rieseln von Tönen, die tröpfelten und liefen, ein unscheinbares Bächlein schwacher, reiner Töne am Rande seines Bewußtseins, der Gesang eines Debussy aus Feenland.

Friede …

2

Barnstaple war wieder wach.

Er versuchte mühsam sich zu erinnern.

Er war auf eine so gewaltige und heftige Weise umgeworfen und betäubt worden, daß er es bis jetzt noch nicht erfassen konnte, wie es geschehen war.

Dann waren Leute um ihn herumgestanden und hatten über ihn gesprochen. Er erinnerte sich an ihre Füße. Er mußte vornüber gelegen sein, mit dem Gesicht ganz dicht am Boden. Dann hatten sie ihn umgedreht, und das Licht der aufgehenden Sonne hatte ihn geblendet.

Zwei freundliche Göttinnen hatten ihm in einer Schlucht am Fuße hoher Felsklippen eine Stärkung gereicht. Wie ein Kind war er im Arm einer Frau fortgetragen worden. Danach hatte er dunkle und verschwommene Erinnerungen an eine lange Reise, einen langen Flug durch die Luft. Dann kam noch etwas, die Vision einer riesigen Maschine, losgelöst von anderen Erscheinungen. Einige Zeit versuchte er zu erraten, was geschehen war, dann gab er es auf. Da waren Stimmen, die miteinander berieten, der Stich einer Injektion und ein Gas, das er einatmen sollte. Und Schlaf – oder Schlafzustände, Schlafperioden mit eingestreuten Träumen ... Nun zu der Schlucht; wie war er dort hingekommen?

Die Schlucht – in einem anderen, einem grünlichen Licht – mit Utopen, die sich mit einem großen Kabel abmühten.

Plötzlich stand, fest umrissen und klar, das Bild des Gebirgsstockes vor ihm, wie sich der Burgfelsen gegen den hellen blauen Morgenhimmel abhob und wie dann seine Spitze mit der flatternden Fahne und den verzerrten Gestalten herumwirbelte und langsam und ruhig wie ein großes Schiff, das mit seinen Flaggen und Fahrgästen aus dem Dock ausfährt, ins Unsichtbare und Unbekannte verschwand. Das ganze Wunder dieses großen Erlebnisses kehrte in Barnstaples Gedächtnis zurück.

3

Er setzte sich auf und blickte fragend um sich; Lychnis erschien wieder an seiner Seite.

Sie setzte sich dicht an sein Bett, schüttelte einige Kissen in seinem Rücken zurecht und redete ihm zu, sich zurückzulegen. Sie erklärte ihm, daß er von einer Krankheit geheilt und nicht mehr ansteckend, aber noch sehr schwach sei. Von welcher Krankheit? fragte er sich selbst. Es wurde ihm nun mehreres klar, was sich zuletzt abgespielt hatte.

„Es war eine Epidemie", sagte er, „eine Art gemischter Epidemie – von allen unseren Infektionen."

Sie lächelte beruhigend. Es war vorüber. Die Wissenschaft und Organisation Utopias hatte die Gefahr an der Gurgel gepackt und sie gebannt. Allerdings hatte Lychnis nichts mit der vorbeugenden und säubernden Arbeit zu tun gehabt, welche die Laufbahn dieser eindringenden Mikroben so schnell beendet hatte; ihre Arbeit bestand in der Pflege und Sorge für die Kranken. Mr. Barnstaple ahnte, daß sie ein wenig betrübt war, daß dieses Werk der Barmherzigkeit nicht mehr nötig war. Er blickte in ihre schönen freundlichen Augen auf und fand darin liebevolle Besorgnis. Sie war nicht traurig darüber, daß Utopia wieder geheilt war; das war nicht anzunehmen; aber sie schien betrübt zu sein, sich nicht mehr der Hilfe widmen zu können, und froh zu sein, daß wenigstens er noch Bestand nötig hatte.

„Was wurde aus jenen Leuten auf dem Felsen?" fragte er. „Was wurde aus den anderen Erdlingen?"

Sie wußte es nicht. Sie glaubte, daß sie aus Utopia vertrieben worden seien.

„Zurück auf die Erde?"

Sie glaubte nicht, daß sie zur Erde zurückgekommen seien. Vielleicht waren sie in ein anderes Universum gelangt. Aber sie wußte es nicht. Sie gehörte zu jenen, die keine mathematische Begabung hatten, und die physiochemische Wissenschaft sowie die verwickelten Dimensionstheorien, die so viele Leute in Utopia interessierten, lagen außerhalb ihres Gedankenkreises. Sie glaubte, daß der Gipfel des Burgfelsens vollständig aus dem utopischen Universum hinausgeschleudert worden sei. Eine große Anzahl Leute war eingehend mit der Untersuchung der unerforschten Dimensionen beschäftigt, in welche physikalische Vorgänge ausgedehnt werden könnten, aber diese Probleme erschreckten Lychnis. Ihr Geist wich vor diesen Dingen zurück, wie man vor dem Rand eines Abgrundes zurückweicht. Sie sollte nicht daran denken, wohin die Erdlinge entschwunden waren, welche Tiefen sie überwunden, welche Unendlichkeiten sie erblickt und durchflogen hatten. Solche Gedanken eröffneten dunkle Abgründe zu ihren Füßen, während sie alles für feststehend und sicher gehalten hatte. Sie gehörte zu den Konservativen Utopias, sie liebte das Leben, wie es war und wie es gewesen war.

Sie hatte sich der Pflege Barnstaples gewidmet, als sie sich überzeugt hatte, daß er dem Schicksal der anderen Erdlinge entgangen war, aber um die Einzelheiten dieses Geschickes hatte sie sich nicht sehr viel gekümmert. Sie hatte es vermieden, darüber nachzudenken.

„Aber wo sind sie? Wo sind sie hin?“

Sie wußte es nicht.

Sie teilte ihm zögernd und unvollständig ihre zurückhaltenden und ablehnenden Gedanken über diese neuen Entdeckungen, welche die Einbildungskraft der Utopen entzündet hatten, mit. Das entscheidende Moment war das Experiment von Ardenn und Chrysolagone gewesen, das die Erdlinge nach Utopia gebracht hatte. Dies war die erste Bresche in den bis dahin unüberwindlichen Schranken, die ihr Universum in drei räumliche Dimensionen gehalten hatten. Es hatte die Abgründe geöffnet. Dies hatte den Anstoß dazu gegeben, all die neue Arbeit, die nun Utopia erfüllte, auszulösen. Es war die erste Errungenschaft praktischer Ergebnisse aus einem verwickelten Netzwerk von Theorien und Schlußfolgerungen. Barnstaples Gedanken wurden dadurch auf die bescheideneren Entdeckungen auf Erden zurückgelenkt, auf Franklin, der mit seinem Drachen den Blitz gefangen und abgeleitet hatte, und Galvani mit seinen zappelnden Froschschenkeln, der über das Rätsel staunte, welches die Elektrizität dem Menschen dienstbar gemacht hatte. Aber es hatte eineinhalb Jahrhunderte gedauert, bis die Elektrizität merkbare Veränderungen im menschlichen Leben bewirkte, da es so wenig irdische Arbeiter gab und da die Wege der Welt so hindernisreich, langsam und mühevoll waren. In Utopia eine Entdeckung zu machen, bedeutete eine geistige Feuersbrunst entfachen. Hunderttausende von Forschern verfolgten nun in freier und offener Zusammenarbeit die fruchtbaren Richtlinien, die Ardenn und Chrysolagone zutage gefördert hatten. An jedem Tag und zu jeder Stunde wurden nun den Utopen neue und bis dahin phantastische Möglichkeiten zwischenräumlicher Beziehungen eröffnet.

Mr. Barnstaple rieb sich Kopf und Augen mit beiden

Händen und legte sich dann zurück, blickte auf das große Tal unten, das sich in der untergehenden Sonne allmählich golden färbte. Er hielt sich für das gesichertste und gefestigtste aller Lebewesen im Mittelpunkt eines von blühender Heiterkeit erfüllten Raumes. Aber dieser Eindruck einer unendlichen Ruhe war eine Täuschung. Dieser stille Abendfriede war von unzähligen Billionen hastender und schwirrender Atome erfüllt.

Aller Friede und jede Beständigkeit, die der Mensch kennt oder jemals kennen wird, ist nichts weiter als die glatte Oberfläche eines reißenden Stromes, der mit unglaublicher Eile von einem Wasserfall zum andern dahinschießt. Es gab eine Zeit, da man von ewigen Bergen sprechen konnte. Heute weiß jeder Schulbub, daß sie unter dem Frost, dem Wind, dem Regen und der Meeresflut Tag für Tag, Stunde für Stunde dahinschwinden. Es gab eine Zeit, da man von der Terra firma sprechen und die Erde als etwas Festes, Diamanthartes unter den Füßen betrachten konnte. Jetzt weiß man, daß sie durch den Raum wirbelt, sich um eine kreisende, blindlings getriebene Sonne dreht, inmitten einem Haufen von Sternen, wie in einer Schafherde. Auch dieser rosige Schleier des Anscheins vor Mr. Barnstaples Augen, diese Stille und gleichmäßige Röte des Sonnenunterganges und das große Panorama des Sternenraumes hinter dem Blau des Himmels, auch dies würde nun durchdrungen, durchrast und entzweigerissen werden …

Die ausgestreckten Fühler seines Geistes schlossen sich um die Dinge, die ihn am meisten beschäftigten.

„Aber wo sind meine Gefährten? Wo sind ihre Leichname? Ist es möglich, daß sie noch leben?“

Sie konnte es ihm nicht sagen.

Er lag gedankenvoll da … Es war natürlich, daß er einer geistig eher rückständigen Frau in Pflege gegeben worden war. Die aktiven Geister hier hatten in ihrem Leben nicht mehr Verwendung für ihn als die aktiven Geister auf Erden etwa für Schoßhündchen. Sie wollte über diese räumlichen Beziehungen überhaupt nicht nachdenken, der Gegenstand war für sie zu schwierig; an ihr war die utopische Erziehung spurlos vorbeigegangen. Sie saß neben ihm mit einer göttlichen Lieblichkeit, und er empfand sein Urteil über sie wie einen Verrat. Doch hatte er den quälenden Wunsch, die Antwort auf seine Fragen zu erfahren.

Er nahm an, daß die Spitze des Burgfelsens abgedreht und irgendwo in den leeren Raum hinausgeschleudert worden war. Es war unwahrscheinlich, daß die Erdlinge diesmal wiederum auf einen bequemen Planeten stoßen würden. Aller Wahrscheinlichkeit nach waren sie ins Leere hinausgeworfen worden, in den interstellaren Raum irgendeines unbekannten Universums ...

Was würde dann geschehen? Sie würden erfrieren. Die Luft würde sofort aus ihren Körpern entweichen, ihre Schwerkraft würde sie plattdrücken, sie zermalmen und sie zusammenfallen lassen. Wenigstens hätten sie keine Zeit zu leiden. Ein Schauer, als ob man in eiskaltes Wasser fällt ...

Er überlegte diese Möglichkeit.

„Hinausgeworfen!" sagte er laut. „Wie man einen Käfig voll Mäuse über Bord wirft."

„Ich verstehe nicht", sagte Lychnis zu ihm gewandt.

Er blickte sie flehend an. „Und nun sagen Sie mir, was soll aus mir werden?"

4

Eine Zeitlang gab ihm Lychnis keine Antwort. Sie saß da, den sanften Blick auf den blauen Dunstschleier gerichtet, in dem nun das große Flußtal entschwunden war. Dann wandte sie sich ihm mit der Frage zu:

„Wollen Sie in dieser Welt bleiben?"

„Gewiß, jeder Erdling muß den Wunsch haben, in dieser Welt zu bleiben. Mein Körper ist gereinigt, warum sollte ich nicht bleiben?"

„Scheint Ihnen diese Welt gut?"

„Schönheit, Ordnung, Gesundheit, Kraft und Wunder, sie hat alle guten Eigenschaften, nach denen meine Welt sich sehnt und für die sie sich abmüht."

„Und doch ist unsere Welt nicht zufrieden."

„Ich könnte zufrieden sein."

„Sie sind müde und noch schwach."

„In dieser Luft könnte ich stark und tüchtig werden. Ich könnte fast jung in dieser Welt werden. Den Jahren nach bin ich nach eurer Auffassung ein junger Mann."

Wieder war sie eine Weile still. Die mächtige Landschaft war nun mit undurchsichtigem Blau erfüllt. Und hinter den schwarzen Silhouetten der Bäume auf den Hügelhängen sah man nun die Horizontlinie der Berge, die sich gegen das gelbliche Grün und fahle Gelb des Abendhimmels abhoben. Niemals hatte Mr. Barnstaple eine so friedliche Abenddämmerung gesehen. Aber Lychnis' Worte verleugneten diesen Frieden. „Hier", sagte sie, „gibt es keine Rast. Täglich erwachen Männer und Frauen mit den Worten: ‚Was werden wir heute Neues unternehmen? Was werden wir ändern?' "

„Sie haben einen wilden Planeten voll Krankheit und Unordnung in eine Sphäre voll Sicherheit und Schönheit verwandelt. Sie haben die Wildheit menschlicher Triebe dazu gebracht, daß sie Einigkeit, Wissen und Macht hervorbrachte."

„Aber niemals rastet der Forschungstrieb. Neugier und der Wunsch nach mehr und immer noch mehr Macht verzehrt unsere ganze Welt."

„Ein gesunder Appetit. Ich bin jetzt müde, so schwach, erschöpft und hinfällig, als ob ich eben geboren worden wäre, aber wenn ich dann stärker geworden bin, werde auch ich an der Wißbegier teilhaben und an den großen Entdeckungen, die jetzt Utopia erfüllen. Wer weiß?"

Er sah ihr lächelnd in die freundlichen Augen.

„Sie werden noch viel zu lernen haben", sagte sie.

Sie schien ihr eigenes Unvermögen abzuschätzen, als sie dies sagte.

Ein Gefühl für die tiefen Unterschiede, die ein Fortschritt von dreitausend Jahren in den grundlegenden Ideen und im Denken der Menschen verursacht hatte, dämmerte in Barnstaple auf. Er erinnerte sich, daß er in Utopia nur Dinge hörte, die er verstand, und daß alles, was in seinem erdgebundenen Ideenkreis keinen Platz fand, unhörbar für ihn war. Der Abgrund des Mißverstehens dürfte weiter und tiefer sein, als er annahm. Ein vollkommen ungebildeter Nigger von der Goldküste, der versuchte, die Thermo-Elektrizität zu beherrschen, hätte sich eine weit hoffnungsvollere Aufgabe gesetzt.

„Schließlich sind es nicht die neuen Entdeckungen, an denen ich teilnehmen möchte, wahrscheinlich sind sie für mich zu hoch. Was ich mir wünsche, ist das vollendet schöne Alltagsleben, dieses Leben, das alle Träume meiner Zeit verwirklicht. Ich wünsche nur, hier zu leben, das wird mir genügen."

„Sie sind noch schwach und müde", sagte Lychnis, „wenn Sie kräftiger sind, könnten Sie anders denken."

„Was denn?"

„Ihre Gedanken werden sich wieder Ihrer eigenen Welt und Ihrem Leben zuwenden."

„Zurück zur Erde?!"

Lychnis sah wieder in die Dämmerung, ehe sie sich ihm zuwandte.

„Sie sind als Erdling geboren und erschaffen, was können Sie anderes sein."

„Was kann ich anderes sein?" Mr. Barnstaples Gedanken blieben an dieser Frage haften, und als die Lichter Utopias wie Stecknadelköpfe das dunkle Blau unten durchstachen, in Ketten und Gruppen zusammenliefen und zu nebelhaften Flecken verschwammen, lag er mehr fühlend als denkend da.

Er wehrte sich gegen die Wahrheit in Lychnis' Worten. Dieses herrliche Utopia, vollkommen und sicher, bereit zu gewaltigen Abenteuern in unerforschten Universen, war eine Welt sanfter Riesen und unvergleichbarer Schönheit, eine Welt der Unternehmungen, bei welchen ein armer, unwissender, schwacher Erdling weder helfen noch teilnehmen konnte. Sie hatten ihren Planeten ausgeschöpft, so wie man eine Geldbörse leert. Sie stießen nun mit Macht gegen die Sterne vor ... Sie waren freundlich, sie waren sehr freundlich ... Aber sie waren anders ...

2

Ein Müßiggänger in einer lebensvollen Welt

I

In wenigen Tagen hatte Mr. Barnstaple seine körperliche und geistige Kraft wiedergewonnen. Er lag nicht mehr zu Bett in der Loggia, erfüllt von Selbstmitleid und der Schönheit einer bezwungenen Welt; er ging frei herum und unternahm bald lange Spaziergänge in der utopischen Landschaft, suchte Bekanntschaften und lernte immer mehr von diesem Wunderland erfüllter menschlicher Wünsche kennen.

Denn dies machte den größten Eindruck auf ihn: Fast alle größeren Plagen des menschlichen Lebens waren überwunden, Krieg, Seuchen, Krankheit, Hunger und Armut waren aus der Erfahrung der Menschen ausgestrichen worden. Die Träume der Künstler von vollendeten und lieblichen Körpern, von einer in Harmonie und Schönheit verwandelten Welt waren verwirklicht; der Geist der Ordnung und Organisation triumphierte. Jeder Aspekt des Lebens war durch diese Errungenschaften verändert worden.

Das Klima dieses Tales der Ruhe war mild und sonnig wie das Klima Südeuropas, aber fast alle charakteristischen Merkmale der italienischen oder spanischen Landschaft fehlten. Hier gab es keine gebeugten altersschwachen Frauen, die schwere Lasten trugen, keine Bettler, die einen zudringlich verfolgten, keine zerlumpten Arbeiter, die am Straßenrand herumlungerten. Die winzigen Terrassen, die jämmerliche Anhäufung des händischen Ackerbaus, die knorrigen Olivenbäume, die winzigen Weinberge, die kleinen Fleckchen mit Getreide oder Obst bebaut, die karge unverläßliche Bewässerung unter jenen primitiven

Bedingungen, waren durchgreifenden Meliorations-Plänen einer großzügigen und sorgfältigen Ausnützung der Hänge, des Bodens und der Sonnenbestrahlung gewichen. Keine mageren Ziegen oder Schafe, von Kindern gehütet, zwischen Steinen, kein angebundenes Vieh, das nur die ihm zugeteilte Portion, und nicht mehr, fraß. Es gab keine Hütten am Wege, keine Altäre mit blutrünstigen Marterbildern, keine streunenden Köter noch geschlagene Tiere, die auf den steileren Stellen der ausgefahrenen, steinigen und schmutzbedeckten Straßen, zwischen ihren überladenen Körben schwitzten und keuchten. Statt dessen zogen sich die großen unzerstörbaren Straßen in leichten Steigungen durch das Land, übersprangen Schluchten und kreuzten Täler auf weitgeschwungenen Viadukten, in die Berghänge eingehauen wie die Bogengänge einer Kathedrale und mit ausgebauchten Vorsprüngen, um Aussicht auf einen besonders schönen Punkt der Landschaft zu gewähren. Hier gab es Ruheplätze und Unterstände, Treppen, die zu hübschen Lauben und Sommerhäusern hinaufführten, in denen sich Freunde unterhalten und Liebespaare sich verbergen und erfreuen konnten. Hier gab es Haine und Alleen, wie er sie früher niemals gesehen hatte. Denn auf der Erde gibt es kaum einen gesund ausgewachsenen Baum, fast alle unsere Bäume sind von Parasiten angefressen, morsch und von Pilzen überwuchert, sogar noch knorriger, verkrüppelter und verkrümmter als die Menschen.

Die Landschaft hatte die beharrliche planmäßige Arbeit von fünfundzwanzig Jahrhunderten in sich aufgenommen. An einer Stelle fand Barnstaple große Werke im Bau, eine Brücke wurde ausgewechselt, nicht weil sie unbrauchbar war, sondern weil jemand eine kühnere und schönere entworfen hatte.

Einige Zeit beachtete er das Fehlen von Telefon oder Telegrafenverbindungen nicht; die Masten und Drähte, die eine moderne Landschaft kennzeichnen, waren verschwunden. Die Ursachen dafür sollte er später kennenlernen. Auch vermißte er nicht die Eisenbahn, Bahnhöfe und Gasthäuser. Er nahm an, daß die verschiedenen Gebäude besonderen Zwecken dienten, daß die Leute mit einem Ausdruck von Interesse und Nachdenklichkeit aus- und eingingen, daß aus einigen Gebäuden ein emsiges Summen und Schwirren zu vernehmen war; sicherlich waren dort verschiedene Arbeiten im Gang, aber seine Vorstellungen von der technischen Organisation dieser neuen Welt waren noch zu unbestimmt und tastend, als daß er es wagte, diesem oder jenem Ort eine bestimmte Bedeutung zu geben. Er ging mit offenem Munde, wie ein Wilder in einem Garten, umher.

Niemals kam er zu Städten, noch sah er welche. Die Ursache für solche gedrängte Ansammlungen menschlicher Wesen war größtenteils verschwunden. Er erfuhr, daß sich an gewissen Orten Menschen für Studienzwecke, gegenseitigen Ansporn oder anderen erwünschten Verkehr versammelten. Diese Orte bestanden aus langen Reihen zusammenhängender Gebäude; aber er besuchte niemals eines dieser Zentren.

Und in dieser Welt schritt das große Volk der Utopen dahin, schön und wundervoll, lächelnd oder mit irgendeiner freundlichen Gebärde, wenn sie an ihm vorüberkamen, aber ohne ihm viel Gelegenheit zu Fragen oder Unterhaltungen zu geben. Sie fuhren in schnellen Maschinen auf der Landstraße oder gingen zu Fuß, und ab und zu schwebte der Schatten eines still fliegenden Flugzeuges über ihn hinweg. Er empfand ein wenig Scheu vor diesem Volk und betrachtete sich selbst als ein sonderbares Geschöpf, wenn er ihren Blicken begegnete. Denn, wie bei den Göttern der Griechen und Römer, war ihre Menschlichkeit abgeklärt und vollendet. Und es schien ihm, daß sie wirklich Götter seien. Sogar die großen zahmen Tiere, die frei in dieser Welt herumliefen, hatten eine gewisse Göttlichkeit an sich, die der Zutraulichkeit Mr. Barnstaples einen Dämpfer aufsetzte.

2

Nach kurzer Zeit fand Barnstaple einen Gefährten für seine Streifzüge, einen dreizehnjährigen Knaben namens Crystall, einen Vetter von Lychnis. Er war ein lockenköpfiger Junge mit braunen Augen wie sie. Während seiner Schulferien studierte er Geschichte.

Soviel Mr. Barnstaple beobachten konnte, lag der Schwerpunkt seiner wissenschaftlichen Erziehung in Mathematik verbunden mit Physik und Chemie; aber all dies ging über den geistigen Horizont eines Erdlings. Ein großer Teil dieser Arbeit schien im Zusammenwirken mit anderen Knaben vor sich zu gehen und das zu sein, was wir auf Erden Forschung nennen würden. Auch das Wesen eines anderen Studienzweigs, der sich anscheinend mit der Verfeinerung der Ausdrucksweise befaßte, konnte Mr. Barnstaple nicht ganz verstehen. Aber die Geschichte brachte sie zueinander. Der Knabe lernte soeben, wie sich das soziale System Utopias aus den Anstrengungen und Erfahrungen des Zeitalters der Verwirrung entwickelt hatte. Seine Vorstellung war erfüllt von den tragischen Kämpfen, auf denen die gegenwärtige Ordnung Utopias gegründet war; er hatte hundert Fragen an Mr. Barnstaple zu stellen und lernte von ihm vieles, das sich in sein Gedächtnis eingrub und zu einem Teil der Grundlagen seines späteren, reifen Denkens wurde. Mr. Barnstaple war für ihn so gut wie ein Buch, und er war für Barnstaple wie ein Führer. Sie gingen und sprachen miteinander auf der Basis vollständiger Gleichheit, dieser ausnehmend intelligente Erdling und dieser utopische Gelbschnabel, der ihn um eine Handspanne überragte, wenn sie nebeneinander standen.

Der Junge hatte die Hauptphasen utopischer Geschichte in den Fingerspitzen. Er konnte erklären, wie kunstvoll gesichert der Friede und die Schönheit Utopias waren, und tat dies gern. Die Utopen seien dem Wesen nach, sagte er, genauso wie ihre Vorfahren zu Beginn der neueren Steinzeit – vor fünfzehn- oder zwanzigtausend Jahren. Sie seien noch genauso wie die Erdlinge in der entsprechenden Periode. Seitdem habe es nur sechs- oder siebenhundert Generationen gegeben, keine Zeit für irgendwelche grundlegende Veränderungen der Menschheit. Nicht einmal eine allgemeine Vermischung der Rassen habe es gegeben. In Utopia, wie auch auf der Erde, gebe es dunkle und braune Völker, die auch verschieden geblieben seien. Die einzelnen Rassen seien im sozialen Leben vermischt, aber paarten sich nicht oft untereinander, sie reinigten und verstärkten nur die Talente und Schönheiten ihrer Rasse. Es gebe oft sehr leidenschaftliche Liebe zwischen Leuten verschiedener Rasse, aber solche Liebe führte selten zur Zeugung. Während der letzten etwa zwölfhundert Jahre habe eine gewisse planmäßige Ausscheidung häßlicher, boshafter, engherziger, dummer und mißlauniger Charaktere stattgefunden; aber abgesehen davon, daß er sich seiner latenten Möglichkeiten mehr bewußt sei, unterscheide sich der normale Mensch in Utopia sehr wenig von den gewöhnlichen, kraftvollen und fähigen Leuten der späteren Steinzeit- oder frühen Bronzezeit-Gemeinschaften. Sie seien unendlich besser genährt, geübt und erzogen, und ihr geistiger und physischer Zustand sei rein und gesund, aber sie seien von gleichem Fleisch und Blut, wie wir es sind.

„Aber“, sagte Mr. Barnstaple und kämpfte ein wenig gegen diesen Gedanken an, „willst du mir erzählen, daß die Hälfte der heute auf der Erde geborenen Kinder zu solchen Göttern heranwachsen könnten, wie diese Leute, die ich hier traf?“

„In unserer Luft, unserer Atmosphäre.“

„Mit eurer Erbschaft.“

„In unserer Freiheit.“

Mr. Barnstaple solle bedenken, daß in der Vergangenheit Utopias, im Zeitalter der Verwirrung, jeder Mensch mit einem verkrüppelten oder verschrobenen Willen, gehemmt durch sinnlose Beschränkungen oder durch plausibel scheinende Illusionen irregeführt, aufgewachsen sei. Utopia vergesse nicht, daß die menschliche Natur, im Grunde genommen, tierisch und wild sei und den sozialen Notwendigkeiten angepaßt werden müsse, aber Utopia habe gelernt, sich anzupassen – nach endlosen Fehlern, begangen infolge von Zwang, Grausamkeit und Betrug.

„Auf Erden zähmen wir unsere wilden Tiere mit glühenden Eisen und unsere Menschenbrüder durch Gewalt oder Betrug", sagte Mr. Barnstaple und schilderte seinem ungläubigen Gefährten die Schulen, Bücher, Zeitungen und öffentlichen Diskussionen des zwanzigsten Jahrhunderts. „Du kannst dir nicht vorstellen, wie geprügelt und ängstlich sogar anständige Leute auf der Erde sind. Du lernst in eurer Geschichte vom Zeitalter der Verwirrung, aber du weißt nicht, wie in Wirklichkeit eine schlechte geistige Atmosphäre, eine Atmosphäre schwacher Gesetze, des Hasses und der Vorurteile, wirkt. Wenn die Nacht über die Erde hereinbricht, gibt es stets Hunderttausende, die schlafen sollten, aber wach daliegen und einen rücksichtslosen Menschen, eine grausame Konkurrenz fürchten, voll Angst, daß sie etwas versäumen könnten, krank an einem Leiden, das sie nicht verstehen, betrübt durch irgendeinen unvernünftigen Streit, verrückt gemacht durch einen frustrierten Instinkt oder eine unterdrückte und perverse Begierde."

Crystall gab zu, daß es schwer sei, sich jetzt das Elend im Zeitalter der Verwirrung vorzustellen. Ein großer Teil der täglichen Not auf Erden sei hier unverständlich. Sehr langsam habe Utopia seine gegenwärtige Harmonie der Gesetze, Sitten und Erziehung entwickelt. Der Mensch sei nicht mehr verkrüppelt und unterdrückt; es sei anerkannt, daß er im Grunde ein Tier sei und daß sein tägliches Leben dem Kreislauf befriedigter Begierde und befreiter Instinkte folgen müsse. Das Gewebe des utopischen Alltags sei durchflochten von mannigfaltigen anregenden Speisen und Getränken, von freier und unterhaltender Leibesübung und Arbeit, von lindem Schlaf, von der Anregung und Freude furchtloser und harmloser Liebe. Verbote gebe es fast gar nicht, aber wenn das Tier gesättigt und befriedigt sei, dann beginne die utopische Erziehung. Die treibende Kraft, die Utopia aus den Verirrungen des menschlichen Lebens herausgeführt habe, sei Wißbegierde, der Spieltrieb, der sich im Leben der Erwachsenen zu einem unersättlichen Appetit auf Wissen und zu einem meist schöpferischen Drang ausgeweitet habe. Alle Utopen seien wie kleine Kinder Schüler und Bastler geworden.

Es war merkwürdig, diesen Knaben so offen und klar über die Erziehung, der er selbst unterworfen war, erzählen zu hören, und besonders, daß er so freimütig über Liebe sprechen konnte.

Eine irdische Befangenheit hielt Mr. Barnstaple fast von der Frage zurück: „Und du – liebst du nicht?“

„Ich empfand hie und da Neugierde“, sagte der Knabe, wobei er offenbar das aussprach, was man ihn gelehrt hatte, „aber es ist nicht notwendig noch bekömmlich, sich zu früh im Leben der Liebe hinzugeben oder sich der Begierde zu unterwerfen. Es schwächt die Jugend, zu früh von der Begierde beherrscht zu werden – die einen oft nicht wieder losläßt. Sie verdirbt und verkrüppelt die Einbildungskraft. Ich möchte tüchtige Arbeit leisten, wie es mein Vater vor mir getan hat.“

Mr. Barnstaple sah das schöne junge Profil an seiner Seite, und plötzlich stieg in ihm die Erinnerung an ein gewisses Zimmer Nr. 4 in der Schule auf, an gewisse häßliche Phasen seiner Jünglingszeit, an den schwülen, versteckten Raum, die heiße und scheußliche Tat. Er fühlte sich als einen gemeineren Erdling denn je. „Ach Gott“, seufzte er. „Eure Welt ist ja so rein wie Sternenlicht und so köstlich wie kaltes Wasser an einem schwülen Tage.“

„Ich liebe viele Menschen“, sagte der Junge, „aber nicht mit Leidenschaft. Eines Tages wird das kommen. Aber man soll nicht zu begierig und erpicht auf leidenschaftliche Liebe sein, oder man spielt Komödie und hascht nach einem Trugbild ... Es hat keine Eile. Niemand wird mich hindern, wenn meine Zeit kommt. Alles Gute kommt zu seiner Zeit.

Aber auf Arbeit wartet man nicht; da es die Angelegenheit eines jeden ist, geht man frisch daran. Crystall dachte sehr viel an die Arbeit, die er vorhatte. Es schien Mr. Barnstaple, daß Arbeit im Sinn einer aufgezwungenen Bürde aus Utopia fast verschwunden war. Dennoch arbeitete ganz

Utopia. Jeder leistete eine Arbeit, die seiner natürlichen Anlage angemessen war und die Phantasie des Arbeitenden anregte. Jeder arbeitete mit Freude und Eifer – so wie jene, die wir auf unserer Erde Genies nennen.

Auf einmal war Mr. Barnstaple mitten im Erzählen, wie glücklich der wahre Künstler, der wahre Gelehrte und der selbständige Mensch sogar heutzutage auf der Erde seien. Auch sie leisten eine Arbeit aus freien Stücken, die ihrer eigenen Natur entspricht und auf große Ziele gerichtet ist, wie bei den Utopen. Sie seien von allen Erdlingen am meisten zu beneiden.

„Wenn solche Menschen auf der Erde nicht glücklich sind", sagte Mr. Barnstaple, „so deshalb, weil die Gemeinheit an sie heranreicht und sie sich noch um den schmutzigen Beifall, um Ehrungen und die günstige Meinung des Pöbels kümmern und weil sie immer noch Vernachlässigung und Beengung fühlen, die sie nichts mehr angehen sollte. Aber für jemand, der den Sonnenschein Utopias gesehen hat, kann sicherlich die höchste irdische Ehre und Auszeichnung nicht mehr bedeuten und nicht begehrenswerter sein, als die schmeichelhafte Anerkennung eines Negerhäuptlings oder eine Schnur Glasperlen.

3

Crystall war noch in dem Alter, in dem man auf seine Tüchtigkeit stolz ist. Er zeigte Mr. Barnstaple seine Bücher und erzählte ihm von seinen Lehrern und Aufgaben.

Utopia machte noch immer von gedruckten Büchern Gebrauch, Bücher waren noch der einfachste, geradeste Weg, um in Ruhe Wissen zu vermitteln. Crystalls Bücher waren prachtvoll in schmiegsames Leder gebunden, das seine Mutter für ihn bearbeitet hatte, und waren aus handgeschöpftem Papier hergestellt. Die Schrift selbst war eine fließende Lautschrift, die Mr. Barnstaple nicht verstehen konnte. Sie erinnerte ihn an Arabisch; zahlreiche Skizzen, Landkarten und Diagramme waren eingestreut. Crystall wurde während seiner Ferien beim Studium von einem Lehrer beraten, für den er eine Art Bericht vorbereitete, und ergänzte seine Lektüre durch Besuche von Museen; doch im Tal des Friedens war kein Erziehungsmuseum vorhanden, das für einen Besuch Mr. Barnstaples geeignet gewesen wäre.

Crystall war über die erste Stufe des Unterrichts hinaus, der, wie er sagte, in ausgedehnten Schulgemeinden, die ganz dem Leben der Kinder überlassen seien, ausgeübt werde. Unterricht bis zum elften oder zwölften Jahr schien in Utopia viel sorgfältiger bewacht, behütet und gepflegt zu werden als auf Erden. Erschütterungen für die Einbildung, Furcht und üble Beeinflussungen wurden ebenso sorgsam wie infektiöse Krankheiten und physische Leiden ferngehalten; mit acht oder neun Jahren waren die Grundlagen des utopischen Charakters gefestigt, die Gewöhnung an Reinlichkeit, Wahrheit, Offenherzigkeit, Hilfsbereitschaft, Vertrauen zur Welt, Furchtlosigkeit und ein Gefühl der Verantwortung für die großen Ziele der Menschheit.

Erst im zehnten oder elften Jahr verließ das Kind den Garten seiner Kindheit und begann die gewöhnlichen Wege der Welt kennenzulernen. Bis zu diesem Alter lag die Sorge für die Kinder in der Hauptsache in den Händen von Pflegerinnen und Lehrern; aber später gewannen die Eltern größeren Einfluß, als sie ihn auf das Leben der Jüngsten ausübten. Es war überall üblich, daß die Eltern eines Kleinkindes in seiner Nähe waren, aber gerade dann, wenn die irdischen Eltern sich von ihren Kindern zu trennen pflegen, sobald diese zur Schule oder in einen Beruf gehen, wurde in Utopia die Beziehung zwischen Eltern und Kindern enger. In Utopia herrschte die Ansicht, daß zwischen Eltern und Kindern eine natürliche Seelenverwandtschaft bestehe; die Kinder strebten nach der Freundschaft und Kameradschaft ihrer Eltern, und die Eltern hatten das Interesse ihrer heranwachsenden Kinder im Auge. Und obwohl die Eltern praktisch keine Gewalt über einen Sohn oder eine Tochter hatten, nahmen sie natürlicherweise die Stellung eines Verteidigers, Ratgebers und liebevollen

Freundes ein. Die Freundschaft war eben deswegen, weil es die Gewalt nicht gab, um so offener und inniger, und um so leichter, weil die Utopen von Generation zu Generation um so viel jünger und geistig frischer waren als Erdlinge. Crystall empfand anscheinend große Liebe zu seiner Mutter; auf seinen Vater, der ein wunderbarer Maler und Zeichner war, war er sehr stolz; aber die Mutter besaß das Herz des Knaben.

Auf seinem zweiten Spaziergang mit Mr. Barnstaple sagte Crystall, er erwarte nun eine Nachricht von seiner Mutter, und Mr. Barnstaple hatte Gelegenheit, den Ersatz für Korrespondenz in Utopia kennenzulernen. Crystall hatte ein Bündel aus Drähten und leichten Stäben bei sich; als sie nun an eine Stelle kamen, wo inmitten eines Rasens ein Pfeiler stand, breitete er diese Dinge wie ein Fadenspiel aus und drückte mit einem Schlüssel, den er an einer leichten goldenen Kette am Halse trug, auf einen Taster am Pfeiler. Dann nahm er einen Hörer auf, der am Apparat befestigt war, sprach laut, lauschte dann und hörte nun eine Stimme.

Es war eine sehr angenehme Frauenstimme; sie sprach eine Weile ohne Unterbrechnung mit Crystall, dann antwortete dieser, und später waren andere Stimmen hörbar, einigen antwortete Crystall, anderen hörte er ohne Antwort zu. Dann packte er seinen Apparat wieder zusammen.

Mr. Barnstaple erfuhr, daß dies der utopische Ersatz für Briefe und Telefon sei. Denn in Utopia spreche man nicht telefonisch miteinander, außer, man habe das vorher verabredet. Eine Nachricht wird an die Station des Bezirks gesandt, von dem man weiß, daß sich der Empfänger dort aufhält, und dort bleibt sie liegen, bis er die angesammelten Nachrichten abzuholen beliebt. Und alles, was man wiederholt haben will, kann wiederholt werden. Dann spricht er zu den Absendern und teilt ihnen mit, was er will. Die Übertragung geschieht drahtlos. Die kleinen Pfeiler liefern elektrische Energie für die Verbindung oder für jeden anderen Zweck, den die Utopen wünschen. Zum Beispiel benützen sie die Gärtner, um ihre Mähmaschinen, Bagger, Harken und Walzen zu betreiben.

In weiter Ferne, jenseits des Tales zeigte Crystall die Bezirksstationen, wo diese Korrespondenz gesammelt und verteilt wurde. Nur wenige Leute waren dort beschäftigt, fast alle Verbindungen waren automatisch. Die Nachrichten kamen und gingen aus und nach allen Teilen des Planeten.

Dies veranlaßte Mr. Barnstaple zu einer langen Reihe von Fragen.

Er entdeckte zum erstenmal, daß die Nachrichtenorganisation Utopias vollständige Kenntnis vom Aufenthaltsort einer jeden Seele auf dem Planeten hatte; sie hatte ein Register aller lebenden Personen und wußte, in welchem Nachrichtenbezirk die betreffende war. Jeder war aufgezeichnet und vorgemerkt.

Für Mr. Barnstaple, der an die Taktlosigkeit und Unehrlichkeit irdischer Regierungen gewöhnt war, war dies eine erschreckende Entdeckung. „Auf Erden wäre dies die Ursache für nicht endenwollende Erpressung und Tyrannei", sagte er. „Jeder wäre der Spionage ausgeliefert. Wir hatten einen Kerl in Scotland Yard – wenn der in eurer Verkehrsabteilung gewesen wäre, hätte er in einer Woche das Leben in Utopia unerträglich gemacht. Du kannst dir nicht vorstellen, was für eine Plage er war."

Mr. Barnstaple mußte Crystall erklären, was man unter Erpressung verstehe. Etwas Ähnliches habe es anfangs in Utopia gegeben, sagte Crystall; genauso wie auf der Erde habe in Utopia die gleiche natürliche Tendenz bestanden, Kenntnis und Macht zum Nachteil seiner Mitmenschen zu mißbrauchen, und das gleiche Mißtrauen eines jeden gegen das Bekanntwerden seiner Personaldaten. In der Steinzeit hätten die Menschen in Utopia ihre wahren Namen geheimgehalten, man habe von ihnen nur mit Spitznamen sprechen können. Sie fürchteten zauberischen Mißbrauch. „Einige Wilde tun dies auf Erden auch jetzt noch", sagte Mr. Barnstaple. Nur ganz allmählich hätten die Utopen Vertrauen zu Ärzten und Zahnärzten gefaßt, und nur sehr langsam seien Ärzte und Zahnärzte vertrauenswürdig geworden. Dutzende Jahrhunderte seien notwendig gewesen, ehe die schwersten Mißbräuche des Vertrauens, das in einer modernen Organisation notwendig ist, abgestellt werden konnten.

Jeder junge Utope muß fünf Grundsätze der Freiheit lernen, ohne die eine Zivilisation unmöglich ist. Der erste Grundsatz ist der der Unantastbarkeit der Privatsphäre. Das bedeutet, daß alle persönlichen Angelegenheiten zwischen dem Bürger und der öffentlichen Verwaltung, der er sie anvertraut, vertraulich sind und nur zu seinem Vorteil und mit seinem Einverständnis ausgenützt werden dürfen. Natürlich sind alle solchen Daten für statistische Zwecke verfügbar, aber nicht als persönliche Angelegenheiten. Der zweite Grundsatz ist der der Bewegungsfreiheit. Ein Bürger kann, vorausgesetzt, daß er von seinen öffentlichen Verpflichtungen entbunden ist, ohne Erlaubnis oder Erklärung an jede beliebige Stelle des Planeten gehen. Alle Transportmittel stehen frei zu seiner Verfügung. Jeder Utope kann die Umgebung, das Klima und seine soziale Umwelt verändern, wie es ihm beliebt. Der dritte Grundsatz ist der vom unbeschränkten Wissen. Alles, was in Utopia bekannt ist, mit Ausnahme der persönlichen Daten über lebende Personen, ist registriert und so leicht erreichbar, wie es durch eine vollständige Reihe von Verzeichnissen, Büchern, Museen und Auskunfteien zu erlangen wäre. Was immer der Utope zu wissen wünscht, kann er, so weit sein Auffassungsvermögen und sein Fleiß es zulassen, in höchster Klarheit, Genauigkeit und Leichtigkeit erfahren. Nichts wird vor ihm verborgen gehalten und nichts ihm falsch dargestellt. Und dies brachte Barnstaple zum vierten Grundsatz der Freiheit, der lautete, daß die Lüge das schwärzeste Verbrechen sei.

Crystalls Definition des Lügens war vielumfassend; die ungenaue Darstellung von Tatsachen, sogar die Unterdrükkung einer wesentlichen Tatsache, sei Lügen.

„Wo es Lügen gibt, kann keine Freiheit herrschen."

Mr. Barnstaple war von diesem Gedanken tief beeindruckt. Er erschien ihm einerseits ganz neu und anderseits so, als ob er ihn schon immer unbewußt gehegt hätte. Fast der ganze Unterschied zwischen Utopia und unserer Welt, sagte er sich, liege darin, daß unsere Atmosphäre von Lug und Trug erfüllt und vergiftet sei.

„Wenn man sich das nur einmal klarmacht!“ sagte Mr. Barnstaple und fing an, Crystall all die Falschheit im menschlichen Leben darzulegen. Die grundlegenden Voraussetzungen irdischer Beziehungen waren immer noch weitgehend Lügen, falsche Vorurteile in bezug auf notwendige und unvermeidliche Unterschiede der Landesfarben und Nationalitäten, Ansprüche auf Amt und Würde in der Monarchie; Vorspiegelungen der organisierten Gelehrsamkeit, religiöse und sittliche Dogmen und Täuschungen. Und man muß darin leben; man ist ein Teil dessen, man wird durch diese unvernünftigen Unwahreiten gehindert, belastet, in Not gebracht und getötet. „Lüge, das Urverbrechen! Wie einfach ist das! Wie wahr und zwingend ist das! Dieses Dogma bedeutet den grundlegenden Unterschied zwischen dem wissenschaftlichen Weltstaat und allen vorausgegangenen Staaten.“ Hier stürzte sich Mr. Barnstaple in eine lange und erregte Rede gegen die Verheimlichungen und Fälschungen der irdischen Zeitungen.

Diese Frage lag ihm sehr am Herzen. Die Londoner Zeitungen hatten aufgehört, unparteiische Vermittler von Nachrichten zu sein; sie unterschlugen, verstümmelten und machten falsche Angaben. Sie waren nicht besser als Propagandaschmierbläter. Fetzen! *Nature* war auf ihrem Gebiet allem Anschein nach genau und vollständig, aber das war ein rein wissenschaftliches Blatt; es berührte nicht die Tagesneuigkeiten. Die Presse war nach seinem Dafürhalten das einzig mögliche Salz des zeitgenössischen Lebens, und wenn dieses Salz einmal seinen Geschmack verloren hatte, dann – –!

Der arme Mann hielt eine Rede, als ob er wieder am Frühstückstisch in Sydenham säße nach der Lektüre einer schlechten Morgenzeitung.

„Einst gab es in Utopia das gleiche Durcheinander“, sagte Crystall tröstend. „Aber es gibt ein Sprichwort: ‚Wo die Wahrheit zu Besuch war, dorthin kehrt sie zurück.‘ Du mußt dich nicht so sehr grämen, eines schönen Tages wird sich auch eure Presse läutern."

„Wie haltet ihr es mit Zeitungen und Kritiken?" fragte Mr. Barnstaple.

Crystall erklärte, daß Nachrichten und Diskussionen in Utopia etwas ganz Verschiedenes seien. Es gebe Häuser – eines könne man sehen –, die als Leseräume benützt würden. Man gehe dorthin, um Neuigkeiten zu erfahren. Dorthin kämen die Berichte über alle Ereignisse auf dem Planeten, über Erfindungen, Entdeckungen und Taten. Es werde das berichtet, was man brauche; es gebe keine Annoncenverträge, die jeden Tag den gleichen Haufen von Nachrichten erforderten. Eine Zeitlang, sagte Crystall, waren die Berichte über die Erdlinge sehr ausführlich und unterhaltend, aber seit einigen Tagen hatte er die Zeitung nicht gelesen, da die Erdlingsangelegenheit sein Interesse an der Geschichte geweckt hatte. Es gab stets Nachrichten über neue wissenschaftliche Entdeckungen, die seine Phantasie bewegten. Ein häufig wiederkehrender Punkt, der die Öffentlichkeit interessierte und erregte, war die Darlegung eines ausgedehnten Forschungsplanes. Die neue Raumforschung, für welche Ardenn und Chrysolagone gestorben waren, brachte zahlreiche Nachrichten hervor. Wenn in Utopia jemand starb, war es Sitte, seine Lebensgeschichte zu beschreiben.

Crystall versprach, Mr. Barnstaple zu einer Zeitungsredaktion mitzunehmen und ihm einige utopische Beschreibungen des irdischen Lebens, die von den Erdlingen herrührten, vorzulesen; auch wünschte Mr. Barnstaple danach etwas über Ardenn und Chrysolagone zu hören, die nicht nur bedeutende Entdecker, sondern auch in der Liebe groß waren, und von Serpentin und Ceder, für die er große Bewunderung hegte. Die utopischen Nachrichten entbehrten natürlich der Würze einer irdischen Zeitung; die rätselhaften Morde und amüsanten Ungezogenheiten, die unterhaltenden und aufregenden Folgen sexueller Ignoranz und sexueller Verfehlungen und aufgedeckte Schwindeleien, die großen Prozessionen königlicher Hoheiten durch die

Hauptverkehrsstraßen und die romantischen Schwankungen der Börse und des Sports. Aber was die Neuigkeiten Utopias an Lebendigkeit fehlen ließen, wurde durch die Lebendigkeit der Diskussion wettgemacht. Denn der fünfte Grundsatz der Freiheit in Utopia war: freie Diskussion und Kritik.

Jedem Utopen stand es frei, alles im ganzen Universum zu kritisieren und zu besprechen, vorausgesetzt, daß er weder direkt noch indirekt Lügen erzählte, er konnte so achtungsvoll oder verachtungsvoll sein, wie es ihm beliebte; er konnte etwas Beliebiges, auch Umstürzlerisches vorschlagen. Er konnte sich in Poesie oder Prosa, wie es ihm gefiel, ausdrücken. Er konnte sich in jeder literarischen Form Ausdruck verschaffen oder durch eine Skizze oder Karikatur, wie er gerade Laune hatte. Nur dem Lügen mußte er entsagen, das war die einzige strenge Regel in Streitfragen. Was er mitzuteilen hatte, konnte er drucken und in den Zeitungen verbreiten. Dort wurde es gelesen oder nicht beachtet, je nachdem, ob es die Besucher billigten oder nicht. Oft nahmen sie eine Kopie dessen, was sie gerne lasen, mit sich. Crystall hatte einige neue phantastische Aufsätze über die Erforschung des Raumes unter seinen Büchern, phantastische Geschichten, die von Knaben sehr eifrig gelesen wurden; es waren Broschüren von dreißig bis vierzig Seiten, auf wunderbarem Papier gedruckt, das, wie er sagte, aus Flachs und gewissen Schilfgräsern erzeugt war. Die Bibliothekare merkten vor, welche Bücher und Blätter gelesen und mitgenommen wurden, die man dann durch neue Exemplare ersetzte. Die Stöße von Schriften, die nicht gelesen wurden, beschränkte man nach kurzer Zeit auf ein oder zwei Exemplare, und der Rest wanderte in die Papiermühlen zurück. Aber viele Dichter, Philosophen und Schriftsteller, deren Phantasie kein großes Publikum fand, wurden nichtsdestoweniger aufbewahrt, und die Erinnerung an sie wurde von einigen wenigen Verehrern lebendig erhalten.

4

„Über eines bin ich mir nicht ganz klar", sagte Mr. Barnstaple. „Ich habe weder Münzen noch sonst etwas Geldähnliches in dieser Welt gesehen. Allem äußeren Anschein nach dürfte dies eine Art Kommunismus sein, wie er in einem Buch, das wir auf Erden schätzen, dargestellt wird, einem Buch mit dem Titel: ‚Neuigkeiten von Nirgendwo', von einem Erdling namens William Morris. Es war ein reizendes, unmögliches Buch. In diesem Traum arbeitete jeder aus Vergnügen an der Arbeit und nahm sich, was er brauchte. Aber ich habe niemals an Kommunismus geglaubt, weil ich die natürliche Wildheit und Gier des ungebildeten Menschen kenne, so wie ihr sie hier in Utopia anscheinend erkannt habt. Es macht wohl Freude, Werke zum Nutzen anderer zu schaffen, aber es gibt keine natürliche Freude an unbelohnten Diensten. Das Gefühl der Gerechtigkeit für sich selbst ist im Menschen stärker als das Gefühl des Dienstes an andere. Irgendwie müßt ihr die Arbeit, die jemand für Utopia leistet, gegenüber dem, was er vernichtet oder verzehrt, ins Gleichgewicht bringen. Wie macht ihr das?"

Crystall überlegte. „Es gab Kommunisten in Utopia im letzten Zeitalter der Verwirrung. In gewissen Teilen unseres Planeten versuchten sie das Geld plötzlich und gewaltsam abzuschaffen und brachten es zu einer großen wirtschaftlichen Verwirrung, zu Armut und Elend. Geradewegs auf den Kommunismus loszumarschieren, mißlang – auf sehr tragische Weise. Und doch herrscht in Utopia heute praktisch Kommunismus, und außer aus Neugierde hatte ich niemals in meinem Leben eine Münze in der Hand."

Genau wie auf der Erde kam nach Utopia das Geld als eine große Entdeckung, als eine Maßnahme der Freiheit. Bis dahin, vor der Erfindung des Geldes, wurden alle Dienste zwischen den Menschen auf Grund von Sklaverei oder Tauschhandel geleistet. Das Leben beruhte auf Sklaverei und spielte sich nur in engen Grenzen ab. Aber das

Geld erschloß die Möglichkeit, einen Arbeiter seinen Lohn frei wählen zu lassen. Utopia brauchte dreitausend und mehr Jahre, um diese Möglichkeiten zu erfassen. Die Idee des Geldes barg vielfältige Gefahren in sich und konnte leicht mißbraucht werden. Utopia torkelte auf seinem Wege zur wirtschaftlichen Klarheit durch lange Jahrhunderte voll Kredit und Schulden, falschem und entwertetem Gelde; es herrschten übermütiger Wucher und jede Art spekulativen Mißbrauches. In bezug auf das Geld hatte sich die Schlauheit mehr als in anderen menschlichen Angelegenheiten äußerst gemein und tückisch erwiesen, um sich an der Not der Mitmenschen zu bereichern. Utopia trug einst, so wie es die Erde jetzt tut, eine Bürde von Parasiten, Spekulanten, Aufkäufern, Spielern, rücksichtslosen Shylocks, die aus der Schwäche des Geldsystems jeden erreichbaren Vorteil herauspreßten; es benötigte Jahrhunderte wirtschaftlicher Gesundung. Erst als Utopia zu den Anfängen einer weltumfassenden politischen Einheit gelangt war und als genügend Statistiken über die natürlichen Reichtümer und die Produktion auf der Welt vorhanden waren, konnte die menschliche Gesellschaft dem einzelnen Arbeiter mit Sicherheit eine Münze von stets gleichbleibender Bedeutung geben, eine Münze, die für ihn heute, morgen oder zu irgendeiner Zeit die Gewißheit einer feststehenden Menge von Elementarwerten bedeutete. Und als auf dem ganzen Planeten Friede herrschte und die soziale Stabilität größer wurde, schwanden die Zinsen, die ein Maßstab der Gefahr und Unsicherheit sind, schließlich ganz dahin. Das Bankgeschäft wurde notgedrungen ein öffentlicher Dienst, da es dem einzelnen Bankier keinen Gewinn mehr bot. „Die Rentierklasse", erläuterte Crystall, „ist in keiner Gemeinschaft ein dauerndes Element. Sie kennzeichnet eine Übergangsphase von einer Periode der Unsicherheit und hoher Verzinsung zu einer Periode vollkommener Sicherheit und Zinslosigkeit, sie ist also nur eine vorübergehende Erscheinung."

Mr. Barnstaple begriff die Darstellung erst, nachdem er einige Zeit ungläubig zugehört hatte. Nach wenigen Fragen erfuhr er, daß Jung-Utopia wirklich einen gewissen Begriff davon hatte, was eine Rentierklasse war, wie ihre Moral und Denkungsart beschaffen war und welche Rolle sie in der geistigen Entwicklung der Welt dadurch gespielt hatte, daß sie eine Klasse unabhängiger Geister gestellt habe. „Das Leben duldet keine unabhängigen Klassen", sagte Crystall, indem er offenbar ein Axiom wiederholte. „Entweder man muß sich durch Arbeit sein Brot verdienen, oder man muß rauben ... Wir sind das Rauben losgeworden."

Der Junge, der noch von seinem Buch sprach, ging dazu über, zu erklären, wie das Geld allmählich außer Gebrauch kam. Es war das Ergebnis der allgemeinen fortschreitenden Organisation des Wirtschaftssystems, des Ersatzes konkurrierender Unternehmen durch gemeinschaftliche und des Kleinhandels durch den Großhandel. Es gab eine Zeit in Utopia, da das Geld bei jeder kleinen Transaktion und Dienstleistung von Hand zu Hand ging. Man zahlte Geld, wenn man eine Zeitung, ein Zündholz, einen Strauß Blumen haben oder ein Verkehrsmittel benützen wollte. Jeder Mensch ging mit den Taschen voll kleiner Münzen herum und zahlte bei jeder geringsten Gelegenheit. Als dann die Wirtschaftswissenschaft stabiler und genauer wurde, breiteten sich die Methoden der Genossenschaften und der Subskription aus. Man war in der Lage, Passierscheine zu kaufen, mit denen man auf allen vorhandenen Transportmitteln ein Jahr, zehn Jahre oder sein Leben lang befördert werden konnte. Der Staat lernte von den Klubs und den Hotels, Streichhölzer, Zeitungen, Schreibzeug und Transportmittel für eine feste Jahresgebühr zur Verfügung zu stellen. Das gleiche umfassende System breitete sich von geringfügigen und nebensächlichen Dingen auf bedeutende und wichtige Sachen aus, auf Wohnung, Nahrung und sogar Kleidung. Das staatliche Postsystem, dem der Aufenthalt jedes utopischen Bürgers bekannt war, konnte in kurzer Zeit in Verbindung mit dem öffentlichen Banksystem jedem Utopen in irgendeinem Teil der Welt Kredit garantieren. Die Leute hörten auf, Münzen für ihre Arbeit einzuziehen; die verschiedenen Abteilungen für öffentliche Dienste, wirtschaftliche, erzieherische und wissenschaftliche Tätigkeit kreditierten dem einzelnen für seine Leistungen bei der öffentlichen Bank und belasteten ihn mit dem gewöhnlichen Verbrauch aller normalen Dienstleistungen für seine Lebensführung.

„Etwas Derartiges geht auf der Erde jetzt vor sich", sagte Mr. Barnstaple. „Wir verwenden wohl noch Geld als letztes Mittel, aber ein großer Teil unserer Geschäfte ist bereits eine Buchungsangelegenheit."

Jahrhunderte der Einigkeit und Energie hatten Utopia eine vollständige Beherrschung vieler natürlicher Kraftquellen auf dem Planeten verschafft; sie waren die Erbschaft eines jeden auf ihm geborenen Kindes. Bei seiner Geburt wurde es mit einem Betrag kreditiert, der ausreichte, um es zu erziehen und es bis zum vier- oder fünfundzwanzigsten Lebensjahr zu unterhalten, dann erwartete man, daß jeder irgendeine Beschäftigung wählen würde.

„Aber wenn er es dann nicht tut?" fragte Mister Barnstaple.

„Jeder tut es."

„Aber wenn nicht?"

„Er wäre unglücklich und hätte Gewissensbisse. Ich habe noch nie von einem solchen Fall gehört. Ich nehme an, man würde mit ihm darüber sprechen. Psychologen würden ihn untersuchen ... Aber man muß etwas tun."

„Aber angenommen, Utopia hätte keine Arbeit für ihn?"

Crystall konnte sich das nicht vorstellen. „Es gibt immer etwas zu tun."

„Aber früher, in den alten Zeiten, hattet ihr Arbeitslosigkeit in Utopia?"

„Sie war ein Teil der Verwirrung. Es gab eine Art Überentwicklung der Verschuldung, sie hatte lähmend gewirkt. Ja, es gab Arbeitslosigkeit, und zu gleicher Zeit waren weder genug Häuser noch Nahrung noch Kleidung vorhanden. Zu ein- und derselben Zeit hatten sie Arbeitslosigkeit und Mangel. Es ist unglaublich."

„Erhält jeder ungefähr die gleiche Bezahlung?"

„Energischen und schöpferischen Menschen werden oft große Unterstützungen gewährt, wenn sie die Hilfe anderer oder die Verfügung über natürliche Hilfsquellen zu benötigen scheinen ... Und Künstler werden manchmal reich, wenn ihr Werk viel verlangt wird."

„Muß man eine solche goldene Kette, wie du sie hast, kaufen?"

„Vom Hersteller in seinem Laden. Meine Mutter kaufte sie."

„Es gibt also Kaufläden?"

„Du wirst welche sehen. Orte, wohin man geht, um neue und köstliche Dinge zu sehen."

„Und wenn ein Künstler reich wird, was kann er mit seinem Geld anfangen?"

„Er kann Zeit und Material in Anspruch nehmen, um etwas überwältigend Schönes für unsere Welt zu schaffen. Oder er kann es sammeln und damit die Arbeit anderer Künstler unterstützen. Oder was ihm sonst gefällt, unterrichten und den allgemeinen Schönheitssinn in Utopia verfeinern. Oder eben gar nichts tun ... Utopia kann es sich erlauben – wenn er es kann."

5

„Ceder und Lion", sagte Mr. Barnstaple, „erklärten uns, wieso eure Regierung sich gleichsam aufgelöst und sich unter die Leute, die eine besondere Kenntnis der in Betracht kommenden Angelegenheiten haben, aufgeteilt habe. Das Gleichgewicht zwischen den Interessen, hörten wir, werde von jenen, die allgemeine Psychologie und das Erziehungswesen Utopias studieren, aufrechterhalten. Zuerst erschien es unserem Erdlingsverstand merkwürdig, daß es nirgends eine angebliche Allwissenheit und eine tatsächliche Allmacht gibt, das heißt eine höchste Instanz, eine Person oder eine Körperschaft, deren ‚Es geschehe' endgültig wäre. Mr. Burleigh und Mr. Catskill waren der Ansicht, daß eine solche Instanz unbedingt notwendig sei, und auch ich war der gleichen Meinung, allerdings weniger überzeugt. ‚Wer will entscheiden?' das war für sie ein Rätsel. Sie erwarteten, zum Präsidenten oder dem Obersten Rat Utopias geführt zu werden. Ich nehme an, es erscheint euch als das Natürlichste, daß es nichts Derartiges gibt und daß eine Aufgabe einfach und natürlich demjenigen auferlegt wird, der am meisten davon versteht."

„Und der einer freien Kritik unterliegt", sagte Crystall.

„Und dem gleichen Verfahren unterliegt, das ihn an hervorragende und verantwortliche Stelle gesetzt hat. Aber drängen sich die Leute nicht auch hier vor – aus Eitelkeit? Und werden sie nicht gerade gegen die Besten durchdringen – aus Bosheit?"

„Es gibt eine Menge Bosheit und Eitelkeit in jeder utopischen Seele", sagte Crystall. „Aber die Leute sprechen offen, und die Kritik ist gründlich und frei. So lernen wir unsere Beweggründe prüfen, ehe wir loben oder tadeln."

„Was ihr sagt und tut, deckt den wahren Wert einer jeden Sache offen auf", sagte Mr. Barnstaple. „Ihr könnt nicht unangefochten in Lärm und Dunkelheit mit Schmutz schleudern oder im Wirrwarr zu Unrecht Anerkennung ernten."

„Vor einigen Jahren gab es einen Mann, einen Künstler, der das Werk meines Vaters heftig angriff. Oft ist künstlerische Kritik hier sehr scharf, aber er war scharf über alle Maßen. Er karikierte meinen Vater und schmähte ihn unaufhörlich. Er folgte ihm von Ort zu Ort, er versuchte, die Zuteilung von Material an ihn zu verhindern. Er erreichte nichts, einige Leute antworteten ihm, aber meistens wurde er nicht beachtet ..."

Der Knabe brach kurz ab.

„Nun?"

„Er tötete sich selbst. Er konnte seiner eigenen Torheit nicht entfliehen, jeder wußte, was er gesagt und getan hatte ..."

„Aber in früheren Zeiten gab es Könige, Räte und Konferenzen in Utopia", sagte Mr. Barnstaple, zur Hauptsache zurückkehrend.

„Meine Bücher lehren, daß unser Staat in keiner andern Weise sich hätte entwickeln können. Wir mußten Leute haben, die sich mit der Gesellschaftsordnung befaßten, Politiker und Gesetzgeber, als eine notwendige Stufe in der politischen und sozialen Entwicklung. Ebenso wie wir Soldaten und Polizei haben mußten, um das Volk vor Gewalttätigkeiten zu bewahren. Nur sehr allmählich kamen die Politiker und Gesetzgeber dazu, die Notwendigkeit von Spezialkenntnissen in den Dingen, mit denen sie sich zu befassen hatten, zuzugeben: Politiker zogen Grenzen ohne Kenntnis der Ethnologie oder der Wirtschafts-Geographie, und Gesetzgeber entschieden über Willen und Zweck, ohne eine Ahnung von Psychologie zu haben. Sie brachten die verkehrtesten und stümperhaftesten Anordnungen in feierlichster Weise vor."

„Wie Tristram Shandys Kirchenbulle, die in Versailles den Weltfrieden errichten wollte", sagte Mr. Barnstaple halblaut.

Crystall blickte ihn erstaunt an.

„Eine komplizierte Anspielung auf eine rein irdische Angelegenheit", sagte Mr. Barnstaple. „Die Aufteilung politischer und gesetzgeberischer Geschäfte unter Leute, die Kenner dieser Gebiete sind, ist für mich eine der interessantesten Erscheinungen in dieser Welt. Eine solche Aufteilung fängt jetzt auch auf der Erde an. Leute, die das Weltwohl im Auge haben, verhalten sich zum Beispiel gegenüber politischen und gesetzgeberischen Methoden ablehnend, dasselbe tun viele unserer besten Wirtschaftler. Die meisten Leute gehen niemals, von der Wiege bis zum Grabe, zu einer Gerichtsverhandlung, nicht einmal in eigenen Angelegenheiten. Was wurde aus euren Politikern und Gesetzgebern? Gab es einen Kampf?"

„Als die Erleuchtung wuchs und sich die Bildung verbreitete, wurden sie offensichtlich immer unnötiger. Schließlich versammelten sie sich nur, um Fachleute als Beisitzer und so weiter zu ernennen. Und nach einiger Zeit wurden auch diese Ernennungen eine Selbstverständlich keit. Ihre Tätigkeit verschmolz mit den allgemeinen Funktionen der Kritik und Diskussion. Es gibt Orte, wo noch alte Gebäude stehen, die als Ratskammern und Gerichtshöfe gedient hatten. Der letzte Politiker, der in eine gesetzgebende Versammlung gewählt worden war, starb in Utopia vor etwa tausend Jahren. Er war ein exzentrischer und schwatzhafter alter Herr; er war der einzige Kandidat, und ein Mann stimmte für ihn; er bestand darauf, Versammlungen abzuhalten, bei denen niemand außer ihm selbst zugegen war, und daß seine Reden und Handlungen stenographisch aufgenommen wurden. Knaben und Mädchen, die Stenographie lernten, gingen hin und protokollierten seine Reden. Schließlich wurde er als Geisteskranker behandelt."

„Und der letzte Richter?"

„Über den letzten Richter habe ich nichts gehört", sagte Crystall „ich muß meinen Lehrer fragen. Ich nehme an, daß es einen gab, aber ich glaube, es hat niemand von ihm verlangt, über irgend etwas zu richten. So hat er wahrscheinlich etwas Wichtigeres zu tun bekommen."

6

„Ich beginne den Alltag dieser Welt zu verstehen", sagte Mr. Barnstaple. „Es ist das Leben von Halbgöttern, ganz frei, stark individualisiert, jeder folgt seiner persönlichen Neigung, jeder trägt zu den großen Zielen des Volkes bei. Es ist nicht nur rein in seiner Nacktheit, sanft und lieblich, sondern voll persönlicher Würde. Es ist, wie ich sehe, praktich ein Kommunismus, der planmäßig lange Jahrhunderte der Erziehung, Disziplin und sozialistischer Vorbereitung hindurch zum Höhepunkt geführt wurde. Ich hatte niemals früher gedacht, daß der Sozialismus das Individuum erhöhen und veredeln könnte. Aber jetzt sehe ich deutlich, daß hier die Probe aufs Exempel gemacht wurde. In dieser glücklichen Welt – es krönt wahrlich ihr Wohlbefinden und ihre Glückseligkeit – gibt es keine Volksmasse. Die alte Welt, zu der ich gehöre, war und ist leider noch eine Welt der Massen, die Welt jener abscheulichen krabbelnden Masse, ungestalter, verpesteter menschlicher Wesen.

Du hast niemals einen Volksauflauf gesehen, Crystall; und in deinem ganzen glücklichen Leben wirst du niemals einen sehen. Du hast niemals eine Volksmenge gesehen, wenn sie sich zu einem Fußballmatch, einem Rennen, einem Stierkampf, einer öffentlichen Hinrichtung oder zu ähnlichen Volksbelustigungen drängt. Du hast niemals eine Masse beobachtet, wenn sie, auf einem engen Platz eingekeilt, zusammensteckt oder in einer Krise schreit und heult. Du hast sie niemals beobachtet, wie sie in trägem Strom durch die Straßen flutet, um einen König anzuglotzen oder nach Krieg oder mit demselben Fanatismus nach Frieden zu brüllen. Und du hast niemals die Masse gesehen, aufgestört durch ein panikerregendes Gerücht, wie sie sich aus einer Masse einfach in Mob verwandelt und zu zerstören und zu hetzen beginnt. Alle Massenfeiern sind aus dieser Welt verschwunden; alle Massen-Götter, es gibt kein Pferderennen, keine Sportveranstaltung, keine Kriegsdemonstrationen, keine Krönungen und öffentlichen Begräbnisse, keine großen Schaustellungen, nur eure kleinen Theater. Glücklicher Zufall! Der niemals eine Volksmasse sehen wird!"

„Aber ich habe Volksmassen gesehen", sagte Crystall.

„Wo?"

„Ich habe Filmaufnahmen von Massen gesehen, die vor dreißig oder mehr Jahrhunderten gemacht wurden. Sie werden in unserem Geschichtsmuseum gezeigt. Ich habe Massen gesehen, die nach einem großen Rennen über Hügelland strömten, von einem Flugzeug aus aufgenommen, und einen Volksauflauf, der auf einem öffentlichen Platz von der Polizei zerstreut wurde. Tausende und Tausende schwärmender Menschen. Aber es ist wahr, was du sagst, es gibt keine Massen mehr in Utopia. Die Masse und der Massengeist sind für ewig dahin."

7

Als Crystall nach einigen Tagen zu seinen mathematischen Studien zurückkehren mußte, blieb Mr. Barnstaple sehr einsam. Er fand keinen anderen Gefährten. Lychnis schien immer nahe und bereit zu sein, ihm Gesellschaft zu leisten, aber ihr Mangel an lebendigem geistigem Interesse, so merkwürdig in dieser Welt ausgedehnter geistiger Tätigkeit, entfremdete sie ihm. Andere Utopen kamen und gingen, freundlich, gut gelaunt und höflich, aber mit ihren eigenen Angelegenheiten beschäftigt. Sie befragten ihn neugierig, beantworteten einige seiner Fragen und gingen dann fort mit einer Miene, als ob sie dringend weggerufen worden wären.

Er begann einzusehen, daß Lychnis ein utopischer Versager war. Sie hatte einen schwerfälligen, romantischen Charakter und verbarg einen großen Kummer im Herzen. Sie hatte zwei Kinder gehabt, die sie leidenschaftlich geliebt hatte. Sie waren bewunderswert furchtlos gewesen, und aus törichtem Ehrgeiz hatte sie die Kinder gedrängt, in die See hinauszuschwimmen. Sie wurden von einer Strömung erfaßt und ertranken. Ihr Vater ertrank, als er ihnen zu Hilfe eilte, und Lychnis war nahe daran, ihr Schicksal zu teilen. Sie wurde gerettet. Aber ihr Gemütsleben erstarrte plötzlich, und das änderte sich nicht mehr. Tragik ergriff Besitz von ihr. Von Gelächter und Fröhlichkeit wandte sie sich ab, nur Kummer weckte ihr Interesse. Sie hatte die verlorene Leidenschaft des Mitleids wiederentdeckt, zuerst das Mitleid mit sich selbst und dann ein Verlangen, andere zu bemitleiden. Sie nahm kein Interesse mehr an kräftigen und unversehrten Menschen, sondern richtete ihren Sinn ganz auf den Trost, der darin bestand, den Schmerz und das Leid anderer zu lindern. Sie suchte ihr Heil in der Heilung jener. Sie wollte mit Mr. Barnstaple nicht über die Heiterkeit Utopias reden; sie wollte, daß er ihr vom Jammer auf der Erde und von seinem eigenen Leid erzähle; das konnte sie mitfühlen. Aber er sprach nicht über sein eigenes Leid; denn wirklich – er war so veranlagt – er konnte keines empfinden. Er empfand nur Verbitterung und Bedauern.

Sie träumte davon, nahm er an, auf die Erde kommen zu können, um ihre Schönheit und Zärtlichkeit den Kranken und Armen zu widmen. Sie fühlte sich zu dem Anblick menschlicher Not und Schwäche hingezogen. Hungrig und sehnsüchtig verlangte sie danach ...

Bevor er diese ihre Einstellung entdeckt hatte, erzählte er ihr viel von der Krankheit und Armut der Menschen. Aber er sprach von diesen Dingen nicht mit Mitleid, sondern mit Empörung, als über Erscheinungen, die es nicht geben sollte. Und als er bemerkte, daß sie darin schwelgte, sprach er selten darüber und so zuversichtlich, als ob diese Dinge in kurzer Zeit verschwinden würden. „Aber sie werden noch leiden", sagte sie.

Da sie stets in seiner Nähe war, spielte sie für ihn eine vielleicht größere Rolle als ihr in Utopia zukam. Wie ein Schatten lag sie darüber. Er dachte sehr oft über sie nach, über das Mitleid, das sie verkörperte, und über ihren Groll gegen das Leben und die Kraft. In einer Welt der Furcht, Schwäche, Krankheit, Finsternis und Verwirrung mochten Mitleid, barmherzige Tat, Almosen und Hilfsbereitschaft mild und gütig erscheinen; aber in dieser Welt voller Gesundheit und tapferer Unternehmungen erwies sich Mitleid als etwas Verwerfliches. Crystall, der utopische Jüngling, war so hart wie sein Name. Als er eines Tages auf einem Felsen ausrutschte, sich den Knöchel zerrte und ausrenkte, hinkte er, lachte aber. Als Mr. Barnstaple einmal auf einer steilen Treppe außer Atem kam, war Crystall höflich, aber nicht mitfühlend. So hatte Lychnis in ihrer Hingabe an den Kummer anderer keinen Verbündeten gefunden, sogar von seiten Barnstaples konnte sie auf keine Sympathie rechnen. Er fand, daß er, soweit es das Temperament anbelangt, ein besserer Utope sei als sie. Sowohl ihm als auch Utopia schien es eher ein Anlaß zur Freude als zur Trauer zu sein, daß ihr Mann und ihre Kinder furchtlos dem Tode begegnet waren. Sie waren tot, ein reiner, mutiger Tod; das Wasser glitzerte immer noch, und die Sonne schien immer noch. Aber ihr Verlust hatte eine in ihrem Unterbewußtsein schlummernde Veranlagung der Menschheit geweckt, etwas, was seit alten Zeiten in der Art lag, etwas, das Utopia nur sehr allmählich ausmerzte, die düstere, religiöse Neigung, sich vor den Schatten zu beugen und ihnen zu gehorchen. Es war merkwürdig und war doch vielleicht unvermeidlich, daß Barnstaple in Utopia wieder den Geist antreffen sollte, den die Erde so gut kennt, den Geist, der sich vom Himmelreich abwendet, um Dornen und Nägel anzubeten, der Wonne darin findet, seinen Gott nicht als Auferstehung und Leben, sondern als einen schmerzensreichen und entstellten Leichnam darzustellen.

Sie sprach mit ihm von seinen Söhnen, als ob sie ihn beneide, da sie ihre eigenen Söhne verloren hatte. Alles, was sie sagte, erinnerte ihn an die erzieherischen Nachteile und beengten Aussichten seiner Jungen, und um wieviel kräftiger, schöner und glücklicher sich ihr Leben in Utopia gestaltet hätte. Er hätte es gewagt, sie ein dutzendmal zu ertränken, um sie davor zu bewahren, Beamte und anderer Leute Angestellte zu werden. Er fühlte jetzt, daß er sogar vom irdischen Standpunkt aus nicht das Beste für sie getan hatte. Er hatte viele Dinge in ihrem Leben, in seinem und im Leben seiner Frau driften lassen, bei denen er, wie er jetzt fühlte, hätte eingreifen müssen. Wenn er es noch einmal könnte, würde er bestimmt darauf sehen, daß seine Söhne ein lebendigeres Interesse an Politik und Wissenschaft nähmen und sich nicht so vollständig in die Banalitäten des Vorstadtlebens hineinziehen ließen, in Tennisspiel, Amateurtheater, alberne Flirts und ähnliches. Sie waren im Grunde genommen gute Jungen, fühlte er, aber er hatte sie ihrer Mutter überlassen; und ihre Mutter hatte er zuviel sich selbst überlassen, anstatt mit ihr gemeinsam für seine eigenen Ideen zu kämpfen. Sie führten ein eintöniges Leben im Schatten einer großen Katastrophe und in Furcht vor der nächsten, meiner Welt voll nutzloser Vergeudung und schäbiger Unzulänglichkeit. Und auch sein Leben war – nutzlose Vergeudung gewesen.

Sein Leben in Sydenham erfüllte ihn mit quälenden Gedanken. „Ich kritisierte alles, aber ich änderte nichts“, sagte er. „Ich war ebenso schlecht wie Peeve. War ich in jener Welt irgendwie nützlicher als in dieser? Aber auf Erden sind wir alle Taugenichtse ...“

Er mied Lychnis ein oder zwei Tage und wanderte allein im Tal umher. Er kam in einen großen Lesesaal und blätterte in Büchern, die er nicht lesen konnte; er durfte eine Werkstatt besuchen und sah zu, wie ein Künstler die Goldstatuette eines nackten Mädchens verfertigte, lieblicher als irgendeine irdische Statuette, und wie er sie unzufrieden wieder einschmolz. An einer Stelle traf er auf Menschen, die Gebäude errichteten, an einer anderen wurde auf den Feldern gearbeitet, und dort war ein großer Schacht im Berghang und tief unten blitzte es merkwürdig und funkelte; man wollte ihn dort nicht hineinlassen; er sah tausend Dinge, die er nicht verstand. Er fühlte sich allmählich so, wie sich vielleicht manchmal ein sehr kluger Hund in der Welt der Menschen fühlt, nur daß er keinen Herren hatte und keine Instinkte, die in hündischer Unterwürfigkeit einen Trost finden konnten. Die Utopen gingen tagsüber ihren Geschäften nach, gingen lächelnd an ihm vorüber und erfüllten ihn mit unerträglichem Neid. Sie wußten, was sie zu tun hatten, sie gehörten hierher. Sie gingen zu zweit und zu dritt am Abend vorüber, miteinander sprechend und manchmal singend. Liebespaare wandelten vorbei, die holdseligen Gesichter dicht beieinander, und seine Einsamkeit wurde zu einer Seelenpein hoffnungsloser Sehnsüchte.

Denn, obwohl Mr. Barnstaple heftig darum kämpfte, es unter der Schwelle des Bewußtseins zu halten, wünschte er doch sehr, in Utopia zu lieben und geliebt zu werden. Das Bewußtsein, daß keiner dieser Leute jemals an eine solche körperliche oder geistige Vertraulichkeit mit ihm denken konnte, war für ihn eine noch tiefere Erniedrigung als seine Nutzlosigkeit. Die Schönheit der utopischen Mädchen und Frauen, die ihn neugierig anblickten oder mit heiterer Unbekümmertheit an ihm vorübergingen, vernichtete seine Selbstachtung und machte die utopische Welt für ihn unerträglich. Stumm und unbewußt ließen diese utopischen Göttinnen ihn die Erniedrigung seiner Kasten- und Rassenminderwertigkeit fühlen. Er konnte seine Gedanken nicht von der Liebe abwenden, da jeder anscheinend einen Liebespartner hatte, aber für ihn war in dieser utopischen Welt die Liebe eine groteske und unmögliche Sache ...

Als er eines Nachts wach dalag, über alle Maßen durch solche Gedanken bedrückt, kam ihm eine Idee, wie er vielleicht seine Selbstachtung wieder gewinnen und eine Art Bürgerrecht in Utopia erwerben könnte.

Man würde sogar von ihm sprechen und sich mit Interesse und Mitgefühl seiner erinnern.

3

Der Dienst des Erdlings

I

Der Mann, an den sich Mr. Barnstaple nach entsprechenden Erkundigungen wandte, hieß Chryseos. Wahrscheinlich war er sehr alt; denn um seine Augen und die feinen Brauen hatte das Alter tiefe Furchen gegraben. Er war ein rüstiger Mann mit einem rotbraunen Bart, durchzogen von weißen Strähnen, und hatte braune, lebhafte Augen unter den buschigen Augenbrauen. Sein Haar war nur ein wenig schütter geworden und wallte wie eine Mähne, aber die kupferrote Farbe war verblaßt.

Er saß an einem mit Papieren bedeckten Tisch und machte Notizen. Er lächelte Mr. Barnstaple zu, denn er hatte ihn erwartet, und wies ihm mit seiner kräftigen, sommersprossigen Hand einen Sitz an. Dann wartete er lächelnd darauf, was Mr. Barnstaple zu sagen hatte.

„Diese Welt ist ein einziger Triumph der in den Menschen schlummernden Sehnsucht nach Ordnung und Schönheit", sagte Mr. Barnstaple. „Aber sie wird keine nutzlose Seele dulden. Jeder ist glücklich tätig. Jeder, außer mir ... Ich gehöre nirgends hin. Ich habe nichts zu tun. Und niemand – hat eine Beziehung zu mir."

Chryseos nickte, zum Zeichen, daß er verstehe.

„Es ist schwer für einen Erdling, mit dem irdischen Mangel an Erziehung hier irgendeinen Platz auszufüllen. Sei es in gewöhnlicher Arbeit oder in den üblichen menschlichen Beziehungen. Man ist – ein Fremder ... Aber noch schwerer ist es, überhaupt keinen Platz zu haben. Es ist mir eingefallen, daß ich bei dem neuen Werk, von dem Sie, wie mir erzählt wurde, am meisten von allen verstehen und dessen Mittelpunkt und Leiter Sie sind, irgendwie nützlich sein könnte, vielleicht so gut wie ein Utope... Wenn es so ist, möchte ich mich nützlich machen. Vielleicht können Sie gerade jemanden brauchen, der den Tod wagt – die Gefahr auf sich nimmt, an einen unbekannten Ort zu gehen – jemanden, der Utopia zu dienen verlangt – der weder Geschicklichkeit noch Wissen besitzen – oder schön und gewandt sein muß?"

Mr. Barnstaple brach kurz ab.

Chryseos war anzusehen, das er verstand, was in Mr. Barnstaple vorging.

Mr. Barnstaple wartete gespannt, während Chryseos eine Weile nachdachte.

Dann begannen sich in Mr. Barnstaples Bewußtsein Worte und Sätze aneinanderzureihen.

Chryseos zweifelte, daß Mr. Barnstaple die Ausdehnung oder die Grenzen der großen Entdeckungen, die jetzt in Utopia gemacht wurden, verstehe. Utopia, sagte er, trete in eine Phase stärkster, intellektueller Begeisterung ein. Neue Kräfte und Möglichkeiten berauschten die Vorstellungskraft der Menschen, und es sei ganz begreiflich, daß sich ein unbelehrbarer und verwirrter Erdling inmitten der ungeheuren und seltsamen Tätigkeit, die jetzt beginnen muß, unglücklich und unbehaglich fühlt. Sogar viele ihrer eigenen Leute, die rückständigeren Utopen, seien beunruhigt. Jahrhundertelang hätten utopische Philosophen und Forscher ihre früheren, instinktiven und überlieferten Ideen von Raum und Zeit, von Form und Substanz kritisiert, revidiert und rekonstruiert. Aber jetzt würden ganz plötzlich die neuen Gedankenrichtungen klar und einfach und trügen in überraschender Weise Früchte in der praktischen Anwendung. Die räumlichen Schranken, die für ewig als unüberwindlich gegolten hätten, brächen nun zusammen, es sei seltsam und verblüffend, aber sie brächen zusammen. Es sei theoretisch möglich und werde mit rasender Schnelligkeit auch praktisch möglich, vom Planeten Utopia, auf den dieses Volk bisher beschränkt war, auf andere Punkte im Universum zu gelangen, das heißt, zu entfernten Planeten und entlegenen Sternen ... Das sei der Kern der gegenwärtigen Lage.

„Ich kann mir das nicht vorstellen", sagte Mr. Barnstaple.

„Sie können es sich nicht vorstellen", stimmte Chryseos freundschaftlich bei. „Aber es ist so. Vor einem Jahrhundert war es auch hier unbegreiflich."

„Werden Sie auf einer Art Hintertreppe in eine andere Dimension gelangen?"

Chryseos überlegte diese Frage. Es sei ein groteskes Bild, sagte er, aber vom Standpunkt eines Erdlings aus genüge es. Es erfasse den Kern der Sache. Aber es sei noch viel wunderbarer ...

„Eine neue und erstaunliche Phase hat in unserem Leben begonnen. Wir lernten vor langer Zeit die wichtigsten Geheimnisse des Glücks auf diesem Planeten kennen. Das Leben in dieser Welt ist gut. Finden Sie es gut? Für Tausende von Jahren noch wird dieser Planet unsere Festung und unsere Heimat sein. Aber der Wind eines neuen Zeitalters bläst durch unser Leben. Diese ganze Welt ist in einem Zustand wie ein aufbrechendes Lager im Winterquartier, wenn der Frühling herankommt."

Er lehnte sich über seine Papiere zu Mr. Barnstaple, hielt einen Finger hoch und sprach hörbare Worte, als wollte er seine Ansichten deutlicher machen. Es schien Mr. Barnstaple, daß jedes Wort sich selbst ins Englische übersetzte sowie er es aussprach. Auf jeden Fall verstand Mr. Barnstaple. „Der Zusammenstoß unseres Planeten Utopia mit eurem Planeten Erde war in dieser Entwicklungsgeschichte ein sehr seltsames, aber unwichtiges Ereignis. Ich möchte, daß Sie das einsehen. Ihr Universum und unseres sind nur zwei aus der großen Zahl der Gravitations-Zeit-Universen, die durch die unerschöpfliche Unendlichkeit Gottes miteinander in Verbindung stehen. Sie sind einander in allem ähnlich, aber in nichts gleich. Ihr Planet und unserer bewegen sich sozusagen Seite an Seite, aber sie bewegen sich weder in genau gleichem Schritt, noch in genau paralleler Richtung. Sie werden wieder auseinandertreiben und jeder seiner eigenen Bestimmung folgen. Als Ardenn und Chrysolagone ihre Versuche machten, lagen die Chancen, etwas in eurem Universum zu treffen, noch in unendlicher Ferne. Sie hatten nicht darauf geachtet, sie hatten nur etwas von unserer Materie aus unserem Universum hinausgeschleudert und dann wieder zurückgebracht. Ihr kamt zu uns – ebenso erstaunlich für uns wie für euch. Die Wichtigkeit unserer Entdeckungen für uns liegt in unserem eigenen Universum, nicht in eurem. Wir wünschen nicht, in eure Welt zu kommen, noch daß mehr von euch in unsere kommen. Ihr seid uns zu ähnlich und seid zu düster, verwirrt und krank – ihr seid zu ansteckend –, und wir, wir können euch nicht helfen, weil wir keine Götter, sondern Menschen sind."

Mr. Barnstaple nickte.

„Was könnten die Utopen mit den Menschen auf der Erde anfangen? Wir besitzen keinen starken Instinkt, andere Erwachsene zu belehren oder zu beherrschen. Diese Fähigkeit ist durch lange Jahrhunderte der Gleichheit und des freien Zusammenwirkens aus uns ausgetilgt worden. Und ihr wäret zu zahlreich für uns, als daß wir euch unterrichten könnten, und ein großer Teil eurer Bevölkerung wäre schon in schlechten Gewohnheiten aufgewachsen. Eure Dummheiten würden uns im Wege stehen, eure Streitigkeiten, Eifersüchteleien und Traditionen, eure Flaggen und Religionen, Herrschsucht und Überhebung, die euch angeboren sind, würden uns in allem, was wir tun wollten, hindern. Wir wären gegen euch ungeduldig, ungerecht und überheblich. Ihr seht uns zu ähnlich, als daß wir gegen eure Fehler duldsam sein könnten. Es wäre schwer, ständig daran zu denken, wie schlecht erzogen ihr seid. In Utopia haben wir uns schon vor langer Zeit überzeugt, daß kein menschliches Volk genügend groß, verfeinert und mächtig sei, um für irgendein anderes Volk zu denken und zu handeln. Vielleicht findet ihr auf der Erde jetzt dasselbe, da eure Völker in nähere Berührung miteinander kommen. Und um wieviel mehr würde dies zwischen Utopia und der Erde Geltung haben. Nach dem, was ich von eurem Volk, seiner Unwissenheit und seinem Eigensinn weiß, ist es klar, daß unsere Leute euch verachten würden; und Verachtung ist die Ursache aller Ungerechtigkeit. Es würde damit enden, daß wir euch ausrotten würden ... Aber weshalb sollten wir das möglich machen? ... Wir müssen euch allein lassen. Wir können kein Vertrauen zu uns selbst haben, was euch betrifft ... Glauben Sie mir, das ist der einzig vernünftige Weg für uns."

Mr. Barnstaple hörte schweigend zu.

„Sie und ich – zwei Einzelwesen – können Freunde sein und einander verstehen."

„Was Sie sagen, ist wahr", sagte Mr. Barnstaple. „Es ist wahr. Aber es kränkt mich, daß es wahr ist ... Sehr ... Nichtsdestoweniger, nehme ich an, kann wenigstens ich Utopia von Nutzen sein?"

„Sie können es."

„Wie?"

„Indem Sie zu Ihrer eigenen Welt zurückkehren."

Mr. Barnstaple dachte einige Augenblicke nach. Es war das, was er gefürchtet hatte. Aber er hatte sich selbst angeboten. „Ich will es tun."

„Indem Sie versuchen, zurückzukehren, würde ich sagen. Es ist ein Wagnis. Sie könnten getötet werden."

„Das muß ich hinnehmen."

„Wir wollen alle Daten, die wir über die Beziehungen zwischen unserem Universum und dem euren besitzen, nachprüfen. Wir wollen das Experiment von Ardenn und Chrysolagone umkehren und sehen, ob wir ein Lebewesen in eure Welt zurückbringen können. Wir sind jetzt fast sicher, daß wir es können. Und dieses menschliche Wesen muß uns und seine eigene Welt genügend lieben, um zurückzukehren und um uns ein Zeichen zu geben, daß es dort angekommen sei."

Mr. Barnstaple sagte mit heiserer Stimme: „Ich kann das tun."

„Wir werden Sie in Ihre Maschine setzen mit den Kleidern, die Sie getragen haben. Sie können wieder genauso hergerichtet werden, wie Sie Ihre Welt verlassen haben."

„Jawohl, ich verstehe."

„Und da eure Welt schlecht und streitsüchtig ist, aber doch hier und da einige merkwürdig begabte Köpfe beherbergt, möchten wir nicht, daß eure Leute erfahren, daß wir so nahe von euch leben – denn wir werden noch wenigstens einige hundert Jahre euch sehr nahe sein –, wir möchten nicht, daß sie es wissen, denn wir fürchten, daß sie auf einmal hierherkommen, geführt von irgendeinem armen, einfältigen Genie eines Wissenschaftlers, daß sie in gierigen, törichten und sich übermäßig fortpflanzenden Schwärmen daherkommen, an unsere Tore hämmern, unser Leben bedrohen und unsere hohen Pläne zerstören, und daß sie dann zurückgeschlagen und wie eine Invasion von Ratten oder Parasiten getötet werden müßten."

„Ja", sagte Mr. Barnstaple, „ehe die Menschen nach Utopia kommen können, müssen sie lernen, wie man hier lebt. Ich sehe, daß Utopia eine Heimat nur für jene sein kann, die das gelernt haben."

Er machte eine Pause und beantwortete einige seiner eigenen Gedanken. „Wenn ich zurück bin", sagte er, „soll ich mich bemühen, Utopia zu vergessen?"

Chryseos lächelte und sagte nichts.

„Mein Leben lang wird mich die Sehnsucht nach Utopia plagen."

„Und Sie ermutigen."

„Ich werde mein irdisches Leben dort wieder aufnehmen, wo ich es verlassen habe, aber – auf der Erde – werde ich Utope sein. Denn ich habe das Gefühl, daß ich, indem ich meinen Dienst angeboten habe und er angenommen wurde, in Utopia nicht länger ein Verstoßener bin. Ich gehöre dazu ..."

„Denken Sie daran, daß Sie getötet werden können. Sie könnten bei dem Versuch sterben."

„Wenn es sein soll."

„Wohlan – Bruder!"

Seine große Pranke ergriff Mr. Barnstaples Hand, drückte sie, und die tiefen Augen lächelten.

„Nachdem Sie zurückgekehrt sein werden und uns ein

Zeichen gegeben haben, werden wir noch einige andere Erdlinge zurückschicken."

Mr. Barnstaple fuhr auf. „Aber!" japste er. Seine Stimme überschlug sich vor Erstaunen. „Ich dachte, sie wären in den leeren Raum eines außerhalb liegenden Universums geschleudert und vollständig zerstört worden!"

„Einige wurden getötet. Sie töteten sich selbst, als sie sich über den Rand der alten Festung in die Dunkelheit draußen hinunterstürzten, als die Felsspitze rotierte. Der Mann in Leder, der Mann, den ihr ‚lange Barre' nanntet –"

„Barralonga?"

„Ja, und der Mann, der mit der Schulter zuckte und sagte: ‚wie meinen Sie?' Die anderen kamen zurück, als die Rotation spät am Tage beendet war, erschöpft und erfroren, aber nicht tot. Sie wurden wieder zum Leben zurückgebracht, und wir wissen nicht, wie wir sie loswerden sollen ... Sie sind von keinerlei Nutzen in dieser Welt. Sie bedeuten eine Belastung für uns."

„Das ist nur zu wahr", sagte Mr. Barnstaple.

„Der Mann, den ihr Burleigh nennt, scheint in euren Erdenangelegenheiten von einiger Wichtigkeit zu sein. Wir haben seine Gesinnung erforscht. Seine Überzeugungskraft ist sehr gering. Er glaubt an nichts als an das Leben eines kultivierten, wohlhabenden Herrn, der einen gewissen Rang im Rate eines weitgehend fiktiven Reiches innehat. Es ist zu bezweifeln, ob er an die Wirklichkeit seines Erlebnisses glauben wird. Wir wollen auf jeden Fall dafür sorgen, daß er glaubt, es sei nur ein Traum gewesen. Er wird glauben, es sei zu phantastisch, um darüber zu sprechen; denn es ist klar, daß er vor seiner Einbildungskraft schon große Angst hat. Er wird einige Tage nach Ihnen in Ihre Welt zurückkehren und wird sich ganz unauffällig nach Hause begeben. Er wird als nächster nach Ihnen ankommen. Sie werden ihn in der Politik wiederauftauchen sehen, vielleicht ein wenig weiser."

„Das ist leicht möglich", sagte Mr. Barnstaple.

„Und – wie klingt sein Name? – Rupert Catskill; auch er wird zurückkehren. Eure Welt würde ihn vermissen."

„Den wird nichts weiser machen“, sagte Mr. Barnstaple im Brustton der Überzeugung.

„Lady Stella wird kommen.“

„Ich bin froh, daß sie davongekommen ist. Sie wird nichts über Utopia sagen, sie ist sehr diskret.“

„Der Priester ist verrückt. Sein Benehmen wurde beleidigend und anstößig. Und er befindet sich in Haft.“

„Was tat er?“

„Er machte eine Anzahl Schürzen aus schwarzer Seide, und belästigte damit unsere jungen Leute in unanständiger Weise.“

„Sie können ihn zurückschicken“, sagte Mr. Barnstaple nach einiger Überlegung.

„Aber wird eure Welt so etwas gestatten?“

„Wir nennen das ‚Keuschheit‘ “, sagte Mr. Barnstaple. „Aber natürlich, wenn Sie ihn behalten wollen ...“

„Er soll zurückkommen“, sagte Chryseos.

„Die andern können Sie behalten“, sagte Mr. Barnstaple. „Wirklich, Sie werden sie behalten müssen. Auf der Erde wird sie niemand sehr vermissen. In unserer Welt gibt es so viele Leute, daß immer ein paar verlorengehen. In der Tat, selbst die wenigen, die Sie zurückschicken wollen, könnten Aufsehen erregen. Den ortsansässigen Leuten könnten alle diese Wanderer, die von keinem bestimmten Ort kommen und auf der Maidenhead Road den Weg nach Hause erfragen, auffallen. Befragt, könnten sie die Wahrheit gestehen ... Sie können nicht mehr schicken. Setzen Sie den Rest auf einer Insel oder etwas ähnlichem aus. Ich wollte, ich könnte Ihnen raten, auch den Priester zu behalten, aber viele Leute würden ihn vermissen. Sie würden unter ihrer unterdrückten Keuschheit leiden und anfangen, sich wunderlich zu benehmen. Die Kanzel von St. Barnabas befriedigt ein anerkanntes Bedürfnis. Und es wird ganz leicht sein, ihn davon zu überzeugen, daß Utopia Spuk und Blendwerk ist. Alle Priester glauben das natürlich von allen Utopien. Er wird daran denken, wenn er überhaupt daran denkt, als an einen moralischen Alptraum – wie wir es nennen würden.“

2

Sie waren am Ende angelangt, aber Mr. Barnstaple hatte noch keine Lust zu gehen.

Er sah Chryseos ins Auge und fand darin einen Ausdruck von Güte.

„Sie haben mir alles gesagt, was ich zu tun habe", sagte er. „Und es ist höchste Zeit, daß ich von Ihnen fortgehe, denn jeder Augenblick Ihres Lebens ist wertvoller als ein Tag des meinen. Doch da ich so bald und so folgsam aus dieser weiten und herrlichen Welt in meine heimatliche Unordnung zurückkehren muß, fasse ich den Mut, Sie zu bitten, sich herabzulassen, ein wenig zu mir herunterzusteigen und mir einfach und klar von den großen Tagen und den großen Errungenschaften, die jetzt über diesen Planeten aufdämmern, zu erzählen. Sie sprachen davon, daß Sie imstande sind, aus diesem Utopia in entlegene Teile Ihres Universums zu gelangen. Das verwirrt mir den Sinn, wahrscheinlich bin ich unfähig, diese Idee zu erfassen, aber sie ist für mich von großer Wichtigkeit. In unserer Welt herrschte der Glaube, daß schließlich alles Leben enden müsse, weil sich unsere Sonne und die Planeten abkühlen und keine Hoffnung zu bestehen scheint, der kleinen Welt der wir entsprungen sind, zu entfliehen. Wir wurden mit ihr geboren und müssen mit ihr sterben. Das raubte manchen von uns jede Hoffnung und Energie: denn weshalb sollten wir für den Fortschritt in einer Welt, die erstarren und sterben wird, arbeiten?"

Chryseos lachte. „Eure Philosophen haben vorschnelle Schlußfolgerungen gezogen."

Er neigte sich über den Tisch und sah seinem Zuhörer ernst ins Gesicht.

„Wie lange besteht eure Erdlingswissenschaft?"

„Zwei-, dreihundert Jahre."

Chryseos hielt zwei Finger in die Höhe. „Und Menschen? Wie viele Menschen?"

„Ein paar hundert, die sich in jeder Generation damit befassen.“

„Wir beschäftigen uns jetzt dreitausend Jahre damit, und an die hundert Millionen guter Köpfe sind wie Trauben unter die Weinpresse der Wissenschaft gesteckt worden. Und wir wissen heute – wie wenig wir wissen. Niemals wurde eine Beobachtung gemacht, ohne daß hundert Beobachtungen außer acht gelassen wurden. Nie wird etwas beurteilt, ohne daß uns eine boshafte Wahrheit verspottet und uns durch einen Irrtum wieder verlorenginge. Ich weiß einiges davon, wo eure Wissenschaftler jetzt stehen, ich kenne die ganze Macht dieser armen Barbaren! Denn ich habe den Beginn unserer eigenen Wissenschaft in der Vergangenheit von Utopia studiert. Wie kann ich den Abstand der uns von euch trennt, zum Ausdruck bringen? Seit jenen Tagen haben wir ein Dutzend neuer Gedankengänge über die Dimension, von denen die Zeit nur eine besondere Form ist, geprüft, erprobt, versucht und nochmals versucht. Wir haben Ausdrucksformen, die wir euch nicht übermitteln können, wodurch Dinge, die uns schwer und paradox erschienen – die euch wahrscheinlich immer noch hoffnungslos schwer und paradox erscheinen, ihre ganze Schwierigkeit für uns verlieren. Es ist schwer, Ihnen das verständlich zu machen. Wir denken in Begriffen eines räumlichen Systems, in dem das Raum-Zeit-System, in welchem ihr denkt, nur ein besonderer Fall ist. Soweit es unsere Gefühle, Instinkte und täglichen Gewohnheiten betrifft, leben auch wir in einem solchen System, wie ihr – aber nicht soweit es unser Wissen betrifft, und nicht soweit unsere Kräfte reichen. Unser Geist hat unser Leben überflügelt – wie es der eure tun wird. Wir sind noch Fleisch und Blut, noch Hoffnung und Sehnsucht. Wir gehen hin und her, sehen auf- und abwärts, aber die Dinge, die entfernt schienen, sind uns nahe gebracht, Dinge, die unzugänglich waren, fügen sich uns, Dinge, die unüberwindlich waren, liegen in unserer Hand.“

„Und Sie glauben nicht, daß Ihr Volk, oder meinetwegen unseres, jemals zugrunde gehen muß?“

„Zugrunde gehen! Wir haben noch kaum begonnen!"

Der alte Mann sprach sehr ernst, und unbewußt parodierte er Newton. „Wir sind wie kleine Kinder, die an die Küste eines unendlichen Ozeans gebracht wurden. Alles Wissen, das wir bis jetzt in den paar Dutzend Generationen gesammelt haben, seit wir das erstemal begonnen haben, Wissen zu speichern, ist wie eine Handvoll Kieselsteine, aufgelesen auf dem Strand jener unendlichen See.

Vor uns liegt Wissen, endlos, und wir können davon nehmen und nehmen, und während wir nehmen, wachsen wir. Wir nehmen zu an Macht, wir nehmen zu an Mut. Wir erneuern unsere Jugend; denn, beachten Sie, was ich sage, unsere Welt wird jünger. Die alten Geschlechter der Affen und Untermenschen vor uns hatten einen senilen Verstand. Ihr beschränktes, störrisches Wissen war das magere Ergebnis unzähliger Leben, zusammengescharrt, abgestanden und sauer. Sie fürchteten Neues, so verbittert behüteten sie das hart erworbene Alte.

Aber lernen bedeutet, wieder jung werden, sich befreien und von neuem beginnen. Eure Welt ist im Vergleich zu der unseren eine Welt voll unbelehrbarer verkrusteter Seelen, verschrobener und langweiliger Traditionen, voll Haß und Beleidigungen und derartiger unverzeihlicher Dinge. Aber eines Tages werdet auch ihr wie kleine Kinder werden, und ihr werdet es sein, die den Weg zu uns finden – zu uns, die wir auf euch warten wollen. Zwei Universen werden einander begegnen und umarmen, um ein noch größeres Universum zu begründen ... Ihr Erdlinge habt noch nicht begonnen, die Bedeutung des Lebens einzusehen. Und wir Utopen – sind kaum weiter ... Das Leben ist erst ein Versprechen, es wartet noch darauf, geboren zu werden, von solchen armen Erdenwürmern wie wir ...

Eines Tages wird das Leben, hier und überall sonst, ein Leben, in dem Sie und ich nur Atome und Stäubchen sind, wirklich erwachen, einig, vollkommen und herrlich, wie ein Kind, das zum bewußten Leben erwacht. Es wird seine schläfrigen Augen öffnen, sich strecken, lächeln und dem Mysterium Gottes ins Antlitz blicken, wie man die Morgensonne begrüßt. Wir werden dann hier sein, alles, was an Ihnen und an mir wichtig ist ...“

„Und es wird immer nicht mehr sein als ein Anfang, nicht mehr als ein Anfang ...“

4

Die Rückkehr des Erdlings

1

Zu früh kam der Morgen, an dem Mr. Barnstaple zum letztenmal über die schönen Berge Utopias blicken und an das große Experiment herantreten sollte, dem er sich gewidmet hatte. Er hatte keine Lust zu schlafen gehabt und hatte in dieser Nacht auch wenig geschlafen. Und in der frühen Dämmerung war er draußen, zum letztenmal mit Sandalen an den Füßen und in dem leichten weißen Gewand, das seine utopische Kleidung geworden war. Bald würde er sich in Strümpfe, Schuhe, Hosen und Kragen zwängen müssen; in diese seltsamste Tracht. Er fühlte, daß sie ihn ersticken würde, und er streckte seine nackten Arme zum Himmel, gähnte und füllte seine Lungen mit Luft. Das Tal unten schlummerte noch unter einer Decke wogender Nebel; er wandte sein Antlitz den Bergen zu, um der Sonne früher zu begegnen. Noch niemals zuvor war er in so früher Stunde zwischen den utopischen Blumen gewesen; es war amüsant zu sehen, wie einige der großen Trompetenblätter noch im Schlaf ihr Haupt hängen ließen und wie viele große Blüten zusammengerollt herunterhingen. Auch viele Blätter waren zusammengefaltet, schlaff wie frisch ausgekrochene Schmetterlinge. Die Sommerfädenspinner waren fleißig gewesen, und alles war ganz durchnäßt vom Tau. Ein großer Tiger kam plötzlich aus einem Seitenweg auf ihn zu und starrte ihn einige Augenblicke mit runden gelben Augen an. Vielleicht versuchte er, sich an die vergessenen Instinkte seiner Gattung zu erinnern.

Ein Stück oberhalb führte die Straße unter einem zinnoberroten Torbogen hindurch, und dort stieg Barnstaple eine Flucht von Steinstufen hinauf, die ihn früher auf den Gipfel bringen sollten.

Freundliche kleine Vögel, sehr bunt, flogen eine Zeitlang um ihn herum, und einer setzte sich zutraulich auf seine Schulter; aber als er die Hand hob, um ihn zu streicheln, entschlüpfte er ihm und flog davon. Er stieg immer noch die Treppe hinauf, als die Sonne aufging. Es war, als ob die Berge aus einem graublauen Schleier schlüpften und die goldene Schönheit ihrer Gestalt entblößten.

Mr. Barnstaple gelangte auf einen Treppenabsatz und blieb stehen, er stand ganz still da und beobachtete, wie die aufgehende Sonne in die schweigenden Tiefen des Tales drang.

In weiter Ferne erschien, wie ein von Osten nach Westen geschossener Pfeil, eine Linie blendender Helligkeit über dem See.

2

„Heiterkeit", murmelte er, „Schönheit. Alle Menschenwerke – in vollkommener Harmonie ... Die Seelen zum Einklang gebracht ..."

Entsprechend seiner journalistischen Gewohnheit suchte er nach passenden Worten. „Ein tatkräftiger Friede ... alle Verworrenheit gelöst ... Eine Welt der Geister, kristallklar ..."

Was sagen Worte?

Eine Weile stand er ganz still da und horchte, denn oben von einem Berghang war eine Lerche himmelwärts gestiegen und sang. Er versuchte das kleine Pünktchen Gesang zu sehen und wurde durch das strahlende Blau des Himmels geblendet.

Jetzt kam die Lerche herunter und hörte auf zu singen. Utopia lag in Schweigen, nur das helle Lachen eines Kindes ertönte plötzlich irgendwo unten auf dem Berghang.

Mr. Barnstaple wurde sich bewußt, wie friedvoll die utopische Luft im Vergleich zur gequälten Atmosphäre der Erde war. Hier gab es kein Gekläff und Heulen müder oder gereizter Hunde, kein widerliches Geschrei, Gebrüll, Gequieke und keinen jämmerlichen Aufschrei ängstlicher Tiere, keinen dörflichen Lärm, keine Wutschreie, kein Geblöke und Husten, keinen Lärm von Hämmern, Klopfen, Sägen, Schleifen, Sirenengeheul, Pfeifen, Kreischen und ähnliches, kein Rattern von Eisenbahnzügen, kein Gerassel von Automobilen oder andern schlecht konstruierten Mechanismen; die ermüdenden und häßlichen Geräusche so mancher unangenehmer Geschöpfe waren nicht mehr zu hören. In Utopia herrschte sowohl für das Ohr wie für das Auge Friede. Die Luft, einst von unentwirrbaren Geräuschen verseucht, war jetzt – gereinigte Stille. Die Laute, die man hörte, lagen darüber wie ein wunderschöner Druck auf einem edlen Blatt Papier.

Seine Blicke kehrten zur Landschaft zurück, als sich die letzten flockigen Spuren des Nebels auflösten. Eine Vielfalt von Wasserbecken, Straßen, Brücken, Gebäuden, Erdwällen, Säulenhallen, Hainen, Gärten, Kanälen, Springbrunnen, Wasserfällen, eingerahmt von einem Ast mit dunklem Laubwerk eines weißstämmigen Baumes, der zwischen dem Felsgestein, auf dem Barnstaple stand, Wurzel gefaßt hatte.

,Vor dreitausend Jahren war dies eine Welt wie unsere ... man denke nur! – in hundert Generationen ... In dreitausend Jahren könnten wir unsere arme Erde, den Dschungel und die Wüste, Schlackenhalden und Slums in solch einen Himmel voll Schönheit und Kraft verwandeln.

Zwei Welten – ähnlich, aber ungleich ... Wenn ich erzählen könnte, was ich gesehen habe! ... Wenn alle Menschen dieses Utopia sehen könnten. Sie würden es nicht glauben, wenn ich es ihnen erzählte, nein ... Sie würden wie Esel schreien und mich wie Hunde ankläffen! ... Sie wollen keine andere Welt außer ihrer eigenen. Es schmerzt sie, an eine andere Welt als an ihre eigene zu denken.

Nichts kann getan werden, was nicht schon getan wurde. Anders zu denken wäre Erniedrigung ... Tod, Folter, Aussichtslosigkeit, alles, nur keine Erniedrigung! So sitzen sie zwischen Unkraut und Exkrementen, kratzen sich, nicken einander weise zu und hoffen auf eine tüchtige Balgerei. Sie weiden sich an Leiden und an Anstrengungen anderer und sind überzeugt, daß die ganze Menschheit gestunken hat, stinkt und immer stinken muß, daß der Gestank wirklich sehr angenehm sei und daß es unter der Sonne nichts Neues gebe ...'

Seine Gedanken wurden durch zwei junge Mädchen, die eines hinter dem andern die Stiege heraufgerannt kamen, abgelenkt. Eine war dunkel, fast schwarz, und ihre Hände waren voll blauer Blumen; die andere, die sie verfolgte, war ein oder zwei Jahre jünger und goldblond. Sie waren erfüllt von der schrankenlosen Erregung junger Tiere beim Spiel. Die erste war so sehr mit der anderen beschäftigt, daß sie Mr. Barnstaple mit einem überraschten Aufschrei erst entdeckte, als sie den Treppenabsatz erreicht hatte. Sie guckte ihn mit einem schnellen, fragenden Blick an, ihre Blicke leuchteten in kecker Schelmerei auf, sie warf ihm zwei blaue Blumen ins Gesicht und war die Stiegen schon weiter hinauf und davon. Ihre Gefährtin, bestrebt, sie zu fangen, flog vorüber. Sie flatterten die Stiege hinauf wie zwei Schmetterlinge, gelb und rosa; weit oben hielten sie inne, steckten die Köpfe zu einer kurzen Beratung über den Fremden zusammen, winkten ihm mit den Händen und verschwanden.

Mr. Barnstaple erwiderte ihre Grüße, voll guten Mutes.

3

Der Aussichtspunkt, den Lychnis Mr. Barnstaple gewiesen hatte, befand sich auf dem Bergrücken zwischen dem großen Tal, in welchem er die letzten wenigen Tage verbracht hatte, und einer wilden und steilen Schlucht, durch welche ein Gebirgsbach hinunterstürzte, der nach etlichen Windungen in einer Entfernung von etwa hundert Meilen in den Fluß der Ebene mündete. Der Aussichtsplatz befand sich auf dem Gipfel eines Felsens, er war auf großen Kragsteinen gebaut, so daß er senkrecht über einer Krümmung des Gebirgsbaches hing; auf der einen Seite war die Landschaft gebirgig, bedeckt mit üppiger, malerischer Vegetation, auf der andern Seite erstreckten sich die breiten Gärten einer gepflegten Landschaft. Eine Zeitlang betrachtete Mr. Barnstaple diese Schlucht, die er zum erstenmal sah. Etwa fünfhundert Fuß unter ihm schwebte ein Bussard, so daß er das Gefühl hatte, er könnte einen Kieselstein auf die ausgestreckten Schwingen fallen lassen.

Viele Bäume unten mußten seiner Meinung nach Obstbäume sein, aber sie waren zu weit entfernt, als daß er es hätte deutlich sehen können. Hier und da konnte er einen Fußweg unterscheiden, der sich zwischen den Bäumen und Felsen hinaufwand, und zwischen dem Grün sah er kleine Pavillons, in denen, wie er wußte, der Wanderer ausruhen, sich Tee bereiten, Gebäck und ähnliche Erfrischungen und möglicherweise ein Lager und ein Buch vorfinden konnte. Die ganze Welt war, wie er wußte, voll solcher Sommerhäuschen und freundlicher Herbergen ...

Nach einiger Zeit kam er zu jener Seite des Aussichtsplatzes zurück, auf welcher er heraufgekommen war, und betrachtete das große Tal, das zur See hinführte. Das Wort Kanaan kam ihm in den Sinn. Denn wahrlich, unter ihm lag das gelobte Land menschlicher Sehnsucht. Hier endlich gab es, festgegründet und sicher, Frieden, Kraft und Gesundheit, frohe Tätigkeit, langes Leben und Schönheit. Alles, was wir suchen, war hier zu finden, und jeder Traum war Wirklichkeit.

Wie lange würde es noch dauern – wie viele Jahrhunderte oder Jahrtausende –, bis ein Mensch auf einem Gipfel der Erde stehen und die Menschheit siegreich und vollkommen und für ewig in Frieden sehen würde?

Er stützte die Arme auf das Geländer und versank tief in Gedanken.

In diesem Utopia gab es kein Wissen, dessen Keime nicht auch auf der Erde bekannt waren, hier wurde keine Kraft benützt, welche die Erdlinge nicht benützen könnten. So weit wäre heute die Erde, wenn es nicht Unwissenheit, Finsternis, Gehässigkeit und Bosheit verhindert hätten ...

Nach einer solchen Welt, wie es dieses Utopia war, hatte Mr. Barnstaple sein ganzes Leben hindurch mit schwachen Kräften gestrebt. Wenn der Versuch, der vor ihm lag, glückte, wenn er sich lebend auf der Erde wiederfände, würde es Utopia sein, auf das sein Lebensziel gerichtet wäre. Und er wäre nicht allein. Auf der Erde mußte es Tausende, Zehntausende geben, die in ihrem Sinnen und in ihren Taten ebenso kämpften, um einen Weg zur Flucht aus der Unordnung und Unwürdigkeit des Zeitalters der Verwirrung für sich und ihre Kinder zu finden, Hunderttausende, die den Kriegen ein Ende setzen wollten, um zu heilen, zu erziehen und aufzubauen, um das Banner Utopias zum Sieg über die Lügen und die Zwietracht der Menschheit zu führen.

„Ja, aber es gelingt uns nicht", sagte Mr. Barnstaple und ging heftig erregt auf und ab. „Zehn- und Hunderttausende von Männern und Frauen! Und wir erreichen so wenig! Vielleicht hatte jeder junge Mann und jede junge Frau wenigstens davon geträumt, der Welt zu dienen und sie zu bessern. Aber wir sind vereinzelt und nutzlos, das Alte, das Faule, Sitten, Täuschungen, Gewohnheiten, geduldeter Verrat, niedrige Gesinnung triumphieren über uns."

Er ging wieder an die Brüstung und stemmte einen Fuß auf einen Sitz, stützte den Ellbogen auf das Knie und das Kinn in die Hand und blickte auf die Lieblichkeit dieser Welt, die er sobald verlassen sollte ...

„Wir könnten es schaffen!"

Und plötzlich erwachte in Mr. Barnstaple der Gedanke, daß er nun mit Leib und Seele der Revolution angehöre, der großen Revolution, die auf der Erde im Gange ist; die marschiert und nimmer aufhören noch rasten wird, bis die alte Erde eine einzige Stadt und Utopia dort herrschen wird. Es war ihm klar, daß diese Revolution das wahre Leben ist und daß jedes andere Leben nur ein Schachern des Lebens mit dem Tode bedeutet. Und als sich dieser Gedanke in ihm herauskristallisierte, wußte er sofort, daß er sich bald ebenso in den Köpfen unzähliger anderer jener hunderttausend Männer und Frauen auf der Erde, deren Sinn auf Utopia gerichtet ist, herauskristallisieren würde.

Er richtete sich auf und ging auf und ab. „Wir werden es schaffen", sagte er.

Das irdische Denken war bis jetzt den Aufgaben und Möglichkeiten, die sich der Menschheit boten, noch kaum gewachsen. Die ganze Geschichte der Menschheit war bisher nichts weiter gewesen als die Bewegungen eines Schläfers, eine wachsende Unzufriedenheit, eine Empörung gegen die dem Leben gesetzten Grenzen, der verständnislose Protest durchkreuzter Vorstellungen. Alle Zusammenstöße, Meutereien und Revolutionen, die es jemals auf Erden gegeben hatte, waren nichts weiter als unklare Vorspiele der Revolution, die noch kommen muß. Mr. Barnstaple erinnerte sich, daß er in sehr niedergeschlagener Stimmung war, als er zu diesem phantastischen Urlaub aufbrach; die Erdenangelegenheiten waren ihm verworren und hoffnungslos erschienen; aber jetzt, und mit erneuerter Gesundheit, konnte er deutlich erkennen, wie zielbewußt die Menschen auf der Erde jetzt nach so vielen Niederlagen Ihren Weg zur Endrevolution einschlagen. Er konnte erkennen, wie die Menschen seiner eigenen Zeit sich aus Verstrickungen, wie es die Lügen der Monarchie, dogmatischer Religion und dogmatischer Moral sind, zu öffentlicher Selbstachtung und geistiger und leiblicher Reinheit herausgekämpft hatten. Jetzt kämpften sie auch für internationale Nächstenliebe und für die Befreiung ihres gemeinsamen Wirtschaftslebens aus dem Netzwerk von Vorwänden, Unehrlichkeit und Betrügereien. In allen Kämpfen gibt es Verwirrung, Rückzüge und Niederlagen; aber von der ruhigen Höhe Utopias aus gesehen, war der Eindruck im ganzen der eines ständigen Fortschrittes ...

Es gab Mißgriffe und Rückschläge, weil die Kräfte der Revolution noch im Dämmer an der Arbeit waren. Der große Versuch und der große Mißerfolg der sozialistischen Bewegung, einen neuen Zustand der Welt zu schaffen, war zu Lebzeiten Mr. Barnstaples geschehen; Sozialismus war das Evangelium seiner Knabenzeit gewesen. Er hatte an seinen Hoffnungen, seinen Zweifeln, seinen bitteren inneren Konflikten teilgenommen. Er hatte erlebt, wie die Bewegung verlor und aus der Enge der marxistischen Formel Kraft schöpfte. Er hatte gesehen, wie sie ihre aufbauende Kraft kriegerischer Stärke opferte. In Rußland hatte er ihre Fähigkeit, zu zerstören, und ihre Unfähigkeit, zu planen oder aufzubauen, beobachtet. Wie jeder liberal denkende Geist in der Welt hatte er an den Fieberschauern bolschewistischer Theorien und bolschewistischer Mißerfolge Anteil genommen, und eine Zeitlang hatte es geschienen, daß dieser offene Bankrott einer großen, schöpferischen Bewegung nicht mehr und nicht weniger sei als der Sieg der Reaktion, und daß er jeder Lüge, jedem Betrug, der Korruption, der traditionellen Anarchie und der absoluten Herrschaft, die das menschliche Dasein verkümmern und verkrüppeln, zu neuem Leben verhelfe ... Aber jetzt, von diesem hohen Aussichtspunkt in Utopia aus, sah er klar, daß der Phönix der Revolution in Asche zerfällt, nur um wiedergeboren zu werden. Wenn ein großer Lehrer gehenkt wird, greifen die Schüler seine Lehren wieder auf. Revolutionen flammen auf und erlöschen; die Große Revolution kommt unaufhaltsam und unvermeidlich.

Die Zeit war nahe – und in dem Leben, das ihm noch übrig blieb, würde er selbst dazu beitragen, sie näherzubringen –, da die Kräfte jener letzten und wahren Revolution nicht länger mehr im Dämmer, sondern im Morgenrot am Werke sein würden, und Tausende von Männern und Frauen, jetzt noch weit voneinander entfernt, unorganisiert und einander feindlich gesinnt, würden durch eine gemeinsame Vision der ersehnten Welt zueinanderfinden. Der Marxist hatte die Kräfte der Revolution auf fünfzig Jahre hinaus zerstört. Er hatte keine Vision gehabt, er hatte nur für das Bestehende Verdammung übrig. Durch seine aufgeblasene wissenschaftliche Heuchelei hatte er sich alle wirklich der Wissenschaft dienenden und fähigen Männer entfremdet; er hatte sie durch seine unduldsame Orthodoxie abgeschreckt, seine Wahnvorstellung, daß alle Ideen durch materielle Umstände gezeugt würden, hatte ihn dazu gebracht, Erziehung und Kritik zu vernachlässigen. Er hatte versucht, soziale Einigkeit auf Haß aufzubauen, und hatte jede andere treibende Kraft außer erbittertem Klassenkampf verworfen. Aber jetzt, in den Tagen des Zweifels und der Erschöpfung, hatte der Sozialismus seine Vision wiedergewonnen, und das Schauspiel einer proletarischen Diktatur wich wieder Utopia, wich der Forderung nach einer ehrlichen und gerechten, in Frieden lebenden Welt, deren Naturschätze geschont und für das allgemeine Wohl ausgebeutet werden, in der jeder Bürger nicht nur von Knechtschaft, sondern auch von Unwissenheit befreit sein wird und deren überschüssige Energien zielbewußt auf die Vermehrung von Wissen und Schönheit gerichtet sind. Es war nun nicht mehr länger zu verhindern, daß sich jene Vision in immer mehr und mehr Köpfen festsetzte. Die Erde würde den Weg, den Utopia gegangen war, beschreiten. Auch sie würde Gesetz, Pflicht und Erziehung in gesünderer Weise miteinander verweben, als es die Menschen je gekannt hatten. Auch die Menschen würden bald über die Dinge lachen, die ihnen Furcht eingeflößt hatten, und würden den Betrug, der sie niedergehalten hatte, und den Widersinn, der ihr Leben gequält und verunstaltet hatte, aus der Welt fegen. Und wenn diese große Revolution erreicht war und Tageslicht sich über die Erde breitete, würde sich die Menschheit neugeboren aus ihrem Elend erheben, und der Mut würde die Sorge aus dem Menschenherzen verdrängen. Die Erde, die jetzt nur eine Wildnis ist, manchmal fürchterlich, bestenfalls malerisch, eine Wildnis, unterbrochen von dürftig bebauten Landstrichen, Hütten Slums und Schlackenhalden, auch die Erde würde reich und schön werden, so wie dieses große Land schön war. Auch die Söhne der Erde, befreit von Krankheit, freundlich, stark und schön, würden stolz auf ihrem Planeten wandeln und ihre kühnen Gedanken zu den Sternen erheben.

„Wenn sie nur wollten", sagte Mr. Barnstaple. „Wenn sie nur wollten" ...

4

Von weitem erscholl der Klang einer fein abgetönten Glocke, welche die Stunde schlug.

Die Zeit für die Aufgabe, für welche er bestimmt war, rückte heran. Er mußte hinuntersteigen und sich nach dem Ort bringen lassen, an dem das Experiment durchgeführt werden sollte.

Er warf noch einen letzten Blick auf die Schlucht und wandte sich dann dem weiten Ausblick auf das große Tal zu, mit seinen Seen, Wasserbecken und Terrassen, den Hainen und Pavillons, den Betriebsstätten und hohen Viadukten, den weiten, sonnenbeschienenen, bebauten Hängen in seiner herzerfreuenden Anmut. „Lebe wohl, Utopia!" sagte er und entdeckte mit Staunen, wie tief bewegt er war.

„Teurer Traum von Hoffnung und Lieblichkeit, lebe wohl!"

In trauriger Stimmung wegen seines Verlustes, die zu groß für Tränen war, stand er reglos da.

Es schien ihm, daß der Geist Utopias sich wie eine Göttin, freundlich, anbetungswürdig und unzugänglich, über ihn beugte.

Sein Verstand stand still.

„Niemals", flüsterte er endlich, „für mich ... Außer ich diene ... Nein ..."

Jetzt begann er die Stufen, die sich vom Aussichtsplatz hinunterwanden, hinabzusteigen. Eine Zeitlang merkte er wenig von seiner unmittelbaren Umgebung. Dann drang der Duft von Rosen in sein Bewußtsein, und er fand sich wieder, als er einen schräg abfallenden Laubengang, voll großer weißer Rosen und kleiner grüner Vögel, hinunterschritt. Er blieb plötzlich stehen und sah himmelwärts zu den lichtgesättigten Blättern auf. Er hob die Hände in die Höhe und bog eine der großen Blüten herab, bis sie seine Wange berührte.

5

Man brachte Mr. Barnstaple mit einem kleinen Flugzeug an die Stelle auf der gläsernen Straße zurück, wo er zum erstenmal die Welt Utopia betreten hatte. Mit ihm kamen Lychnis und Crystall, der neugierig war, was man machen würde.

Eine Gruppe von zwanzig bis dreißig Utopen, einschließlich Chryseos, erwartete ihn. Das zerstörte Laboratorium von Ardenn und Chrysolagone war durch neue Gebäude ersetzt worden, und auf der andern Seite der Straße hatte man zusätzliche Häuser gebaut; aber Mr. Barnstaple konnte ganz deutlich die Stelle erkennen, wo Mr. Catskill dem Leoparden gegenübergetreten war und Mr. Burleigh ihn angesprochen hatte. Es waren jetzt mehrere neue Blumenarten aufgeblüht, doch überwogen noch die blauen Blumen, die ihn bei der Ankunft so entzückt hatten. Sein alter Wagen, die „Gelbe Gefahr“, der jetzt aussah wie das plumpeste Stück Eisenzeug, das man sich denken konnte, stand auf der Straße. Er ging hin und prüfte ihn. Er schien vollkommen in Ordnung zu sein, er war sorgfältig geölt, und der Benzintank war gefüllt.

In einem kleinen Pavillon war sein Gepäck und alle seine sehr sauber zusammengelegten und gebügelten Erdenkleider; er zog sie an. Sein Hemd schien ihm über der Brust etwas knapp zu sein, und sein Kragen war ganz entschieden zu eng, der Rock schnitt ihn ein wenig unter den Armen ein. Vielleicht waren diese Kleider eingeschrumpft, als sie desinfiziert wurden. Er packte seinen Koffer, und Crystall stellte ihn für ihn in den alten Wagen.

Chryseos erklärte sehr einfach alles, was Mr. Barnstaple zu tun hatte. Quer über die Straße, dicht bei dem wiederhergestellten alten Laboratorium, war eine Schnur, so dünn wie ein Spinnenfaden, gezogen. „Steuern Sie Ihren Wagen darauf zu und zerreißen Sie den Faden", sagte Chryseos, „das ist alles, was Sie zu tun haben. Dann nehmen Sie diese rote Blume und legen Sie sie genau an der Stelle nieder, wo die Spuren Ihrer Räder anzeigen, daß Sie in Ihre eigene Welt zurückgekommen sind."

Mr. Barnstaple wurde neben seinem Wagen zurückgelassen. Die Utopen zogen sich zwanzig bis dreißig Meter zurück und stellten sich im Kreis um ihn herum. Einige Augenblicke standen alle schweigend da.

6

Mr. Barnstaple stieg in den Wagen, ließ den Motor an, ließ ihn eine Minute laufen und drückte auf den Kupplungshebel. Die „Gelbe Gefahr" bewegte sich auf den Spinnenfaden zu. Barnstaple machte mit einer Hand eine Bewegung, die Lychnis erwiderte. Chryseos und auch andere Utopen winkten ihm auch freundlich zu. Nur Crystall lauerte zu gespannt auf das, was kommen sollte.

„Leb wohl, Crystall!" rief Mr. Barnstaple, und der Knabe winkte heftig.

Mr. Barnstaple gab Gas, preßte die Zähne zusammen, und trotz seiner Absicht, die Augen offenzuhalten, schloß er sie, als er den Spinnenfaden berührte. Wieder kam jenes Gefühl unerträglicher Spannung und jener Ton einer zerspringenden Saite. Er hatte den unwiderstehlichen Drang, zu halten – zurückzukehren. Er nahm den Fuß vom Gaspedal, der Wagen schien etwa einen Meter tief zu fallen und blieb dann so heftig und plötzlich stehen, daß Barnstaple vornüber gegen das Steuerrad geschleudert wurde. Der Druck wich von ihm. Er öffnete die Augen und sah um sich.

Der Wagen stand in einem Feld, von dem vor kurzem

das Heu abgefahren worden war. Wegen einer Bodenerhebung neigte er sich ein wenig seitwärts. Eine Hecke mit einem offenen schwarzen Tor, trennte dieses Feld von der Landstraße. Dicht daneben stand die Ankündigungstafel eines Hotels in Maidenhead. An der gegenüberliegenden Straßenseite lagen flache Felder vor einem Hintergrund niedriger bewaldeter Hügel. Ein Stück weiter zur Linken stand ein kleines Wirtshaus. Er wandte den Kopf und sah Windsor Castle, das sich in weiter Entfernung über mit Pappeln bestandenen Wiesen erhob. Es war nicht, wie es ihm die Utopen versprochen hatten, die gleiche Stelle, von welcher aus er unsere Erde verlassen hatte, aber sie war gewiß keine hundert Meter davon entfernt.

Einige Augenblicke saß er still da und sagte sich im Geiste vor, was er zu tun hatte. Dann setzte er die „Gelbe Gefahr" wieder in Bewegung und fuhr bis dicht an das schwarze Tor heran.

Er stieg aus und stand mit der roten Blume in der Hand da. Er hatte genau zu der Stelle zurückzugehen, wo er wieder in diese Welt eingetreten war, und die Blume dort niederzulegen. Es würde ganz leicht sein, durch die Radspur, die er im Stoppelfeld hinterlassen hatte, diesen Punkt zu finden. Aber es widerstrebte ihm, diese Anweisungen zu befolgen. Er wollte diese Blume behalten, es war das letzte, das einzige, was ihm von jener goldenen Welt geblieben war. Dies und der süße Duft an seinen Händen.

Es war merkwürdig, daß er nicht mehr als dies mitgebracht hatte. Warum hatte er nicht eine ganze Menge Blumen mitgenommen? Warum hatten sie ihm nichts gegeben? Nicht eine Kleinigkeit von ihrem ganzen Reichtum an Schönheit? Er wünschte innig, diese Blume zu behalten. Er war versucht, sie durch einen Zweig des Geisblattes von der Hecke zu ersetzen, aber dann erinnerte er sich, daß dies ein Krankheitsträger für die Utopen wäre. Er mußte handeln, wie man es ihm gesagt hatte. Er schritt die Spuren seines Wagens entlang zu deren Anfang zurück, blieb einen Augenblick zaudernd stehen, zog ein einzelnes Blatt aus der glühendroten Blüte und legte dann den Rest der Blume vorsichtig genau in der Mitte seiner Spur nieder. Das Blütenblatt steckte er in die Tasche. Dann ging er schweren Herzens langsam zu seinem Wagen zurück, stellte sich daneben und beobachtete den Stern von fast leuchtendem Rot.

Sein Kummer war groß, er war tief betrübt, daß er Utopia verlassen hatte.

Offenbar währte die große Dürre noch immer; denn das Feld und die Hecken waren vertrockneter und gebräunter, als er es je zuvor in England gesehen hatte. Über der Straße lag eine dünne Staubwolke, die durch vorüberfahrende Wagen fortwährend aufgewirbelt wurde. Diese alte Welt war sichtlich von Geräuschen und Gerüchen, die er schon halb vergessen hatte, erfüllt. Von weitem hörte er das Hupen von Wagen, das Rattern eines Eisenbahnzuges, eine durstige Kuh, die kläglich brüllte, Staub und Geruch von kochendem Teer belästigten seine Nasenlöcher. Über der nahen Hecke und über dem schwarzen Tor spannte sich Stacheldraht, und zu seinen Füßen lagen Pferdemist und schmutzige Papierfetzen. Die liebliche Welt, aus der er vertrieben worden war, war nun auf ein scharlachrotes leuchtendes Fleckchen zusammengeschrumpft.

Auf einmal geschah etwas mit größter Geschwindigkeit. Es war, als ob für einen Moment eine Hand erschienen wäre und die Blume fortgenommen hätte. In einem Augenblick war sie verschwunden. Eine kleine Staubwolke wirbelte auf, trieb davon und sank nieder ...

Es war das Ende.

Bei dem Gedanken an den Verkehr auf der Hauptstraße bückte sich Mr. Barnstaple, um so sein Gesicht vor den Passanten zu verbergen. Einige Minuten war er unfähig, seine Selbstbeherrschung wiederzufinden. Mit einem Arm das Gesicht bedeckend, stand er da, angelehnt an das schäbige braune Verdeck seines Wagens ...

Endlich ging der Anfall von Kummer vorüber, und er konnte wieder in den Wagen steigen, den Motor anlassen und auf die Landstraße hinausfahren.

Aufs Geratewohl wandte er sich nach Osten. Die dunkle

Tür ließ er hinter sich offen, er fuhr langsam; denn er hatte bisher nicht darüber nachgedacht, wohin er fahren sollte. Es fiel ihm ein, daß er in dieser alten Welt wahrscheinlich als eine rätselhaft verschwundene Person gesucht werde. Es könnte ihn jemand entdecken, und er würde mit tausend unmöglichen Fragen bestürmt werden. Das wäre sehr ermüdend und unangenehm. In Utopia hatte er nicht daran gedacht, dort war es ihm leicht möglich erschienen, unbeobachtet auf die Erde zurückkommen zu können; jetzt auf der Erde erschien ihm diese Zuversicht naiv. Vor sich sah er das Schild einer bescheidenen Teestube. Es fiel ihm ein, daß er hier aussteigen könnte, um eine Zeitung anzusehen, eine vorsichtige Frage zu stellen und daß er so herausfinden könnte, was sich auf der Welt ereignet hatte und ob er wirklich vermißt worden war.

Unter dem Fenster fand er einen Tisch, der schon zum Tee gedeckt war. In der Mitte des Zimmers trug ein größerer Tisch eine Palme in einem großen Topf und eine Auswahl von Zeitungen, in der Hauptsache alte illustrierte Blätter. Aber es war auch eine Morgenausgabe des *Daily Express* darunter. Er stürzte sich gierig darauf, voll Furcht, daß sie von rätselhaften Berichten über das Verschwinden von Mr. Burleigh, Lord Barralonga, Rupert Catskill, Mr. Hunker, Pater Amerton und Lady Stella erfüllt sein werde, von all den kleinen Fischen nicht zu reden ... Allmählich, als er das Blatt zögernd umwandte, verschwanden seine Befürchtungen. Über keinen von diesen Leuten stand auch nur ein Wort darin!

„Aber ihre Freunde mußten sie doch sicher vermißt haben!“ redete er sich ein; der Gedanke ließ ihn nicht los.

Er las das ganze Blatt durch, nur einen fand er erwähnt, und das war der letzte Name, den er vorzufinden erwartete – Mr. Freddy Mush. Der ‚Prinzessin-de-Modena-Frascati-(geborene Higgisbottom-)Preis‘ für englische Literatur war von Mr. Graceful Gloss an niemanden vergeben worden, mit Rücksicht auf die Unabkömmlichkeit von Mr. Freddy Mush im Ausland.

Das Problem, weshalb wegen der anderen kein Zeter

und Mordio erhoben wurde, eröffnete vor Mr. Barnstaple ein weites Feld der Grübeleien über irdische Dinge, in die er sich eine Zeitlang versenkte. Seine Gedanken kehrten zu jener hellroten Blüte zurück, die zwischen den abgeschnittenen Grashalmen auf der gemähten Wiese gelegen hatte, und zu der Hand, die sie anscheinend fortgenommen hatte. Damit hatte sich das Tor, das sich auf so wunderbare Art zwischen jener fremden, schönen Welt und unserer eigenen geöffnet hatte, wieder geschlossen. Tiefes Staunen ergriff Mr. Barnstaple. Jene teure Welt der Ehrenhaftigkeit und Gesundheit lag jenseits der äußersten Grenzen unseres Raumes, auf ewig für ihn unerreichbar; und doch war sie nur eines der unzähligen Universen, wie man ihn belehrt hatte, die sich miteinander und nebeneinander durch die Zeit bewegen, endlos wie die Blätter eines Buches. Und sie alle sind in der unendlichen Vielfalt der Dimensionen, die sie umgeben, so gut wie nichts. „Könnte ich nur meinen Arm aus den ihm gesetzten Grenzen hinausbewegen", hatte einer der Utopen zu ihm gesagt, „so könnte ich ihn nach Tausenden Universen ausstrecken ..."

Eine Kellnerin mit der Teekanne rief ihn wieder zu irdischen Dingen zurück.

Die Mahlzeit, die ihm vorgesetzt wurde, erschien ihm ohne Geschmack und unappetitlich. Er trank das seltsame Gebräu, das Tee vorstellen sollte, weil er durstig war, aber er aß kaum einen Bissen.

Zufällig steckte er einmal die Hand in die Tasche und fühlte etwas Weiches. Er zog das Blütenblatt hervor, das er von der roten Blume abgerissen hatte. Es hatte sein glühendes Rot verloren, und als er es in die stickige Luft des Zimmers hielt, krümmte es sich zusammen, schrumpfte ein und wurde schwarz; sein feiner Duft wich einem ekelhaften Geruch.

„Es ist ganz klar", sagte Barnstaple, „ich hätte das erwarten sollen."

Er ließ das verwelkte Restchen auf seinen Teller fallen, dann nahm er es wieder auf und vergrub es in dem Palmentopf.

Er nahm den *Daily Express* wieder zur Hand und las ihn durch, um den Sinn für die Angelegenheiten dieser Welt wiederzufinden.

7

Lange Zeit grübelte Mr. Barnstaple in der Teestube zu Colnebrook über dem *Daily Express.* Seine Gedanken schweiften in die Ferne, so daß ihm die Zeitung unbeachtet zu Boden glitt. Er erhob sich mit einem Seufzer und verlangte die Rechnung. Als er zahlte, bemerkte er, daß seine Brieftasche noch voll mit Pfundnoten war. ‚Das wird der billigste Urlaub gewesen sein, den ich je hatte', dachte er, ‚ich habe überhaupt kein Geld ausgegeben.' Er fragte nach dem Postamt, da er ein Telegramm aufgeben wollte.

Zwei Stunden später hielt er vor dem Tor seiner kleinen Villa in Sydenham. Er öffnete es – der Stock, mit dem er es gewöhnlich tat, war an seinem Platz – und steuerte die „Gelbe Gefahr" mit der Gewandtheit der Übung an dem geschweiften Blumenbeet vorüber zur Tür seiner Behausung. Mrs. Barnstaple erschien im Eingang.

„Alfred! Bist du endlich zurück?"

„Ja, ich bin zurück. Hast du das Telegramm erhalten?"

„Vor zehn Minuten. Wo bist du die ganze Zeit gewesen? Es ist mehr als ein Monat vergangen."

„Oh, ich habe mich so herumgetrieben und geträumt. Ich habe eine wunderbare Zeit erlebt."

„Du hättest schreiben sollen. Du hättest wirklich schreiben sollen. Wirklich, Alfred ..."

„Ich wollte mich nicht anstrengen. Der Arzt sagte, ich solle mich um nichts kümmern. Ich sagte es dir ja. Gibt es Tee? Wo sind die Jungen?"

„Die Jungen sind ausgegangen. Ich werde dir frischen Tee bereiten." Sie tat es. Kam damit wieder und setzte sich in den Rohrsessel ihm gegenüber an den Teetisch. „Ich bin froh, daß du wieder da bist. Obwohl ich dich ausschimpfen könnte ...

Du siehst glänzend aus. Ich habe deine Stirn niemals so klar und gebräunt gesehen."

„Ich war die ganze Zeit in guter Luft."

„Bist du zu den Seen gekommen?"

„Nicht ganz. Aber es war überall gute Luft. Gesunde Luft."

„Hast du dich niemals verirrt?"

„Nie."

„Ich hatte die fixe Idee, du hättest dich verirrt – dein Gedächtnis verloren. So etwas kommt vor, nicht?"

„Mein Gedächtnis ist so klar wie ein Edelstein."

„Aber wo warst du?"

„Ich wanderte und träumte so vor mich hin. Verloren in einem Tag-Traum. Oft fragte ich nicht nach dem Namen des Ortes, in dem ich mich aufhielt. Ich war da und dort, ich habe niemals nach dem Namen gefragt. Mein Kopf ruhte aus. Ich spannte vollkommen aus – von allem. Ich habe der Politik, dem Geld oder sozialen Fragen – wenigstens jenen, die man gewöhnlich soziale Fragen nennt – oder sonst einer dieser Sorgen kaum einen Gedanken gewidmet, seitdem ich abgefahren bin ... Ist das der *Liberal* von dieser Woche?"

Er nahm das Blatt, blätterte darin und warf es schließlich auf das Sofa. „Arme alter Peeve", sagte er. „Ich muß selbstverständlich dieses Blatt verlassen. Es ist wie eine Tapete auf einer feuchten Wand, die fleckig wird, abspringt und in Stücke zerfällt ... Es verursacht mir geistigen Rheumatismus."

Mrs. Barnstaple blickte ihn zweifelnd an. „Aber ich habe immer geglaubt, der *Liberal* sei ein so sicherer Posten."

„Ich brauche keinen sicheren Posten. Ich kann etwas Besseres tun. Ich habe andere Arbeit vor ... Mach dir keine Sorgen. Nach dieser Erholung werde ich mir zu helfen wissen ... Wie geht es den Jungen?"

„Ich sorge mich ein wenig um Frankie."

Mr. Barnstaple nahm die *Times* in die Hand. Eine sonderbare Anzeige in der Spalte, wo Verluste gemeldet wurden, fiel ihm auf. Sie lautete: ‚Cecil. Deine Abwesenheit erregt

Aufsehen. Möchte wissen, was wir den Leuten sagen sollen. Schreibe ausführlich an schottische Adresse. Di. krank vor Sorge. Alle Anweisungen werden befolgt.'

„Was sagst du, meine Liebe?" fragte er und legte die Zeitung beiseite.

„Ich sagte, daß er sich nicht an die Arbeit machen will. Er mag nicht. Ich möchte, daß du ihm gut zuredest. Er kränkt sich, daß er nicht genug weiß. Er sagte, er möchte an der Technischen Hochschule studieren und sich weiterbilden."

„In Ordnung, das kann er. Kluger Junge! Ich dachte nicht, daß das in ihm steckt. Ich habe ohnehin beabsichtigt, mit ihm zu reden, so treffen wir uns auf halbem Wege. Gewiß, er soll studieren."

„Aber der Junge muß sich doch den Lebensunterhalt verdienen."

„Das wird schon kommen. Wenn er studieren will, so soll er es."

Mr. Barnstaple sprach in einem Ton, der Mrs. Barnstaple ganz neu war. In einem Ton dringender, ruhiger und sicherer Entschiedenheit. Besonders erstaunlich war, daß er sich anscheinend dessen nicht bewußt war.

Er biß in seine Butterbrotschnitte, und sie sah ihm an, daß ihm der Geschmack sonderbar und unangenehm vorkam. Er blickte auf die Schnitte in seiner Hand.

„Natürlich, Londoner Butter, ranzig. Merkwürdig, wie schnell man seinen Geschmack ändert."

Er nahm die *Times* wieder auf und durchlief mit den Augen ihre Seiten.

„Diese Welt ist wirklich sehr, sehr kindisch. Ich hatte es vergessen. Eingebildete bolschewistische Verschwörungen, Proklamationen der Sinn Fein, der Prinz von Wales, Polen, offensichtliche Lügen über China, offensichtliche Lügen über Ägypten. Ein heuchlerischer Artikel über den Sonntag in der Dreifaltigkeitskirche. Der Mörder von Hitchin ... Hm! – eine ziemlich scheußliche Geschichte ... Der Rembrandt von Pomfort ... Versicherung ... Brief eines entrüsteten Pairs über Erbschaftssteuer ... Langweiliger Sport.

Rudern, Tennis, Schülerkrickett. Zusammenbruch von Harrow! Als ob solche Sachen irgendwelche Bedeutung hätten! Wie dumm das ist – alles. Als höre man Dienstbotengezänk oder Kindergeplapper zu."

Er bemerkte, wie ihn Mrs. Barnstaple scharf beobachtete. „Ich habe seit meiner Abfahrt bis heute keine Zeitung gelesen", erklärte er.

Er legte das Blatt hin und stand auf. Einige Minuten war Mrs. Barnstaple nicht sicher, ob sie nicht das Opfer einer widersinnigen Halluzination sei. Dann wurde ihr klar, daß sie vor der erstaunlichsten Tatsache stand, die sie je beobachtet hatte.

„Ja", sagte sie, „es ist so. Rühr dich nicht! Bleibe so. Ich weiß, Alfred, es klingt lächerlich, aber du bist größer geworden. Es ist nicht nur, weil du deine gebückte Haltung verloren hast. Oh, du bist gewachsen – mindestens fünf Zentimeter."

Mr. Barnstaple starrte sie an und streckte dann den Arm vor. Es stimmte, das Handgelenk sah ungewöhnlich lang aus dem Ärmel. Er prüfte seine Hosen, ob sie auch wie ausgewachsen aussahen.

Mrs. Barnstaple kam fast respektvoll zu ihm. Sie stand neben ihm und legte die Schulter gegen seinen Arm. „Deine Schulter war sonst in genau gleicher Höhe mit der meinen", sagte sie. „Schau, wie das jetzt ist."

Sie sah in seine Augen auf, als ob sie wirklich sehr froh wäre, ihn wieder bei sich zu haben.

Aber Mr. Barnstaple blieb in Gedanken verloren. „Es muß die außerordentliche Frische der Luft gewesen sein. Ich war in wundervoller Luft ... Wundervoll ... Aber in meinem Alter! Zu wachsen! Und ich fühle mich gewachsen, inwendig und auswendig! Leib und Seele."

Mrs. Barnstaple begann jetzt das Teegeschirr abzuräumen.

„Es scheint, du hast die großen Städte gemieden."

„Das tat ich."

„Und hast dich an dörfliche Straßen und Wege gehalten."

„In der Tat ... Es war alles neues Land für mich ... Schön ... Wundervoll ...“

Seine Frau beobachtete ihn immer noch.

„Du mußt mich einmal dorthin bringen“, sagte sie. „Ich sehe, daß es dir unendlich gut getan hat.“